AMTRAK WARS : CLOUD WARRIOR

美铁之战1

云武士

[英]帕特里克·蒂利　著

黑曜　超侠　译

天津出版传媒集团

百花文艺出版社

图书在版编目（ＣＩＰ）数据

美铁之战：云武士 / (英) 帕特里克·蒂利著；黑曜，超侠译. -- 天津：百花文艺出版社，2018.3
（科幻文学馆）
ISBN 978-7-5306-7478-9

Ⅰ.①美… Ⅱ.①帕… ②黑… ③超… Ⅲ.①科学幻想小说–英国–现代 Ⅳ.①I561.45

中国版本图书馆CIP数据核字(2018)第067881号

天津市版权局著作权合同登记章
图字 02-2012-104 号

选题策划：成　全
责任编辑：成　全　王浩瑄　　封面设计：魏程程

出版发行：百花文艺出版社
地址：天津市和平区西康路 35 号　邮编：300051
电话传真：+86-22-23332651（发行部）
　　　　　+86-22-23332656（总编室）
　　　　　+86-22-23332478（邮购部）
主页：http://www.baihuawenyi.com
印刷：山东临沂新华印刷物流集团
开本：880×1230 毫米　　1/32
字数：210 千字
印张：12.125
版次：2018 年 3 月第 1 版
印次：2018 年 3 月第 1 次印刷
定价：49.80 元

作给尼克·奥斯汀,他的一切皆有可能!

目 录

第一章　　001

第二章　　007

第三章　　039

第四章　　065

第五章　　079

第六章　　085

第七章　　101

第八章　　119

第九章　　133

第十章　　159

第十一章　179

第十二章　199

第十三章　219

第十四章　255

第十五章　281

第十六章　311

第十七章　335

第一章

历史同时间抗衡，珍藏了太多遗闻旧事。其中孕育了往古的留痕，当代的鉴戒以及对后世的教诲。

佳得利盘腿坐在雪先生身旁，懵懵懂懂地听他诉说这些往昔。这位须发皆白的老者，正给部落里那些光屁股的小孩子讲述千阳之战的故事。

这个故事佳得利已经听了八百六十遍，早已烂熟于心。六十个小孩子围成半月形，蹲坐在两人对面。故事老掉牙了，孩子们还是听得津津有味，不放过任何一个细节，就像听第一遍一样。孩子们永远觉得雪先生讲的千阳之战的故事是新鲜的。老实说，他们中的大多数人都有健忘症，他们永远记不起曾经听过这个又臭又长的故事——永远！

但佳得利却记得起来。

他记得清清楚楚，甚至都能将平日里所见所闻的每个细节印在脑海——正因为如此，雪先生才选择让他学习新纪元以来的平原人历史。待这位长者离开他们前往高庭之日，佳得利就会接任他的职位，成为穆卡尔部落的字匠。然后，佳得利必须再找到一个拥有记忆力的孩子，向他传授平原人九百年来的漫长历史。

这九百年之前，便是被称为旧纪元的前世岁月，连雪先生的记忆都无法溯及。那个时代，英雄辈出，他们的威名①和业绩撬动了整个世界。

雪先生知道一些旧纪元的传说。那时候，人丁兴旺，举袖成云，挥汗如雨，人们的帐篷是摞起来的，高耸入云，一座座营地赛过山峰；那时候，阡陌交通，错综交织，巨大的甲壳虫在这些道路上川流不息，把人们从一个地方运到另一个地方，所以谁都不会老死不相往来。

雪先生伸手在两只胳膊上比画一番，告诉孩子们在那场大战中，所有生灵的血肉之躯是怎样被一千个陨落的太阳融化的。佳得利趁着这当口，站起身来，向山下的营地踱去。朝阳温存地映照着他赤裸的后背，在前方投下一个肩膀宽阔、身材修长的影廓。

佳得利连声叹息，胳膊向两旁伸展，举过头顶，双手合十。

他的影子也依样而行。

这个景象，佳得利百看不厌。他爱自己的影子。和部落中绝大多数人的影子截然不同，它的轮廓光滑平顺，四肢修长笔挺，双手各有五根手指，不多也不少，据说如同沙穴人。佳得利从未目睹过这个种族，仅仅是雪先生给他讲过只言片语。

沙穴人是躲在暗处含沙射影的敌人，他们住在遥远南方的浩水之滨。他们的铁蛇和云武士，是佳得利必须要提防的危险。

---

① 平原部落人常用过去时代遗留下来的名称作为自己的名字，称为"威名"。比如"佳得利"这个名字，原是汽车品牌。其又称"凯迪拉克"，为大家熟知。一九〇二年诞生于被誉为"美国汽车之城"的底特律。佳得利在汽车行业创造了无数个第一，缔造了无数个豪华车的行业标准，可以说佳得利的历史代表了美国豪华车的历史。佳得利被定义为"同类中最为出色、最具声望的事物"，这也是佳得利威名的来源。

佳得利今年已年满十八周岁了,他所在的穆卡尔部落,是迁徙到中北部平原上的众多部落之一,是芝加哥①变种人中的一支。据雪先生说,他们的祖先来自黎明的彼端,乘着巨鸟,鸟翅划破天空之音,犹如大瀑布的轰鸣。

　　祖先们降落在一个大湖旁,那地方被称为俄亥俄②。为了庆祝这次旅行顺利到达目的地,他们烹煮了巨鸟,整个夏天都以它们为食。冬天降临后,他们用冻结的湖水修建了一座宏伟的营地,无数冰塔直插云霄,闪耀着霓虹般的光彩。

　　在千阳之战中,这座冰城融化殆尽,被大湖收了回去。所有生灵都在战争中凋零殆尽,只有一个叫芝加哥的老人和一个叫密歇根③的老妇人,以及两人各自的孩子幸存。芝加哥养着十五个儿子,个个强壮如牛,而密歇根则育有十五个貌美如花的女儿。芝加哥的儿子们和密歇根的女儿们水乳交融,以血吻使彼此的身体结合。他们的孩子、孩子的孩子逐渐繁衍壮大,向西方迁徙,进驻了诸多地域:明尼苏达、艾奥瓦、达科他和内布拉斯加。他们本着顺我者昌、逆我者亡的宗旨,一路高歌猛进。

　　他们之中,武士英勇,字匠睿智,他们的召唤师也更加强大,所以

---

① 旧纪元的世界文明因为核战而覆灭, 但有些地名还有所保留, 只是会有含义的不同。芝加哥位于美国中西部,在伊利诺伊州,东临密歇根湖。芝加哥及其郊区组成的大芝加哥地区,是美国仅次于纽约市和洛杉矶市的第三大都会区。芝加哥地处北美大陆的中心地带,为美国最重要的铁路、航空枢纽,并以屠宰工业闻名于世。后文所说的大瀑布应为芝加哥附近五大湖中著名的尼亚加拉大瀑布。
② 俄亥俄位于美国五大湖地区,别称七叶树州。位于俄亥俄河与伊利湖之间,因俄亥俄河得名。
③ 密歇根是美国的一个州,位于五大湖地区。

他们所向披靡。就这样，平原人日益壮大起来，并向伟大的母神摩城⑥献上他们的敬意。

佳得利来到岩石之间自己既定的地点。这里是高地的边缘，穆卡尔部落就在高原上扎下营地，等待种植季节的结束。在高地参差的崖脊之外，地势陡然而下，嶙峋的山坡像被巨鹰的利爪抓过。再往下，地面逐渐平坦，经过一段平缓的弧线，与草场起伏的橙色平原融为一体，一路前行，直至世界的尽头。在那之外，有一道隐藏的神秘天门，每天早上，太阳就是从这扇门进入世界的。太阳越爬越高，天空随之变成苍蓝色，渐渐淹没了黎明的金色火云。天空越来越明艳，遍布天空的细小云朵在平原尽头缓缓显形，像一群正慢吞吞吃草的白色乳牛。

佳得利躺在温暖的石面上，目光在一望无际的蔚蓝中徜徉开来，寻找着银色闪光的迹象。他知道，那是云武士出现的征兆。作为雪先生选定的继承人，佳得利倒不需要站岗放哨。在营地周围的群山上，百余名部族兄弟在值守警戒。这些被称为"熊"的年轻武士，夜以继日地守卫着营地，防备企图入侵穆卡尔夏季领地的变种敌人部落的劫掠队。劫掠者们阴险而狡猾，他们中有些潜伏在高地上的隐蔽哨中，有些在营地周围巡逻。这样的小股机动部队同时还承担着狩猎队的职责。

佳得利继续搜索着天空——倒不是因为他预感到这是危机来临的前夜，只是出于旺盛的好奇心。作为变种人，他对沙穴人又恨又怕。这个神秘的种族久居地下之城，他们从黑暗中现身之时，便是地上生灵的涂炭之日。但是，尽管沙穴人名声在外，却勾起了佳得利炽热的战斗欲望。

迄今为止，沙穴人还和平原人相安无事，但天音们曾告谕过雪先生：他们，很快就要纷至沓来了。空中的"箭头"是危险的征兆，那些飞鸟是云武士们的坐骑，也是铁蛇的眼目。箭头过去之后，铁蛇便会出现，肚子里装着更多的沙穴人。他们到来时，将会有一场浩劫，整个世界将为之哭泣，但天上落下的所有泪水都无法洗去大地上平原人的血迹。

雪先生给孩子们讲完故事，来到佳得利仰面观天的地方，盘腿坐在旁边的岩石上。他银白色的长发绾成了头顶的发髻，用带子编好束紧；瘦削结实的身体上布满皱纹，还有很多杂乱的螺旋、线条和斑点——这些图案的颜色有黑色，有从深到浅的三种棕色，还有一种更亮的粉红色。

雪先生曾经说过，沙穴人的身体都一样：通体的粉红色，与蠕虫差不多。

佳得利身上也有类似的杂乱无章的图案，但他的皮肤如鸦翼般光滑。雪先生身上某些部位的皮肤也很光滑，不过有些部位，比如额头、肩膀和小臂，都是疙疙瘩瘩的，好像皮肤下面怪石嶙峋；还有些地方则形容枯槁，如斑驳的老树皮。

大多数变种人生来就是这副模样。

但他们都和佳得利不同。自打记事起，佳得利就发现自己的身体异于他人，并曾为此倍感羞耻，觉得自己是个怪胎。有些孩子经常嘲笑他，说他的身体和传说中的沙穴人一个样。于是，他与同龄人渐行渐远，然后发展到离家出走的地步，又被带回来，最后因为绝食而病倒了。

他的妈妈叫黑翼，领他去见雪先生。雪先生告诉佳得利，这些让他咬牙切齿的差异，其实都是难得的珍宝，在以后的日子里，这些差异会帮助他建功立业。正因为这样，他才会生得犹如旧纪元中的英雄一样强壮挺拔，并且能够得到"佳得利"这样一个象征着出色声望的"威名"。佳得利当时只有四岁，在繁星似尘的夜幕下，他瞪大眼睛，坐在金光跃动的篝火旁，聆听雪先生向他讲述辟邪主的预言。

从那一刻起，佳得利就有了一种孩子气的信念。他相信自己永远不会迷茫，他明白发生在自己身上的一切都自有其意义。他的命运将与平原人的命运紧紧联系在一起。

佳得利自天空收回目光，望着雪先生。他不需要告诉老人自己在寻找什么。雪先生一直是他的导师，这位与天音对话的智者知道佳得利在干什么。他无所不知。

"今年就是浩劫之年吗？"佳得利问。

"是浩劫起始的年份。"雪先生说。

"'铁蛇'会在什么时候出现？"

雪先生闭上眼睛，呼吸沉重。他把脸转向太阳。

此刻，天空正变得深蓝。

佳得利静静等待。

答案终于出来了："等月亮冲你三回眸后。"

"那个被天音选中的云武士呢？"

雪先生长出一口气，将头垂在胸口，猛地睁开眼睛。

"骰子已经掷出，他会出人头地"雪先生抬眼注视着佳得利，"但他不知道，如若把这一切视为天赐，世界将为此付出怎样的代价。"

第二章

　　飞行裁定官进入简报室，苍鹰中队的一百名学员正昂首挺胸，坐在桌前。裁定官用死灰色的眼睛冷冷地瞥了他们一眼，随即查看平板电脑上显示的名单。

　　"艾弗里！"

　　梅尔·艾弗里一跃而起，"啪"地一下，立正站定，拇指与蓝色制服的边线呈一条直线。

　　"有！长官！"

　　"第三飞行路线。"

　　艾弗里拿起自己的护目盔，干脆地行了军礼，向大门处迈步出去。

　　飞行裁定官在艾弗里的名字旁边输入了一组代码，抬起头说："阿亚斯！"

　　阿亚斯紧张地起身，面色苍白，随即腰背绷得笔挺，结结巴巴地说："到……到！长官！"

　　"第五飞行路线。"

　　阿亚斯也像艾弗里那样迅速行礼，匆匆跑步，离开简报室。

　　"布里克曼！"

史蒂夫·布里克曼弹簧般站起，右脚一跺，脚后跟同左脚一磕，双肩后展，挺胸抬头，朗声道："到！长官！"

"第六飞行路线。"

啊！是蛇窝！

布里克曼不由得倒吸了一口冷气。

裁定官灰色的眼睛射出冷冷的目光，落在他身上："告诉我有问题吗？"

"没有，长官！"

"很好，走吧！"

布里克曼从桌上抄起头盔，行了个潇洒的军礼。

但飞行裁定官的注意力已经转向下一个人："布利奇斯？"

"啊！到！长官！"

…………

布里克曼边咒骂自己的这个"好运气"，边沿走廊向模拟机和自由飞行索道跑去。结业测验共有八个部分。其实和其他学员一样，他也希望先用简单的索道热热身。但没想到，第一项测验便被安排在了最棘手的路段。真糟糕！

蛇窝。

这个名字是以前的第一届飞行军校生一时兴起起的，流传甚久。其实，它在学院训练手册中，官方名称是"双螺旋"，在日常训练中被列为第六飞行路线。

这个索道包括两条螺旋斜坡，环绕着两根并排而立的圆筒形立柱，从高处看下去，如同两个螺纹相反的巨大涡旋。左边的斜坡包括十一个顺时针直弯,右边的则是逆时针。

两条坡道各自沿着立柱,顺势环绕而下,在中央合围成一块长一百三十英尺①、宽九十英尺的矩形通道。两条坡道在立柱中部边缘交互缠绕,驾驶天鹰战机的学员们便可换道,沿着两根立柱爬升或俯冲,飞过变幻莫测的"8"字形跑道,不停地进行或左或右的急转。

索道顶部和底部的飞行入口处,都建着一条长长的飞行起降跑道,跑道后方是快捷电梯,空间很大,足够运送两架折叠机翼的天鹰战机。

蛇窝总高度约为一千二百英尺。索架包含着螺旋坡道,长约七百英尺,宽约三百五十英尺。每条飞行入口大约高一百英尺,宽一百五十英尺,长四分之一英里②。

这个庞大无比的建筑,以及别的索道和飞行学院主体,都是从沙漠底下几百英尺的岩床中钻凿、爆破、修建出来的。飞行学院顶部应是过去美国新墨西哥③州的一座城市废墟,在联邦纪年以前,那里叫作阿拉莫戈多④。

一直以来,布里克曼成绩都十分优异,他早已对蛇窝的每个弯拐都了如指掌。他知道自己志在必得,一定要用最好的成绩力压群雄,不但要成为第一,更重要的是,要索取更多的分数——他的野心可不

---

① 1 英尺 =0.3048 米,感兴趣的读者可以换算一下。
② 1 英里 =1609.344 米。
③ 新墨西哥是美国西南的一个州。该州景致迷人,有红岩峭壁、沙漠、仙人掌等。另外其资源丰富。
④ 美国新墨西哥州南部城市。建于一九五〇年。贸易和休养中心。附近还有空军基地、导弹研究中心以及导弹发射场。第一颗原子弹便在该地的特里尼蒂发射场做爆炸试验。

仅仅是成为第一。

当然，得高分其实是最困难的。这意味着他的表现必须完美无瑕，不仅在蛇窝，也包括其他索道和飞行模拟器的测验上，都不能出一点儿纰漏。布里克曼的目标不仅是以第一名的成绩完成学业，他还想获得绝对的满分。在学院的百年历史中，这将是前无古人的成绩。

也许是命中注定，布里克曼的结业日正好是他十七岁的生日，更巧的是，这一天也是学院建院百年纪念日。按照过去的老传统，三年级的学员将在检阅仪式上获得他们的翼形徽章。现在，这个仪式已成为校方庆典的一部分。登记入学的那一天，布里克曼就算准了这几个机缘巧合，当时他已暗暗下定决心，一定要给学院和他的护父、护母带来一份额外的惊喜和荣耀。

史蒂夫·罗斯福·布里克曼，是史上第一个百分飞行员，二九八九级的领导者，令人羡慕的义勇军奖章获得者——这种奖章会在结业式上，授予训练期间综合成绩最佳的学员。

"这才是我的终极目标。"他想。

布里克曼来到蛇窝入口，深深吸了几口气，慢慢吐纳，让呼吸平缓下来。之后，他检查了一下身上蓝制服的折缝线，便走进索道主管的办公室，将身份牌在门口的感应器上一划而过，登记注册。

"准许进入飞行区域！"

布里克曼大步向前，一路奔向坡道。

这时，两架天鹰已被六名学院地勤人员安排就绪。首席飞行教官鲍勃·卡罗尔正站在起降跑道旁，和一名飞行裁定官聊天。这次派来的裁定官总共有十名，在学员们的测验中，他们将严格地为每个人的成绩打分。

布里克曼走到离考官们的距离适中之处，端庄立正。他抬起手肘，与肩膀平齐，行了个漂亮的军礼：他前臂弯曲，如上过油的折刀；手指、手掌和手腕紧绷一体，戴着黑手套的指尖距离军便帽上的星条徽章不多不少，正好一英寸①。

"三年级学员，八九〇二号，布里克曼，前来参加飞行测验，长官！"

飞行裁定官目光冷峻，冷冷地从头到脚打量了布里克曼一遍，然后掀开平板电脑的皮套，看着屏幕上显示的字样……裁定官一撇嘴，冲卡罗尔点头道："啊，这小子，你的明星学员！"他接着转头又对布里克曼说道："听好了，小子。起飞和降落，都要在这个跑道上完成。你的第一个弯是向左，其后的路线和回程路线会由每层的航向标志器显示。按规定，时间是十五分钟。偏离航线和高度都会减分。另外……"他顿了顿，又说："你必须争分夺秒，因为飞行时间会算进最后的总分中。明白吗？"

"明白，长官！"

"好的！你只有一刻钟的时间。"裁定官向布里克曼回了个军礼，走向了飞行控制室。

首席飞行教官卡罗尔三十岁出头，头发如同金毛狮王。他看着布里克曼，目光中流露出一丝同情。卡罗尔和这个学院所有的教职人员一样，对任何人都严厉而苛刻，但如果说他对某些学员偶尔会流露出

---

① 1英寸 =2.54 厘米。

一丝偏爱的话,那么布里克曼一定是其中之一。他说:"嗯,我有种不祥的预感,料到你会衰到抽中这个下下签。你现在有什么想法?"

布里克曼以稍息的姿势站着,略作放松,微耸肩膀。他了解卡罗尔,知道这肯定不是卡罗尔故意搞的,笑道:"总得有爷们迎难而上吧!"

卡罗尔冲他揶揄一笑:"不错,我也这么想。好了,去吧。"

布里克曼立即由稍息变立正,行了个标准、漂亮的军礼。

卡罗尔随意地把手在额头前一挥,作为回礼。纪律归纪律,军礼归军礼。五年来,每天他都会遇到无数活力四射的学员,如滔滔江水一般,他们不断地行礼,他也不得不回礼,以至于他常常觉得右臂都快脱臼了。

"祝好运!"

"谢谢长官。"

"慢着,布里克曼……"

布里克曼刚转了一半身子,听到这话,又回过头来,问:"怎么?长官。"

"这个世界的现实无比残酷。学习好只是学习好,并不能保证你日后永远第一。"

"谢谢,我会努力的,永远记住您的这个忠告。"

"很好,"卡罗尔说,"只是希望这句话别扯了你的后腿。"他压低声音继续说:"选二号机,更灵活。"

然后,他略一点头,示意布里克曼可以离开了。

布里克曼和其他学员们一起,跑向停机坪上的飞行器。

天鹰战机是联邦制造的唯一一种飞行器。机身为狭小的三轮座舱、一个动力舱、一个带风帽的螺旋桨,还有后方向舵和由吊索和支柱拉牢的箭头形机翼,翼展能达四十五英尺。机翼上覆着塑料衬层,可以像车胎一样膨胀,形成两张大翼。飞机引擎由电池驱动。平时,他们在地下训练飞行,从来不会超过半个小时,动力舱中的电能足够用了。而在执行地表飞行任务时,便可借助机翼上的太阳能电池,源源不断地供应能源,在理想的条件下,能使令战机航程范围近乎无限。

布里克曼快速检查了天鹰战机的情况,这是飞行前的检查,十分重要,避免出现什么纰漏。他钻进驾驶舱,启动飞行器。他看到卡罗尔在跑道旁溜达着,注视着自己。过去五年中,曾有很多相当优秀的学员在卡罗尔手下结业,但在他看来,布里克曼这小子的能力比过去任何一个学员都要强。

卡罗尔看过布里克曼在索道上进行的飞行训练,他早已做出结论:这个年轻的寻道民不仅拥有高超的飞行技巧,更重要的是,他还有某种神奇的灵异第六感,似乎能预见即将发生的一切。

卡罗尔认为这是布里克曼最大的天赋,以在蛇窝的练习为例:每次,似乎在飞行控制室拨动开关之前,布里克曼就能预知航向标志器会在哪里亮起,否则根本无法解释,他为什么总能恰到好处地、精确地调整位置,完成所要求的转向动作;而且,只需要在这条索道上飞过几小时后,他就能找到近乎完美无瑕的最佳飞行路线。

真是诡异,但也绝对惊人!

卡罗尔一直没对别人说过这种奇妙的感觉。所谓"灵异第六感"这种概念和正统的寻道民的逻辑完全不符。实际上,过去在卡罗尔的词汇表上，也没有这个词。直到他被编入一支开拓军远征队，到地面执行过几次任务后，才略微知道了一点。

很多老开拓兵都相信变种人——美铁[①]联邦永远的敌人——具有某种"灵异第六感"，但很少有人敢谈论这些事。事实上，公开谈论这种事属于犯罪行为。寻道民根本不需要把心思放在那些虚无怪异的东西上。他们之所以成为地壳和地表的主宰者，靠的是实实在在的科学技术。正是这些源自第一家族天纵奇才的实质性力量，才使得人们能够生存至今，重回蓝天的梦想越来越靠近现实。

这些都是《联邦手册》上的官方说法。在这个被称为"大典"的无所不包的全方位信息数据库内，有一页页的索引、文档资料、规章制度、行事法则，依靠着这些东西，来管理寻道民们生活的各个方面。

其中也包含着第一家族的集体智慧：对所有事情的高明看法。

但是，大典中从来没说过，身为飞行员，想活着度过最短服役时限，也就是三次军事任期，每次持续一年，共三年的时光，其实还需要很多的运气成分。

在寻道民所在的这个头脑和肌肉高于一切的世界中，在他们短暂的职业生涯中，通常都是为了力求辉煌，荣耀后世，而所谓的"运气"就是一种可以提及的，很少的抽象概念之一。

此刻，布里克曼坐进机舱，系好安全带。天鹰战机的前轮已触及起跑线了，他没有意识到卡罗尔站在左翼后的跑道旁边看着自己。

布里克曼紧盯着左手边，那个方向是飞行入口壁上的跑道控制

---

① 美国铁路公司的简称。

灯,他将手放在制动杆上,发动机开始嗡嗡地全速运转。

布里克曼屏息静气,将所有感官调动起来,集中在眼前的飞行任务上。而五官之外,还有第六感,这个词还是卡罗尔告诉他的。第六感已让他预见到,第一个航向标志灯将会要他绕着立柱向左拐个直角弯。

规定时间是十五分钟,这意味着当左转或右转箭头亮起后,飞行员必须迅速做出反应,只能用不到两秒的时间来完成恰当的航向修正。如果反应慢一点点,就会偏离中心航线。这样的话,跑道天花板上的光电元件就会记录下这次偏离,立柱上也有同类设备记录下高度变化。若想得到满分,飞行员必须自始至终将战机牢牢控制在飞行通道的中心线上。这是十分困难的,要做到这一点,需要有高超的飞行技术、全神贯注的精神和闪电般的反应力。

布里克曼自然拥有各项必要的素质,再加上一种无与伦比、难以言喻的能力:他可以预见未来几秒钟发生的任意事件。这样的异能令他能够出类拔萃。

他全神贯注,坐在机舱中,等待着绿灯亮起。他确信自己会在飞行控制室点亮航向标志灯的前一两秒,就"预视"到它们。这种第六感平时不会出现,似乎只有在感到巨大压力时,譬如现在,才会出现。他一直将这份幸运的天赋发挥得淋漓尽致,却从没有探究过它的来源。

布里克曼并未对此感到丝毫恐惧,或是惊奇,他只是平静地接受这种异能,就像他毫不怀疑地认为:史蒂文·罗斯福·布里克曼注定要一鸣惊人,功成名就。

布里克曼预见到了,绿灯即将点亮,在电流蹿进灯芯的同时,他松开轮闸。天鹰战机向前冲去，骤然腾飞，升到三十码的高度。

战机到达飞行通道末端，进入第一个弯角时，卡罗尔走上跑道中央。他笑了笑，意识到布里克曼，这位优秀的学员，正在创造有史以来的最佳成绩。

第四天晚上，当所有学员的飞行时间数据呈报上来时，卡罗尔一看，果然自己的预感是正确的。布里克曼的这次飞行，不但路线绝对完美，而且耗时之短，精妙绝伦，这样的飞行指标，定将成为这条索道的极限标杆。自此，布里克曼一发不可收拾，从蛇窝开始，在后面所有的飞行索道上，他都取得了完美的成绩。

而且，在后面的项目中，严格的军事袭击、身体素质测验、射击课程、普通武器操作、综合及技术项目电脑问答测验等等，布里克曼全都获得了满分。

裁定员们开始处理成绩了，他们很快就惊讶地发现，八九〇二号布里克曼的分数实在太高，有可能达到令人难以置信的两百分，而且，是在还差最后一项测验分数的情况下。

"立正！"

学员中队队长们齐声呼喝，号令全队。学员们三百双脚后跟齐齐一磕。

首席飞行教官卡罗尔这才昂首阔步，迈进大讲堂，他身后跟着的是高级助理飞行教官崔格斯。

卡罗尔走上讲台。

三个高年级学员班的队长们同时向后转，行了标准的军礼，大声报告班级集合情况。

"秃鹰中队,集合完毕,长官!"

"隼鹰中队,集合完毕,长官!"

"苍鹰中队,集合完毕,长官!"

卡罗尔用自己出了名的随意而潇洒的挥手作为回礼,便走到了演讲桌的后面。

助理飞行教官崔格斯是个臭名昭著的恶魔教头,他站在距卡罗尔左侧一步之遥的地方,双脚分开外撇,双手交叉,反背身后,拇指搭扣,神情肃穆。

"大家请坐。"

三百个学员的屁股齐刷刷地滑进座位里。

"开始吧。"卡罗尔说,"我看过当前的成绩报告,到目前为止,一切都还不错。你们只剩下最后一关,这回是要真正操作一个大家伙,真家伙,必须成功,不成功便成仁。明早七点,就轮到你们上场了。一次一个小队,到第十级,进行你们的第一次地表单人飞行表演测试。"

听到这个宣告,史蒂文·布里克曼心中既兴奋又忧虑,百感交杂。

"你们都看过相关资料了吧,"卡罗尔继续说,"你们过去也都听到过简报。外面,你们知道会遭遇什么。是吗?"

"是的,长官!"大伙一起答道。

"不!"卡罗尔突然厉声道,"一切都是错的,你们的一切,你们到目前为止所学的一切——全他妈的毫无用处!从现在起,赶快忘了它。当你们从坡道起飞,第一眼窥见地表时,过去的任何准备都没啥用了。这就像进入了一个全新的时空。你们将被一开始的视觉冲击淹没，大多数人都会被吓坏的。当然，这都无关紧要。当你们第一次在变种人的领地进行巡逻飞行时，同样也会被吓坏的。不过不要紧张，有这种感觉很正常，没有这种感觉的都不是正常人。关键是要把控住自己，还有你的飞行器。别让自己丧失了最基本的判断力和方向感。在上面飞行其实和在自由飞行穹顶屋差不多，你只要想象出，天地是没有边际的穹顶。"

无边无际，辽阔无垠，恐怖、陌生、神秘……

异样的感觉从学员们心中腾腾升起。

只听卡罗尔继续道："你们中有些人可以轻松过这一关，开始几分钟后，便能适应环境，会觉得这实在不值得大惊小怪。但另一些人肯定会吓蒙了，厌恶这段飞行的每一秒钟，巴不得蜷在座椅上，闭上双眼，希望眼前的一切都消失。但你们必须给我挺住，和这种厌恶感做斗争。如果你计划在下周五成为一名合格的飞行员，好好结业，就必须在天空中，在这张你从未见过的大床单上，好好飞行，走过每一英寸的规定路线，再原原本本地飞回来。嘿！你们回来时，最好别尿裤子。"

最后一句话引得众人发出一阵紧张的哄笑声。

"不，别笑。"卡罗尔正色道，"我可没开玩笑。你们的飞行教官们会在浴室值班的，是不是？"

崔格斯微微一点头："是！"

卡罗尔若有所思地看着大伙，道："过去，有两个学员，刚飞出坡道就吓傻了。其中一个猛一翻身，直接从五百英尺的空中掉下来，飞行器坠毁。另一个刚看到天空，就吓疯了，来了个一百八十度的大掉头，动力开到最大，试图飞回坡道。本来他能做得到，但他太急了，没等坡道人员打开闸门就……"

听到这里，布里克曼鼻子一皱，做了个惨脸。

他清楚地记得，学院教员们做地表情况介绍时曾经提到，通向学院上方沙漠的坡道外闸门，是由十二英尺厚的加固混凝土板层构成的，可想而知，急速撞击的话……

首席教官卡罗尔叹息一声，面色苦淡，不再谈下去，转而说道："我相信你们在接下来的十天中，不会做出什么糟糕的事情，来破坏我们百年庆典的气氛。"

所有人都静默肃然地看着他。

"很好，"卡罗尔扭头对高级助理飞行教官说，"现在，他们是你的了，崔格斯先生。"

虽然首席飞行教官提出了这么可怕的警告，但现在，这项重要的单飞测验，几乎没有不合格的。自卡罗尔还在当学员的时候算起，学院就重新构建了飞行员的理想心理模型，每个申请当飞行员的学生都经过了认真的选拔，接受过异常苛刻的测试。

理论上，报名者的心理必须与理想心理模型达到七成五的相似度才算是过关。但实际上，这通常是不可能的。在联盟近千年的历史上，以及在此之前的一千年内，还没有人能找到一种途径，可以让应用心理学达到自然科学那样的精确度。

这就是说，偶尔会冒出个干劲十足的笨蛋，斗志昂扬地冲出坡道，可刚在真正的天上待了几分钟，旷野恐惧症就骤然爆发。这种对开阔环境的恐惧感，曾令大部分寻道民痛苦难当。这个倒霉的学员一下子就蒙了，连握在控制杆上的手都无法挪动，五脏六腑都在翻江倒海。即使他终于控制住心中的恐惧，飞完既定的路程回到基地后，他作为飞行员的职业生涯也到此结束。因为在这项单飞测验中，每个学员身上都接满了各种监测导线，就像安装了一台测谎仪。身上的传感器与一台记录仪相连，身体的各种指标，如心跳、脑电波、皮肤温度和湿度等数据，都被巨细无遗地监测下来。来自大中央的飞行裁定官用这些准确的遥感监测设备，哪个飞行学员吓得尿了裤子，哪个吓得冒冷汗，他们都看得一清二楚，再也不需要崔格斯先生在浴室里守株待兔。

布里克曼从五岁起，就开始制定自己的人生，设定自己的职业生涯。他坚信自己能够轻而易举地通过这项测验，这和其他所有测验没什么不同，他会以最优异的成绩完成。

这倒不是说，成功对他来说很容易。除了与生俱来的飞行天赋以外，布里克曼不是年级中最聪明或者最强壮的学员，但他无疑是最勤奋的。他在学习、飞行和比赛中取得的成绩，无论在智力上还是体力上，都源于他长时间的刻苦努力和坚韧不拔的精神。这正是接下来的飞行任务中最需要的品质。

布里克曼真正最有才华的地方，在于他可以充分挖掘自己的潜能，将自己的天赋最大化。这些天赋当然包含很多：挺拔的身材，英俊的面孔，随和可亲、机敏精明的谈吐……这些东西，其实都偷偷帮布里克曼掩盖了一个事实：他的头脑工作起来，就像电脑的硅基芯片一样，准确、精细，同时也冷冰冰的，毫无人情味。

布里克曼属于苍鹰中队，在过去的二十年中，苍鹰中队十五次获得团队总分冠军，因此，那些被编入这个中队的学员向来觉得自己高人一等。不过,不知怎么搞的,这次的测验却把他们排在第三位出发。还有四天,他们才能去第十级参加最后一项飞行测验。

布里克曼和同学们好好休息了四天,到了第五天,期盼已久的日子终于来了。布里克曼、艾弗里和其他八名学员组成了甲小队第一分队,他们带着行动指令来到楼级监管部门,乘电梯前往第五级。在那里,他们将乘坐传送带到达第二个宪兵检查站,然后进入另一架电梯,升到靠近地表的第十级。

这是布里克曼第一次进入第五级以上的地方。在进入学院成为学员之前,他一直都在低级层,也就是一到四级。

层级是这样划分的:一级一层位于地表以下一千五百英尺,每级又有一百五十英尺高,共分为十层。从下往上数,"I—8"就表示第一级的第八层,而"X—10"就表示坡道入口层——联邦与地表之间的结合部,那里由重兵把守。

只有极少数区域可以直达第十级,这是为了安全考虑。大部分联邦基地位于一到四级之间,由穿梭车连接通行。

布里克曼走出电梯,踏上 X—10 的地板,心中突然涌起一种异样的感觉。一眼望去,坡道入口层和下面的其他楼层都差不多,很难区分开来,但他确实多了一种感受——到地表了。实际上,地面离他头顶尚有五十英尺的距离,但这时已觉得它能触手可及。

到地表飞行控制站报到后,布里克曼发现自己竟被安排第一个出发。两名医护人员忙着将各种各样的传感器接上他的身体,那些无处不在的飞行裁定官中的某一个,就站在他旁边的监视器前,检查着数据记录仪输出的信号是否正确。这一切结束后,布里克曼又重新穿好了他的蓝色飞行制服,将传感器导线的束带塞进衣服的前襟。

然后,他来到图表室,另一名飞行裁定官递给他一张地图、一组航线坐标和最新的天气数据,并告诉他:"你有十五分钟。"

布里克曼心中激动万分,但他强忍住笑容,生怕因此生理指标不正常了,进而损失宝贵的分数。他漂亮地行过军礼,走到一张测绘桌前开始工作,不到十分钟时间,就完成了计算,又用剩下的五分钟将结果检查了四遍。在此后的两天内,小队其他学员,以及整个苍鹰中队的所有同学,都将跟着他,在他出发一刻钟后,以同样的时间间隔陆续出发,飞越六条备选路线中的一条。

离开图表室后,布里克曼径直前往西北坡道。通向地表的四条坡道彼此交叉,呈十字形。来到坡道入口区,便见一架天鹰战机早已停在停机坪上,机头端端正正,对着巨大厚实的铅门。三角形的机翼展开,上面覆盖着一层蓝色金属薄膜,布满了数以千计的太阳能电池。布里克曼按惯例,进行飞行前的仔细检查,没发现什么问题。他戴上黑色面罩头盔,坐进驾驶舱,系好安全带,再将麦克风插进特高频的波段,传感器导线接入机载的收发器。从这一刻开始,直到他走出机舱为止,连接在他身上的各类传感器,会把所有数据传输到飞行控制室的一台监测仪屏幕上,同时进行储存,完全记录下他在测验中反映的所有情况,绝对无法更改。

数据收发装置安装在驾驶舱的右侧,就在右手肘旁边,他伸出左手,将其打开。

飞行控制室的讯号立刻传来:"柔和 X 光一号,数据线路读取正常。"

布里克曼确认了坡道管理员发出的预备信号,按下按钮,座位后面的电动机开始运转。他又最后检查了一下操作翼面的情况,依照坡道管理员指挥棒的指示,让战机向前缓缓移动,直到天鹰战机的尖头离坡道内门只有几英尺时,这才停下。

发动机嗡嗡鸣响,布里克曼隐隐似听到一阵呲呲的杂音。眼前,五十英尺高的大门慢慢滑入地面。随着橘黄色的指挥棒一指,他驾驶天鹰战机冲向双层外门,停在双黄线之间。

这时,他能够看到,坡道入口的通道大约有一百英尺宽,两侧墙体微呈弧形结构。他记得简报中说过,内层门是向两侧滑开的,而外层门则是上下移动的。较大的上部会升入天花板,下部则降入地面。这种设计,可让坡道人员根据所要通过的物体大小,调整大门打开的程度。

布里克曼扫了一眼后视镜,心中有点吃惊,身后的大门正悄无声息地升起,把他和联邦隔绝开来。

控制台的声音在耳机中响起:"柔和 X 光一号,这里是控制台,这里是控制台。光线平衡将在五秒钟后开始,大门将在十秒钟后打开。看到绿灯之前,不要试图通过。一旦穿过双黄线,就可以起飞了。回程时,通过红、白、蓝色灯塔后,请发出你的呼叫信号。完毕。"

"柔和 X 光一号,明白。"布里克曼说,声音中有一丝兴奋的颤抖。

"祝你好运。"控制台说。

此时,从地板沿着墙壁直通天花板的众多霓虹灯管开始一起闪亮,放射出夺人眼目的光芒,形成一条闪耀的光之通路,离坡道的大门越近,光线越亮,以便和地表的日光强度吻合。

布里克曼放下了面罩,等待了大概五秒钟,十二英尺厚的内层门向两侧缓缓分开,下半部分的外层大门也滑入坡道,为他敞开了一道十五尺高的空门,足以让天鹰战机顺利通过,畅行无阻。

绿灯终于亮了,布里克曼驾驶天鹰沿着中线,从同样巨大的顶部外门下通过。穿越这沉重的大门后,他在四壁画着双黄线的地方停留了片刻。

布里克曼现在处于一个混凝土峡谷中,两侧是五十英尺高的陡峭墙体。在视线前方,一道斜坡缓缓向上升起。他内心稳定下来,过去,他曾经研究过坡道模型,知道两侧的墙壁会越来越矮,坡道则会一步步升高,像一柄巨大的扇子般,渐渐抬起,最终与地表相连接。

峡谷的最高处,是一片平展宽阔的蓝色穹顶。

布里克曼极为震惊,因为他意识到,自己看到的并非是联邦基地中心广场上的那些照明天棚,而是外面那真真正正的蓝天。

这是世界的棚顶,是《穹顶不羁的蓝天》。布里克曼十岁时,就听到过这首歌曲,当时,飞行学院这首扣人心弦的军歌刹那间便如火如荼地点燃了这个小孩子心中的梦想。

眼前,炫目的光芒几乎要将人淹没,令人窒息,这种光,并非来自隐蔽的荧光灯。它照亮了四周苍白的混凝土墙壁,在跑道上映出天鹰浓重而清晰的影子。这就是太阳的光芒,它倾泻而下,它明亮非凡,它又是那么热烈而威严。就算有个面罩护着眼睛,布里克曼也不敢直视它。光线的热力,如同刺刀一般,深深刺透他的身体,周身的骨骼因这热量而活泛起来,有种暖洋洋的痒意。

布里克曼强迫自己不要激动,一定要保持镇静。他深深吸了口新鲜而温暖的空气,把节流阀调大。天鹰战机沿着坡道的中心线慢慢升起,突然直冲蓝天。反射热气流顺利地把这架轻巧的飞行器托上了天空,他正襟危坐,迅速调整好天鹰的平衡。只见两侧墙体慢慢下降,下面的坡道渐渐缩成一小片模糊不清的碎布条。

他终于看到了地表。

同时,他感到自己也被外面世界的广阔无垠吞噬。

在布里克曼十六年零五十一周的生命中, 他能看见物体的最远距离,从没超过半英里。而基地中,最高的天顶也仅有七百五十英尺高。当然,他从录像上看到过大中央最新落成的约翰·韦恩①广场,这个建筑奇迹有一英里宽,将近半英里高。那已令他觉得不可思议了。但和此时此刻,眼前铺展开的辽阔原野相比,那个大广场只能算是微不足道。现在,他目力所及的视野,已超过一百英里!在这令人精神恍惚、双目凸出、心跳停止的景象边际,是白云点缀下遥不可及的地平线。这一切之上,扣着一个深不可测的蓝色超级大碗。

布里克曼内心最深最深的地方,开始对地表产生了剧烈的反应,像火山爆发时的岩浆一般,疯狂地喷涌而出。是呀,卡罗尔说得对,无论过去做过多么周密细致的准备,都不足以应付这一时刻的到来。多少年来,布里克曼一直为自己冷静超然的判断力感到无比自豪。他在任何情况下都收放自如,根据情况做出恰如其分的表情,调动自己的语言和动作,从来没有失控过。

---

① 美国最受欢迎的老牌西部片明星之一,曾出演过一百七十五部电影,荣誉等身,去世后还被授予美国国会金质奖章和总统自由勋章。在美国的纪念邮票上、雕像上和机场中随处可见他的身影。

但今天,今天,他想疯狂一次!

布里克曼突然摘下面罩,让自己真切地迎着风流,沉浸在令人头皮发紧、心跳加速的原始体验中。他大口大口地呼吸着空气,身体向后一仰,让地表那伟大壮美之感,将自己彻底淹没;让这些诱人的美景,像久别重逢的爱人一样拥抱自己,融化自己。尽管,他并不知道这些词汇,甚至不理解它们的意义。可是他,要的就是这种感觉!

与世界合而为一。

突然,他听到一个声音。

身体迅疾感到危险。

清醒!

他立即恢复神智,心念回归到为联盟效力的高大上的目标上来。他摒弃所有杂念,用寻道民自控精神的铁蹄,碾碎这奇景带来的奇妙幻觉。

布里克曼又从激动和疯狂中恢复如初,他调节动力向上爬升,检查了一下坐标,发现飞行方向准确无误,正朝第一段航线飞去。

之后,他又把目光投向了下方。

地表,那是属于寻道民失落的领土,被可怕的变种人部落占领。第一家族曾以联邦为名,发誓要夺回属于自己的蓝天世界。

布里克曼查看了一下地图,他刚刚离开的坡道位于飞行学院的正上方,海拔五千英尺,正好位于阿拉莫戈多和霍洛曼空军基地①这两个史前遗迹之间。阿拉莫戈多城只剩下一些残垣断壁,在红树林之

---

① 位于新墨西哥州的美国著名空军基地。

间随意排列,形成一些模糊的直线图案。在他的左侧,是霍洛曼空军基地,现在是三个互相交叠的巨大弹坑,而且被风化沙土填埋了一半。

布里克曼转头望去。

周围是高耸入云的三角杨树林。

树林……

就像那远方的云团,布里克曼过去只在电子屏幕上看到过这种东西。

一切,既熟悉,又陌生。

熟悉是过去曾经知道,陌生是此前从未亲眼所见。

布里克曼升到了两千五百英尺的高度,还在继续攀升。他身下的土地被学院制图员称为"大平原"。右后方的坡道后面,可以看到塞拉布兰卡峰,那直插云天的山脊,像一把巨型的尖刃,部分山脉挡住了东方的路线。再往前便是圣安德列斯山脉,他要驾机向前,从黑顶和桑拿斯峰之间通过。而后,他将笔直地穿越朱纳德戴莫托沙漠,到达北方的一个大型水库之上。

一条宽阔的大河在地面的岩床中奔流,蚀刻出很深的河道,经过巨大的水库,又向南蜿蜒流去。

格兰德河①。

谁也想象不出,如此美丽的地表世界,竟然会有那样致命的危险。没错,尽管早就听过不少传说,但布里克曼仍旧难以相信这是真

---

① 美国与墨西哥之间的大河。

的。可他的护父就是活脱脱的证据，无人可以辩驳。杰克老爹当飞行员的时候，曾赢得过双六徽章，但现在的他，只剩下个蜷缩在轮椅里的躯壳，无可抵御的疾病正在蚕食他的身体，这是所有完成规定地表值勤任期的飞行员的命运，也是他们都难以逃脱的危险。

在头顶的天空、脚下的大地中，都充满了清冽的新鲜空气，能令你在呼吸时感到无比畅快，其实里面都蕴含着致命的放射性物质。虽然这是布里克曼首次出勤，但他毫无防备的身躯其实已经遭到了放射性物质的偷袭。每一平方英寸的土地，每一立方英寸的天空，没有一个地方是安全的，死亡之吻，就在你身边。

这种无处不在的危险，像一块透明的裹尸布，包住了整个世界。正是为此，联邦最终在地下世界诞生了，但这近千年来，联邦也始终无法回到阳光下生存。辐射防护服不是没有，但开拓兵们对这种难看的套装嗤之以鼻。他们总认为自己是大劫难之前的美军绿色贝雷帽部队和英国的皇家空降兵，是最精锐的突击部队，是美铁联邦精英中的精英。带有空气过滤系统的标准制式封闭头盔，再加上飞行员护身制服，都是他们认为"可以接受的"防护装备。但辐射防护服又难看又臃肿，甚至不在所谓"篷车队"①的装备清单上。大中央并不把拒绝穿戴这种装备视作违反纪律，反而觉得这是开拓兵的忠诚，是他们愿为联邦从容赴死的最佳证明。

布里克曼这次地表飞行的既定路线，差不多是个等边三角形，全程共有二百二十五英里。一开始的七十五英里，是飞向西北方的象丘

---

① 原文为"Wagon train"，多指在美国西进运动中的由移民马车组成的篷车队。

水库。第二段路程又几乎是飞向正南方，与格兰德河平行，最终在另一个被称作哈奇城①的史前遗址处，穿过河流，抵达塞拉德拉萨瓦峰。回程则按照由东至北，又至东的路线，绕过圣安德列斯山脉那八千英尺的最高峰，然后穿越那一大片荒无人烟的白沙沙漠，回到原点。

布里克曼估计裁定官们肯定有办法准确地监测他的飞行路线，所以在八千英尺的巡航高度上，他将严格按照既定路线飞行，时速为七十五英里。他在周围的天空中巡视了一周，却没有看到其他飞机。

战机继续前行，飞过一片山脉后，他开始降低高度，准备进入最后一段航程。前方，他可以看到那有上千英尺高、铅笔一样细长的红、白、蓝三色灯塔，仿佛是靠魔法固定在高空中。下方的白色沙地，因为风吹而形成弯弯绕绕的条纹，向四周伸展，犹如一片巨大的凝固之海。

"海"。

布里克曼听说过这个词，却从未见过图像资料。他只知道这种地貌在南方的地平线以外。他强压住想去寻找海洋的冲动，继续向西南坡道俯冲，过不多时，便距离着陆点只有两英里了。突然，他看到起飞坡道中冒出一小片蓝色的三角形，然后开始转弯，一缕阳光照在上面，反射出闪闪银光。东南方的高空中，还有一个小银点，嗯，又有一个人回来了。

布里克曼关闭节流阀，让天鹰战机向下滑翔，在这温暖的空气中，犹如海鸥般随意洒脱。距离起飞时已过了三个小时，战机的三个轮子再次落在坡道上，完美！这和他在地表飞行控制室里测算预估的

---

① 美国新墨西哥州城市。

时间完全相符，分秒不差。

他驾驶战机，沿着坡道向下滑行，两旁的墙壁似乎往高处生长，把他和地表隔绝开来，将他团团包围，令他倍感窒息。几秒钟后，眼中的蓝天世界，通过驾驶舱上方看去，只剩下一条窄小的蓝带了。

天鹰战机驶上了双黄线，坡道大门静静地开启。

绿灯信号示意：可以通过。

布里克曼知道，前面灯光明亮的通道意味着安全，隔绝地表世界的各种危险，提供可靠的保护。

但不知为何，他发现自己无法移动。

一种无可名状的恐惧感俘虏了他。

那是一种被活埋的恐惧感。

就像……自己正走进坟墓里去。

布里克曼下意识地踩住刹车踏板。

天鹰的机头停在了双黄线间。

没有动。

一、二、三、四、五、六、七……

鸣响器发出一声尖锐的爆音，控制台的声音传入耳内："离开坡道，柔和 X 光一号。"这个声音紧接着又说："你的数据线路中断了，但我们并没收到故障信号。请检查系统！完毕。"

布里克曼一愣，觉得这太不可思议了，忙将右臂往后挪了挪，低头看了一眼连接身体传感器的数据收发装置。啊！一丝寒意顿从心底生起："怎么搞的，被关闭了！这个收发装置怎么能被关了呢？肯定是无意中用胳膊肘碰了一下。哦，克里斯托夫·哥伦布啊！我怎么会干这种蠢事？什么时候弄的？"

他连忙把开关拨到"开"的位置，心中懊恼至极，暗骂自己："哦，该死，该死，该死！你这个蠢货！你玩完了！"

地面控制台那冷冰冰的机械声打断了他混乱的思绪："我们已收到你的信号。进来，柔和 X 光一号。"

布里克曼忙揉揉太阳穴，稳定情绪，放松身体，轻轻抬起踩在刹车上的脚。

天鹰战机继续向前，从上半截外门下开了过去。

布里克曼刚一进去，外层大门的下半部分便往上升起，同时内门也从两侧墙体内向中滑去。

大门逐渐合拢，因日光照射而形成的明亮矩形也逐步收缩，最终消失在钢筋幕布之后。

布里克曼尽力压制心中的困扰之感，自飞行时就产生的，那种离经叛道的感觉，令人迷惑、冲动、兴奋、害怕……他真不知该如何形容。不！它必须被抹除掉，否则会让人更加痴迷和迷惑。

但布里克曼清楚，这种感觉将不会消亡，而且，将永远伴随着他。

那，其实就是——自由。

是的，布里克曼体会到的是自由。他无法准确地辨认这种情感，也不能用语言去表达，这是可以理解的，因为，自古以来，联邦的词典中根本没有"自由"这个词。

当然，第一家族的高层人士们绝对知道这个概念，但在公众场合，它从来就不会出现。

首席飞行教官卡罗尔随意地一挥手，三年级的学员们立即坐回座位。

他走到演讲桌前。

以崔格斯先生为首的六个助理教官在他后面的墙壁前一字排开。

卡罗尔说道："等很久了吧，但总算暂时结束了。度过探亲假后，你们将被分配到各自的第一任战斗岗位。当然，在这之前，你们还要忙着为百年庆典的检阅式彩排，所以，这可能是我最后一次对你们整个年级讲话了。我想借此机会，跟大家说两句道别的话。"

说到这里，他顿了顿，目光如探照灯般，缓缓扫过在座的学员们，道："我已经看到了成绩单……"

学员中间响起一阵激动和惊讶的低呼。

卡罗尔抬起一只手，示意大家安静，道："好了，分数和名次会按计划，在明天发布，但现在我就可以告诉你们，没人被淘汰，没人需要重修。"

学员们竟然以一片寂静来迎接这个好消息。

卡罗尔微一晃头，似乎不敢相信这一幕，他扭头对助理教官们说："难以置信，他们竟然没吃惊。"

听到这话，三百名学员，包括占总人数三成的女孩，全都大笑起来。他们知道，今天是个开心的日子，不会有人因为大笑而被责骂，至少卡罗尔不会那么干。

"我知道你们是怎么想的。"卡罗尔继续说，"'老样子，首席教官给每个毕业班讲的都是老一套。'不，现在我告诉你们，不是这么回事。三年前,当你们进入学院时,我以为手里接了一批蠢蛋菜鸟。但我没想到啊,你们干得非常好,有些人,当然更好。"说到这句时,他的目光在布里克曼身上顿了一顿,"实际上,你们的成绩确实好得出奇,大家的平均分是学院自建校以来最高的。"

二九八九级的全体学员们,忽然爆发出一阵雷鸣般的欢呼。

他们前面,卡罗尔身后,六名平素威严的助理教官也露出了不易察觉却发自内心的微笑。

卡罗尔打了个手势,示意大伙安静,接着道:"好了,我想我应该祝贺你们,事实上,你们这帮家伙真的很讨厌,这样会让我们以后的日子更难过了。因为大中央肯定希望我们越来越好,明年要拿出更好的成绩来。"说到这,他苦笑着回头,看了看身后的助理教官们,"先生们,这就意味着从明天开始,咱们几个又要玩命干了。"

那六个助教自嘲地一笑,露出一副听天由命、万般无奈的面孔。

"我们,绝对可以越来越好。"崔格斯说。

卡罗尔冲这位高级助理教官伸出一根手指,道:"说得好。"他又回头,面对学员,两手一撑,按在演讲桌的两个角上,咳咳,清了清喉咙。

二九八九班的学员们立即肃穆,挺直腰杆,收敛笑容。

"好了,听着。几天后,你们的胸前会别上一枚徽章,这意味着,你们将成为正式的飞行员,走上美铁联邦的最前线。那个时刻,绝对激动人心,好好享受吧! 但别认为训练的苦日子已经结束,接下来的生活会变得多么轻松舒服。实际上,加入篷车队后,还有十二个月的军事训练等着你们。就算你们够聪明,够努力,能撑到把银徽换成金徽,训练仍不会结束，你们还得继续学习，学习，学习，不断地学习，这是成为优秀飞行员的唯一办法。给我记住，永远记住这一点，当筹码已经押下，运气却刚好用完时，只有最最顶尖的飞行员能活着回到基地。"卡罗尔说到这里，顿了顿，目光扫过大伙，那是一排排充满活力又激动不已的年轻面庞，他抿成一条线的双唇，现出一丝遗憾，"谁知道呢？如果你们不掉电，或是变戏法，也许日后有人会站在我这个位置，像我现在一样，对学员训话的。"

学员们发出一阵干巴巴的笑声。

"掉电"是开拓军的行话，代表在敌占区坠机，就跟"翘辫子"或是"嗝儿屁""玩完"一样，这个词意味着阵亡。大家都知道，地面上的那些变种人，会把活捉的俘虏吃个干净。而"变戏法"则是另一个死亡代名词，在联邦医学机构里，这种死法被标注为 TRIC①，即辐射诱发的癌症。

其实，大多数位列学院荣誉名单上的优秀飞行员，都会落得掉电或是变戏法的结局。很少有人能够活到而立之年。

卡罗尔心中微酸，他知道，现在面前的这些活力十足的年轻人中，至少有一半将见不到他们二十一岁生日那天的阳光。学员们也心知肚明，但大家无怨无悔。

每一年，学院都会被潮水般的申请函淹没，数以千计的孩子都希望能成为学院新招收的三百个"雏鸟"之一。"雏鸟"，是对新来乍到的一年级学员的戏称。

---

① 这是"辐射诱发的癌症"的首字母缩写，而"戏法"在英文中为"trick"，故有此俗语。

根据手册所述,这正是美铁联邦之所以强大的优势。寻道民们的勇气和奉献精神,正是美铁的奠基者——最初的游骑兵和义勇军,所具备的"七德"中的两条。这些品德被第一家族和两支冠以先辈之名的精英部队奉为圣训。

"以自己之死换来他人之生。"这句话被铭刻在联邦各地的墙面上。每个寻道民从呱呱坠地时起便受此激励,要以英烈为榜样。

更何况,对七德绝不能提出任何质疑。

测验结果出来了,在大屏幕上公布。

布里克曼看到这一结果,惊得目瞪口呆。

怎么会是这样?

怎么可能?

经过三年勤勉刻苦、孜孜不倦的努力,他竟然只以一百八十八分的成绩排在第四名,在他前面的是秃鹰中队的皮特·范登堡。

布里克曼此前曾推断,皮特是最有可能跟在他之后,这个光芒四射的第一名后面的人,当个可怜兮兮的老二。可是现在……这已经够糟的了,但更糟的是,和布里克曼隶属于同一小队的格斯·怀特,竟比皮特还高出一分,占据了第二的位置。布里克曼绝对没想到这一点,自始至终,他甚至都没把这个人视为竞争对手。最最意外的是,同样隶属于苍鹰中队的堂娜·梦露·鲁德奎斯特,这个布里克曼认为最多能挤进前十就不错的学员,却以一百九十二分的成绩拔得头筹,当了那个金光闪闪的第一名,而且,她还同时获得"荣誉学员"的提名,义勇军奖章近在咫尺,如探囊取物。

大屏幕前黑压压的一片,挤满了兴奋的人群。布里克曼无视甲小队其他队员的祝贺,板着一张面孔,径直走回自己的房间。他插上房门,与外界完全隔绝,持续了两个小时,他想理清楚头绪:"到底发生了什么事?我哪里做得有问题了?"他回顾了自己在每项测试中的表现,记忆的手揣摩着测试的沙砾,还是没有找到那个会导致失分的错误。是的,也许他唯一的失误,就是在坡道降落后,那瞬间的犹豫。不!但他绝不相信,只不过是短短的七秒钟,不仅让他失去了唾手可得的第一名,甚至连第二、第三的位置也丢了。

最让他受不了的是,他竟然排在格斯·怀特这种窝囊废的后面!月考中,那家伙的成绩可差得远了!这到底是怎么搞的,这一切都是怎么了?怎么也说不通啊!

当然,他又想起了另外一件事:必须承认,身体传感器,有三分钟的传输中断,估计也是个大问题。不过降落后,他已想尽了一切办法,跟裁定官和地面控制台解释过了,他们也相信开关可能是无意中碰到的。这并非失分的大项啊!在执行军事任务时,天鹰也不会安装数据收发装置。他和裁定官们辩解时,他们也承认,这收发器的位置放得不合适。好啊,尽管他们当时在表面上谅解了他的失误,但现在,他还是受到了如此严厉的处罚。

"没关系,总有一天,"他暗暗咬牙切齿,"我会把分数扳平的。鲁德奎斯特、格斯·怀特、卡罗尔、飞行裁定官,还有那些隐在幕后、给我耍手腕、让我丢脸的家伙,你们都将付出代价!很好,也许这需要很长的时间,但这只会让我的复仇之路,变得更加有趣。"

克里布曼下了这个决心后,心里稍微好受一点,胸中的抑郁释放了一些,充满了一种残忍而严酷的快意,但不能缓解他苦涩不堪的情绪。

下一步,他要清醒思考,立即行动。

他从铺位上站起身,冲了个澡,头脑焕然一新,又换上一身刚熨过的新制服,整个人从萎靡转为正常了。随后,他去参加喧闹的庆祝派对,从人群中找出鲁德奎斯特和格斯·怀特,他大度地,以一种看着十分真诚的姿态,轮流拥抱二人,向他们真心地道贺。

面对这份不可思议的成绩单,卡罗尔不得不对他最看好的明星学员表示同情。卡罗尔知道,布里克曼表面上摆出一副泰然自若的做派,但他内心肯定会觉得痛苦,仿佛成了某种不公正裁定下的牺牲品。这个小伙子的心中一定备受煎熬,而且会一直持续下去。

就卡罗尔目前所知的情况来看,这应是联邦中的某个大头头,经手此事的人,故意搞成了这样,为了某种不可告人的目的。其实,除了行李以外,大中央来的裁定官们还带来了每个学员的资料碟,里面的内容,学院里任何人,甚至是院长,都不得查看。但一次偶然的机会,使得卡罗尔曾在布里克曼电子档案的封面上瞥见了一句诡异莫名的注脚。

上面写着:"要想方设法让该学员的成绩低人一等。"

第三章

佳得利和清水携手向营地下方的草原走去。他们随身只带着一张弩弓和一把在伯利恒①的火坑中锻造的珍贵铁箭。清水只是个十六岁的女孩，被部落的长老们选为佳得利的魂偶。他们还没有交搭手腕，也没有交换过血吻。但自泛黄季以来，每个月黑风高的夜晚，他们都会在佳得利的大被褥下一起睡觉，肌肤相亲，交织缠绵。

平原人称之为"狼熊同眠"②。

在黑、棕、黄三个色系的涡旋图案下，清水的肌肤和佳得利一样光润平滑。她下巴尖尖，牙齿整齐，有着典型的瓜子脸。她的秀发有黄有棕，颜色如金，就像白死季前树上飘零的落叶。一双浅蓝色的双眸，明亮璀璨，如晨曦微露的天空。每一天，正是这样的天空，将太阳金色的光芒注入湖泊溪流，将清汪汪的水流从梦境中唤醒，使它们的味道更加甜美、甘醇。正因为如此，女孩被授予了"清水"这个好听的名字。她的母亲叫阳舞，父亲叫雷鸟。雷鸟是一位伟大的传奇战士，曾立下赫赫战功，但最后倒在了黑山之战中。他战死之前，已在自己的帐篷

---

① 伯利恒，美国城市，位于宾夕法尼亚州，是美国著名的钢铁制造业中心。
② 平原人部落将男性战士称为熊武士，女性战士称为狼武士。

外插下了十根头柱,上面插满了敌人的首级。

清水和佳得利一样,身材高挑,四肢平直,迅疾如鹰,强壮若狮。但她的内心,却充满温柔、善良,像收获季的大地一般温暖。

佳得利和清水在草场中向东走去,齐肩高的草叶橙黄发亮。他们一直走,当回头看穆卡尔营地后方的山峰时,它仅仅缩小到不过四指宽了。太阳已至中天,他们在一条湍急的小溪中喝了些水,又在一个大岩石的庇荫下休息了一会儿。

河水冲击在磨砺得又圆又亮的鹅卵石河床上,水波的拍击声,"啪啪,啪啪",如同女人在往烤石上扔面饼一样。

佳得利爬上岩石,瞄向溪流对面的草地。对岸的草长得比较低矮,他看到远处隐隐约约,显出些白色的后臀,应该是一群"快步",这是对野鹿的称谓。这些目光敏锐、颜色棕红的野鹿,急奔起来,迅疾如风,甚至能甩掉狮子。若想靠近它们,需得极度小心。带角的公鹿可是价值非凡的猎物,能猎到一头的话,便能在熊群中树立威望,甚至可能赢得一首火歌。

佳得利一溜烟滑下岩石,来到清水休憩的阴凉地。他拍拍她的肩膀,指着河对岸道:"是快步。"随后提起弩弓,一拉弦机,把弓弦拉至半满。

清水坐起身来,把一头光滑柔软的鼠尾辫轻轻一拢,挽到耳朵后面,说:"距我们有多远?"

"两箭地左右。"佳得利一咬牙,说。即便有弦机的帮助,但若要将弓弦拉到半击位置,也需要很大的臂力。

"箭"是变种人丈量长度的单位,如字面之意,表示充分拉开的弩弓射出的箭所能飞过的距离。因为弩弓有强有弱，最大射程相差有别，所以它算不上特别精确的计量单位。不过大致算来，一箭地还不到一英里的五分之四。

清水敏捷地纵跃，爬上头顶的岩石，用目光搜寻，向河对岸的草场瞧去，说："啊，我看见了。"说罢，她便向下轻轻一跳，姿态优美地落在佳得利旁边，"咱们就在这等着吧，日落时分，它们会到河边饮水。"

"我们是那些动不了的老头子吗？"佳得利不屑地一笑，"只会守株待兔？嘶哈！"他猛地吐出一口气，发出尖短的嘶鸣。在变种人的语言中，这个叫声表示厌恶。然后，他转身向河边走去。

清水一把抓住他的手腕，不让他去："我们别过河，这条河是咱们领地的边界。那是另外的部落，如果你想捕食，我们可以去捉鱼。"

佳得利把手一抽，说："鱼？抓鱼有啥用？换不来任何威望！"

"你有自己的威望，"清水说，"等雪先生去了高庭，就轮到你为我们讲话了。狩猎，和熊群一同奔跑，这些事，都不需要你去做。"

"需要……嘶哈！你知道我需要什么？"佳得利说着，攥起一只拳头，放在左胸前，"我不能这样下去了，我要像他们一样。是的，我当然知道自己的力量和块头，都赶不上我的兄弟们。和你一样，我是用另一种泥土塑成的，但我的心不会，我的心和他们一样坚强勇敢。我不会输给任何人的。没错，我是可以用三寸不烂之舌描述未来，但这些颜料却属于那些勇士、尖铁闪闪的银、胜利之血的红。你知道吗？我们穆卡尔部落和平原人的历史，就是武士们的历史。我这样的人没有任何荣耀，我们所记述下来的传说，都是冠有威名的熊群，赢得一次次伟大英勇的战斗……"

"你也有一个代表着力量的威名……"

"可它是多么苍白无力，我根本就没有威名。我的舌头上写满了英勇的事迹，我的手上握着刀，却没沾过一点鲜血。等我到高庭去时，能有几首火歌唱颂我的威名？"

清水的双眸燃烧着愤怒之火，道："原来你满脑子都是这些事？想在赞歌中自我膨胀，像一只呱呱乱叫，大嗓门的沼泽蛙？还要人家说多少次？你在辟邪主的影子下活着。这最重要的任务落在你的肩上！不在摩托头①、鹰风②、钢眼③、护卫舰，或是其熊群弟兄的肩上，而是你！当天音召唤你，要你去辅佐辟邪主时，你必须比部族兄弟中最勇敢的人还要勇猛，比我的父亲还要无畏，比去往高庭的最强的武士还要强一百倍。到了那个时候，你会站在辟邪主身旁，将会有一千首火歌称颂你的姓名。"

"啊！那是什么时候？"佳得利问。

"谁知道辟邪主会在何时临世，又会怎样降临呢？"清水说，"所以，你必须像我们一样，静静地等候着，不骄不躁，你要让自己的心灵做好准备，你必须沉下心来，倾听天音。"

"是的，我一直在听，但一无所获。天音们根本就没对我说过什么。"

清水仰起头来，说："嘶哈！有时跟你说起话来，好像耳朵掉了似的。真是讨厌！你还要雪先生说多少次才明白？你必须时刻准备着，为迎接即将到来的最高使命！"

---

① 摩托头是英国的老牌重金属乐队，成立于二十世纪七十年代。
② 鹰风是英国最著名的太空摇滚乐团，成立于二十世纪六十年代。
③ 钢眼是英国的民谣摇滚乐队，成立于二十世纪七十年代。

“我一直在时刻准备着，”佳得利说，“但我已经等得不耐烦了。”他转身走开，快步蹚过河床，脚下踩着鹅卵石，水声哗啦啦，但就算最深的地方，也仅仅没过他的膝盖。

清水无奈，叹了口气，跟了上去。

她跟到了对岸，终于赶上这个男孩，叫道：“佳得利，等等，这里不属于我们的领地。你曾向雪先生发过誓的，绝不踏出我们的领地一步，绝不能把天赐语言的异能带到危险境地。”

佳得利笑道：“一群快步而已，能有什么危险？你不是说我生在辟邪主庇护的影子中吗？如果这是真的，那它会保护我的，嘿嘿，过来吧……”

只见前方，一群年轻的雄性快步散布在其他鹿群旁边，似乎在担任警戒任务。它们不时地停止吃草，抬起长颈，鼻翼嗅嗅，触摸空气中的味道，带白框的眼睛转来转去，扫视着长着与膝同高茂盛青草的草地。过了一会儿，太阳徐徐落下，压向群山，快步们缓缓靠近河流，夜晚的凉爽使它们惬意极了，它们聚集到河边饮水，而且会持续很久。除非佳得利和清水一不小心弄出什么响动，它们才会被吓得屁滚尿流。

清水当然很想这么干，但她知道佳得利已经下定决心，不抓到一头有角的雄快步，他是誓不罢休的。没必要再给这件事火上浇油了，她理解这种感受，“威望”“执行力”这些东西，在变种人部落中意义重大，十四岁以上的年轻男子，自尊心很强，都想获得别人的尊重。一般到了这个年龄，男孩就会成为武士。但身为下一任字匠，佳得利不需要这些。天音们赐给他天赋，将他和其他人区分开来。等他将来接替了雪先生的位置后，即使是部落长老们，也得征求他的建议，尊重他的观点和判断。是的，身为一个字匠，天生就有受人尊重的权利，他不需要像熊群那样，充满让人血脉喷张的原始勇气，他更需要的是沉着和果决。佳得利并不缺乏这些素质，但有时候，他就像个孩子，急躁、鲁莽，想尽快达到目标，显得自己不弱于人。清水不禁有点怀疑，天音们通过雪先生所传达的智慧，到底正不正确。但正是这些全知全能的神祇引领着平原人的命运。当年，他们把她的魂灵注入母亲阳舞的肚子时，她的生命之河便注定要流淌在佳得利的身边。可是啊，天音们，你们知道这个男孩有多难相处吗……

佳得利顺着风吹动的方向，悄然前进，最后，他发现有条干涸的浅沟，如同一条蛇似的，在平原上蜿蜒而行，其尽头，正好通向头鹿——鹿群的雄性首领所在之处。头鹿身边围着十几头母鹿。佳得利小心翼翼地分开长草，数了数头鹿的角叉——是十支。在雪先生的有生之年里，穆卡尔部落中还没有哪个战士捕到过这么多支角叉的头鹿呢，猎获这只快步，他将赢得巨大的威望，让部族兄弟们更加崇拜自己！

佳得利和清水悄然蹲守于浅沟之中，他们割下几蓬橙色的长草，编织成两顶高帽和斗篷，盖住了肩膀和后背。两人用拧好的草绳，将斗篷系在了脖子上和腰间，帽子戴在头顶，橙草在头上摇曳不定，便用草穗编成环套，勒在脸上。他们又用猎刀，挖了些湿泥，涂在皮肤上，盖住人类身体的气味，这样，鹿群就闻不出有危险到来了。两人匍匐前进，向平原中央爬去，时不时地抬起脑袋，小心地察看头鹿的方位。

这会儿，头鹿仍旧站在鹿群中央，母鹿们环绕其周围，为它挡住了外敌的进攻路线。两人逐渐地接近，但有几头年轻的雄快步们，差点就碰到了他们,几次从他们面前几码远的地方跑过,跃过浅沟,到另一边觅食。佳得利和清水爬得更慢了,几乎是一寸寸地匍匐前进。草丛越来越低矮,沟壑越来越浅窄,他们不得不紧贴着地面,以免暴露自己。原本长长的,有膝盖那么高的黄草逐渐稀疏,变成斑驳的草丛,一些甘甜的红草点缀其中,这是快步们最喜欢吃的食物。

浅沟往前延伸了一段路,绕到一块耸立在地面的大岩石后面,拐向左方,这就与头鹿所在的方位相反。佳得利绕过岩石,顿时全身僵住了。因为,前面不远处,石头下的泥土被雨水冲走了,而一条响尾蛇,正好蜷缩在石头下的隐蔽处。

佳得利像只竹节虫似的,悄悄探出脑袋,望向沟沿外面,前面不远处,是一片不毛之地,三头快步正在边缘处吃草,舒舒服服地甩着尾巴,时不时赶走落在臀部心形白斑上的蝇虫。这时,一只母鹿似乎察觉到了什么,扭过头来,向佳得利这边看了一眼,嘴巴下意识地蠕动,嚼着草叶。佳得利赶快定下身形,屏息凝视。母鹿猛地一甩头,脑袋前"嘤嘤嗡嗡"地响,它想赶走眼前的飞虫,但徒劳无功,只好迈向前几步,去吃另一丛红草。

佳得利再次趴下身,看了身边的清水一眼,她正在观察河岸对面的情况。她扭过头来,指了指熟睡中的响尾蛇,比了个手势,示意佳得利从它旁边悄悄爬过,千万别惊动了这个家伙。

"要是它突然醒了,那怎么办?"佳得利有点担忧地说。

清水展颜一笑,道:"那你将赢得一首优美的火歌,唱颂你英勇的美名,你是如何葬身于一条蛇的,好了,快走。"她低声说,"趁着它还没醒,咱们先冲过去吧!"

虽然佳得利觉得自己很英勇，什么都不怕，但对蛇，却有一种说不出的恐惧，那种又滑又黏的恐怖生物，如果被咬上一口……他不敢再想下去，不过，他无论如何，也要赢得威望，如果非逼着他杀了蛇才能过去，那也别无选择，只能动手了。佳得利现在有点后悔把清水带来了，原来只是想让她看看自己的狩猎技巧有多高明，但现在必须硬着头皮干了。

他抽出猎刀，牙齿咬住刀背，将弩弓放到身前，沿着沟边，一点一点向前爬去。

清水从腰带上抽出两根刀杖，把第一根的尖头插进中空的猎刀柄内。这根猎杖的另一端捆着兽皮条，再将第二根牢牢地绑在上面。这样一来，两把猎刀就变成了一根长达四英尺的长矛。她举着长矛，单膝跪地，向前慢慢爬过去，如若有状况，就把响尾蛇钉在地上。

这个时候，佳得利正弯腰收腹，上身轻轻滑动，从响尾蛇旁蹭了过去。突然之间，他发现这条蛇的两只黑眼珠子睁开了！分叉的舌头陡然伸缩，离他腹部不到两尺。佳得利登时吓得一动也不敢动，过了片刻，见那蛇没有咬过来，他才像条小虫一样，轻轻向前挪去。他的心怦怦直跳，爬过去之后，迅速转身，装好刀杖，用刀尖对准了响尾蛇，手里还有点颤抖，刀尖颤巍巍的。

清水见状，上前两步，倒转刀杖，用杖柄轻轻戳了响尾蛇一下。那蛇受了惊，蛇身动了起来，它上半截身体昂扬而起，发出了愤怒的嘶嘶声。清水眼神蒙眬地看了过去，就像催眠似的，凝视它的双眼。响尾蛇骤然张开嘴巴，用有毒液的尖牙向佳得利咬了过去。佳得利忙用刀尖一点，戳向它的七寸，但双方还未接触，就同时撤开。毒蛇的尾骨发出沙沙之声,充满了恶毒的敌意,继而将六英尺长的身体一展,想从刚才栖身的大石旁溜走,清水立刻将它赶了回来。前后都是刀尖,响尾蛇没有办法,只好选择唯一的逃跑路线。它钻出阴影,爬上向阳一面的沟岸,钻入矮草丛中。

佳得利试探性地往外瞥了一眼,问:"它去哪了?"

"朝鹿群那边去了,正好是头鹿所在的位置。"清水低声说着,双手握住刀杖,手肘支颐,刀尖指向头鹿,杖柄放在前额上,慢慢合上了眼睛。

"你干吗呢?"佳得利不解地问道。

"嘘,别说话。"清水一噘嘴,眼睛合得更紧了。

"上好弩箭,瞄准目标。"

佳得利趴到沟边,把伪装好的弩弓放到沟岸上,再轻轻推着,爬进一丛长草丛中。往前爬行几步,又从腰囊里掏出一支十英寸长、长着倒刺的箭,他上满弦,将箭上四条翼翎中的一条搁在弩身的沟槽里,牢牢固定住。他小心地分开红黄相间的草叶,偷偷望出去,只见那只头上长着十叉犄角的头鹿就在两百码外的地方,正好处于弩弓的射程之内。但佳得利平时训练得少,要射中的话,仍然有点难度。他有点紧张,有点激动,在地上搓搓双手,抹去汗水。

响尾蛇窸窸窣窣地向前蜿蜒爬行,快接近快步们时,围绕在头鹿身边的雌性们感觉到了危机,紧张地向旁一跳。头鹿立即知觉了,它退后几步,跺着右前蹄,鼻子对着地面细嗅,巨大的犄角在空中舞摆。佳得利看得清清楚楚,这真是个好机会,他单膝跪起,肩膀顶住弓弩,左手胳膊肘支撑在膝盖处,双手稳稳地托着弓弩,目光冷飕飕地射出去,以立起的箭翎为参照,箭的尖端,对准了头鹿的前胸,心中默默估量,这段距离中,弩箭会下落多大幅度。就在此时,那响尾蛇到了头鹿跟前,它本不愿意去咬头鹿,头鹿却吓坏了,将身一跳,用犄角往地上一刺,一钩,竟然叉住了响尾蛇,凌空一甩,甩到空中。这是个多么好的机会啊!头鹿那强劲有力的脖子正高高仰起呢!佳得利抓住这稍纵即逝的机会,一箭射了出去。"嗖",中了!在飞箭强大的冲击力下,头鹿也不得不跟跄着,后退几步,它仰头向天,张开白唇之嘴,发出了一声短促低沉,却又充满痛苦的嘶鸣,这是临死之前,向周围的鹿群报警啊!接着,它前膝一屈,前半身跪倒,后半身硬挺,但再也挺不住了,身子一歪,摔在了地上,"轰"的一声,发出了沉闷的巨响。

佳得利乐得跳了起来,"啊哈!"他吼出胜利的呐喊。鹿群目睹了头鹿的死亡,它们吓得像是发了疯,穿越平原,向东奔去,它们再也不要看到这两个人了。好可怕的人类。

清水也是一声欢呼,她提着自己的刀杖,从浅沟中爬出来,轻快而愉悦地跑向倒下的头鹿。

佳得利快活地绕着她跳来跳去,像个开心的傻瓜。"头鹿好,不如我这一箭射得好。"

清水跪下来,检查快步的尸体。佳得利则昂首阔步,绕着它转了一圈又一圈,脸上放光芒,嘴角笑嘻嘻。头鹿的躯体不住地抽搐,这是神经系统在垂死的大脑发出的最后几个混乱信号下做出的挣扎。

"你瞄的是哪里?"清水问。

"就是心脏啊,"佳得利答道,"就是脖颈和胸脯连接的位置。"他跪在死鹿旁边,伸手捋过它的脖子,它的伤口沁出的鲜血在他的指间汩汩流淌。"看吧,你应该能摸到我那支箭的箭尾。"

清水点点头,将手从头鹿的一侧推起,表情十分严肃,道:"谁给你的这支箭?"

佳得利吃了一惊,只见一支弩箭的羽翎从头鹿右前腿后的胸脯探出,他张大了嘴,立刻拔出刀,护在前胸,并从死鹿身上取出这箭。清水用一把草擦去上面的血迹,从羽翎前的箭杆上所刻的图形来看,此箭并非穆卡尔部落所有。

"嘿嘿,看看,这是什么,弟兄们?"不远处突然传来一个高声戏谑的声音,"看啊,野狼和狐狸想从狮子的嘴里抢肉吃呢!"

佳得利和清水一听这声,吓得心头怦怦直跳,没等他们回头,就看到四个陌生的变种人武士从周围的草丛中跳了出来。其中有一个手里拿弩的,从装备来看,应是这伙人的头头,其他三个拿着刀杖和石连枷。这伙人头戴坚硬野牛皮做成的面具头盔,上面缝着恐怖的骨头和五颜六色的石子,每个人的小臂上都戴着皮护腕,上面嵌着石头,大腿上画着斑驳的图案,胸脯和肩膀也配有类似的护具,都挂着浸过血的羽毛和骨头。

佳得利和清水慢慢站起,那四个人也缓缓向二人逼近。佳得利把刀插进腰间刀鞘,转身面向那个全副武装的头领。头领直起身子,把弓弩扔给右边的自己人。

佳得利摊开手,手中握着的是那个头领的箭,他说道:"我是穆卡尔部落的佳得利,平原人始祖芝加哥的后裔,从太阳尚在穿顶的时候起,我们就一直在追踪这头快步,直至刚才,方才成功,你看,我射的箭还在它的心脏里。"他朝死鹿指了指,"如果把它切开,你就会发现我说的是对的。而你,射的部位太高,不足以一箭毙命。"说到这里,他便把箭扔了过去。

那个头领怒气冲冲地在半空中将箭接住。

佳得利的态度十分鲁莽,让清水心惊肉跳,那几个人绝非善类。

陌生变种人中的一个武士跪下身来,仔细检查了死鹿胸上的伤口,然后,冲头领点点头,证实佳得利所言非虚。

"哼! 那也无关紧要,"头领说,"是我先射的。这坨鹿肉归我们了。"

佳得利气得火冒三丈:"你射到它的时候,它已经被我射死了!"他拍着胸脯说,"这头鹿,是属于我的!"

那头领挺起他那厚实的胸膛,露出宽阔的肩膀,一副嚣张跋扈之状,冲佳得利露出一个嘲讽的微笑,道:"小野狼,你即便有张血盆大口,但遇到我,你得夹着尾巴做人。"

佳得利针锋相对地讽刺道:"就算是野狼,也不会怕那些食腐肉的野乌鸦。"

头领显然生气了,突然三步并作两步,刹那间就冲了过来,鼻子几乎戳到佳得利脸上。他双臂交叉,环抱胸前,这个姿势意味着:他根本没把佳得利放在眼里。

"小野狼,趁你的耳朵还没掉下来,给我听着。我是蒂万部落的沙克塔克①,我是最强大的平原人底特律②的后代。"他指着同伴们说,

---

① 沙克塔克是英国民谣摇滚乐队,成立于二十世纪七十年代。
② 底特律是美国密歇根州最大的城市,城市得名于连接圣克莱尔湖和伊利湖的底特律河。该城的汽车工业曾经名噪一时。

"我的这些兄弟都是蒂万部落的武士,他们是狮心、鱼雷、炮弹和高速路。我们的牙口很好,胃口也很好,小野狼,我们现在肚子正饿着呢,我家的门垫前面的装饰,是一根插满头骨的柱子,你的脑袋,恐怕只好插在第二根上了。"

说到这里,他的三个同伴大笑起来,还大声嚷嚷着,嘲笑佳得利胆子小,是个被吓坏了的狼崽子。

清水走到佳得利身边,给他一些精神力量,她毫无惧色地对沙克塔克说:"你有什么权利夺去手足兄弟的性命?我们,不都是平原人一族吗?我们不都呼吸着同一片蓝天下的空气?我想,这头快步,我们一人一半,一起分享狩猎的胜利果实吧。"

沙克塔克放下环抱的胳膊,把攥着的拳头靠在大腿两侧。"底特律和芝加哥可不是什么手足兄弟。"他啐了口唾沫,落在两人面前,"你们的名字会污了我们的嘴巴。我们不会和侵入我们蒂万领地,还从我刀下夺食之人分享胜利的果实。"

清水脸色一变,受到这番羞辱,她也不再心平气和,再也压制不住心中的怒火,喝道:"这是一块无主之地!你的部落没有插下任何标记!"

沙克塔克微微冷笑,冲炮弹振臂一挥,打了个响指。炮弹俯下身去,从草丛里拾起一根领地棒,这种棍子一般有八英尺长,上面挂着羽毛,还有染成各种颜色的木片饰物,变种人部落用它们来标记自己的领地。炮弹双手抓紧领地棒,高高举过头顶,猛地往下扎,将其插入地面。

"看到了吧,现在不就有了。"沙克塔克吼道,随即一扭头,瞟着佳得利说:"怎么样,小野狼?要是你想把这头鹿带回去,给你那些胆小的部族兄弟吃,那就得让我看看你的牙有多锋利。"

佳得利迈步走到沙克塔克身前,挺身怒吼道:"尖得足够咬出你的心来!"

沙克塔克微微一笑:"别放狠话了,小野狼。你的刀怎么样?也和你说的话一样狠吗?"他一下子拔出自己的弯头长刃猎刀,矮下身子,叉开双腿,摆出持刀格斗之势。

佳得利心中大怒,也抽出自己的刀,退后两步,摆出同样的战姿,他微微张口,只觉嗓子发干,心情复杂。过去,他也曾和部族兄弟们搏斗过,不过那是一种玩笑式的对决,他也试过角力,他的身体柔韧,肌肉发达,反应敏捷,头脑灵活。但到目前为止,他面对的最危险的武器,只不过是入鞘了的猎刀。今天,此刻,在他眼前晃悠的,却是一柄顶部后弯的长刃猎刀,十分锋利、可怕。

佳得利忽然间意识到,今天糟糕了,自己马上就要被杀死了,而且是那种非常痛苦的死法!他想象着沙克塔克的刀刃刺入自己的小腹,向上划拉,肠子淌一地的感觉,恐怖,冰冷,肚子好似冰球,后颈皮肤颤抖。"唉,我为什么要跑到这里来呢,乖乖待在河对岸该多好……"

这时,清水走了过来,站到他们中间,她抬起手,指着凶恶的沙克塔克,说道:"放下你的屠刀!这场决斗不会给你带来任何荣耀。你要杀的不是一名武士,而是一名字匠!"

听到这话,沙克塔克明显一愣,表情凝结,显然异常惊讶。

"哼,底特律的武士们就那么孱弱吗,只能猎杀那些还没咬过骨、根本不会格斗的人吗？"清水大笑道，但声音中带有一丝绝望的讽刺，"这肯定能编成一首好听的火歌！"

沙克塔克怒气冲冲，喉咙里咕哝两声，看着他的同伴们，不知道该不该上。佳得利鼻子里喷出一股怒气，一把将清水扯到一边，然后，挥舞着猎刀，刀光闪闪，面对沙克塔克，说道："就算一个没咬过骨的字匠，也比十个蒂万部落的武士厉害。你们的名字又脏又臭，你们根本就没有一颗勇敢之心！"说着，他冲沙克塔克脚下啐了口唾沫，将先前的侮辱反弹给他。

沙克塔克恼羞成怒，眼珠都要爆了。

他龇着尖牙，用又粗又短的食指，指着佳得利，怒道："小野狼，你会乖乖把这些话吞回去的，还有你那个干巴巴的小狐狸。鱼雷！给老子画圈子！"

炮弹和高速路猛地冲上，瞬间揪住了清水的脖子和双臂，清水难以反抗。他们把她拽到一旁。鱼雷放下沙克塔克的弩弓，将刀杖倒转过来，在地上绕着沙克塔克和佳得利画了圈子，这是他们决斗时用的圈子。

沙克塔克指着圈子，狰狞地说："小野狼，看清楚了，每次你被我打得踏出这个圈，鱼雷就会从这个小狐狸身上割下一块肉来，我看你能不能挡得住我的刀！"

佳得利心里在滴血，面上却毫不示弱，不发一言，将刀在前一挥，以此作答。

鱼雷将刀杖一抛，帮助另外两人，一起按住清水的双臂。

"嘿，我们要一刀一刀，慢慢剐了这小妞！"高速路叫道。

"放心，"沙克塔克得意扬扬地说，"我要一刀一刀地将这杂种削成肉泥。但我会留下他的双眼，让他亲眼看着咱们给那条小狐狸的尾巴上油。"他闪电般地把刀从右手抛到左手，然后向前一刺，顿时突破了佳得利的防线，他以外科手术般精准的刀法，切在佳得利的肋部。

清水看得只想尖叫，炮弹用手捂住她的嘴巴和喉咙，迫使她把尖叫声给硬生生地憋了回去。

佳得利只觉一阵抽痛蹿上胸口，鲜血从身体侧部汩汩而出。忽然间，沙克塔克刀锋又是一闪，这次则换到了右手，准确地切在了佳得利另一侧的肋部。这正是一对一的殊死格斗中，一种逐步肢解对手的招式，也算是一种战斗仪式。佳得利曾在族人带回的外族变种人的尸体上看到过这种刀伤。他很清楚，接下来的几刀会瞄准肩和臂，一旦中招，对手挥刀的力度就会大幅度削弱；接着，只要再给大腿来上深深的两刀，对方就基本站不稳了，紧跟着就是往脸颊上招呼；然后朝额头横掠一刀，鲜血迸流，迷住眼睛；后面就是肚子上横切一刀，再向上划过小腹。如果运气好的话，这猛烈的一刀可以直接切过你的喉咙，把脑袋劈成两半。而那些不走运的家伙，在被切下来的阳具憋死之前，还要受到更加可怕的折磨。

这种骇人的、逼人致死的感觉，使佳得利脚步加快，脚下生风，绕着沙克塔克迂回蹦跳。他当然不能逃跑，绝不能抛下清水！他的脑子很清楚，即使出现什么奇迹，渐落下风的他，突然反转了，击败沙克塔克，但那三个狗腿子也会接替沙克塔克的位置，继续过来单挑，甚至上来群殴。到时候，他就是死路一条了！情况越来越糟糕了，沙克塔克一刀斩来，佳得利已无路可逃，他神经质地向后一跃，沙克塔克的刀刀刚好从他肚子前面划过,刀锋冰冷,距离他的腹部几乎不到一寸。

真是太惊险了!

沙克塔克将刀挥得发出"呜呜"的风声,仿佛死神的冷笑,但因他身体笨重,所以步伐移动的速度较慢。而佳得利,即便是肋部中了两刀,凭借天生的灵巧,避开了后面的攻击,但还是不行,只能起到拖延时间的作用,无法真正脱离困境。他不能永远在沙克塔克的刀锋之外活动,必须想办法突破他的防御,出奇制胜,一击必杀,令对方倒下,可是,如何能够做到这一点呢?

沙克塔克又向前一扑,佳得利一闪,趁此机会,绕到其身后,后退两步,到了圆圈的远端,俯下身,抓一把泥土和石子。沙克塔克转过身,脸上挂着冷笑,如瓮中捉鳖。佳得利小心翼翼地向他靠近。沙克塔克冲着按住清水的三个变种人伸手打了个响指。鱼雷便用一只手压住了不断挣扎的清水,另一只手解开系在腰带上的石连枷,扔向沙克塔克摊开的大手。正当他的胳膊扬起之时,清水拼死一踢,石连枷一晃,落到沙克塔克与佳得利之间。沙克塔克向前走两步,右手握刀,光芒四射的眼睛盯着佳得利,便弯下腰来,去捡那个石连枷。

佳得利意识到:这是唯一的机会。他将手里的泥土和沙石一撒,正对着沙克塔克的眼睛,然后侧身一越,躲过沙克塔克持刀的手。他怪叫一声,运起从绝望中产生的无比强横的力道,双脚同时踹在沙克塔克的头上。那刀顿时从沙克塔克手中掉落,他的脖子歪向一边。佳得利的两只脚当然也疼得够呛,撞在满是石子的头盔上,自然不会太好受。这一瞬间,时间仿佛凝固了,他只祈祷自己,脚踝千万别断了啊。只听沙克塔克"砰"的一声,扑倒在地,佳得利也站立不稳,跌在了他身上。

两个人开始近身格斗。佳得利拼命往沙克塔克脸上踹去，踢掉了他的头盔，同时朝自己脑袋旁边不断翻腾的大腿猛戳，这两条大腿，犹如肌肉棒子，又狠又硬。沙克塔克像一头被野兽咬成重伤的牤牛，痛苦地嘶号着。佳得利从他身上跃开，跪在地上，换了一只手，握住血淋淋的猎刀，准备给他来个一刀封喉，或是刺进他的心脏。

还没等佳得利动手，沙克塔克也从绝境中苏醒，一个鹞子翻身，将佳得利压在身下，和他滚打成一团。沙克塔克左手抓住佳得利的手腕，阻止猎刀下落。佳得利拼命对准他的咽喉戳去。沙克塔克似乎忘记了疼痛，也不理会从大腿伤口涌出的大量鲜血，他发疯似的抬起右前臂，用石皮护腕砸在佳得利的喉咙上。佳得利猝不及防，差点就感到咽喉断了，顿时仰倒在地，脑袋昏昏沉沉，喘不上气来。凭着心中的一丝清醒，佳得利竭力朝旁边滚去，不过已来不及了，沙克塔克的手早就像铁钳一样，扣住他的手腕，右脚跟朝他大腿猛踹两下，又翻过身来，骑到他身上，将他死死压住。佳得利拼命挣扎，身体弓曲，像条被烤架刺穿的鱼，他用双手试图去抠沙克塔克的眼珠子。沙克塔克完全占据了上风，毫不在意地跨坐在他的胸口，用膝盖将他的双臂压在地下，又将他的猎刀夺下。

现在，佳得利已成了任人宰割的羔羊。沙克塔克揪住他的头发，迫使他微微仰头，又将锐利的刀锋贴到他左耳下面，说道："还不错，有两把刷子，字匠，差点就干倒我了，嘿嘿，我很怜悯你，舍不得伤了你这条小命。蒂万部落还没有一条可以刺透迷雾的舌头，我们的过去一片漆黑，我们的火歌失传已久。如果你能替我们编成火歌，让蒂万部落的光辉再次绽放，一直延续下去，那么你和这只狐狸不但能够活下去，还能得到鲜肉、帐篷和威望。"

佳得利拼命挣扎，想摆脱胸口的重压，吸一点新鲜空气。"我宁愿让苍鹰吃掉我的舌头，也不会念出你们的名字，玷污了世界的美好。"他强忍着痛苦，宁死不屈，大声咒骂，差点一口气没喘上来。

"那好吧，那我就成全你，小野狼，"沙克塔克说，"我没有过去，你也没有未来。"

他高高举起猎刀，作势要插进佳得利的喉咙。佳得利恍惚中，看见傍晚落日的余晖在刀锋上流淌，突然间，他的恐惧感消失了，取而代之的是悲伤，一种将离开这个世界、与清水永远告别的无尽的哀伤。过不多时，他将飘到天空中的日落群岛，静静地等待着，直到灵魂再次注入另一位母亲的腹中，以新的肉身进入这个世界，完成身上背负的使命，分享辟邪主的胜利。

在猎刀落下的那一刹那间，清水突然从炮弹手里挣开了，她的喉咙里，发出一声尖厉刺耳的嘶鸣，这种半是尖叫半是呼喊的声音，令人听得毛骨悚然，浑身发颤，大家都愣了一愣。清水的尖叫，正是召唤师的招牌之音。

与此同时，以清水为中心的地面上，升起了一股小龙卷风，北风卷地白草折，无数的沙石、泥土、草叶，都被卷了起来，三个变种人瞬间被甩了出去。那根插在地上的领地棒，晃动了两下，便拔地而起，笔直地插进鱼雷的胸口。后者当时正想用石连枷攻击清水。这一刻，炮弹和高速路蹲伏在地，想挡住如雨点般击打在身上的石子，却是徒劳无功。佳得利也当场被吓蒙了，耳朵里嗡嗡的，他忙捂住耳朵，但从清水喉咙里冒出的声音逐渐加剧、加强、加高，如刀子般，刺透了他的耳膜，直至大脑。

"嗖嗖！"龙卷风包裹住了佳得利和沙克塔克。沙克塔克仍骑坐在佳得利的胸口，右手高高举起，刀子在他手中跳动。清水释放的力量似乎注入了那刀中，刀活过来了。刀子在沙克塔克手中疯狂地摆动着，但他始终没有松手，龙卷风可怕的力量，反倒激得他持刀的手握得更紧。他显然也吓瘫了，感到危险迫在眉睫，刀子快要砍到自己脑袋上了，他忙抬起左手，不顾一切，想拉开右手的刀子，但刚一碰到刀柄，就发觉不对劲了，根本拉不动，他绝望地喊出声来，脖子和肩膀上的肌肉条条鼓起，拼命控制着悬在头顶的达摩克利斯之刃。但是，龙卷风的力量逐级加强，狂风怒吼，甚至压过了清水震颤诡异的锐叫声。沙克塔克手中的刀子终于以迅雷不及掩耳之势划过一条弧线，从佳得利吓得变形的脸颊前划过，直插进沙克塔克的太阳穴，只剩下一柄刀柄露在外面。

沙克塔克发出一声震耳欲聋的尖叫，"扑"的一下，倒在了佳得利的身上，他的双手，仍然紧握刀柄。炮弹和高速路见此情形，吓得赶快爬起，像受惊的快步那样，一溜烟越过草场，向远方逃之夭夭。但那狂啸的龙卷风追了过去。清水喉咙里发出的声音渐渐小了，她就像打了一场大战似的，浑身瘫软，跪倒在地，双眼木然。

佳得利挣扎着，从沙克塔克的尸体下爬了出来，他双腿麻木，跟跟跄跄地跑了几步，到了清水跟前，一把将她抱住。她的身体发凉，毫无生气。佳得利赶快将清水轻轻放在地上，抚摸她的面庞。清水召唤来的神奇的自然怪力，实在太惊人了，这种致命的力量，令人震撼，他都不知道该如何是好。他从未想过她竟有如此异能,过去清水从未显露过,她只是一个普通的女孩而已啊!

几分钟后,那蒙着灰色雾霭的眼睛终于恢复了正常,她的身体渐渐暖和起来,佳得利感受到,生命又重回她的体内了。清水睁开眼睛,冲他莞尔一笑,但随即又警觉起来。她"腾"地坐起身,四下张望,发现那群异族已经走了,危机已过,心中放松。佳得利站起身来,走到沙克塔克倒下的尸体旁,把他掀了起来。沙克塔克翻身躺在地上,双手终于松开了佳得利的猎刀。清水也凑过来,想搞清楚是怎么回事。两人走到被蒂万部落的领地棒刺穿胸口的鱼雷身旁,从上看到下,细细打量着这具毫无生气的尸体。

"你竟然是个召唤师?你怎么从来不告诉我?"

清水一脸迷茫,摇摇头说:"是吗?其实我也不知道啊,我从来不知道自己会这么做,就在刚才,你要死于刀下时,我突然觉得力量涌现。它通过我的身体,用我的声音,从大地唤来自然的奇异之力,但我都不知道是谁引导它的,那并不是我。"她顿了一顿,回头看着沙克塔克的尸体,想到自己竟然能召唤怪力,将人击毙,突然感到十分恐惧,说:"怎么办呢?我都不知道它将来还会不会出现。"

佳得利点点头,安慰道:"别怕,放轻松,现在,你灵魂中驾驭神力的大门已经打开。只要你一召唤,力量就会如影随形。我们去找雪先生,他会告诉你如何驾驭它的。"

清水咬着嘴唇,轻轻颤抖,不住地用双手互相摩擦双臂,说:"吓死我了,吓死我了!"

佳得利说:"是呀,没想到啊,但这力量虽然可怕,却恰恰救了我的命呢！"

清水摇摇头，说："不是我干的，是辟邪主他老人家救了你，他只是借用了我的身体而已。"她用指尖轻轻抚摸着佳得利侧腹上的伤口，接着说："如果只要叫一声就能救你，那我为什么还要等着沙克塔克拔刀，我早就会把他击倒，但我一点都无能为力，根本没法办到。直到你展示出自己英勇之力，辟邪主才悄然现身。他见你与敌人搏斗时，那么英勇，像个伟大的武士。而且，即使在死亡边缘，你也不退却半步，没给我们部落抹黑。所以，你的威望值升高了，你有熊一般的心和血，将来，必会有一首火歌唱颂今天……"

"如果真是那样，就太好了，我会亲自填词的。"佳得利说。他发现自己也蕴含着潜能，心中豪情万丈，这些都令他暂时忘记了胸口的疼痛。

清水语气坚定地说："但是啊，你必须严守在雪先生跟前立下的誓言，永远不能再鲁莽行事了，字匠不能灭亡，你以后，再也不能把字匠的天赋置于危机边缘了，明白吗？"

佳得利满不在乎地耸耸肩，笑道："如果我注定要成为一名伟大的武士呢？而且字匠的天赋也存在呢？"

"哼，那我就会在唱颂火歌的时候，用歌声告诉大家，这具狮心是怎么死的。他并非死在那些戏谑地称他为小野狼的熊武士手下，而是死在——在床上驯服小狐狸时，唇间叫出的一丝锐喊！"

"嘶哈！"佳得利笑眯眯地说，"作为一只被我驯服的狐狸，你可真是伶牙俐齿哪！"

清水温柔地伸过手去，双臂环住他的脖子，亲昵地说："在月黑风高、伸手不见五指的晚上,它会咬得很轻,很轻。"她用鼻子轻轻地蹭着佳得利的面颊,然后吻在他嘴上,轻轻地咬着他的唇,甜蜜地说:"来啊,把这头快步收拾好。"

两个人不再亲热调笑,分开了,赶快剖开头鹿的尸体,恰好把它穿在八尺长的领地棒上。两个人一人扛上一边,死鹿的重量让棒子下垂得很严重,他们扛着非常吃力。如果没有别人帮忙,就靠两人之力扛它回去,那么他们就无法携带两个死去的变种人的尸体和他们的装备了。

佳得利想了想,便放下肩上的担子,说:"你得去找别人帮忙,带上一些弓弩和武器。我待在这,守着这些战利品,别被人抢了去。"说着,他用力拉开弦机,想做好防备措施,结果牵动伤口,痛得大叫了一声。好不容易,他总算上好一支箭,递给清水。

清水没有接弓弩,她眼神奇异,望着佳得利背后辽阔的平原,那片北方的原野大地,那是白死季的故乡,她轻声说道:"尘土飞扬。"

佳得利扭过头,顺其手指的方向看去。只见远处的一个山丘上,尘雾渐渐升起,灰土涌动翻腾。这只意味着一件事——一队武士正在迅捷移动。变种人特有的奔跑步伐,配合着呼吸与韵律,能让他们进行快速的马拉松式的奔跑,有时甚至可以毫不停顿,强行军二十四小时,中途甚至不休息。他们可以达到边跑边睡的至高境界,就像鸟在空中睡觉一样,身体内某种神秘的导航系统能指引他们不会走错方向。

扬尘飞舞,沿着灰蓝色的地面移动,斜阳的余晖将它染上了火一般的橘红色。佳得利忙装弓上箭,道:"会不会是那两只放跑的乌鸦飞回去了,引来了他们的追兵?"他有些紧张,因为他见识过雪先生召唤自然的力量，当然也知道，如果召唤师法力耗尽，短时间内是绝对无法复原的。假如那么多蒂万的狮心跑过来的话……他不敢再想下去。

"把我举高一些，让我看个清楚。"清水出了个主意。

佳得利点点头，他双手折叠，十指交叉，让清水踩着，爬上他的肩膀。女孩虽然不重，但力量压迫到他受伤的肋部，他生疼难当，倒吸一口凉气。清水和大多数变种人一样，有着鹰隼般的目光，锐利凌厉。她站得高，看得远，很快就看清了跑来的武士们都戴着面具头盔，上插金色翎毛。"啊，是熊群，"她说着，使劲冲前方挥挥手，然后轻巧地跳到地下，冲佳得利微微一笑，"是来护送我们的字匠与武士凯旋的。"

十五分钟后，这队穆卡尔熊群终于赶到了跟前。头领是摩托头，佳得利最勇敢的部落兄弟。此人年轻力壮，人高马大，如死去的沙克塔克一样，而且，他骁勇善战，割下过许多敌人的头颅，他填满的头柱不止一根，而是两根。跟他一起来的是其他几个兄弟——鹰风、链锯、黑顶、钢管、钢眼、十之四①和护卫舰。依照习俗，他们的名字都曾属于旧纪元英雄们的威名，他们身上穿着怪诞奇异的变种人武士装束，皮甲上挂满了装饰品，都是证明他们勇气和功勋的战利品和徽记。非但如此，他们肩上背着逃跑掉的炮弹和高速路的尸体，就像扛着两头刚被宰掉的小鹿一般。

摩托头绕着鱼雷和沙克塔克的尸体，缓缓转了一圈，然后赞许地点点头，面露微笑，走到佳得利身边，一把揽住他的肩膀，大声道："干得漂亮啊，兄弟！小沙虫！"

---

① 十之四的英文为"Ten-Four"，是在军事通信中表示"收到"的意思。

摩托头冲炮弹和高速路的尸体一摆手,道:"你看,你把他们的魂都吓散了。他俩逃跑时,踩出的扬尘,就像天上的高塔,人人都看得见。"

佳得利跟清水互对相视一眼,清水忍住笑意,道:"另外,他还杀了只头鹿。"

什么?听到这个消息,佳得利的部落兄弟们禁不住发出一片啧啧赞叹之声。护卫舰赶过去,对着头鹿分叉的犄角数了数。"十叉!啊,还没人猎到过这么多叉的呢!"

摩托头也戏谑地称赞道:"哦,小沙虫,跟文字格斗已经满足不了你的欲望了吗?你也想和熊群们一起战斗,一起狩猎,一起狂奔吗?"

佳得利直视摩托头嘲弄的目光,道:"枝虫不也会变成叶翼么吗?沙虫又为何不能变成一个武士,配得上真正的威名?"

摩托头大笑几声,叉着双手,立在佳得利面前,说:"我的字匠,你原本就巧舌如簧,如今双手还有了缚兽之力,能砍敌人之肉,能削敌人之骨。"说到这里,他扭头对其他武士说:"你们说说看,兄弟们,他有资格加入我们吗?"

鹰风、链锯、黑顶、钢管、钢眼、十之四和护卫舰,所有的兄弟,都一个接一个,庄严地冲着佳得利做出了肯定的动作。他们有的抬起右臂,有的攥起拳头,也有的翘起拇指。没有不同意的。

摩托头摘下自己用羽毛装饰的面具头盔,戴在佳得利头上,庄严地说道:"欢迎你,我的手足之熊!愿你的双手,攻击时能准确有力;愿你的心,更加强健而勇敢;愿你的名字,在我穆卡尔族的火歌中传扬天下!"

"嘿呀！嘿呀！嘿呀！"众人齐声欢呼，发出了快乐的异声。

看到这个场面，清水心中感动了，眼角泛着泪光，也振臂高呼，随着大家，吼出那赞美之声。

这段充满胜利的美妙时刻，并没有持续得太久，因为佳得利失血过多，终于微笑着晕了过去。

第四章

百年庆典和结业典礼同时举行，地点就在学院巨大的飞行穹顶下。举目望去，四壁裸露的岩石上挂满了旌旗彩带，电脑控制的彩色光束纵横交错，射到上面，更是变幻莫测、让人眼花缭乱，都不知道是什么图案。

五千名观礼者按照安排好的座位就座，管乐和军鼓奏响，激动人心，群情涌动，九个中队的学生及学院人员就在这音乐中整整齐齐，列队进场，接受大中央的首长们的检阅。接下来，是由各中队表演，包括行军列队、武器操作、突袭、军体操和格斗等。

除了地面的表演以外，现场还有个巨大的投影屏，上面不断地播放影片，展现飞行学院的历史和各种辉煌的成就。以史蒂夫·布里克曼为首的学员们，进行了飞行技巧的展示，将庆典的气氛推向第一个高潮。

颁发翼徽和各项奖章之后，大屏幕上，又播放了联邦总统司令乔治·华盛顿·杰弗逊三十一世的致辞影像，接下来是比较讨厌的环节，是来自休斯敦的美铁执政官们的演说，他们喋喋不休，让人昏昏欲睡。然后，扩音器里响起一段前奏曲，那是学院的军歌《穹顶不羁的蓝天》的旋律，其历史悠久，可追溯到几百年前吧！

五千名观礼者听到旋律,立即全体起立,与两百人的合唱队同声高唱。歌声和乐声在这片空阔的立体椭圆形场地中回荡,在场的有一些开拓军老兵,他们骄傲地挺胸抬头,热泪盈眶。声音应和着有节奏的彩光脉动,契合为一,犹如魔法,创造出奇幻美妙的声光体验。百年庆典的气氛轰然爆棚,在这一刻,达到前所未有的高潮。

嘹亮的军歌渐渐止歇,人们拭去激动和感动的泪水,旋律的余韵也变得鸦雀无声。一二年级的学生随着渐稀的鼓点走出广场,毕业班的学员们已把刚得到的翼徽别在了制服上,他们在观礼台前就地解散。阅兵场上的典礼,耗时近四个小时,三年级学生都有点不耐烦了,终于离开队列,露出舒心的微笑。学员的监护人和家属们也都从座位上站起,走下阶梯。他们都是从联邦各基地赶来的,有些甚至来自最偏远的边疆地区。看着子女们成才了,他们心情很复杂,既开心又担忧,他们热情地拥抱孩子们,表示由衷的祝贺,当然,这些镜头也消耗了大批的录影带。

"奇迹小子? 还好吧!"

布里克曼一闪身,躲过戚妹热情的、飞扑般的拥抱,他捋了捋身上笔挺的制服,说:"嘿,萝兹,干吗呢,你还小吗?"

"我已经长大了。今年二月我就满十五岁了,你不记得吗?"

"怎么会不记得?"

"那你应该来看看我,至少也该传段视频来吧。"

"哦,唉,我忘了,你这小不点。现在祝你生日快乐,成了吗?"

"哼,人家通过了医学学位考试时,你什么都没说!"

"孩子,布里克曼几乎不回家,你又不是不知道。"安妮·布里克曼走过来,说。她是布里克曼的护母,语气中完全没有斥责或埋怨之意,只是在陈述一个普通的事实。说着,她走到一边,她的戚弟巴特·布拉德利推着布里克曼的护父——杰克·布里克曼的轮椅从人群中走了出来。

"其实,我本想发段视频的,但太忙了,都抽不开身。"

"没事的,孩子,我们知道,我们理解。"布里克曼三年都没回家了,护父看起来老了一些,喉咙里只能发出沙哑的低语了。

布里克曼赶忙走过去,握住护父搭在轮椅扶臂上的手,轻轻地握着,觉得很轻、很硬。杰克·布里克曼手指似乎微微做了个反应,像颤抖的小鸡爪。布里克曼心中难过,他实在很难相信,这双手和这副瘫痪的身体,过去曾是结实的肌肉,一拳挥出,能让比他还高大的男人飞出一间屋子。

"很高兴见到您,护父,您能来参加典礼,真让我脸上增光。"

"我们不带杰克来不行啊,他说不定会找人把自己绑在椅子上,当成行李托运过来呀!"巴特笑嘻嘻地拍了拍杰克·布里克曼的肩膀,"是不是,老前辈?"

"老前辈"发出一声类似抽噎的笑声。其实杰克现在才三十四岁,但他很清楚,辐射病让他浑身瘫痪、病萎,估计过年关都难。这是众人皆知的事实,却无人为此难过,而且,大家也没把这当作悲剧。至少,他能顽强地活到现在已经算得上是奇迹了。很少有开拓兵能活过三十高龄的,实际上,大多数执行地表作战任务的兵哥们,死得比他还早。死亡无处不在,可能阵亡于某次行动,或是变了戏法,也可能更惨,因为某些过失,会在电视摄像头前被处决。

生活在地下的人要比地上的人寿命长很多，但也不是能活个没完。安妮今年三十四岁，她的戚弟巴特二十九岁，是个官员。他们从没到过地表，也没生过什么病，但只要过了四十二岁生日，他们都会很快死去。尽管近三百年来，生命科学技术已经取得极大的进步，但长寿的方法仍在云里雾中。

其实根据资料，活得最长的寻道民也就只活到四十五岁，死在了不惑之年。

当然，这里指的是最年长的"普通"寻道民。从录像中的外表判断，现任联邦总统司令是个六十五岁的老头子，看起来倒还精力旺盛，而他的前任，活到了八十多岁。关于这些问题，没人能向布里克曼做出解释，让人信服，反正事实就是这样。杰弗逊家族之所以名为第一家族，正因为他们比其他人活得更久。而他们的长寿，是因为君权神授，为了统治联邦。至少每个人的手册上都是这么说的。

布里克曼和他的护母拥抱了一下，说道："学业实在太繁忙，安妮。你能原谅我吗？"

安妮笑道："我已经很欣慰了，你都进前四名了。"

"哼，其实我本该是第一的。"

"对我来说，能拿第四已经很了不起了。"安妮说，"杰克当初连前二十名都进不了呢。"

"苍鹰中队拿了前四名里的三个席位。"巴特说，"非常厉害，还从没有哪个中队取得过这样的成绩！"

布里克曼对巴特·布拉德利说："你不明白，先生，我其实本该是第一名，本该是荣誉学员，我被上面要了，他们给我压分了。"

巴特原本和颜悦色的笑脸突然一僵，说道："你有这种想法实属不该，布里克曼，这种话千万别乱说，我们的系统是不会犯这种低级错误的。"

"孩子永远争当第一的精神，值得嘉奖，"安妮说，"他还不会走路时，我们就这样教育他了。萝兹，也是一样。"

巴特摇摇头，说："想当和当是两码事。一个孩子不该老是这样想来想去，尽自己全力去努力就好。我们所有人都应该这样，对吧？就像大典里说的那样。"

布里克曼没有反驳，而是恭谨地点点头。巴特现任新墨西哥地区的宪兵司令。想要在这个社会里往上爬，当然不能和宪兵司令争辩，即便他们是你最亲的亲人。

所以，他说："我竭尽全力了，先生。"

巴特拍拍他的肩膀，鼓励道："对了，就应该这样。你会好起来的，孩子。从你出生时起，第一家族就在看着你了，就像他们在看护我们所有子民一样。一个寻道民绝对不用去质疑他接到的命令，无论安排什么样的岗位，他都只需要问自己：'我足够努力了吗？我竭尽全力了吗？'"

"说得不错。"安妮赞同道。

杰克·布里克曼也晃了晃软绵绵、毫无力气的手，说道："你过了关，这才是重点，成绩毫无意义。飞行员证明自己的唯一途径就是——飞翔吧，去战斗！"

"对！哥哥！"萝兹一手挽住布里克曼，一手挽护母，笑道，"谁能帮我们照张相呢？趁哥哥还没出人头地到神气十足，还没不屑于跟我说话前。"

布里克曼终于无奈地笑了。

下午,是观光时间。每年毕业阅兵式当天,飞行学院都会向毕业班学员的亲属开放,让大家看看孩子们过的是什么样的生活。食堂里放着免费供应的食品和饮料,服务生则由一年级学员担任。二年级学员是引导员,会带领人们到教室和其他训练区域参观,还会在飞行索道、模拟机和武器训练场上做实战演示。布里克曼推着护父的轮椅,为他介绍自己学习、生活过的地方,但刚参观不到一小时,杰克·布里克曼的脸色就开始变得惨白,仿佛潜藏体内的毒蛇从密巢中爬了出来,又开始啃噬他的躯体。安妮给他吃了两片云丸,抱着他的脑袋,直到他脖子上痉挛的肌肉渐渐松弛下来,整个人进入了药物催眠的状态。

看到这一幕,乙小队一个叫查克·沃特斯的小伙计便邀请布里克曼的亲属跟他的亲戚们一起参观,他那十个从俄克拉荷马来的亲戚,组成了十分强大的阵容。布里克曼把杰克推上电梯,通往宿舍,回到自己的房间。他在椅背上垫好枕头,让杰克面容憔悴、张着嘴的脑袋轻轻地枕在上面,又将他枯瘦的手互搭在一起。随后,布里克曼坐到铺位上,面无表情地看着这个将他养大的男人。这副衰老的躯体中,唯一表示有生命迹象的, 就是空气从他喉咙进出时发出沉闷的叹息之音。明年某个时候,或许连这种叹息也听不到了,收尸人会来处理后事。他的尸体将滑进沼气管道,但他的名字将被牢牢刻在飞行学院的功德墙上。

又一个好人快要离开了。

布里克曼坐了一会儿,然后站起身,把衣物和个人用品装进了一个蓝色的大旅行袋里。

"嘿,帅哥,我可以进来吗?"

听到那性感的声音,布里克曼回头看去,只见金发美女堂娜·梦露·鲁德奎斯特站在门口。她的右肩上,系着由蓝白穗装饰的荣誉学员勋带,左胸口上,则别着金属质地的义勇军奖章,就在银翼徽章的下面。

布里克曼不慌不忙,把最后几件衬衣叠好,放进背包,问道:"有何贵干?"

"没什么特别的。"鲁德奎斯特随随便便往布里克曼的铺位上一坐,正好坐在他的旅行包旁边,"就是想和你道个别。"她冲杰克·布里克曼点点头,"你的护父?"

"嗯……"

鲁德奎斯特看见了杰克袖子上别着的两枚金色双三角形徽章,眼睛亮了起来,她轻轻吹了声口哨,道:"哦,双六啊! 十二次地表值勤,两次在白宫和总统司令共进午餐。牛大了! 你的监护人竟是个王牌飞行员,你怎么从没跟别人提起过? "

布里克曼耸耸肩,说:"没什么,这种信息不属于'你必知'的基本情况。"他拉开旅行袋侧兜,又将几件杂物塞进去,问道:"你呢? 午餐怎么样? "

"哦,你是说和学院司令的那顿?挺有意思。他提前把后面的安排透露给了我,不久,我就会到大红号报到。"

"很好。"布里克曼语气平淡地说。

大红号是红河篷车队的俗称。他们多次在远征变种人的战斗中取得过辉煌的战绩,隶属于它的开拓兵个个强悍勇敢,拥有无人能及的战斗记录,在联邦各地威名远播。正因为这种显赫的声名,红河车长可以从各地的军事学院和技校中优先挑选最优秀的毕业生。在过去的二十年里,飞行学院前三名毕业生都会毫不犹豫地加入红河篷车队的开拓兵小队。按理来说,布里克曼应该计划在今年成为他们中的一员的,可惜……

"我也顺便问了问你的安排。"

"哦?"

"你被分配的地方是路易斯安那贵妇车队,它的基地在财富要塞。"鲁德奎斯特顿了顿,继续道,"还有,格斯·怀特也是大红号。"

"那可真够他受的。"布里克曼嘟囔了一句。在大红号服役,向来被视为升迁阶梯中重要的第一环。第一步走不好,后面可就难了。他转头对堂娜说:"他知道了吗?"

鲁德奎斯特摇摇头说:"我想让你亲口告诉他这个消息,这更符合你的风格吧!"

"我当然会。"布里克曼拉上行李袋中间的长拉锁。就在他的手拉到拉链末端时,鲁德奎斯特突然伸出一根手指,点住他的手背,轻轻画了个环。

两人四目相对,炽热如火。

"来打一炮,如何?"

布里克曼拉好拉链,心里揣摩着堂娜这句撩人的话。

"你是说就在这里? 就现在?"

鲁德奎斯特瞥了一眼熟睡的杰克·布里克曼,轻笑道:"怎么? 你怕他醒过来吗?"

"不会的,他吞了云丸。"

"那么……"鲁德奎斯特用火一般渴求的目光撩拨着他。

"还是……下次再说吧!"

鲁德奎斯特指指杰克,说:"听着,我觉得他不会理会咱们的,这没什么值得大惊小怪的,你知道,在车队里干了十二年,他肯定早就见怪不怪了,对不对?"

布里克曼沉吟不语。

鲁德奎斯特突然一把揪住他的制服,将他拉近自己,身子凑了过去,大腿如老树盘根般环绕着骑在了他的身上,大声道:"来吧,布里克曼,我还没和你做过爱。今天以后,我们可能再也无法见面了。"

"这一点,我无法改变。"

"不,你可以的。"鲁德奎斯特几乎是央求地站了起来,双腿如蛇,环住他的腰,用柔软的身体蹭着他的小腹,"五周后,我可能就要跟篷车队出发,进军变种人的领地。六周后,我也许就不在人间了。现在,离我十七岁生日还剩下八周了,在我没命之前,我希望跟最棒的人做一次,我不想留下遗憾。"还没等布里克曼答话,她就把他的背囊扔到床下,关上房间的滑门,扒开他上衣的拉链,她自己也迅速地脱下身上的制服,赤裸着胴体,躺到铺位上。

布里克曼看着她那挺拔动人的身躯,只觉口唇干涩,喉结蠕动,他瞥了一眼护父,杰克·布里克曼正头靠枕头,歪向一边,嘴巴张开,面容更加憔悴。布里克曼把护父的手抬起一点,然后松开。那手绵软无力,落在腿上,毫无生气,说明他正处于深度睡眠状态。布里克曼面向堂娜，脱下自己的衣服。他的目光如炬，打量了几眼这个一丝不挂的女孩，她优雅美丽，丰乳肥臀，绝对是个动人的尤物。他走了过去，躺在了堂娜身旁。

鲁德奎斯特抚摸着他的肩膀，一路向下，向下，从胸到臀，轻声呢喃："我对你一直有意思，布里克曼。这三年我们怎么都错过了？"

布里克曼耸耸肩，轻松地说："我想，因为大家都太忙了吧。好吧，很好，你想用什么姿势？"

堂娜用舌头逗弄着他的嘴唇，说："各种各样，来吧，来吧！"她转过身，背对布里克曼，肩膀上的褐色皮肤间，点缀着一些星星点点的雀斑，尽管他们经常一起在浴室洗澡，但布里克曼一直没留意过这些。他探出一只胳膊，抱住堂娜，抚摸着她高挺而柔软的胸部。堂娜显然迫不及待了，她抓住他的另一只手，放到自己的两腿之间，感到湿润而温暖。"哦，就这样，"她呻吟着，"哦，对，对！"她扬起脖子，脸颊轻轻在他的脸上磨蹭。

布里克曼闭目凝神，脑海里突然浮现出恶心的场面，想象着她和格斯·怀特做的样子，还有其他的狗男人，一样的话，一样的动作。三学年结束后，几乎每个男孩都和她上过床，这没什么可大惊小怪的。如果你好这口，像大部分男生那样，没过多久，每个女孩你都能搞得上。

但布里克曼与众不同，别误会，这个年轻人身体健壮，没有任何生理上的缺陷，也不是说，他没有这个年纪的男孩的性欲。不过，他能够自我节制，不近女色，这种严禁而冷酷的作风，显示出他有惊人的自制力和务实精神。

布里克曼不和同学们乱搞男女关系，尽管这么做，其实有利于融入整个大集体,但乱搞男女关系并非课程的一部分,找个女生打一炮不会得到任何学分,这甚至算不上结交更多的朋友,能获得更大的影响力。因此,这件事在他要做的事情里排不上很靠前的名次。他实在太忙了,忙着学习,忙着训练,除此之外的事情,他不想考虑。另一方面,他是布里克曼,骄傲的布里克曼,他不能容忍自己在任何方面表现得不好。好吧,现在,是时候了,既然要做,那就要干得爽。

布里克曼努力地配合着堂娜。这倒也不是他的处男秀,不过距离他第一次开荤已经有好几年了。他早已忘记了这种感觉,那些埋藏在记忆深处的快感,现在又涌了回来,温暖着他的身体。有那么一会儿,他甚至忘记了护父就躺在不到两英尺远的地方,而且,门也没锁,其他亲人随时都有可能推门进来。

半小时,也许是一小时,他们缠绵悱恻,试过了各种各样的姿势,最后,到达了快乐的顶端,两个人喘着粗气,并肩躺在床上,身体接触的地方,被一层薄汗黏在一起。

鲁德奎斯特急促的呼吸持续了良久,才渐渐喘过气来,她用嘴亲吻着布里克曼的耳朵,兴奋地说:"还想再做一次吗?"

"我的天,"布里克曼说,"今天就到此为止吧。"

"好吧。"鲁德奎斯特坐起来,双腿垂下,"嗯,很爽,恰到好处。"她伸出一只手,从布里克曼的喉咙捋过胸口,直摸到他平坦结实的小腹,说,"汗津津,得冲个澡,我看还是回家冲吧。"

布里克曼点点头,说:"那你是要回到遥远的威奇托①才洗澡吗?"

---

① 威奇托为美国主要的飞机制造中枢和文化中心。

鲁德奎斯特来自联邦的北部边陲,堪萨斯①梦露站,二八八六年才建成,是联邦最新的站点。他问:"你家里人来了吗?"

"你不知道吧,"鲁德奎斯特说,"他们几乎把整个站点都翻过了,真受不了!"说着,她开始给一丝不挂的胴体覆盖起衣服。

布里克曼边穿衣边看着堂娜,想起自己刚才的动作。男女之事的冲动之欲,如火星般点燃,在他的头脑和身体内部噼噼作响。和堂娜做爱带来的欢愉只能持续片刻,但他不需要这个也能活。让自己喜欢别人,依赖别人,和另一个人亲密接触,情难自禁,不,这可是种危险的奢侈品,只会让人的意志力越变越脆弱。

"好吧……"布里克曼冷酷无情地说,"是时候说再见了。"

"嗯,我们准备坐四点钟的穿梭车走。"

鲁德奎斯特看了眼手表,此时身上的衣服已经全部穿上了,她拉上制服拉链,整了整荣誉学员勋带,衣着又恢复如初。

荣誉学员勋带!奶奶的!一个想用那玩意儿勒死鲁德奎斯特的冲动从布里克曼的脑子骤然闪过。

当然,这只能是想想而已。

"祝你好运,对了,祝狩猎愉快。"

"你也是哟。"

两个人彼此关切似的,握了握手。

布里克曼的脸上挂着有点僵硬的微笑,他注视着堂娜的眸子,说:"要记得放松些,好吗?你是第一名,不要急着冲,用不着在变种人

---

① 堪萨斯是美国中部的一个州,位于美国本土的正中心,小麦产量位列全美第一。

身上再证明一次。"

鲁德奎斯特转过身,布里克曼拍了拍她的肩膀。她走到了门口,回头看了他一眼,抿嘴一笑:"你的嘴挺甜,布里克曼。但别以为我看不出来,你那个阳光得不能再阳光的微笑里,隐藏着一个卑鄙小人的心。"

布里克曼面不改色,一点儿也不生气,继续穿着衣服,淡淡地说道:"这,就是生存之道。"

"你知道你为什么被讨厌吗?"鲁德奎斯特气鼓鼓地说,"你老觉得自己与众不同,老是自以为是,想高人一等,你根本融不进我们当中。你这样子是不行的,没人喜欢你这样。总有一天,你会需要个朋友的。"

"说完了吗?"布里克曼冷冷地说。

"没有。"堂娜碰了别在胸袋上的义勇军徽章一下,"这破玩意儿,你我都玩命地想要赢到手。我只想告诉你,根本没什么感觉,不论你出了什么纰漏,在我心里的名单上,你始终是第一。"

布里克曼耸耸肩,穿上裤子,拉上拉链,说道:"现在说什么都没用的,时间会证明一切。"

"没错。"鲁德奎斯特快步走出房门,最后,一扭头,看了布里克曼一眼,道,"哦,顺便祝福你一句——生日快乐。"

第五章

在击败了蒂万部落的勇士沙克塔克的两天后，佳得利和清水及雪先生三人，一同来到了密林深处。在一条小溪旁，他们找到一片落满红叶的空地，三人盘腿坐下，围成一个圆。在他们周围，生长着棕黑色的红杉林，它们像巨大的武士，护卫着三人。玫瑰色的阳光射下来，刺透厚重的树叶帘帐，射到那些顽皮地抚弄古树巨根的蕨草中，这片蕨草的海洋便多了一片片光斑。

清水向雪先生询问了自己召唤出来的神力到底出于什么原因，雪先生说，这就和佳得利惊人的记忆力一样，也是天音们的馈赠，是由伟大的母神摩城降下的福音，不必太过害怕。佳得利聚精会神地聆听着他们的交谈，雪先生解释了许多事，驱散了他们心中的恐惧。但他反复强调的是：召唤和使用这种力量会极大地消耗召唤师的生命值，当你释放的力道越强时，越需要控制，不到万不得已，千万不可召唤这种伟力。对训练不足的新手来说，这种强大的自然伟力甚至会让他们死亡。

正因为如此，清水使用伟力将佳得利从沙克塔克手里救出后，才会突然昏倒。神力通过一个召唤师的身体后，他将变得异常虚弱，必须等到生命值重新充满后，才能再次召唤，故而在危急关头，召唤师必须谨慎行事，否则，也许到了生死攸关之时，反而召唤不了，只能等死了。

那两人聊了一会儿，又轮到佳得利发言了，他说："为什么我始终听不到天音？我真的好苦恼。"

雪先生笑道："等你准备好，真正去聆听时，就会听到的。"

"那你就教教我，到底怎么样去听吧。"

雪先生摇摇头，说："年轻人，你的脑袋里充满了这个世界的各种杂音，虚荣的号角，欲望的轻吟。随着年龄增长，你会慢慢成熟，你心灵的耳朵也许能学会屏蔽这些声音，到那时你才能发现，真正的天赐，其实一直就在这静寂之中。"

"我有一个天赐，从未告诉过别人。"佳得利说。

"学生不应该对他的老师沉默。"雪先生说。

佳得利笑道："当然，在您的面前，任何秘密都无处躲藏，前辈。"

"是的。"雪先生说着，眨了眨眼睛，"但在月黑风高之夜，我可从不会用我心灵之眼，窥探你们的帐篷。"

清水有点害羞，用双手捂着脸，从指缝中偷看着佳得利。

佳得利深深呼吸，免得因为窘迫而说不清话，"我之所以没提，是因为还搞不明白这到底是真的天赐，还是我头脑中幻想出来的梦。"他迟疑着，"我觉得，我能从石头里看到画面。"

雪先生没有一点儿惊讶，他神情严肃地点点头。

清水好奇得瞪大了双眼。

"这，这……倒不是所有石头都能，"佳得利解释道，"只有那些，一些，怎么说……"他找不到适当的词语来描绘。

"……嗯,长有眼睛的石头。"雪先生提示。

"对哇,"佳得利站起来,走到河边,捡起一块苹果大小的鹅卵石,"这一块,就很容易。"他用一根手指在石头上绕了一圈,"有眼睛的石头上,有一圈柔和的金光。我倒不是总能看到,但只要将这种石头握住,让它的灵魂融进我的心灵,我就能看到一幅幅画面。那些画面是在石头里还是我脑海里,我也不清楚,但,很奇怪……"佳得利摇摇头,懊恼地叹息,"我不明白它们是什么意思。"

雪先生点点头,说:"这是一种特殊的异能,这种力量很难驾驭,你看到的画面可能来自过去,也可能来自未来,但它们都有一个共同点:画面上发生的事,就在石头所在的方位。过往的记忆,未来的情景,被封存在石头里面,就好像遮盖着白云的天空,将那美丽的倒影,映照在时光之河的水面上一样。"

"您能教教我如何了解那些画面说明了什么吗?"

雪先生摇摇头说:"对不起,天眼通的技艺是无法传授的。拥有这项天赐异能之人,必须自己来领悟。"

"那么,"佳得利说,"我既是字匠,又是天眼通。会不会有一天,召唤师之力也同样进入我的身体,就像突然降临在清水身上那样?"

"当然有这种可能。"雪先生说。

佳得利暗忖雪先生所说之意,然后挺胸抬头,说:"辟邪主的影子落在了我的身上,"他大胆地问:"我是否会成为三赐之人?"

雪先生闭上双眼,仿佛在寻求上天的指引。

清水静静地伸出手,握住了佳得利的手,十指相扣,两人目光交汇,便齐刷刷望向雪先生,但这个老人很久都没睁开眼睛。

两人就安静地等待。

"这个问题我不知道，"雪先生终于开口，"我不是想隐瞒什么，只是我确实不知道。是的，我曾多次感到天音们的手指向了你，但我不知道这种感觉是我的臆想，还是真实，其实，我真的希望看到辟邪主在我去往高庭之前降临大地……"他轻笑两声，"也许这是一个可笑的念头，我总以为我会被天音选中，成为三赐之人的老师。"说到这里，他又悠悠叹息，对佳得利说："你有可能是。"他又指指清水："她也有可能是。"

"但她不是字匠啊！"佳得利叫了起来，"不是说，三赐之人应该是字匠、召唤师和天眼通，三位一体吗？"

"预言确实是这样说的。"雪先生说，"但在几天之前，谁知道清水突然就有了召唤之力？而你发现第一块有眼睛的石头是什么时候的事？"

"两三年前吧！"佳得利嘟嘟囔囔地回答。

"那就让我帮你复习一下预言，"雪先生说，"三赐之人男女都可以当，都有可能。在大地显露征兆前，谁也不知道他（她）是男是女。"

佳得利略感失望，看着雪先生，语调中颇有怨气，道："您确定天音们就说了这些，没说得更清楚些吗？"

雪先生把手一摊，摆出一副绝望之状，愁眉苦脸，无可奈何。

清水充满同情地耸耸肩膀，轻轻一笑。

"天音们是说过一些，但词句的含义却遮遮掩掩，云里雾里。"雪先生答道，"我也说不清楚，说出来你会不会安心。"

"您就说出来，让我自行判断好了。"佳得利说。

"那好。"雪先生说道，"他们对我说过，辟邪主将是某个你熟知的人。"

佳得利和清水惊讶地对视一眼，又扭头问道："某个我现在就认识的熟人，还是我将来才认识的人？"

雪先生没再说什么，他伸开双腿，准备站起来。

"等等！"佳得利叫道，"这里面也包括我吗？"

雪先生耸耸肩，不置可否，他站了起来道："这些含义，只可意会不可言传。你是个字匠，自己琢磨吧。"

第六章

　　回到家属休息区后,才几分钟的工夫,布里克曼就一头栽倒在床上,沉沉昏睡过去,一直到两天两夜后,他才醒了过来。累,实在是太累了。最近一年来,在飞行学院的艰苦训练,加上结业考试和地表单飞期间身体消耗了过多的能量,体内产生的大量肾上腺素,让他从精神到肉体都长期处于过度兴奋状态。终于,他能够舒舒服服地躺在暖和的被窝里,不用再被电子军号声吵醒,不用再担心会不会迟到,积聚许久的疲劳终于得以爆发。他刚一躺下,就觉得酸痛与困倦从骨头缝里钻进肌肉,如一点儿小小的火苗,缓慢燃烧,顿成熊熊烈火,朝四面八方蔓延开来。酸麻冷痛,像小针似的,穿透了周身上下每一根肌肉纤维,每一个毛孔。他再也无力与之对抗,闭上眼睛,任由黑暗将自己笼罩吧。

　　罗斯福站是布里克曼成长求学的地方,他的小名也由此而来。这里是一万多名寻道民的司令部和后方基地,与大中央不同的是,这里是前沿城镇,更加朴实无华,实际严谨,但又和其他西部边陲城市都不一样:这里设施齐全,拥有多层建筑,是个迷你的城市,它拥有空气调节系统,每个穴室中都有显示器,是个豪华的殖民地。它坐落在大劫难前圣达菲市地下一千五百英尺的岩床中,现在这个年代,与当年美国南方的其他大都市一样，圣达菲市，除了名字被保存外，其他所有的一切，只剩下地表地图上的概念点，为了便于确定标志地壳中联邦基地的地理位置。

罗斯福·圣达菲市的总体布局比较传统，是那种八世纪时大中央工程师们设计的中心平面风格。整体看来，它包括一个中心广场，周围是两条圆形运输通道，环绕一圈，是主路，半径分别为一英里和两英里。另外八条运输通道，为辅路，像轮辐一样将大广场与第一、第二环路连接起来，每个交叉点都有巨大的立轴矗立，向上两级或向下四级，内侧则设有住宿区、工厂和公用区域，这样看来，倒像是个内外翻转的摩天大楼。罗斯福站的中心被称为新政广场①，安妮和杰克·布里克曼的住所位于东北二环三级八号，那里的垂直通道叫作田纳西谷渊薮。

布里克曼像是死猪一样，呼呼大睡到第三天早上才醒。好舒服，好惬意。过去几年来的酸痛疲劳似乎一扫而空了，身体软绵绵的，像块果冻。浑身乏力，几乎动不了身体，也不想动。睁着眼睛看天花板，用不着护母劝说，他就继续躺在床上休息。

这时，戚妹萝兹从第三级的食堂给他拿来了早餐，又把电视遥控器放到他的手边。

联邦为寻道民们提供了九套电视频道。一套和二套与档案数据库相连，能够看到各种资料；三到六套则提供覆盖各个方面的学习系统；七套提供职业技能教程；八套是休闲娱乐频道，提供各类战斗视

---

① 罗斯福总统在二十世纪三十年代施行过新政，使得美国渡过了金融危机。

频游戏,比如很受欢迎的《屠杀变种人》等。布里克曼三年来一直在学习,学习,不断地学习如何猎杀变种人,他甚至已经感到了厌恶,他觉得自己现在应该歇口气了,所以选择平时很少看的九套——大众服务频道。

这个频道里也基本上没什么新节目,老一套的蓝天民谣歌手,大中央的一些网络新闻,还时不时有些让人昏昏欲睡的基地站《当地趣闻》栏目。

这会儿,屏幕上正在播放的就是这类节目:一个先遣队工作组的现场报道。画面上,一个非要让别人称他罗恩的罗斯福站记者,正啰里啰唆地冲着一个满脸泥土、汗流浃背、年仅十三岁的小队长发问:"嗨,你觉得队里的孩子们今天怎么样,能挖多少码的岩石?"

去死吧!关掉!布里克曼关了电视,冲着空荡荡的黑屏狼吞虎咽起来。

他轻轻松松地休息,什么也不干,好好地歇了四天,疲惫的身体终于恢复了原先的状态,这时,便觉百无聊赖起来。他挺想和护父多聊聊,但总是话不投机,护父累得声音模糊,还时常跑题。

护母安妮·布里克曼呢,又很忙,平时不是照顾杰克,就是在第三级的南食堂柜台后面做工。基地里的每个人,除了像巴特这样的高级官员,无论资质如何,每月都必须进行公众义务劳动,这有时间上的规定。从理论上讲,公众义务劳动是必需的,维持基地运转的各项事务都需要进行。这也通常意味着一百小时的重复性低等劳作,范围很广,包括了衣、食、住、行等方面。

布里克曼无聊极了,溜达到了戚妹的房间。萝兹正在收拾她的行李,不时地瞟一眼床头柜上的电视,上面正在播放有关基因技术的医学讲座。

布里克曼坐在床边,把枕头摞成一堆,把脚斜搭在床上,好让自己坐得更舒服些,问道:"萝兹,你准备什么时候走?"

"明天,"萝兹说,"其实,内地的州立大学要过一周才会开放注册。但我想趁着这几天,在大中央四处走走。"

"嗯……他们说过,那地方确实不错,有看头。"布里克曼无聊地盯着电视屏上的画面,讲座中的人喋喋不休,让他犹如在听天书,他问道:"这就是你要进修的什么……基因学?"

萝兹点点头,说:"现在,只剩这个领域还有机会得诺贝尔奖了。要是我们的寿命都能延长一倍——能活到八十岁,你想想,这个世界会成什么样子?"

"呃,不错。"

萝兹笑了笑:"所以我选择基因学,因为生命学院是唯一拥有大量研究设施的医学中心。希望老天开恩,能让我学有所成,出人头地。"

"你当然有这个可能。"布里克曼赞道。

"那当然,但我得先取得资格才行。每个学期,都搞末位淘汰制,三分之一的人被自动淘汰,就这么残酷。"萝兹伸手在脖子上比了一刀,"绝对不给重修的机会。"

布里克曼耸耸肩,轻松地安慰道:"你怕什么?你不还有医学学位嘛。如果你真的不想在某个基地医务室里写医嘱、听胸诊的声音,你完全可以加入篷车队嘛,那里的前线医疗兵小组很需要你。"

"是呀，是呀，最后就落得像杰克老爹那样的下场。"萝兹皱了皱鼻子。

"也许吧，"布里克曼说，"但你也说不定能救你老哥一命，或是其他和我一样的大兵哥。"

萝兹笑道："你会活下来的。我听说了，开拓兵远征不过是小菜一碟。当然，也许空气会把你烧坏，杰克老爹就是这样的，但别跟我说和变种人作战多么英勇，多么厉害。你知道吗？我早已在历史课里看过他们的影像了，还有他们古怪的生活方式，真为他们感到难过。那些人丑得肮脏，如同蝼蚁，我们碾碎他们，跟碾蝼蚁一样简单，真是可怜……"

"那些家伙本来就是蝼蚁。"布里克曼插话道。

"嗯，这个我赞同，"萝兹说，"我踩蝼蚁也跟你一样，哪会留什么情，就这样轻轻松松下脚，但我踩死它们的瞬间，也会扪心自问，蝼蚁，是不是应该和我们一样，拥有生存的权利？如果没有，那它们为什么存在呢？我觉得很奇怪，不管是谁创造了第一家族，没准也是他们，造出了蝼蚁这种生物，不但如此，还有变种人……"

布里克曼目光一闪，盯着他的戚妹，道："你知道吗？从小到大，你的脑子里不知想些什么，总是冒出这些稀奇古怪的念头，但今天这个，一定是最怪、最离谱的。"

"那也说不定，这是最接近真实的，不是吗？"萝兹说。

"也许，"布里克曼慢慢地回答，"但我可不想拿这些问题搞乱我的心，我受训三年，就是为了到地表去，去灭掉所有变种人。我什么都不用想，我很乐于听命行事。"

"好啊,那你就去吧,"萝兹说,"我知道,要去地表世界,需要极大的勇气,联邦,需要有人去拓展边界,建立站点,扩大我们的生存空间,况且这项任务险恶艰难,你既然愿意为此奉献生命,说实话,我真的很敬佩你。可话又说回来,我既不会因为你用脚踩死一只蝼蚁而黯然神伤,也不会因为你屠杀了一群手无寸铁的变种人,就把你看作我们的英雄……"

"什么叫'手无寸铁'?"布里克曼几乎叫了起来,"那些白痴是嗜血如命的。所有人都知道他们是多么残忍,他们怎么对待阵亡的开拓兵,他们,他们会将我们的战友的尸体切开。如果不幸被俘的话,变种人会活剥了你的皮,把你吊在火堆上烤,烤得又香又甜,存到冬天没有食物的时候,再拿出来一块一块地吃。哼哼,'手无寸铁',绝不是,他们全副武装,杀人无数,萝兹,他们还会学习更高明的杀人技巧。"

萝兹"哧"地一笑:"得了吧,布里克曼。你也知道,那都是开拓兵们吹出来的,那些白痴,你不是这么称呼他们的吗?傻得连今天是几月几号都不知道。"

"嗯,我承认他们没那么聪明,但也不像你说得那么蠢,搞不懂你想证明些什么?见鬼!我是说,你到底站哪边啊?"

萝兹坐到床上,往哥哥肩上重捶了一拳,说:"你这个笨蛋。其实只是……"她露出一丝苦笑,"我不知道。只不过,当你进入基因学这个领域,开始探究创造生命之源时,就会开始思考这些事情,就会问很多问题。你会渐渐意识到,其实我们对生命的起源所知实在太少太少,要知道,就连最简单的细胞,组成人体的微小单元,都复杂到超乎想象的程度。研究到最后,你一定会有这种感觉:也许我们该扪心自问，我们源源不断地将你这样充满活力的小伙子们派出去消灭变种人，这件事真的正确，真的值得吗？"

"但变种人不是人，萝兹，他们只是外形和我们有点类似而已，这不是我说的，是杰克说的啊，他在地面待了那么多年，你忘了他过去给我们讲的那些故事了吗？"

萝兹笑着摇摇头，说："当然忘不了啊，直到现在，一想起那些故事，我都还会做噩梦哩！"她站起身，关上房门，用遥控器调大电视机的音量，坐回到床上。

布里克曼眉头一皱，指着电视："你非得开着它吗？"

"是的，"萝兹笑着说，"想来点音乐吗？"

布里克曼局促地向后一靠，靠在枕头堆上。

"哪种音乐？"

"带劲的，疯狂的，二十一点，还能有什么？"

"你别疯了！"布里克曼压低声音，恶狠狠地说，"即使是顺风飘来，我远远地听到，都要躲得八百里去。你别沾这东西，萝兹。处理掉，要快！"他突然警觉地坐起身，"在哪？你不会就带在身上吧？"

"当然不会。"萝兹把他推到枕头堆上，"别这么紧张。我认识个家伙……"

布里克曼伸出一只手，按住她的嘴唇。"我不想知道他，或它，或者其他什么乱七八糟的东西，总之别给我们卷进去，萝兹。你很清楚，任何人沾上那东西，被抓到的话，麻烦可就大了。"

萝兹笑道："也许吧。据说那家伙手里都是最好的货色，能判一级重罪的那种。"

"嘘,小点声,"布里克曼说,"别闹了。"

"嗨,你试过二十一点吗?"

"不,也不打算试。"

"因为这是违规的?"

布里克曼没回答,只是看了她几秒钟,又移开目光。

"你问过自己吗,为什么这种事算是违反规定?"萝兹把他的脸扳过来,强迫他看着自己挑衅的目光。

"你也知道的,我们为什么需要各种条例?"布里克曼说,"这是让人们和平共处的唯一法则。"

萝兹无可奈何,叹了口气,布里克曼的脸一板,道:"在第一页,明明白白地写着。"

"我知道手册是怎么说的,但它说的生活方式并非唯一的。"萝兹固执地说,"如果人们受到一系列条条框框的限制,必须生活在固定的图圈之中,就只能说明,在边界的另一侧,存在着一种全新的生活方式。"

"对,没错,"布里克曼说,"可人类一千年前就尝试过了,结果怎样?无政府,无秩序,无安宁。城市被焚毁,蓝天下的世界,变成一团地狱毒火,变种人滋生肆虐。"

"我知道历史课上是怎么讲的。"萝兹轻声说,"肯定发生过可怕的事,但我们并不知道是什么事,也不知道到底有多可怕。我们现在所知道的,只是第一家族认为适合告诉我们的。其他的,也许……"她有点犹豫了,"也许,在某些方面,那时的生活比我们现在好得多。"

"嘁!"布里克曼对此嗤之以鼻,不屑地道,"你这个神经病,没有杰弗逊家族，就没有人类的今天！人类都无法生存下去。如果第一家族不定那些条例，让所有的人都遵循的话，联邦早就不存在了。”

“说得也对。但是，布里克曼……”萝兹说。

“够了，萝兹。”布里克曼厉声道，“我不想再听这些废话。”

“算了算了，行。”萝兹不屑地一笑，道，“别担心，我不会做任何有损你前途的事。”

“不！我担心的是你的前途。”布里克曼反驳道。

萝兹不以为然，耸耸肩膀。

“我没开玩笑。”布里克曼生气地说。实际上，他的担心中至少有两成是为了妹妹。他强忍怒火，拉过她的手，郑重地说：“你这些发疯的念头，忤逆的话题……到了大中央后，千万不可再想、再说，更不许去做，明白吗？”

萝兹噘起小嘴，歪着脑袋，低头注视着他们拉着的双手，说：“也许，我真的需要个老哥来关心我。”

两人四目相对，双手紧握。

“是的，我是做得不够好，萝兹，”布里克曼轻声说，“虽然一直没和家里联系，但……其实，我还是常常想着你的，而且……”

“唔……我们俩上中学时不是挺好的吗？”

“那是以前，人会随着时间慢慢改变。”

“但我可一点儿也没变。”萝兹探过身，轻轻吻在他的唇上，然后坐回身，叹了口气，“你有没有想过，过了这周，也许我们就再也见不到面了。”

布里克曼苦涩地强笑道：“这就是生活，萝兹，大哭大闹也没用的。"

"我不想哭,"萝兹深吸一口气,"我只想告诉你一些事。"她迟疑了一会儿,继续说,"关于我们。"

"哦,关于我们什么?"

"你和我,我们与众不同。我们,呃,我们不像杰克和安妮,或是别的什么人。我觉得,我和你有一种无法解释的神秘联系。我不是说你上飞行学院前的事,我是说某种不能理解的,奇怪的,牵连。你没觉得吗?"

布里克曼心里一动,说:"我不知道啊,你举个例子听听。"

萝兹双手握紧他的手,咬着下唇,说:"记得前天吗?你睡了三天才苏醒时,我给你拿了份早餐?"

"我怎么会忘?"布里克曼笑着说,"那可是平生第一次,你给我端饭来了。"

"正经点。"萝兹努努鼻子,斥道,"那时候,你跟我讲了上到第十级放单飞的事,还有你看到地表时的感受,还记得吗?"她的声音低了下去,"你心里产生的那些感觉?回到基地时的恐惧?"

布里克曼听到这里,不由得瞪大了双眼。

"别担心,我不会告诉别人的。但你记得我问过你,测试是在哪天,在几点吗?"萝兹接着说。

"对!"布里克曼说。

"当时,你是告诉了我,但没问我为什么打听这些。"萝兹目不转睛地注视着他,"可是,你猜猜看,我为什么要问?"

布里克曼也盯着她道:"你有什么瞒着我,为什么不和盘托出?"

萝兹犹豫着,轻声道:"因为我……我知道你到上面去了。你飞行时体会到的一切,我都能感应到,甚至感同身受,包括你驶进坡道大门前那片刻的犹豫,当时你产生的被活埋的恐惧。那时候,我正和同学们在实验室里,我突然被吓得叫出声来。我……我一刹那间,觉得天花板要掉下来,要把我碾碎,所有人都以为我疯了,啊,我这辈子从没有过那样的感觉。"

布里克曼试着把手从萝兹手中抽出来,但她紧紧握住,力量大得惊人。她又一口气接着说了下去:"是的,一切,一切的一切,我都看见了,布里克曼。红树林、山脉,阳光明媚,照在水面上,雪白的云朵,白沙形成的波浪。我,我似乎跟你一起,都到了那上面。"

布里克曼心中怦怦乱跳,莫名的恐惧令他全身发冷,他说道:"当时,你是不是用意念跟我说过话? 我听到的,莫非就是你的声音? "

"很有可能。但还有其他人也在说话。"

"对。"他悄声说。

"啊,那么,那些声音是从哪冒出来的? "

"我也不知道。"布里克曼摇头说。

"天哪,这种事怎么会发生在我们身上? "萝兹急切地说,"我们为什么和别人不一样? "

布里克曼只觉得头昏脑涨,耳里嗡嗡作响,他感到自己的嘴唇在抖动,只听到心灵深处,一个遥不可及的声音在说:"我不明白,我不知道,我不清楚。"但他隐隐有种感觉,之所以感觉恐惧,是因为他其实是知道的,萝兹这些问题的答案就藏在他心底的某个角落。那是一扇他不敢开启的大门,每个人紧锁着这扇门,因为门的背后,隐藏着一个惊天动地的大秘密,这个秘密一旦泄漏,足以颠覆美铁联邦。

第二天,布里克曼一早起了床,就来到新政广场的宪兵办公室,在亲戚巴特的帮助下,仅仅是一通视频通信,就轻松地修改了就职调令。这样,他就有时间在前往尼克松堡的开拓军兵营报道前,陪戚妹去一趟大中央。安妮·布里克曼推着杰克到地铁站为他们送行。过不多时,一列凤凰城来的穿梭车驶进站台,萝兹和布里克曼将行李推上了车,转过身拥抱他们的护父护母。

"再见,杰克老爸。"萝兹边说,边轻吻护父的额头,又用手捋了一下他的头发。

杰克面无表情,嘴唇翕动着,却没发出声音。

"再见了,老头。"布里克曼说。

杰克颤颤巍巍地伸手,握住这个大男孩粗大的手掌。布里克曼单膝跪下,在轮椅旁,用另一只胳膊抱住护父。这时,杰克的手突然变得有力起来,仿佛这离别的拥抱,让一个垂死之人从疲惫的身体里召唤出了更多的力量,这是最后的回光返照。

护父最后的这个拥抱,布里克曼会永远铭记在心。

"再见,安妮。"布里克曼和萝兹又一块儿上前,搂住了他们的护母。

安妮颧骨突出的脸庞染上了一抹激动的红色,抿起的嘴唇也在微微颤抖。"好了,你们两个……要会自己照顾自己,别走歪路邪道。明白吗?"

"别担心,安妮,我们会的,"布里克曼说,"将来,你一定会为我们感到骄傲的。"他握了握护母的手,随即毅然转身,走上穿梭车。

"咝咝!"滑门在气压装置发出的声音中渐渐地合拢。

萝兹飞快地吻了一下护母的面颊,然后快步跑进车厢。

安妮始终不愿意离去,她抓着徐徐合拢的车门手,直到最后一刻,萝兹透过玻璃喊道:"今晚电话联系!"

安妮抿嘴点头,终于放开了手,朝驶离站台的梭车挥了挥。

布里克曼和萝兹所在的车厢空空落落,只坐了四分之一的人,其他乘客不是在睡觉,就是在看头顶的电视,每个座位都配有耳机,可以借此听到电视的声音。梭车由动力强劲的直流感应发电机驱动,在四面封闭的隧道中,沿着单轨铁道一路向东行驶。隧道里黑黢黢的一片,偶尔有规律性的白色闪光从窗外闪过,应该是隧道壁上的里程标志牌。

离他们最近的乘客也坐在四排开外,两人聊天的话,是不会被人听到的,但布里克曼和萝兹对昨天说起的那个秘密只字不提。其实,他们从没听说过什么是心灵感应,对此基本上毫无概念。但是,两人显然都被自己无意中出现的异能吓得不轻,觉得惶惶不可终日。根本就不敢想,不敢谈。现在,他们这个社会的结构和价值取向,完全消除了个人意志,完全以集体目标、协同合作、整齐有序为基础,如果二人的"异常行为"被人发现的话,很可能导致极为糟糕的后果。这里,异常行为通常被视作潜在叛徒的标签,属于二级重罪,一旦被别人发现,就会被捕,必须送到专门的地方进行处理——称作"调整",那是一种心理矫正治疗。

两人可都不想去被"调整"。布里克曼知道萝兹有她自己的事业规划和对未来的憧憬，要想按照自己的目标前进，就得严格遵守一切秩序、准则，循规蹈矩。正如巴特所言，系统无错，祸在人心。是人有问题，不是系统。想耍蹶子只会引火烧身，而屡次犯禁的话，更会招来杀身之祸。要说到掩饰自己内心的真实想法，布里克曼早就是一代宗师了。他很小的时候就已经明白，在这个始终鼓励人们在日常生活的各个方面都体现出七德（诚实、忠诚、纪律、奉献、勇气、智慧和技巧）的社会中，对每个想往上爬的人来说，第八德——狡诈——才是最重要的。

但萝兹却不一样。七德之所以这样深入人心，永存不朽，是因为义勇军和游骑兵无私地献出了自己的生命，而且，它们又被第一家族奉为圣训。萝兹在从小到大的很长的一段时间里，真的相信七德是每个人应该遵循的准则。实际上，所有联邦居民也确实在用这些准则指导自己的各种生活和学习。但现在，事情已经起了变化，就连她这样的信徒也开始不相信那一套，偷偷违背规定了，她正在开始学习第八德，而且学得飞快。

布里克曼和萝兹花了三天时间，直达联邦首都。这里的一切都比罗斯福站要宏伟、壮观、庞大，布里克曼虽已见过地表了，但约翰·韦恩广场辽阔壮美、气势恢弘的景象还是令他叹为观止。这个巨型中央圆顶有半英里高，直径达一英里。周围是五条空中走廊，被称作长廊，每条都有一英里长。长廊从圆顶向外延伸，形成星形。星，正是联邦第一个省份，被称为内地的得克萨斯之徽。

新落成的渊薮也是独一无二的。在罗斯福站，社区的基调是实用派,住宅区建在垂直立轴周围,方便沟通。而在大中央,比如前所未见的圣贾辛托①渊薮,就是个坐落在巨大垂直通道中央的独立圆塔。墙体上交杂排列,建设了许多露台,还有一系列纵横交错、互相牵扯的通道连接。台地上风景优美,种植着常青树木、灌木丛,还有繁茂的落叶植物。

在这石塔花园的顶部,水流顺着岩石泼洒开来,形成一个水池,模拟的小河和小瀑布,沿着爬满青苔的河岸奔流而下,穿过绿地,在圆石塔基周围形成了一个"U"形的湖泊。几条精致的拱形走廊穿插而过,通过它们,可以前往二三级的建筑。

布里克曼感到十分震撼,他目瞪口呆地看着那清澈的水流,从精心设计的石脊溢出,注入岩石水池,又从洞孔中流出,落到下方的池塘中,最终顺着一圈光滑的石墙,缓缓注入足边的湖泊里,水波轻漾,动人至极。

萝兹忽然发现水面下有几个黑影,她吓了一跳,倒退两步,离开岸边,叫了起来:"布里克曼,小心! 那有东西。"

"对,"布里克曼笑着说,"那是鱼。"

"鱼? 是吗? 哇,好奇妙哟!"萝兹盯着水面,眼睛瞪得大大的,好像要把这一幕牢牢印在心底,"哦,布里克曼,看哪,一条深褐色的大鱼!"

"呃,"布里克曼说,"不错,这条吃起来一定味美。"

萝兹打了个哆嗦,斥道:"哎呀! 克里斯托夫·哥伦布! 你太残忍

---

① 美国得克萨斯州东南部的河流名称。

了,布里克曼,真是恶心!"

"嘿嘿,幽他一默而已。"布里克曼说着,便一拉萝兹的胳膊,走下石桥。

两人沿着隧道往约翰·韦恩广场走去。布里克曼心里暗自琢磨,自己为什么会胡说起来?和萝兹一样,他从未尝过鱼肉,也从没想过要去吃它。实际上,他过去也从来没亲眼见过鱼是什么样子的,只是在学院的一个讲座里见过鱼的图像,这才认出那池中游动的黑影是什么。那个讲座的主题是如何应对地表的主要动植物,其中随便提到了鱼。讲座的主要内容,是教学员如何识别危险的蛇类,避开它们,或者打它们的七寸,还要提防在开拓军远征途中可能会遇到的各种地表猛兽。刚才,不知为何,当他们站在湖边往水里看时,布里克曼觉得心底某个地方有一种模糊的印象,他似乎知道这种鱼的确切名称,还知道在它那黑点密布的鳞片下,有粉嫩的汁肉,放在柴火上烤一烤,喷香扑鼻,味道好极了。

但在这件事上,两人似乎没怎么产生心灵感应,萝兹对此深恶痛绝。布里克曼便不想把这种感觉分享给她。他对地表飞行的体验至今仍让戚妹惶恐不安,两个人都搞不清楚这种奇妙的心灵感应是怎么回事。

几天过后,萝兹将开始进入紧张的学习状态,为今后三年的医学博士课程努力拼搏。

他们没工夫再管其他的事情,从现在开始,他这位十五岁的戚妹就要开始忙得焦头烂额了。

第七章

布里克曼目睹了一列篷车队的真容，第一感觉就是大，它实在太庞大了。和它们相比，曾被美铁联邦创始人当作避难所和运输工具的铁轨 MX 导弹列车就实在太小了，简直就像大劫难前游乐园里孩子们玩的小火车一般。

布里克曼面前矗立着的，是路易斯安那州的贵妇号篷车，这辆多节拖挂的车辆足有六百多英尺长，是过去太空时代的产物。所有人都相信，这是第一家族工程师们卓越天才的又一明证，可实际上，这并非他们的原创。它真正的来源是二十世纪六十年代美国军方的试验性陆地列车的原型，这项技术的设计方法和细节在大劫难中得以保存，它们都被存储在哥伦布的海量记忆空间中。哥伦布——这台巨型电脑绝对是美铁联邦的智囊，是美铁联邦的根基所在，它的身上，存有浩如烟海的二十世纪科学技术的资料，第一家族所有的灵感，皆来源于此。

贵妇号总体上，包括两节三十五英尺高的火控指挥车。篷车头部和尾部，各有一节动力车，另外还有十二节武器、货运及住宿车。所有车厢都由灵活、方便、可拆卸的通道相连，每节车厢长四十英尺，装有四个巨大的低压轮胎，直径为十二英尺，可在地形复杂的地表自如移动。每只轮胎上都附有独立的发动机,由动力车上的氢燃料涡轮机提供能量。

车身绘有黑色和褐色以及深浅不同的红色伪装迷彩,超硬钢化外壳上涂着防辐射含铅层。每节车厢都有装着防弹玻璃的小观察窗,上面也覆盖着装甲层,紧急情况下才会打开,平时要监视车外情况,则可通过各处的遥控摄像头查看。车上还搭载着十架天鹰战机,由布里克曼这样的飞行员来驾驶,进行起降式远程侦察。篷车当然还装备了气动枪、激光武器和各类电子设备,最厉害的是,外面装备了用于近距离防御的超烫蒸汽喷射装置,这种无形的致命武器一旦喷发,可以在短短几秒钟内,把一个人的肌肉从骨头上烫脱烧落。

格斯·怀特和布里克曼一起站在贵妇号旁。怀特没去成大红号,现在仍有些气急败坏,但他尽力掩饰自己的不满,沉声问道:“布里克曼,这事你怎么看?”

布里克曼赞叹地摇了摇头:“虽说我们在同样大小的教学模拟车上训练了这么多年,还在那种模拟车厢里住过一星期,但亲眼看到它真实的样子,还是觉得有点……”他不知该如何措辞了。

“这就叫作——有容乃大啊!”格斯说。

“没错。”布里克曼附和道,“怪不得那些该死的变种人,一见到篷车开过来就望风而逃。”

“对啰,”格斯笑道,“他们管它叫作‘铁蛇’。我真想看看我们的‘铁蛇’把超烫的蒸汽吹到他们身上时,那些白痴是什么表情。”

两个人肩并肩,边走边聊,沿着篷车从头走到尾,观赏着安装在车厢两侧和顶部的多管枪塔。几个不同组别的工程师正在轮番检查驱动大轮子的发动机,同时测试动力控制设备的运转情况。

格斯跑到篷车下面,瞧了瞧那恐怖的超烫蒸汽喷射装置,这些喷射口就安装在车厢内倾的下侧外壳上,如果现在喷射出来的话……他不敢想象。

"好家伙。"他嘟囔着,走回布里克曼跟前,两人绕着一个巨大的轮子转了一圈,好奇地观察着构成轮胎面的钨钢板条。

"太大了,这东西碾过去,一切可就玩完了。"布里克曼说。

"嗨,你们,干啥呢?"一个严厉的声音清叱道。

布里克曼和格斯扭过头,看到一个身穿蓝色飞行员制服、身材苗条而健壮、表情严肃的女孩子。她一头黑发,剪得很短,脸庞圆润,皮肤光滑,颇有几分姿色。头上的帽檐压得很低,几乎挡住了那双半睁半闭、却闪闪发光的灰眼珠。袖口上有三条红带,说明她是个小队长,左胸口袋上夹着一对金翼,下面缀着五颗金星,右胸口袋上印着身份标签:7571,J.喀珊。

"你们看完了吗?"J.喀珊像机器人一样地说。

"是,长官!"格斯和布里克曼齐声答道。他们同时以标准姿势立正,整齐划一地行了个军礼。

喀珊也回敬一礼,动作准确有力,极为标准。

两人面无表情,正视着前方。

喀珊走过来,看了看他们的军牌,又逐一打量了一番,口里说道:"怀特和布里克曼……啊,哦……优等生。"她绕着两人慢慢转了一圈,想挑出点什么毛病,但从他们的装备服饰上看,却一无所获,便问:"法兹蒂和韦伯呢,跑哪去了?"

"我们不知道,长官。"布里克曼说。

"我们登记的时候他们不在这。"格斯说。

"好,那我来告诉你们他们在哪。"喀珊说,"在简报室,车长正要发表出车前的讲话!"

"啊……但是,长官,"格斯结结巴巴地问,"不是十点一刻才开始吗?"

"提前了半小时,"喀珊喝道,"你们都疯了吗,没看大屏幕上的通知吗?"她指着最近的电视屏幕。

两人赶快一起望了过去,只见修改时间的通告正显示在上面,基座下方的红色提示灯也在不停地闪烁。今天两人玩嗨了,完全没去理会电视屏幕,如果在平时,他们不可能没注意到。

布里克曼和格斯极为尴尬地盯着显示器。

"你们显然没有注意到这一点。"喀珊无可奈何地摇着头,拿腔拿调地说,"在学院待了三年,一点儿警觉性都没有,和参加郊游的夏令营学生一样,这怎么行?"

"对不起,长官,不会再发生类似的情况了。"布里克曼勉强挤出一丝微笑,"我想我俩是土包子,第一次看到贵妇号,有点晕头转向。"

"把你这副毛头小伙的嘴脸留给没长毛的小妞们看去!"喀珊斥道,"别露出你的臭牙来,要让我再看到,你就得准备好满地找牙吧,明不明白?"

布里克曼立刻收敛笑容,正色道:"明白,长官!"

"很好。"喀珊一抬左手,让他们看清自己袖子上的三条斜纹,这代表了她的官阶,"看清楚了?它在提醒你们三件事。"她用右手指着最上面的条纹说,"第一,我的官衔是小队长。第二,一切命令听我指挥。第三,我不想听任何废话,特别是你们这样的菜鸟说的。明白了吗?"

"明白,长官!"两名年轻的飞行员齐声答道。

喀珊一扭头,示意他们道:"行了,快挪挪你们的屁股,给我滚到十八区去。"

布里克曼和格斯又齐刷刷地向喀珊行了个军礼,随后快步跑着离开。

"又是这号畜生。"格斯刚跑了没几步,就忍不住嘟囔。

喀珊的声音像鬼魅般地从后面飘了过来:"没错!我就是这号畜生!"

格斯吓得差点跌倒。

布里克曼扶住了他。

两个人终于赶在规定时间前的一分钟冲到了十八区。

他们在门外停了一会儿,调匀呼吸,才敢走进房间。眼前是近三百名男女军人,分别坐在一排排座椅上。这时,有个人跳起来,冲他们这边使劲招手,两人认出来了,是他们的同学里克·法兹蒂,他和韦伯给两人留了座位。

"我们遇上咱们的小队长了。"格斯苦着脸说,从两人身前蹭过去。

"你们看到她了?是不是已经五星了?"法兹蒂小声说。

"当然看到了,"布里克曼讽刺地说,"是五星,每一颗星都代表她的一段吃人史。"

实际上,一颗星表示一次为期一年的地表巡逻。五颗,就代表着五次。再来一次,她就能得到幸运六星。那时候,她的袖口就会多一对金色三角形,她将接到一通来自白宫的电话,有机会和总统司令共进晚餐。

布里克曼刚坐下,喀珊就昂首阔步地走了进来,和其他小队长一起,坐在第一排的位置。

"你们猜她多大了?"韦伯说。

格斯·怀特耸耸肩:"五次出巡,那至少是二十二岁的老女人了。"

布里克曼隔着一行行理着平头的脑袋,看着喀珊的后面,问道:"你们谁知道'J'是什么的缩写?"

"乔迪吧,"法兹蒂说,"乔迪·喀珊。"

"好吧,乔迪,小娘儿们,"布里克曼暗想,"你想跟老子玩狠的,那就看看你有多狠……"

这时,只见一个男人走上了简报室前方的讲台。此人身材魁梧,身宽体胖,双手大如蒲扇,足以把你的脑袋拍扁。黝黑粗壮的脖子上,是一副好勇斗狠的面庞,短短的板寸金发紧贴头皮。草绿色的军服,两边袖口各有一条红色的宽斜纹,头上戴着牛仔式的宽边帽,上面别着星条徽章。

屋里顿时鸦雀无声。

那人径直走到演讲桌旁,叉开双腿,呈稍息姿势,双手握在一个金头短鞭杖的把手上,这东西很像学院那些训练员用的手杖,只是更加精致,更加高贵些。

男人扫视全场,说道:"这么说……别来无恙,我看大多数还是老面孔。"他用手杖指着坐在前面几排几乎是秃头的男兵们,"提诺又没理发就打道回府了……"

这句戏谑的话在屋子里的开拓军老兵中掀起一片笑声。

"而且,你们这些人听到我这乏味的老笑话,还能笑出声来,很好,继续保持。迎合别人不会给你们带来什么好处,但也没什么坏处。不过,既然有几个菜鸟是第一次和我们出车,也许我还得自我介绍一下。"他将目光投向后排座位,声音变得更大了,"我的名字是巴克·麦克唐纳,有些人背地里管我叫大 D。我乃贵妇号上的开拓兵指挥官,是你们遇到麻烦时最坚实可靠的后盾。我之所以才有这么宽的肩膀,是因为曾有很多人靠在上面哭过。"

老兵们又发出几声哄笑。

"只要按规矩办事,你们就会发现,其实我是个非常通情达理的人。要是逼我换上官腔……"他用鞭杖拍了拍官阶条纹,"那你们多半要挨上几下。"说到这里,他顿了顿,让自己的威胁印在众人心里,"我的主要工作就是确保车长和高级军官们的命令得以贯彻执行,一字不差地贯彻执行。同时在小队长们的帮助下,维持车上的纪律。任何觉得自己很幸运,没登上大红号,可以稍作喘息的小菜鸟,最好给老子想个明白。你们找不到比咱们贵妇号更严格的车队了,所以最好给我保持好纪律和素质,使车辆整洁。"

这时候,站在门边的一个巡道兵①打了个手势,麦克唐纳立即立正,手杖夹在左臂下,左手拇指和手掌握住金杖头,大声喊道:"篷车队……起立!"

于是,所有人都站了起来,挺胸抬头。

脚步声自外面响起。

车长比尔·哈特曼司令官走进简报室,后面跟着的是十名高级军

---

① 开拓军兵种,类似步兵。美铁联邦以过去的美国铁路公司为名,所以语汇中都含有大量的铁路公司专有名词。

官。除了飞行指挥官以外,其他人都穿着草绿色军服,头戴黄色长檐军官帽。

他们走上讲台,哈特曼径直来到演讲桌后。

麦克唐纳雄浑有力的声音再度响起:"篷车队!"

"嗨!"众人齐声应喝。

三百名男女战士,均猛抬右臂,握拳行礼,立正声震动,犹如奔雷,真是士兵们一声吼,地板都要抖三抖。

麦克唐纳一个华丽的转身,面对哈特曼,右臂扬起,如折刀一样精准,敬了一礼,指尖对准帽檐,纹丝不动。哈特曼也回敬一礼,派头颇有点像首席飞行教官卡罗尔,随意地一摆。

看到这里,布里克曼放下心来,他不在乎军事训练有多苦,其他糊涂混账事有多糟,他只希望下达命令的发令者是个有头脑的人。隔这么远看不真切,但这个一头灰发的哈特曼,似乎周身散发着睿智之气,他比麦克唐纳高那么几厘米,长方脸上最引人注目的,要数那把大白胡子了。单看他一人的话,都会觉得他身体很强壮,但和高大如山的麦克唐纳站在一起,这位车长就显得有点弱了。

麦克唐纳转过身,对贵妇号乘员们命令道:"篷车队……就座!"

大伙立即挺直腰杆,坐回座位,一起瞧着哈特曼。

高级军官们则在他身后站成两排,高矮不一,参差不齐。

格斯·怀特朝布里克曼这边靠了靠,小声地说:"他们称他为野牛比尔①。"

---

① 美国西进运动时期的著名神枪手。

哈特曼把军帽放在桌子上，又拿出一台小平板电脑，放在旁边，然后用右手抚了抚满头银发，捋了捋花白的胡子，清清嗓子，说："早上好，先生们。"说完，他顿了一下，打量着眼前的车队乘员们，"看来我们的人都到齐了，很显然，我给你们放的探亲假有点太长了。我不知道你们怎么样，反正放假不到两周，我就得了开拓兵抑郁症，三周的时候，我已忍不住，准备去和警察干上一架了，到第四周结束时，我简直想打电话叫人给我收尸。"

人群中发出一片"嗡嗡"的赞同之声。

"幸运的是，通常到了这种时候，战术计划委员会似乎就知道了，马上给我开了绿灯。我一知道具体的出发日期，心就跳到嗓子眼，跟个菜鸟一样兴奋。但是……"哈特曼目光灼灼，扫视着前几排乘员，"你们这些老家伙的耳朵早就听出膙子了，而新丁们却不明白我他妈的到底在说什么。"

哈特曼瞟了一眼电脑，又冲屋子的后几排说："我知道，这次和我们一起出发的，有五十名新来的巡道兵，还有四个新飞行员，过几天，我会找你们单独谈谈，而现在，我只想对你们说，欢迎登上这条贼船。尽管你们都在模拟车上训练过几百次了，但一开始，还是会不习惯的。你们可能知道它是怎么运作的，也知道什么东西该放在哪，但那过去的一切，都只是模拟而已，最好的模拟训练，也无法体现出篷车上的真实感，起码它们造不出这种气氛，"他脸上露出一抹微笑，"三百名带刺的开拓兵总会产生大量静电。知道吗？是那种没法用电子设备模拟出的静电。"

老兵们又是一阵哄笑。

哈特曼抬起手,严肃地说道:"战斗训练也是一样。第一次真正面对你死我活的实战时,你会发现这和模拟完全是两个世界。"

"我快等不及了。"格斯喃喃自语道。

布里克曼听到这话,心中也充满了渴望。坐在三百名战士中间,他能感到一股兴奋的暗流在四处涌动,这股电流酸酸麻麻的,刺激神经,穿过了每个人的心,将大伙都紧密地连在了一起。这种奇异的感觉,在旧纪元被称为"团队精神"。

"我看得出你们脸上都写着——'快出发吧',"哈特曼继续说,"你们也想知道这次要去什么地方。总之,接下来的五天,我们得努力干活,贵妇号将检查机体、装载物资。第六天,我们准时启程,给堪萨斯和科罗拉多①的几个小站点配送物资。这两次任务,正好可以让我们的新人在实战中锻炼锻炼,看看真实的环境是怎么样的。但是,真正有意思的是后面的任务。"

哈特曼卖着关子,清了清嗓子,整个房间顿时鸦雀无声。所有人都倾身向前,竖起耳朵,细细聆听。

"贵妇号已经被选中,执行对平原人占领区的第一次突袭任务。先生们,明白吗?我们要去狩猎了,我们将向北挺进至内布拉斯加、怀俄明②和南达科他③。"

"乌拉!"贵妇号所有战士都激动不已,从椅子上跳起来,脸上绽放着光彩,三百人齐声大吼,叫出古老的万岁声。

---

① 科罗拉多是美国西部的一个州,以赭红色的砂岩地层闻名于世。
② 怀俄明是美国西部的一个州,以自然风光优美著称。
③ 南达科他是美国中西部的一个州,以农业为主。

布里克曼、格斯、法兹蒂和韦伯也跟着他们站起身来,心情激动,身体兴奋地颤抖着,心怦怦直跳。

巴克·麦克唐纳依然沉着一张脸,走到平台的边缘,大声吼道:"谁来护卫贵妇?"

"我们!"大伙咆哮着,三百只右手做宣誓状,举在当空。

"我们准备好了吗?我们能行吗?"麦克唐纳又是一声吼问。

"时刻准备着!"大伙兴奋地扬起右臂,握拳道,"时刻冲锋陷阵!"

哈特曼和高级军官们同样兴奋地举手、握拳、宣誓。

之后的五天,简直忙得要死,时间过得飞快,昼夜更迭,贵妇号的全体乘员轮班干活。他们把武器车上的武器卸载,变成货柜车,装上送往各地站点的物资、补给品和食品的集装箱。在其他车厢里,头顶和地板下的储藏柜塞满了军用食品、装备、弹药和篷车队所需的其他物资。车载通信、环境、武器、动力、控制系统和紧急备用系统也准备完毕,经过了一遍又一遍的检查。

除了这些普通勤务外,布里克曼所属的小队有个特别任务,就是在天鹰战机叠起机翼,装入贵妇号飞行车厢前,对它们再做一次彻底的检查。贵妇号一共搭载十二架天鹰战机,其中两架为备用机。共有九名飞行员,除此之外,乔迪·喀珊手下还有十名地勤人员,他们的主要任务是帮助架设、发射、回收、装载和维护飞行器。

布里克曼和学院其他毕业生一样,自然也受过训练,既是飞行员,又是一名合格的地勤人员和飞机工程师。对于天鹰战机,他无所不能,除了会驾驶之外,还可以保养、修理,有必要的话甚至可以重组一架。在紧急情况下，他还能执行许多其他的勤务，包括像巡道兵一样担负起地面战斗的重任。

某些受过专门训练的巡道兵同样也是多面手。像天鹰这种简易飞行器，许多寻道民都能掌握其飞行技巧，其实，学会飞行并不是关键，飞行员们之所以像卡罗尔所说的那样，将自己视作联邦的精锐力量，主要还在于有远距离的独立行动能力。他们可以连续许多天单独执行任务，如果有需要的话，飞行员是高标准纪律约束下的孤独的野狼。在这个不断强调集体精神、集体成就，紧密团结的社会中，飞行员恐怕是唯一的例外。

开拓军远征队中的巡道兵们，当然也能在篷车队的安全控制范围以外，以战斗小队的形态执行任务。但不得不承认的是，他们对地表世界那广阔无垠的空间总是有恐惧感。一旦脱离车队，只要几个小时，普通巡道兵就会精神崩溃，丧失方向感。如果独自执行任务超过二十四小时，他们的行动就会越来越迟钝，变得晕晕乎乎。然后，他们会自行寻找隐藏所，躲进洞里，或在岩石下挖个窟穴，蜷缩成一团，成为不敢动弹的沙穴人。在几天之后，如果有人找到他们，可发现他们已完全处于昏迷状态；如果找不到，他们定会死于精力枯竭或是饥渴过度。开拓军的档案记录中曾有过这样的报告：躲在一条大河河岸岩石下的寻道民，居然在河水跟前被活活渴死。还有一些事例证明，当找不到洞穴时，寻道民甚至精神崩溃，活埋自己。

启程前的准备阶段，一切工作都被安排成轮岗制，每个岗位四小时。每小队又分成两个工作班组，保证维护任务和设备测试，从不间断。四小时的休息时间被称作"停摆期",在这个并不长的时段,所有人都会抓紧时间处理个人事务,或者睡上一会儿。

这个休息时段,也是布里克曼和其他菜鸟向老开拓兵们打听关于地表传说的时候。尽管发生了可怕的大浩劫,但自古以来,当兵的都是这样。老兵们喜欢胡吹一通,向布里克曼和其他新飞行员说一大堆令人毛骨悚然的故事:血肉横飞的白刃战啦,野蛮神秘的变种人如何凶恶残忍地生吃人肉啦,等等。

"你们知不知道,那些白痴把你们抓住后,会怎么做吗?"讲完许多让人汗毛倒竖的变种人的故事后,一个两鬓斑白的老兵问道。他身边坐着八个菜鸟,大部分都被刚才的故事吓得瞠目结舌,大家都一声不吭地摇着脑袋。

"他们会把你活活吞掉,先咬掉你的手指头和脚指头,再啃你的肌肉。你就等着叫娘吧,菜鸟们,哦,我的哥伦布啊,你的声音能叫到高音C大调,你都快被自己的声音震聋了!那个撕心裂肺的疼啊!"

说到这,老兵抬起右手,摊开手掌。只见他两手的中指都短了两截,还有一根是没有指尖的。

菜鸟们看得毛骨悚然。

"这只是刚刚开始。变种人还会张开大口,露出满嘴的牙齿,一口咬掉你的老二,就像狮子撕下野牛腿那样。接下来,他们会抓住你的耳朵,把你的眼球抠出来,嚼着吃!"

听到这里,布里克曼实在受不了了,一股子寒意钻进小腹。旁边,坐在法兹蒂和韦伯中间的格斯·怀特状态更差,他脸色发绿,一下蹿起来,跑到外面的走廊里,大口大口地呕吐起来。

这个讲故事的老兵被称为坏消息洛根，是个拥有幸运六徽章的老兵油子。他见到这种情形，心想目的已经达到，便露出满意的微笑，对布里克曼说："怎么样，小子，你确定你的朋友们做好上路的准备了吗？"

布里克曼不置可否，看到那恶作剧的笑容，便转念一想，忽然觉得这些故事的大部分都是在瞎扯，要是他的手指头被啃掉的话，怎么没被全部吃光。但他又禁不住被那些变种人魔法的传说吊起了胃口。

几天后，布里克曼碰见了乔迪·喀珊，他俩正好同时停摆。他便决心冒个险，问问她对这个话题的见解。他有些吃惊，不当班时，喀珊一点儿都不好斗凶悍，虽说不能称作友善，但至少没那么难以接近了，只不过态度冷淡、不善言谈而已。她承认道："确实发生过一些古怪的事。"但她显然不愿多聊这个话题，当布里克曼追问细节时，喀珊伸手道："拿你的身份卡来。"布里克曼递给了她。她从咖啡桌前起身，用布里克曼的传感卡在最近的视频仪上调出公共档案库来。

布里克曼站在她身后，从她肩膀上望过去，发现她正在翻阅历史部门的检索目录。

"这里边的东西我都浏览过了。"布里克曼说。

"并非所有，"喀珊说，"这里有不同的接入等级，取决于你的级别，还有你的姓名。你不知道吗？"她抬头轻蔑地一瞥布里克曼，"你显然都不知道。"

"你是说，这里的档案是我以前不知道的？"布里克曼追问道，他忽然想起妹妹萝兹的话，公共档案库里存在许多不为人知的秘密，没有人能够找得到。过去，他没想到过这种可能性。天哪！一个秘密的知识库！喀珊只不过随便说了一句，但在布里克曼看来，这可是个惊天动地的大秘密。

他喃喃道："这真让人……难以置信。"

喀珊耸耸肩，说："你不够资格，就不用去知道，更不用去思考，等白宫的某个老大觉得你够资格了，自然会给你下一级的权限。到时候，你的卡上会多一个标记，升级。"说着，她输入一组七位数的代码，屏幕闪动，显示出她所要找的文献，然后她从椅子上起身，"你可以坐下慢慢看。"

布里克曼忙坐到椅子上去，看着屏幕上的摘要。

标题是——《九二二—八五四—六：变种人的魔法》。

"这些词我从没听说过啊。"

"别理它们，"喀珊说，她抬起一条腿，坐到桌子边上，"读出来。"

布里克曼深吸一口气，开始念道："变种人的魔法。时常有谣言说，变种人具备超自然……"

"继续。"喀珊说。

"……超自然的交流能力和驾驭自然力的异能。这种传言全然无法接受，多次的地表调查表明，变种人部落对篷车队和车站发起进攻，所取得战术上的成功，只是暂时性的，其原因无他，均是由于车长和乘员的无能与意志薄弱所致。审查员对所有案件的检查证明了将失败归结于变种人神秘的异能，都是那些违背军规者在为自己的失败找借口而已，他们妄想借此逃避惩罚。"布里克曼念到这里，扭头看着喀珊，又继续道："唯一该惧怕的力量，是属于美铁联邦的威慑力。"

"这就是官方的说法。"喀珊说。

布里克曼关闭了档案,取出他的身份感应识别卡,放回防护夹,有点茫然,问道:"难道,这些……都是真的吗?"

喀珊一皱眉,道:"别问了,我当你没说这句话。"

第六天,补给站里挤满了从附近尼克松站赶来的乘员亲属,他们在宪兵的指挥下,按顺序走过一条条通道,来到篷车队所在的月台旁。防护栅栏被围得水泄不通。人们看着自己的亲人们整装待发。在比尔·哈特曼和十名高级军官的注视下,他们列出整齐的队列,沿着贵妇号站好。

巴克·麦克唐纳大声喊出洪亮的口令,全体乘员们顿时肃然立正。激动的人群也平复了情绪,鸦雀无声。这时,补给站的高音喇叭中传出了激昂的号声,宣告着第一家族成员的出现。乔治·华盛顿·杰弗逊三十一世的面容从无处不在的电视屏幕上显现出来,他用抑扬顿挫的语调,进行了一段振奋人心的演说。演说完毕,在场的所有人,对镜头里的他报以排山倒海般的喝彩声。

"上车!"随着这声口令发出,乘员们迅速攀上篷车,各就各位。气密舱门锁上,拼命挥手道别的人群被摄像头收纳,转变成列车视频系统上的电子数码图像。

此时,指挥车的控制中心室内,哈特曼坐在总司令席上,让人们上报各种系统读数,随后,他通过麦克风,向大家发出期待已久的命令:"篷车队出动!"

"嗡嗡!"大型涡轮机发出刺耳的轰鸣,开始全速运转。动力导入发动机,巨大的钢甲覆盖的轮胎转动起来,篷车涂满迷彩的庞大身躯蜿蜒驶出停泊的站台,像是一条巨型蟒蛇,从激动的人群面前爬过。

布里克曼通过头顶的显示屏,看到送行的人群分散开来,但他们在后面紧紧追着篷车狂跑。他甚至能听到人们激动的欢呼声,那气氛久久没有散去。嘹亮的音乐声在篷车队和补给站中飘扬回荡,伴随着雄赳赳气昂昂的开拓军赞歌——《得克萨斯的黄玫瑰》[①]。

路易斯安那贵妇号开始倾斜,向上,以十二分之一的斜率向地表攀升冲刺。

---

① 这是一首美国的经典民歌。

第八章

在雪先生进行预言的那几天里，有一队熊武士急匆匆地奔回营地，他们气喘吁吁地来报告，说看见了天上有飞行的箭。那箭指向南方，那里的天空正被黑色的雨云覆盖，雷轰和电闪在世界的那一头潜伏酝酿。

"你们看到箭头时，走了多远？"雪先生问道。部落里的长老们得知这个消息后，就匆忙地将大家聚集起来了。

"两天的路程，跑的。"狩猎队的首领麦克货车①说。

"这是否预示着——铁蛇要来了？"佳得利问。他盘膝坐在雪先生的身旁，这个时候，是部落开大会的时刻，除了在营地周围放哨的熊群以外，所有穆卡尔人都聚在一起了。

雪先生点点头，说："对，这正是天音们的预言。云武士正在为铁蛇寻找道路。"他顿了顿，严肃地补充了一句："也在寻找我们。"

周围蹲坐的变种人们发出一阵敬畏的惊异声。

"我们是该跑路了吗？"一个名叫长牙的部落长老问道。

---

① 麦克货车是美国一家重型货车的制造厂商，同时也是一个全球性的大型货车制造厂商。

雪先生摇摇头："不，我们可跑不过云武士。他们可以像苍鹰一般在山巅翱翔，他们的视野也如苍鹰一般开阔。但我们可以隐藏在帐篷里，不要暴露在外面。我们应该把营地挪到北方来，躲到四箭地远的丛林中，好好地藏着。"

这个建议大家有点难以接受，平原变种人非常不喜欢树木，他们宁愿睡在开阔的苍天下。

"可是那里非常黑。"一个名叫巧克力棒的武士道，"我去过那里，树木太多了，四面都是，枝条重重叠叠，压在我们头上，什么都看不见，让人喘不过气来。"

"黑暗能够将我们隐藏，"雪先生说，"树木茂密更有好处，铁蛇无法进入，再也无须惧怕沙穴人。那些压迫你胸膛的，只是对森林之声的畏惧，你要有勇气，去战胜这种畏惧，这样的话，绿色的精灵将成为你的玩伴，森林便会庇护你，保卫你。你很快会发现，你在那个地方不会再窒息，呼吸顺畅得就像在高山之巅一样。"

部落的长老们点点头，平静地接受了雪先生的建议。穆卡尔熊群便从山巅岗哨全部撤回，整个部落迅速收起皮革与木块制成的小帐篷，把瓶瓶罐罐和财产家当什么的，裹在草席行囊里，然后，将所有东西都装到运杆上。这是一种用树枝做成的精巧工具，由四个人各扛一角，像抬轿子一样。没过几个小时，两千多人的穆卡尔部落就排成了长长的两排，熊群配属在队伍的头尾和中段。部落酋长叫滚石，他曾是个了不起的武士，如今虽年事已高，但仍十分机警。他一声令下，队伍立即开拔，整个部落开始一路小跑，渐渐加快速度，最后迈开大步，以变种人惯用的慢跑大步伐前行。队伍的最后，有几名熊武士拉着树枝,扫去奔跑者们留下的步履痕迹。

在森林南部,靠近边界数百码的区域,穆卡尔人已在一片林中空地上重新搭建起营地。部落里的人按照不同的身份分成几个群体,各自聚集在一块儿,蹲坐在长老们的周围。熊武士由十四岁以上的男子组成;母狼则为适龄的女性,情况特别危急时,她们也会帮着熊群战斗,但主要任务是护卫营地;幼兽是六到十四岁的小崽子,不分男女,由孩子王率领;穴母是带着五岁以下小孩的妇女;部落长老是五十岁以上的人。他们所有人,除了不会走路的小孩外,都是自食其力,徒步走过来的。那些超过五十岁,又走不动路的人,只能留下来等死。在变种人的语言中,说某人"无腿了",意味着他们已经逝去,或者和死没什么两样。

这会儿,雪先生坐在长老们身旁,以便帮他们出谋划策。佳得利在他身后,目光在人群中搜寻,他看见清水和部族姐妹们一起,在母狼群中坐着,这才放心下来。

现在讨论的是,面对即将到来的铁蛇入侵,穆卡尔部落该如何应对?

一个名叫铁处女的长老主张迅速撤离,她发言道:"听南方那些人说,铁蛇呼出的气能把人烧成白骨,它的皮肤坚硬无比,尖铁也刺不穿,它头尾长眼,可以在黑暗中看到一切,况且……"

摩托头恼火地跳起来叫道:"你这老娘儿们,这些全是懦夫的无稽之谈,为什么要灌进我们的耳朵里?南方那些人活在沙穴人的脚下,算什么平原人?别再让我们听到他们胡说八道,那些部落的名字我都不想念出来,会污了我们的嘴的,呸!"他说着,朝地上吐了口唾沫，以示不屑。

雪先生见铁处女要愤怒反驳，忙抬起了手，阻止她再说话，道："我们也不应该鄙视南方的弟兄们。虽然他们不算什么平原人，但他们用尖铁与沙穴人进行了艰苦卓绝的战斗，死的时候，他们也高喊着自己部落的名字，我们应该尊重他们的精神。"

摩托头冷笑着叉开双腿，肌肉虬结的双臂抱在胸前，道："他们哪有我们能打仗啊！"

"嘿呀！"武士们乐呵呵地齐声欢呼。

雪先生笑道："那是当然，没有人比穆卡尔人更能打了，这是全世界不变的真理。那些选择忍辱偷生的南方人现在应该后悔了，丧失名誉是多么悲惨。他们的手脚被铁绳绑住，在鞭笞下不停地干活，从日出干到日落，就像旧纪元里那些被驯服的畜生。"

"哦咦！"部众们齐声吼叫，身体来回晃荡，这是对某种不好信息的连锁反应。

酋长滚石问雪先生："天音们是怎么指示的？"

听到这话，所有人的目光都望向了雪先生，他眯着眼睛，凝思片刻，道："他们说有两条路可以选择：一是撤进深山老林，躲避铁蛇的追击，它无法爬到那里；二是可以留下来，在我们选好的位置决一死战。如果我们进山，就等于放弃了食物和田里的收成。如果铁蛇直冲进来，种下的粮食将会被损坏，我们等不到收获季的来临。"

"不！我们不能放弃我们的土地。"一个中年女人说话了。她是负责穆卡尔食物供给的妇女头头，名叫野牛，她说，"我们现在需要更多成熟的种子，好在新的田地上播种，在收获季获得更多食物。"

"我们就没多余的存货了吗？"佳得利问。

"没多少了，"野牛说，"其余的都被灰土腐蚀了。"

"啊！"人群发出一阵叹息。

"但如果我们坚持留下来，冲突在所难免，"另一个名为黄貂鱼①的长老说，"很多部族兄弟都会死去。"

"没有办法，这是必然的。"雪先生说。

"但如果我们进山，"野牛头说，"白死季到来时，我们的帐篷里什么食物都没有。熊群只好去劫食其他部落，吃着沾血的人肉，其他部落的兄弟是绝不会让人轻易抢走他们的食物的。"

这次是名叫鹰风的武士跳了起来，吼叫道："我们不惧死亡，但如果我们必须接受白铁之吻，只应是在杀戮沙穴人的时候！"

"嘿呀！"武士们齐声大吼。

佳得利站起身来，道："兄弟的这番话极具伟大武士之智慧。是的，我们必须死守阵地，抵抗那些侵略者。但如果我们去劫掠其他部落的手足兄弟，就跟野兽没什么两样了。那个时候，我们平原人将化作尘埃，被风吹散到泥巴里去。"说完这话，他又坐回原地。

雪先生点头赞许道："说得不错。如果非要那样做的话，就连辟邪主的力量也无法让我们重新团结。穆卡尔的领地神圣不可侵犯，但我们必须牢牢记住一点，所有的平原人都是手足兄弟。甚至包括那些念出来会污了我们嘴的部落，只要时机来临，他们也会坚定地站在我们身边，与我们并肩作战的。"

---

① 美国通用汽车公司生产的一款越野车，性能卓越。

"说得好，"酋长滚石说，"那就让我们期待那一天的到来吧。"

"要让那一天到来的话，就得先把各自的头柱填满！"坐在后排的武士——护卫舰叫起来。

"嘿呀！"熊群们附和着大笑道。

"在月亮蒙上脸前，你们都会咬到骨的。"雪先生说，"只要我们的母神摩城，不再享用穆卡尔人的生命之河，你们每个人的头柱上，都会插满沙穴人的首级的。"

"嘿呀！"熊群们又是一阵狂叫。

滚石的眼中充满了忧虑，和其他长老们交换了一下眼神，问道："这难道是天音的告谕吗？"

"天音们说，要谨慎行事。"雪先生淡然地回答，"想要阻止铁蛇，光靠熊群的热血和冲动是没用的，诡诈和魔法也是我们最有力的武器。"

"你还有能召唤大地神力的魔法？"长牙怀疑地问。

"如果辟邪主允许的话，"雪先生正色道，"但就算他把神力赐予我，今天在座的许多人，恐怕也无法听到属于他们的火歌。现在，是摩城坐在泰姆拉①黑塔上的年份。她的心中充满对芝加哥的爱恋，但她的喉咙干涩，渴望水的滋润，当她饮水时，众多的河流将会被喝到干涸。"

"她当然也会在沙穴人的咽喉上，尝到鲜血的滋味。"摩托头叫道。

"嘿呀。"武士们低沉地应和，以示赞同。

---

① 摩城唱片公司的前身。

滚石举起双手,让人们安静下来,说道:"行了,废话少说。想要上山的人都站起来,点数!"

居然没有一个人站起来。

他们,宁愿战死,也不愿意躲藏。

这就是骄傲的平原人部落——穆卡尔人。

"穆卡尔人已经决定了,"滚石说,"我们要坚守自己的领地,与铁蛇战斗到底!"

所有人,下到"刚会走",上到"九十九",全都兴奋地站起来,高举双臂,在空中挥舞着拳头。周围的森林似乎在他们雷鸣般的呼喊中摇动,颤抖。

"嘿呀!嘿呀!嘿呀!"

这天晚上,佳得利来到雪先生的帐篷外,双膝跪下,以求进帐。雪先生同意了。佳得利进了帐篷,两人盘腿对坐在一张野牛皮上。雪先生在烟斗里填满了彩虹草,就着火坑点燃,心满意足地深吸了一口,袅袅吐出一阵迷烟,然后递给佳得利。两个人分享这个烟斗已一年之久,彩虹草有极为神奇的效果,会将世间万物染上前所未见的绮丽色彩。有时,佳得利能看到一个与平原人的世界完全不同的地方,也许那就是传说中的日落群岛,也许是天穹之外的另一个天空,就像他睡着时,灵魂飞起,进入梦幻世界。他把彩虹草的烟香吸进身体时,常常会感到意识脱离大脑,独自飞向天空,在群星间徜徉,那是一种难以名状的欢愉,似乎一切都在他的脚下,都在他的控制之中。

"说吧,什么事?"雪先生的声音似从远方传来,像其他部落的呼喊从山谷对面飘荡过来,传进耳边一样。

"我想和熊群一起去对抗铁蛇。"佳得利说。

"你脑子进水了?"雪先生说。

佳得利咯咯地笑了起来,痴痴地说:"啊,这些草在我的头上插了翅膀,我飞起来了呀,但这些话都出自我的内心,我要和兄弟们一起并肩作战,血战到底。"

雪先生挥挥手,把烟雾从眼前驱散走,又猛地摇头,道:"不,我的孩子。天音们是不会让你这样做的。"

"但我有咬骨!"佳得利喊道,"兄弟们也认同了我是一名武士,我有资格成为武士。您忘了吗?我的帐篷外有一根插了两颗首级的头柱。"

"是呀,摩托头还把他的面具借你戴了。"雪先生接着替他说,"你为什么老是给我说这些耳朵都听烂了的事?你的火歌,唱得还不够响吗?"

"不是我吹,我的智者。我提起这些,只是希望能够说服您而已……"

"你就这样无视天音的忠告?"雪先生插嘴道。他从佳得利手里拿下烟斗,凑近深吸一口,又说:"你自己违背了誓言倒没什么,还要让我和你一起蹚这浑水!难道清水没提醒过你?为什么老是要逼我跟你重复再重复地说,就好像你和其他人一样,左耳进右耳出吗?他们的脑袋里没有记忆存储袋,什么话流过他们的灵魂,就像水流过他们的手指缝一样。但你……"他用烟锅点了点佳得利的心口,"你是个字匠!你的脑子不是一摊屎,等着让某个野兽将它挖出来,再把你的首级插上头柱！你的脑子是一件珠宝，你应该好好珍藏，应该日夜不停地好好保护！"

"您用了些听不懂的词。"佳得利说，"珍宝、珍藏，是啥意思？"

"那是旧纪元的词语。"雪先生说，"珠宝是从大地中挖出的特别的石头，由能工巧匠打磨雕刻。它们很小，很亮，就像眼睛，光芒闪烁，仿佛星光熠熠，还有些能放射红、绿和蓝色的火光。旧纪元的男男女女都喜欢它们，都渴望拥有这些美丽的石子，人们得到之后，把它们系在脖子上，或者套在手指上，表示自己很高贵，很有威望。"

佳得利皱了皱眉，实在想不通："戴了个石子，威望值就会升高吗？"

雪先生耸耸肩："这些你当然不懂了，那时还有很多奇怪的习俗哩。"他顿了顿，若有所思，瞧着石坑里跃动的火光，"清水，就是一件你要珍藏的珠宝。"

佳得利想了想，过了一会儿，终于缓缓点头："我想我明白了。您能再告诉我一些旧纪元的词吗？"

"改天吧。"雪先生说，"现在，你必须首先学会服从整个部落的需要，把个人的荣辱放在后面。"

"您的话真让我羞愧！"佳得利低下头说。

雪先生笑了笑："旧纪元有句老话——'若和火鸡共舞，就难与苍鹰比翼。'"说完，他抽了口烟，闭目凝神，深吸烟味，过了好一会儿，睁开眼睛，只见佳得利一脸迷惑之色。"行了，就聊到这，"雪先生说着，把烟斗递给佳得利，"让我们一起上天遨游去吧！"

又过了一天，雪先生和佳得利回到高处的岩石上，两人居高临下，俯瞰平原。只见在下方辽阔的平原上，一群穆卡尔部落的女人正在照料她们播下的种子、玉米什么的。熊和母狼们组成的小队眼望天空，寻找着箭头的踪迹。

　　这对字匠师生继续着昨晚的对话。

　　"我们穆卡尔是最受天音眷顾的部落。"雪先生说，"想想看吧，孩子，蒂万部落一个字匠都没有，而我们竟然有两个！但情况已经越来越糟了，我们的河流很快将干涸，敌人即将入侵。但，你绝对不能参加我们与沙穴人之战，也不能和其他部落的武士单挑。你切记，语言的天赐一定要好好保护，千万不能置身于危险之地，你是部落的历史和未来的守护神，你的头脑十分精贵，必须为那些脑袋里空空如也的族人服务。要是野牛头那老妇人忘了作物的种子长得什么样，或是忘了应该什么时候播种，你就应该提醒她，这是你最重要的职责。在天音们的帮助下，你将成为部落的引导之灵。自从你的母亲黑翼将你带到我的帐篷门口的那一刻起，我就源源不断地将所有的智慧灌输进你的头脑里。"他抚摸着佳得利的额头，"我们平原人九百多年的历史，就放在这个骨肉制造的小盒子里。你将得到我所有的知识。"

　　"还差得远了。"佳得利忙说。

　　雪先生轻轻挥了挥手，说："还有一些，我没来得及告诉你，天音们会告诉你的。大地真正的秘密，不会在年轻人火热发昏的头脑里留下痕迹，只有当流逝的岁月给你的心灵带来静静的安宁，它们才会进入你的脑中，你的精神会像深山幽湖如镜般的水面一样，向天空敞开，接受天音的指引，心绪平静无波，不会被欲望的狂风吹皱。只有到那时,大地的秘密才会出现在你的面前,宛若夜晚飞翔的白色水鸟,在你的心中涌动。"

他突然目不转睛地看着佳得利,说道:"它们都是极具智慧的候鸟,其羽翼挥动,都有惊天动地的力量。它们到来时,你必须做好一切准备。"

"我一定会。"

"还要有些耐心。"雪先生说,"它们,是不会随便现身的,就连那些和你一样拥有天赐之力的人,也不一定能够见到。"

"那清水呢?"

"嗯……"雪先生低声说,"她也拥有一项珍贵的天赐,那是平原人伟大的母神摩城送给我们穆卡尔部落的礼物。但你要记住,正如你永远不会成为真正的熊武士一样,她也永远不会成为一个去投入战斗的母狼。"

佳得利一皱眉头,道:"可她的力量大得吓人啊,帮助兄弟们去战斗,不正是召唤师的职责吗?"

"对,"雪先生说,"但其实她和你一样,都生在辟邪主的阴影里。天音们向我预言过她的降生,也告诉过我,她与三赐之人有某种联系。你的生命之河就在她的生命之河旁流淌,最终两条河将汇成一条大河,辟邪主会从中摄取力量。实际上,长老们,还有兄弟姐妹们,对此事都心知肚明。他们知道你位列选民之中,你不需要再去找什么威望值。虽然摩托头有时会嘲笑你没有男子气概,但那个小小的玩笑,并不影响他的使命和承诺,他也将和其他武士一样,随时准备为你赴汤蹈火。我们这个部落的男女老少,都会用生命来保护你,保护他们的字匠，所以，你更要爱惜自己。"

佳得利听到这话，真是目瞪口呆，惊愕地站起身来，声音都有点颤抖："啊，我完全不知道啊。我的天，辟邪主啊！这是真的吗？"

"我从无虚言。"雪先生说。

"这话真是太……太重了！"佳得利低声道。

雪先生笑了笑："你的肩膀很强健，应能承受它们之重。"

"可是……"佳得利感觉挑起一副新担子，压力骤然增加不少，"那我该怎么做呢？"

雪先生举起左手，掰着手指，一件件地说道："一、聆听天音。二、寻找智慧，而不是追求自我的荣耀。三、需谨慎行动。四、爱你的部落兄弟。五、别让兄弟们白白送死。"

他们静静地对视着，片刻之后，佳得利冲雪先生仍伸着的最后一根手指点了点头。

"第六件事呢？"①

"少抽点烟。"雪先生道。

夜幕降临了，月光射下来，却被树枝遮挡，难以触及森林中的地面，透过树梢，只能看见几颗零零星星的星星。变种人最害怕的，正是这种铺天盖地的黑暗，令他们感到窒息。也许这种恐惧，是一种从久远的过去流传下来的族群记忆，自那时候起，他们的祖先就被千阳之战激起的尘幕埋葬，双眼再也看不到明媚的天空。无论是不是这个原

---

① 和普通变种人一样，雪先生的身体有畸变，是"六指琴魔"。

因,大部分变种人晚上都离开了支在巨树间的帐篷,跑到森林边缘,裹着毛皮而睡,一抬头,就可以仰望到广袤的星空。孩子们依偎在血母怀中,所有人都感到无比安心,他们知道,芝加哥的母神摩城正温柔地注视着自己,用她那星罗棋布的斗篷为他们遮风挡雨。

只有少数几个人没有到森林边缘去,和雪先生一样,他们老老实实地待在林内,佳得利也是其中之一。他并不怕树木葱翠交摩的低语,也不在乎夜鸟突然的啼鸣。此刻,他躺在自己的毛皮之下,看着火堆映在帐篷顶上不断变化的光影,感到痴迷和奇怪。雪先生曾经说过,在旧纪元中,人们住在木石所制的帐篷中,那些帐篷没有开口,且太过笨重,无法搬运。于是,那些人就整日整夜地宅在房子里,看着一个魔力之盒。这个盒子是用冻水制成的,可以变幻出五颜六色的花样,还带有各种音乐声。

佳得利忽然回想起自己和沙克塔克的决斗,还有他再次向雪先生发下的誓言:在即将到来的铁蛇大战中,绝不拿自己的生命去冒险。是的,他已证明了自己的勇气,即便在生死关头,也绝不贪生怕死。但他不得不承认,帐篷外插着的那两颗头颅,是因为清水召唤出的力量,他才能够得胜。虽然雪先生和清水都劝说过好多次了,但佳得利还是觉得,不让自己出战会使自己显得很懦弱似的。也许命运早已为他在部族的历史中留好了一席之地,但佳得利心中最渴望得到的,就是让自己成为一个极具勇气与力量的战士。

一万年太久,只争朝夕。

第九章

在穆卡尔部落藏身的树林以南,大约两百五十英里的地方,路易斯安那贵妇号正缓缓行驶,它即将逼近大劫难前科罗拉多和怀俄明两州的州界。三架天鹰战机从篷车队上弹射出去,到高空中进行侦察和巡逻。

史蒂夫·布里克曼驾驶着天鹰,潇洒地翱翔在午后的万里晴空中,紧随他身后的,是飞行员格斯·怀特,以及他们的头儿乔迪·喀珊。三个人白天的任务是在贵妇号的前头侦察,搜寻地面情报,晚上则飞回篷车队,加以休整。布里克曼和格斯在前面的两次补给旅程中都执行过这样的任务,这是例行巡逻,但从现在开始,就得打起十二分精神了,他们绝对不能犯丝毫的错误。因为,贵妇号即将进入变种人的地盘,进行下一个大家期待已久的任务:猎杀变种人。

巡逻过程中,三名飞行员独自单飞,各自监视一块指定航线两侧的广大区域,同时互相用无线电保持联络。一路上风平浪静,除了散布在草原上的野牛、野鹿和羚羊群以外,并未在地表发现任何移动目标。这片平原广大辽阔,连绵不绝,他们本以为会看到星罗棋布的变种人聚集在一起,排成队伍,准备进攻贵妇号。但现在,这里没有任何东西,比亮红色的野牛草看起来更有"敌意"。可是布里克曼绝不相信眼前的安静,第六感告诉他,下方貌似安全的原野并不简单。他隐隐觉得,地表世界的居民们,正悄然潜伏在四周,像准备捕食的猛兽一样,等待着他们自投罗网。

三架战机在靠近大劫难前的夏安市遗址时,终于从三面飞回,于空中会合,并以喀珊为首,组成箭头形编队。她用通话器呼叫贵妇号,确认车队当前的位置。

篷车队正沿着古时二十五号州际公路前进,这条路从丹佛出发,途经科罗拉多州的柯林斯堡,延续到怀俄明州的夏安市和卡斯帕市。在导航员地图上,这些名字都以大写字母标记,实际上,它们真实的情况不过是一片片参差不齐的小土丘,牧草、灌木和树林早就占据其上一千多年了。二十五号州际公路也早已化为尘埃,篷车队的前进速度被东方未经侦察的大片开阔地拖慢了许多,那里曾被称为罗斯福国家森林公园。

篷车队正慢慢地接近这些地点,史前地图上还标注着当地人口,这些数字很大,让布里克曼感到惊奇。如果当时的人口密度和一个寻道民基地或较大的中途站差不多的话,那么当时全美可能居住着数千万,甚至上亿的居民。坐在天鹰上,自高空中俯瞰着空空落落的大地,他很难想象那时下方人口密布、生机勃勃的景象。而根据历史上的录像带所说,美国是当时世界上最伟大的国家。

加入篷车队后,他学到了不少新知识,比如美国四面皆为大洋,处于一个被大气包裹、不停自转的球体上,这个球每年会环绕太阳一圈。他的视野从小就被局限于一个地下挖出的世界里,在第一次进行地表单飞之前,他看到的一切都是有限的。但看到过天空之后,他忽然明白了，天空之后还有无穷无尽的空间，这个概念震撼了他的心灵。现在，他已在地表飞行了三个月之久，但肉体和心灵仍然和第一次单飞时一样，沉浸在一种秘密地带着负罪感的喜悦之中。他痛恨被迫待在封闭的篷车中的每分每秒，但却不能也不敢和同僚们分享这种感受。其他人都把篷车看作安全的天堂。当他们从无边无际的可怕空间返回时，篷车就是他们的第二故乡。

乔迪·喀珊还在空中盘旋，格斯和布里克曼则已经放下停机钩，与篷车并行。格斯将飞行速度降到时速二十英里，低空掠过车队后部的几节车厢，然后撞上飞机制动索，最后降落在飞行车厢顶部的甲板上。落地的冲击力太大，使宽大的后轮扁了一下，紧接着，天鹰在飞机制动索的作用下向前一冲，前轮落下，"刺啦"，发出刺耳的撞击声。格斯关闭引擎，五名地面机组人员立即从侧面平台爬上，打开天鹰机翼上的锁定装置，将双翼折起，站在不占空间的战机旁边，飞行甲板上的升降平台缓缓下降，大家连同天鹰一起，进入下方车厢。天鹰滑下平台，进入停机库。升降台在悬臂冲压的作用下再次平缓升起，锁入车顶甲板。

这时，第二组地面人员蹲在平台旁的空位上，一个被称为"蹲坑"的地方，准备回收布里克曼的飞机。格斯刚停机完毕九十秒钟，布里克曼就掠过尾车，安全着陆了。在他身后，乔迪·喀珊的天鹰也对准了跑道，准备降落。

三人都降落完毕后，立即前往指挥车，向飞行指挥官做例行报告。指挥官是个看上去极为冷漠的粗壮汉子，名叫巴克斯特。布里克曼汇报道，他在篷车队所在位置的西北方五十英里处，发现了一些看上去很像农田的地面。三人便对照着指挥室标绘的大幅地图，又检查了一下自己的地图，格斯的飞行航线过于偏东，但乔迪根据地图，证实了布里克曼的报告。

巴克斯特把这个地点标注在贵妇号的作战地图上，他便向车长哈特曼司令官报告了他们的发现。哈特曼立即来到飞行指挥室，后面跟着他的导航官、高级战地指挥官，开拓兵指挥官巴克·麦克唐纳。大家看了一眼地图，查看报告地点附近的地形轮廓，那里，正好位于拉勒米山脉西南侧。

"你见到变种人的营地了吗？"哈特曼问。

"没有，长官。"布里克曼快速回答。

格斯也摇摇头，说："在一千五百英尺的高空，很难看得清楚，如果我们可以降低一点儿的话……"他没再说下去，飞行员都必须严格遵守着出发前喀珊规定的最低巡航高度。

哈特曼会意地点点头，说："那么你就有机会去割草了。"

"时刻准备着，长官。"格斯说。

"那确实有个营地，"喀珊说，"布里克曼向我汇报了那些农田的痕迹后，我也飞了过去，仔细察看了一下。"

布里克曼发出了一声惊叫："你是说你发现了帐篷？"

"不，但能看出曾经的痕迹。"喀珊冲他一笑，"在六百英尺的高度飞行时，可以看到的东西比高空飞行时更多。"她转头对哈特曼和高级军官们说："他们撤离得很匆忙，而且还欲盖弥彰，试图掩盖营地的痕迹，反而露出马脚，有几十个木桩留下的洞没填满，许多灰土和烧焦的柴火遗留在那里。南部变种人迁徙营地时，通常会把所有带不走的东西和废弃物烧掉。还有，耕地旁还放着几件长把手的木质工具。根据我的经验，变种人从不会将工具丢掉的，这对于他们来说，实在太珍贵了，我想，应该是有人没把它们藏好。"她顿了顿，接着说："那些耕地应该还有人在照料。"

"所以，你的意思是，他们还在附近。"高级战地指挥官摩尔说。

巴克·麦克唐纳身体微微一斜，道："知道有多少人吗？"

"很难说，长官，"喀珊说，"最少几百人，是个大营地，耕地面积相当广。"

"说明是个很强大的部落啊。"哈特曼说。

喀珊点点头："不错，长官。最新情报表明，我们遇到的这个部落，可能拥有一千名武士。"

格斯·怀特用胳膊肘捅了捅布里克曼，说："足够让每个人都有机会上场了。"

喀珊用手指点了点地图，说："我有个预感，他们很可能就躲在这些树林子里。"说着，她便用测绘尺比了一下距离，慢慢念道，"三英里……"

"距离很近，他们如果发现我们，可以迅速跑进去隐蔽。"飞行指挥官说。他见布里克曼皱了皱眉，解释道，"变种人有超出我们的视力，他们可以在五英里外看到天鹰。"

"就是说，"喀珊说，"他们可以在你接近前就溜掉。"

"那我们要怎样才能抓到他们？"格斯问。

"不是那么容易的。"飞行指挥官说。

"得把他们引出来。"巴克·麦克唐纳抱怨着说，"要先布下诱饵，比如一架迫降的天鹰,还有一支看似迷路的巡逻队,这样才有可能把他们引到开阔地带,再派伏兵切断他们的后路,前后夹击,狠狠地打。"

"我们这次的运气还不错。"喀珊说,"这季节,他们想补种作物肯定来不及了,只要几颗燃烧弹,就可以把他们引出来。"

飞行指挥官点点头,笑道:"没错!"他转过头,期待地看着车长哈特曼。

哈特曼仔细查看地图,权衡利弊,考虑该如何行事。很快,他就做出决定:"明天早上,我们就在罗克河沿岸展开搜索,并执行歼灭变种人的行动。开始的第一步,就是在森林和农田上空投放汽油弹。"说到这,他扭头对飞行指挥官巴克斯特说:"九架天鹰,全部上阵,同时攻击森林与农田。"

巴克斯特立正,大声道:"如果您允许,我……"

"怎么?"哈特曼说。

"我也想驾驶一架后备战机,参加进攻。"

哈特曼看了一眼天鹰队长喀珊,见她并未表示反对,便点点头说:"很好。五架天鹰由喀珊带领,轰炸农田,而森林,就交给你来带领其他战机攻击。"

巴克斯特忙敬了一个军礼,道:"谢谢,长官。"

"狗娘养的!终于要打了!"格斯哈哈一笑,捶了布里克曼的胳膊一拳。

开拓兵队长巴克·麦克唐纳忽地从桌子对面探过身来,挥起手掌,重重扇了格斯一巴掌。格斯被打得晕了头,眼冒金星,脑袋一歪,差点摔倒。但他马上就恢复过来，"啪"地立正站好，肿胀的嘴唇上毫无血色。布里克曼也有些紧张，全身绷紧，做好了挨打的准备。

麦克唐纳用他锃亮的金头手杖，指着格斯·怀特的鼻子，骂道："这里是路易斯安那贵妇号作战室，先生，不是什么三流基地的随军小卖部！别让我再听到你的那些脏话，尤其是在指挥官面前，明不明白？"他厉声喝道。

"明白，'脏'官！"格斯含混不清地说。

夜幕悄然降临，篷车队头部绕了个圈，首尾相连，十六节车厢便环成一个圆形。在贵妇号强大的外层防护下，乘员们拉出折叠铺位，准备好好休息。首尾指挥车上就只留了几个人通过连接在篷车电子感应设备上的监控屏幕来监视外界。

这些仪器设计精良，功能完备，但它们在神秘的平原人面前仿佛失灵了，它们并未发现潜伏在附近石脊上的雪先生，还有一大群穆卡尔熊武士。平原人正仔细地观察着篷车队。

雪先生看到篷车队环绕成圈，便对摩托头说："铁蛇睡着了。我们赶快往南走，把佳得利带来。"

摩托头点点头，带了十一个兄弟，像烟雾般消失在夜色之中。

雪先生带着其他人，小心翼翼地避开高地，往南走了一截，再转而向西，绕了一大圈，才找到篷车队巨大的钢覆轮胎留下的车辙。他一挥手，大家隐蔽起来，耐心等待，过了一会儿，佳得利在全副武装的武士们的护卫下也赶了过来。

雪先生拉着佳得利的手，把他牵到篷车队留下的车辙旁，说道：

"这是铁蛇留下的痕迹,沿着它走,找到长眼睛的石头。如果你能找到一块石头,铁蛇曾经爬过,它也能睁开眼睛,那么,就让它进入你的心眼,然后用心去看它所曾见到的,告诉我你都看见了什么。"

佳得利点点头,快步沿着两道车辙来回走动。雪先生不紧不慢地跟在后面。佳得利走了一会儿,摸摸这里,摸摸那里,似乎摸到了几块石头,但又先后发出几声沉重的叹息,表现出不同程度的失望,他时不时地扬起手臂,祈求天音赐福。终于,他发现了一块石头,是有眼睛的石头,他激动得赶快捡起来,交给雪先生。

在雪先生看来,这块婴儿脑袋般大小的石头看上去很普通,和周围的碎石块没啥两样,但他还是虔诚地祷告,仔细地检查一遍,问道:"孩子,它真的冒着一圈金光?"

佳得利把石头拿回来,"别笑我,长者。"

"我没开玩笑,"雪先生正色说,"你拥有的,乃是天眼通的异能。有生以来,我一直渴望它能降临在我身上,但一直没有实现。现在,我只盼你能尽快掌握它,熟练运用它带来的妙处。你从这块石头中看到了什么?"

佳得利跪在两道车辙之间,闭上双眼,捧起石头,靠在额上。过了一会儿,他放下石头,双手搭膝,问道:"您想知道什么?"他的声音空孤寂远,双眼虽说睁着,却空空蒙蒙,显然看到的并非现实世界。

"我想知道铁蛇。"雪先生说,"告诉我,它是如何造出来的,它的肚子里有什么?"

佳得利闭上眼,紧紧握着石头,用一种极为缥缈的语气说道:"有很多东西,很多,很多,奇怪的东西,我所知道的语言,实在无法形容。"

"就用你知道的词汇,去尽量描述吧,"雪先生说,"天音会帮我搞明白的。"

这时候,他们两人的旁边,摩托头正率领着穆卡尔熊群,分成两队,警觉地潜伏在两道车辙周围,用敏锐的目光和高度发达的感知力,在黑暗中搜寻一切可疑事物。

佳得利站起身,双手攥紧石头,沿着车辙来回走动。雪先生跟随着他。佳得利突然停下,双眼无神,仰望天空,牙齿咬唇,面容恐惧,皱然收缩,惊声道:"铁蛇从我身上碾过去了。啊,它充满仇恨……死亡无处不在,它肚子里都是身穿铠甲的武士,他们都渴求变种人的鲜血。"

"有多少武士?"雪先生问。

"太多了,铁蛇的每一截身体里都有。"

"数清楚。"雪先生命令道。

佳得利皱了皱眉:"这,这,这办不到。"

"别啰唆,"雪先生说,"照做就是。"

佳得利再次跪下,将石头按在额头,喃喃说道:"我什么也看不到了,这块石头已被我们南方兄弟的鲜血遮盖了。"

"擦干净它,重新看。"雪先生耐心地说着,蹲在佳得利身边。

佳得利长叹一声,将石头放到腰眼处,全神贯注地紧盯前方那神秘的虚空。四周的武士看得惊讶莫名,却都鸦雀无声,不时有沮丧的叹息声传来,刺破寂静。

几分钟后,佳得利翻白的眼皮恢复了正常,他说道:"我看到了,武士们的头领,正坐在铁蛇头部和尾部。"

"给我找出头鹿。"雪先生急忙低语。

"我看见,"佳得利说,"他的鼻子下面,有长长的白胡须。"

"好好地看着,把他的脸和灵魂牢牢记到你的心中。"雪先生说完,往前蹭了两步,蹲在佳得利对面。

"我找到他了。"佳得利说。

雪先生伸出双手,分别将它们放在佳得利的脑袋两侧,轻声说:"把他传给我,将他的面貌形象传到我的脑海。"说着,他便闭上眼,深深吸气,他的呼吸极为沉重。佳得利默默点头,照吩咐行事。

过了好一会儿,雪先生欣喜地睁开眼睛,笑道:"很好,干得不错!"他放下手,抓了一下佳得利的肩膀,"你身怀强大的异能,看看那条铁蛇,我要知道更多关于它肚子里的事情。"

佳得利无神的双眼看着前方,眼球在眼皮下快速转动,他说道:"铁蛇有两截肚子里,放着很多管子,它们很饥饿,愤怒地咆哮,发出火焰,它们的位置就在铁蛇首尾武士头领的下面。沙穴人把一把把的灰泥喂给铁蛇吃,灰泥燃烧着,变成难闻的气体,管子把这些油气吸过来,通过一排排磨动的红牙齿。这些通火的管子也是铁蛇的心脏,它们通过血脉输送能量,让铁蛇全身活动起来。这种力量就像天空中的白闪之火,它赋予了铁蛇生命,让它的眼睛能看到东西,让它的钢铁巨足能够肆意行走。"

"嗯,是轮子,"雪先生说,"可能是由电动机驱动的。"

"什么?我没听说过这个词语。"佳得利说。

"那是旧纪元留下的词语,"雪先生低声说,"先别管了,继续说下去,你还看到了什么？"

"铁蛇身体的两侧都有好多双眼睛，有的是为了看到近处的东西，有的是为了看到远处的东西，就像鹰隼一样。沙穴人有很多冻水做成的盒子，可以让他们看到铁蛇所见的画面。"佳得利说到这，沉默了一会儿，分析着一组奇异的新图像，又慢慢地说："铁蛇的肚子里有男人，也有女人。女人就像我们的母狼，也渴望着平原人的鲜血。他们还有，还有……奇怪的尖铁，这东西类似我们的弩弓，能够射击……不是箭……里面填充的是一股强风，嗯，它们上的是……是些空麦子，可是一吐出来，就像是铁雨般的飞箭。在铁蛇首尾还有更多尖铁，它们更强大，可以发射出太阳光束，犹如火堆中心的炽焰般热烫。"

"再看看，再看看，"雪先生说，"看看他们有没有可以让黑夜发光，亮如白昼的东西？"

"没有，"佳得利回答，"他们并不需要这些。他们有些奇怪的灯，能够发出红光，这些光我们却看不到，但它们会射中我们的躯体，把我们的影像吸进去，显示在魔法盒子里。"

雪先生尽管知道很多旧纪元的事物，但他仍旧无法理解佳得利试图描述的东西，其实那是贵妇号车载红外线夜视镜。他没再理会这些东西，而是继续催促佳得利利用心灵之眼，察看篷车的每个角落，每个具象，并清点乘员的数目。

最终，有了结果，一共有三百名沙穴人。雪先生心中一动，思考着眼前的局势。如果所有人都算上的话，穆卡尔部落可以部署超过一千名熊武士和母狼，但这已经包括了所有战斗力，从刚满十四岁、还没有咬骨、羽翼未丰的雏鸟，到五十多岁的老人。年轻人虽然充满勇气，却无法弥补他们的稚嫩。滚石和其他老人尽管仍旧行动敏捷,但在一对一的搏斗中,绝对无法与铁蛇腹内的武士们抗衡。

佳得利继续探察铁蛇,他说铁蛇肚子上有些孔洞,它们可以喷出无形的致命之气。而且,蛇的皮肤有很多层,变种人的弩箭只能穿透第一二层,无法穿到里面去。铁蛇肚子下面和侧面虽然有铁盖,却已从内部封死。铁蛇拥有吞噬万物的气息的保护。雪先生叹息一声,他不得不承认南方兄弟们认定的事实,铁蛇,也就是篷车队,是个难啃的坚果。

佳得利借着石头,看到更多的画面,这次是那些箭头,十二架天鹰双翼叠起,蓄势待发,整齐地停放在机舱中。邻近的车厢里,守护着十名云武士,还有一些维护人员。

"奇怪,"佳得利说,"为什么看不到他们的面目呢? 全都被黑暗遮蔽了! 只有一人,我看到了,看得很清楚,他的脸很英俊,他的心脏很强健,但死亡就坐在他的肩膀上。他就是天音们预言到的云武士吗?"

"很有可能,"雪先生答道,"既然周围的人,面目都被隐去,你只能看到他的面容,那这说明了必定有特殊的含义。将他好好看清楚,然后断开你和石头的联系,回到此时,回到此地。"

佳得利努力集中着精神,收回自己的天眼,突然间,脑袋向后一仰,手指无力地放开,石头从膝盖上滚落到地上。雪先生捡起石头,重新再查看一遍,还是什么也看不出来,便叹息一声,将石头扔到一旁,扶起佳得利。

佳得利动了几下眼皮,终于睁开眼睛,他目光茫然,双腿绵软,傻乎乎地问道:"出了什么事? "他气喘吁吁,试图挺直身子,但没成功。

雪先生用肩膀扛住他的左臂,右手抱着他的腰,说道:"你干得很不错,从石头里看到了很多画面。"

佳得利晕晕乎乎地笑道:"是吗,真的吗?"

"这还用问?"雪先生斥道,"你小的时候,无论我怎么说,你都信。现在呢,你什么都不信,老是重复问我,让我重复回答。生命短暂,我没时间让嘴里老是说囫囵话。"

"很抱歉,雪先生。"

"也别说什么'抱歉'的话,"雪先生气咻咻地说,"这更浪费时间。"

"我管不住自己的舌头,先生。石头麻醉了我的精神与肉体间的纽带。"

"没关系,"雪先生拍了拍佳得利的背,"放轻松些吧,这是第一次尝试,你虽然害怕了,这是必然的,但你必须坚持下去,要干得更好。"

"哦,那我该怎么做?"佳得利点点头。他四肢绵软,直到现在仍站不起来,像一摊烂泥,瘫软在雪先生怀里。

"首先,醒过来时别再问我发生了什么。"雪先生说,"我不可能永远在你身边护着你,唯一能够真正看到画面的人是你。从现在开始,你必须努力记住每一个画面,每一个细节。"

"这……很难啊。"佳得利说。

"万事都不易。"雪先生答道。

这时,摩托头大步流星地跑了过来,禀告道:"雪先生,我们该上路了,你看东方天门外的太阳,已经从熟睡的灰皮下醒来了。"

"好,我们马上出发。"雪先生说,"你能带上佳得利兄弟吗?"

摩托头轻轻一笑，只用一只手，就拎起了瘫软的佳得利，像对待一块牛肋肉似的，将他甩到肩上。

"观石之眼，耗尽了他的力量。"雪先生说。

摩托头轻蔑地哼了一声："魔法……"

"别小看它，"雪先生说，"既然母神赐给我族这种神力，说不定有一天，你这身臭皮囊也得靠它来拯救。"

早晨六点，电子军号声还没有响起时，布里克曼和其他飞行员仿佛有预感似的，纷纷自然醒来。往外望去，忽觉外界的天气发生了剧烈变化，与这几周的晴空万里、烈日炎炎截然相反，这一夜过后，温度竟急剧下降，一团团湿潮的浓雾包裹在篷车队周围，能见度不足三十米。

哈特曼听完简版，下令贵妇号马上由环状展成直线，继续向北进发。然后，他通知喀珊和飞行指挥官们，让他们都到鞍桥上来。

"今天天气的突然变化，你们怎么看，先生们？"

乔迪·喀珊眉头一拧，愁道："情况很不妙，长官。我刚去过飞行甲板，在篷车队的中部位置，最前面和最后面的指挥车都看不到了，这也太诡异了。我过去倒也见过如此浓的雾气，但像这种季节就有浓雾，太过古怪了，从来没见过，还有……"

"我们也从没到过这么远的北方。"飞行指挥官巴克斯特说。

"也许是地域差异？"哈特曼推测道。

面对车长哈特曼的提问，一个下属，怎能以耸肩作为回答？但喀珊还是禁不住违反了这个俗成的约定，耸了一下肩膀，说："当然，也可能只是某种逆温现象,不过……"

"天气就是天气而已,是不是?"哈特曼说。

"是。"飞行指挥官巴克斯特应和道。他当然知道哈特曼心里在想什么。自联邦对地表开展军事行动以来,三百年前至今,所有的气象资料都被输入哥伦布的数据库。这台超级电脑的巨大记忆库中还存有大劫难的全球天气模型图谱,通过对地形和气候状态的观测,再对照过去的存储数据,它便能做出极为准确的天气预报。根据以往经验,这个季节,清晨地表上会有雾气,会在日照的热力作用下快速消散。

"给它一小时。"哈特曼嘟囔着说。随后,他传令给首席工程师,让涡轮保持慢速运转,同时安排车内一半人员开始工作,其他人员先暂停下来,原地待命。

布里克曼和其他几个新飞行员原本以为要大干一场了,昨晚过于兴奋,都没睡好觉,此时,收到行动推迟的通知,让他们心情不爽、焦躁不安。格斯·怀特的脸上浮现出一片难看的瘀青,正是昨天麦克唐纳那一巴掌打的。喀珊小队的老兵们,都在仔细检查自己的求生装备,他们的动作安静又娴熟,而地面机组人员则一架一架地检查座舱两侧挂架的情况,这两个挂架必须拴得稳又牢,可以各携带三枚凝固的汽油弹。

一个小时很快过去了,贵妇号外面,仍然是迷雾重重,显然没有消散的迹象。布里克曼和格斯跟乔迪·喀珊一起来到飞行甲板,浓烈的雾气扑打在他们的脸上,他们顿时感到湿湿的、冷冷的,抬头根本看不见天上的太阳,整个篷车队都被裹在浓重的灰暗之中。车辆金属外壳的迷彩涂层上,挂着一层薄薄的露珠,顺着车身侧面流淌,汇成一条条细黑的液流。

喀珊戴上头盔,拉下面罩,调整着下颌的护板,使自己戴得更舒服些。飞行员的"骨盔"是模仿大劫难前那些赛车手和摩托车手所戴的头盔制造出来的,当然也添加了一些新的部件:耳机、下颌护板里的两个小麦克风、防辐射空气过滤器等等。喀珊穿着和大家一样的装束,身上是黑、棕、红相间的飞行迷彩军服,脚上穿着轻便的战斗靴,看起来英姿飒爽。

她的那架天鹰战机,立在前方甲板的蒸汽弹射架上,弹射架有两台,她的天鹰占了一台,引擎已经轰轰运转。三管口径为点二五的高速气动步枪,挂在机舱的活动支架上,气势威武,这种枪能够三发齐射,或者全自动发射,二者还可任意转换。一名地面人员进行例行检查,驾驶舱内放着两排弹夹,里面装有填好的一百八十发子弹,是喀珊亲自装填的,这也是飞行员的老传统。自己动手,丰衣足食。如果你在生死关头,子弹卡壳,那就怨不得别人了。

喀珊紧了紧头盔带子,说:"我去瞧瞧这坨倒霉的东西到底有多厚,如果勉强能飞,我们就出发巡逻吧!"她便用手指戳着格斯,"让布克和耶茨随时待命。"

格斯立正,敬礼道:"是,长官!"他跳下甲板,滑进一个蹲坑,也就是舱门旁的工作凹台。

布克和耶茨是贵妇号上的老兵。在尼克松要塞,布里克曼和其他新丁上篷车前,贵妇号上有五名飞行员,这两人也在其中。

喀珊看着天鹰,又瞥见布里克曼那似有疑惑的样子,便问:"你又怎么了,布里克曼?"

"你飞出去后,怎么能找到回来的路?"

喀珊轻轻一笑,指了指篷车的首部和尾部。她似乎发出了什么指令,队首指挥车顶突然闪现出一条笔管般粗细的红色光柱,垂直向上,直射天际。尾车车顶,则出现了同样粗细,颜色却为绿色的光束。"这就是轻激光,"她解释说,"能射到两万五千英尺处。天气不好的时候,你只要飞向它们,慢慢盘旋下降,就一定可以安然降落到甲板上。"

"原来如此。"布里克曼恍然地点头。

喀珊起飞了,半小时后,她返回了贵妇号,向哈特曼汇报情况:

包裹在篷车队周围的雾层厚达几百英尺,上层是铅般重的乌云,底部离地面只有四百英尺。她驾驶天鹰,爬升到三千五百英尺的高度,这才摆脱乌云,进入晴空。然后她又继续升高,居然发现整个雾团和低矮的云层竟是以篷车队为中心,向外扩展,半径有十英里之多。更奇怪的是,这团云雾外面,天空晴朗无云,天气好极了,与前几天没什么区别。

哈特曼听到这里,心中一动,用意味深长的眼神看了高级官员们一眼。然后,他立即让喀珊进行前哨侦察,发现异状要立即汇报。喀珊将和布克、耶茨一起执行这项任务。这两个飞行员经验老到,都具备在恶劣气候条件下飞行的能力,足以禁得起这次考验。

又有两架天鹰升到飞行甲板,布里克曼和其他菜鸟乖乖地听着,乔迪·喀珊对布克和耶茨传达了任务简报。说完后,布里克曼向她提了个问题,这问题一直困扰着他:"我听人说,你不许菜鸟在云层低于四百英尺的情况下飞行。可四百英尺的高度,不算低啊,我们完全有能力飞。这是为什么?"

"因为变种人的地面火力。"乔迪说,"南科罗拉多前哨站发来过战地报告,上面说了,在平原变种人部落中,十个人里,至少有一个配着弩弓,有些部落,甚至四个人里面,就有一个配着弓弩。这可是致命的武器啊,但现在,我们还不知道他们是从哪搞来这些东西的,不过总有一天会弄清楚的,这些变种人又蠢又笨,不可能自己制造弩弓。现在还没搞清之前,我们必须保持飞行高度,可别被射下来,你们这些胸前只有银翼徽章的家伙,并不是什么唯一的斗士。"

"那你的意思就是,除非地形条件允许,让我们具备很大的优势,否则,绝不可以低飞?"布里克曼说。

乔迪眯起眼睛说道:"布里克曼,给我听好了,我的意思是,你必须完全服从命令!如果我发现你耍什么小花招的话,我会亲自动手,把你的屁股挂在吊索上。我不需要大D来帮着维持纪律,我告诉你们,变种人发射弩弓的频率虽然很低,但在有经验的变种人手中,它们非常精准,是杀人的致命武器。别问我他们为什么能做到,最好的变种人弩手,能够用带倒钩的十英寸弩箭,在一千英尺的范围内,准确地击中目标。"

"所以,你要求我们的飞行高度得超过这个范围?不得低于一千五百英尺?"布里克曼问道。

"是的,"乔迪说,"哼,别以为这样,你就能轻松地欣赏风景。这种弩箭锋锐无比,即使射了两千英尺,它的速度仍然足以杀死你,只要刺得准确。"

"谢了，"布里克曼说，"在启程之前，你难道不应该先把这些事说清楚吗？"

乔迪冷笑着走了过去："我还不想提前泄露这次飞行中的惊喜。"

过了一会儿，喀珊的天鹰战机升了空，弹入了阴冷灰暗的浓雾之中。几秒钟后，布克的战机也从右边的弹射架飞起。耶茨的战机随后驶上，滑进左坡道，只听导管和出风口处，蒸汽声"嘶嘶嘶嘶"地响个不停，压力层级增大，最终，将他弹射出去，此时的时速为四十英里。

哈特曼看着指挥车上的屏幕，上面显示着耶茨的天鹰正在升空，从头顶掠过，消失在浓雾中。喀珊和导航指挥员通过无线电保持联系。

这时，哈特曼下达指令："篷车队出发！"

贵妇号向前进发，经过消失在浓雾中的拉勒米山脉，朝西北驰行，它要去的地方是罗克河和梅迪辛博国家森林公园。这些地点也和拉勒米一样，只不过是地图上表明方位的名字而已，除此之外没有任何意义。

贵妇号前行了十五英里后，仍旧没有冲破迷雾。喀珊、布克和亚茨盘旋在它前方五千英尺的高空上，发回了一个令人惊讶的报告：这椭圆形的浓雾气团竟能随着篷车队移动，像茧一样地附着。导航指挥员通过声波转化器，将所接到的信号报告，传导至车长的屏幕上。哈特曼看过以后，默默地按下转发按钮，将信息传送到鞍桥周围每个高级军官的屏幕上。大家顿时神情严肃，面面相觑，凝神思索。

哈特曼扫视着他们的面孔，说道："这有点意思，谁能给我个解释？"

没有人说话，没有人敢。

他们和哈特曼一样，都想到了出现这种神秘现象的唯一解释，贵妇号中了魔法，这是变种人的秘密武器。这也是联邦政府一直不愿意承认的事——变种人具有超能力——能操控自然现象的能力。而且在联邦政府管辖的范围内，任何人若公开谈论这个问题，都被视作犯罪。然而，此时此刻，哈特曼手下的所有军官，都不得不相信了，那种具有控制天气能力的神秘召唤师确实存在，看现在这情形，他们必然存在于变种人之中。

"您觉得要不要再派些天鹰上去？"飞行指挥官问。

哈特曼捋着唇边的胡须，想了想，说道："还不用，依我看，等天气好转时再说。"

飞行指挥官听懂了车长的意思，其他人也一样。

"命令喀珊和她手下的两名飞行员，尽量在云团边上盘旋，一发现敌情，即刻报告。"哈特曼冷冷地说，"我有种预感，他们正想拜访我们。"

开拓兵指挥官巴克·麦克唐纳还没等车长发话，就将高大的身躯一挺，做出待命之状。

哈特曼转身对他道："紧锁舱门，麦克唐纳，所有人进入战备状态，所有武器各就就位，做好一切准备。"

麦克唐纳用左臂将金头手杖一夹，敬了个军礼，道："是，长官！"

哈特曼命令贵妇号以五英里的时速前进，这是警备时速，小心翼翼，安全第一。然后，他对主管车队近距离防御的军官说："准备好蒸汽导管，福特先生。"

福特激活了系统,并让每一节车厢都进行了试射,时间只有短短的五秒,他检查了系统的运转性能。刹那间,装在篷车外壳上的导管口中,喷射出无形的超高温蒸汽,能射出十五英尺远,这些致命的蒸汽终于从无化有,形成道道灼热的轻烟,消散在周边浓稠的迷雾中。

晚上,佳得利一直坐在雪先生身边。这个老人心灵澄澈,目朗心清,似乎为召唤大地之力做好了一切准备。黎明前,天边透着幽异的光彩,摩城天空的黑斗篷上,无数星星开始闭上眼睛。

也就在这时,佳得利惊奇地发现,茧子般的雾气云团,已环绕在铁蛇周围,灰色的云层直压其顶,铁蛇陷入了迷茫之中。

雪先生显得很安静、平和,他召唤异能之时,并不像清水那样发出令人战栗的啸声,他和往常一样,随意地盘腿坐着,双手平放膝上,仰头望向天空,视线却转向体内。他不时地喘息了两声,瘦削、结实的身体上,肌肉紧绷。他咬紧牙关,紧握双拳,身体开始剧烈颤抖起来,仿佛在承受某种痛苦的、想往外撕裂自己躯体的力量。

晨曦微露时,雪先生再也承受不住了,身体一阵抽搐,向后仰倒。

佳得利忙将他扶起,继续盘膝而坐,轻轻抚摸他的脑袋。

过了几分钟,雪先生终于睁开了眼睛,长长地吐了一口气。

"你怎么样,先生,还好吗?"佳得利担忧地问道。

"还好,"雪先生深深吸了一口气,"云还算比较容易对付的。"

云层像恶魔般盘踞在篷车队头顶,乔迪·喀珊驾驶着天鹰,好不容易绕到参差不齐的云团边缘,在五百英尺的高空中飞行。她不断地改变航线,时而以之字形前进,突然又钻进云层,倏忽间,又从高处或者低处蹿出,并且急行转弯。如此变幻莫测的飞法,就算她飞得很低,敌人的弩箭仍然很难瞄准。

喀珊绝对是个技术高超的驾驶员,天鹰在她的控制下,犹如牵线的风筝一般,于狂风中飘摇、轻摆,她将多年来积累的飞行经验发挥到了极致。这个时候,操控飞行器已是下意识的本能,就像呼吸一样自然,不需要刻意去控制。她与天鹰早已融合为一体,她就是天鹰的心脉,能够心随意转,身随心动。

她注意观察着地表,目光如猛禽般锐利,搜寻着各种异状,右手手指捏住了气动步枪的握柄,随时随地都能射倒突然冒出的变种人。这种步枪上,装有第一家族武器设计师设计的"自动距离修正激光动力光学瞄准仪",这是他们最为骄傲的产品,可以在目标身上射出一个小红聚点,方便枪手瞄准。

然而最危险的是,任何正在瞄准目标、直线飞行超过十秒以上的飞行员,都很容易被变种人的弩箭射中。如果这箭并未直接射穿你的躯体,那么拔出箭时,箭头的倒刺会将你扯得皮开肉绽,所以只能通过手术移除箭刺,而且只有外科医生才能做好这种手术,普通人绝对不要轻易自己动手。据说这种飞箭上常常沾有肮脏之物,有大量的细菌和病毒,能够侵蚀人体,即使中箭者不是因为流血而死,接下来他的伤口也会因为感染而变成坏疽。真是歹毒至极!

在一次惩戒变种人劳工营的逃犯们时,乔迪曾被射中过一箭。奇怪的是,变种人是从哪搞来的弓弩,一直是个谜。有报告说,这件事和一些寻道民叛逃者有关,但没经过确认,乔迪觉得这是无稽之谈。现在,地表上的辐射仍然很高,人在上面还是很危险,想逃跑的寻道民干吗要和变种人做交易?他们根本活不了多久,就算换来些好东西,他们哪有时间享受?再说了,变种人有什么好东西?他们又能换到什么?

尽管联邦的战士们对上方的地表世界进行一次次的扫荡与清除,但在劳工营和站点外面,一旦超过防护半径,就有可能遇到危险。虽然许多能够动弹的东西都能被开拓军、远征军干掉,但少数变种人依然不顾危险地潜伏起来,等待好的时机来偷袭,他们的弩箭实在是厉害而残忍。

不知为什么,乔迪突然产生了一种难以解释的预感,她关闭了引擎,驾驶着战机,一个侧滑,悄悄地自云中钻出。就在这时,她看到林中闪电般地钻出了两队人数众多的变种人队伍,向篷车快速移动过去。乔迪大吃一惊,猛拉控制杆,将天鹰带得急转。她想爬上高空,升入云层,这样任何弩箭都无法在迷雾中准确地射中她。但现在还没有任何迹象表明她被发现了,变种人不会浪费他们宝贵的弩箭的,她看过的所有战地情报中都强调过这一点:对于变种人来说,箭十分宝贵,那些发射它们的粗糙的弩弓也很宝贵,变种人不瞄准目标,绝不会撒手。

她立即又飞回低云层中,打开引擎,保持以最慢也是最安静的速度缓缓飞行,探察情况。接着,她又呼叫了布克和耶茨,命他们在云团北端与自己会合,一起向上级做了简报。

哈特曼一得知消息,便让他们率先进行空中打击,趁变种人还没有对篷车队展开攻击。于是乔迪将阀门全打开，向南边直升而上，从黑雾中钻出，她希望厚重的云层可以掩盖一些引擎的噪声。乔迪的眼前明亮起来，她已进入了清透的蓝天，便将天鹰一扯，一个鹞子翻身，来了个一百八十度大转弯，接着迅速关闭引擎，悄无声息地滑向变种人的队伍。在视线前面，左下方的一片白云上，有个细小的箭头阴影。那是耶茨的天鹰，也正向集合点飞近。

天鹰之所以能不用引擎飞翔，就在于它的机翼是充气风板结构，具有良好的滑翔功能，如果天气理想，可以凭借上升气流，持续在高空滑翔几个小时，都不用机载引擎的动力。而且，这种静悄悄的滑翔方式，能够让飞行员进行战术突袭，不过滑翔的速度和航向就不好控制了，只能利用气流支配，风不一定总能吹向你的目标，这种滑翔模式比较适合长距离的高海拔巡逻。若想贴着地面进行超低空飞行，对移动目标进行射击，那么把引擎开到最大、速度最快都嫌不够，恨不得它的马力能再增加两倍。这种飞行方式被称为"融化导线"。

乔迪驾驶天鹰，绕过贵妇号所在的椭圆形云层北沿，继续向上攀升，布克和耶茨同样转过航线，与她渐渐靠拢。三架战机的机翼上，都镶着蓝色金属太阳能电池薄膜，在阳光下，反射着白蓝色的光芒。三人逐渐聚拢：乔迪居中，布克在其左下，耶茨在其右下，仿佛一个箭头。他们保持着精确的等距，潇洒地回转，彼此之间距离很近，却非常有默契，不会互相碰到。这时候，乔迪甚至可以抬起面罩，瞥见两位下属的笑容。这两人的头盔上绘着红白色的闪电条纹，这是贵妇号飞行员的标志。战机的前端，鼻子部位，画着联邦的红、白、蓝星条徽记，后面还写着巨大的白色飞机编号。

三人排列整齐,飞过云层上方,只觉空气清冷、凉爽,乔迪很喜欢这种感觉。从来不腻,永远能体会到一波波的快感。这种感觉,如同什么东西在体内觉醒了,她只是去接受,从没试图去分析,或是将它说出来。与布里克曼第一次飞行时产生的感觉一样,乔迪并不知道这是内心对天空的无限广袤与壮美产生的反应,一种胸怀广阔的感觉,一种难以抗拒的对自由的渴望。她无法言喻,只是很喜欢这种感觉。

就像她喜欢猎杀变种人一样。

第十章

　　乔迪带头,三架天鹰统一行动,悄悄降低高度,直到与拉勒米山脉峰线一样高。乔迪的计划是,绕到急速前进的变种人身后,出其不意地突袭他们,一番致命的打击后,又快速脱离战场,再回旋低空俯冲,干掉剩下的变种人。过去,她参加过打击南部变种人的行动,知道这些变种人害怕"云武士",不亚于害怕"铁蛇",如果突然遭到空中打击,他们通常会夹着尾巴抱头鼠窜。

　　和那些高级军官一样,乔迪绝不允许自己相信变种人能使用魔法,只要一想到这里,她就会将这种想法从心灵驱逐。她想,地球上各种作用力互相影响,地面上,空气温度、湿度、大气电场、气团在不同地形上进行各种运动,其实并不是那么复杂,都是在某种规律下,具有逻辑构架的动态,是可以被记录、分析和理解的。虽然现在,她跟哈特曼和他的军官们一样,觉得天气情况十分奇怪,让人感到有些惊悚。天上的太阳都照射了几个小时了,为什么夜晚的雾气和低云仍围绕在篷车周围呢?而且不仅仅是围绕,它竟能随着篷车队一起移动。乔迪不是气象专家,但她坚决相信,这并非什么魔法,里面肯定有一个简单的、合乎气象学理论的科学解释。

　　在尼克松基地那次,史蒂夫·布里克曼询问她什么是有关变种人的"魔法"，就惹得她大为恼火。这个菜鸟真是白痴。其实，过去虽然发生过一些怪事，但只要像审查员们一样，冷静地思考，清晰地调查，就会发现那些人们声称的怪事，绝大多数不是吹出来的，而是压根没什么离奇之处。只不过是一些偶然事件刚好凑一块儿了，在神经紧绷的战斗气氛中，显得有些怪异而已。

不过，有一件事情，真的是所有人都避而不谈，那就是抽变种人的"彩虹草"。事实上，不少身经百战的老开拓兵都在抽这种违禁品，这可是一级重罪，却并没有被大力阻止。许多老兵用它来麻痹自己，从而产生虚拟体验。每次在离开篷车、进行地表行动之前，他们都要抽上两口，壮胆前行。这种烟草会造成迷幻的效果，故而某些老兵会神志不清，产生怪异的想象。而且，他们绝不承认自己吸食违禁品，因此，这里面就恰好有了借口，说某件事情是中了变种人的"魔法"。这种想法引起的恐惧感，是军队士气的大敌。所以，它被第一家族无情地打压。此事绝对不能提起。这个世界，是由寻道民辛勤工作创造的，任何事都有其解释，绝对的逻辑主宰着万事万物。尽管乔迪或多或少会有些疑虑，但她始终坚定地和政府站在一起，从来不会去考虑"召唤师"是否存在。想想也真是可笑，有人竟然相信，在变种人部落中，召唤师能够凭借意念之力改变天象，这怎么可能呢？

乔迪刚想到这里，就听见一阵诡异的雷鸣。她抬头看去，目光透过翼侧的座舱罩，只见外面天空晴朗，但这几天气温一直很高，湿度又大。这样下去，战机的压力和静电都会不断增加，然后出现问题。

乔迪察看了一下步枪支架，没有问题，她随时可以把步枪拿下，顶在肩头，瞄准目标，扣动扳机，朝下方的敌人速射。于是，心中顿觉踏实多了。然后她伸开胳膊，冲布克和耶茨点了三下。他们知道这是调整航向的命令，便散开队形，与乔迪间隔三个翼展的距离。两人又转过脸来，看她还有什么命令。这时，乔迪举起右手，冲她的天鹰头部做了轻轻下落的动作，这个手势代表的意思是——任意开火攻击。命令完毕，乔迪拉下头盔上的黑色面罩，握住气动步枪的把子，枪托顶在右肩前面，做好了射击准备。布克和耶茨也和她一样，瞄准了下方。

螺旋桨在机尾轻轻旋转，三人从勒米山西麓上俯冲直下，犹如三只猎食的巨鹰，看到了地面甜美的猎物。视界在快速变换，下方，那些覆盖了整个山坡的红树林向他们飞速逼近。

三架天鹰的后方，贵妇号仍在浓雾中迷茫，只能小心翼翼地向前推进。哈特曼并未发现，篷车队已经偏离了事先设计好的路线，都过了两三英里。他原本以为车队正在八十号州际公路的遗迹上行驶。这条路自夏安开始，经过拉勒米山脉，向西通往罗斯林市。但现在，篷车队实际上正开进浅浅的河床，沿着它蜿蜒向北。哈特曼仍然没有发觉异常，他只是注意到两侧路基逐渐升高，于是，又犯了今天的第二个错误，以为车队通过的是一处路堑。

其实，在今天黎明之前，雾气开始在篷车队周围凝聚时，早就有一小队变种人战士悄然跟随，他们以灌木为伪装，轻手轻脚，不断派人把车队的行踪报告回去。雪先生对车队的状况了如指掌，他看清了哈特曼犯下的错误。实际上，正是雪先生凭借佳得利告诉他的信息，进入了哈特曼的头脑，干扰其心智，这才让哈特曼犯下了这个错误，而且没有留下任何足以让其察觉的蛛丝马迹。

乔迪转向西方时曾听到一阵隆隆的雷鸣，那便是雪先生的一次试音,相当于在唱歌前吊吊嗓子,做正式登台前的准备。

十名熊武士保护着雪先生, 以变种人特有的步伐跟在两队暴露了行踪的熊群后面。佳得利和清水则听从雪先生的安排,跟母狼、长老、穴母和孩子们一起躲在林中。其余熊群则借着树林的掩护,悄悄地跟着篷车队前进。这支队伍正是穆卡尔人的战略预备队,人数众多,凶猛迅捷,一旦投入战场,必将横扫千军。

这会儿,雪先生心外无物,全副心神都集中在召唤上。他已召唤出云雾,又在一定程度上混淆了哈特曼的思维,但他还是有些担心,不知道即将召唤出的自然伟力到底能不能行。因为,控制并吸取天地间的无穷伟力,并最终活着,渡过眼前的难关,这可不是一件容易的事。"嗖嗖",当步枪悄悄地自高处射击,放倒他身边的武士们时,雪先生被这突如其来的死亡惊呆了。

"砰!"雪先生还没来得及反应,一颗子弹已击中了他的头部。他顿时扑倒在地,幸运的是,这颗子弹击中的只是他白发上编着的一束指骨。冲击力将骨头弹向他的脑袋,"啪"的一声,断成两截。雪先生只感到头脑一阵晕眩,便翻身摔倒在地,旁边的护卫或死或伤,他倒在这些人中,眼前有些昏暗,天空中,三枚蓝色箭头从头上掠过,他的心顿时抽紧。

"我真是个笨蛋!"他心中懊悔地想着,眼前的黑暗笼罩了整个世界。

乔迪和两名飞行员出其不意地袭击了由摩托头和鹰风带领的两支队伍。他们心中暗自高兴,再次飞到高处。变种人的那些散乱的队伍,毫无章法地向篷车跑去,时不时朝天看一眼。这时候,他们心已乱,只关注着上面,完全没有留意身后的情况,结果被打个正着。乔迪率领的三架天鹰,正贴着地面全速飞行,翼尖飞掠,草地翻飞,天鹰直扑而来,火力狂吐,分左、中、右三股,全力喷射。

三管步枪喷射出道道致命的死亡之迹,像收割机般割倒了一片片惊慌的熊群。乔迪等人闻不到过去那种刺鼻的火药味,也看不到枪管喷发的火链子,他们只听到一种尖锐刺耳,但又富有节奏韵律感的声音:"咔!嗽!咔!嗽!咔!嗽!"这听着就像是一首死亡的咏叹调。

只见在前面奔跑、没被击中的熊群转回身来,愤怒和惊愕的表情扭曲了他们的脸。他们看准了目标,弯弓搭箭,箭如雨点般射去,三架天鹰吓了一跳,忙迅速爬升,各自倾斜回转。

两支弩箭从布克的座机左翼射过,射掉了一块翼板,第三支箭准确地贯穿了他头顶的座舱罩。耶茨的天鹰也中了招,驾驶舱的机鼻部分挨了一箭。这箭洞穿了薄薄的金属板,从他的两条小腿下穿过,又射出机身,只留下一个形状不规则的口子。实在是太危险了,一点点啊,只差一点点,他就遭受到人生最恐怖的痛苦了。耶茨浑身发抖,腹中发冷,这箭要射得再高几寸,定会穿透两个膝盖,再往上,就更可怕了。

乔迪驾驶天鹰左闪右避,总算躲过第一轮箭雨,并且毫发无伤。这得益于她灵巧的闪避技巧和运气。见情况危急至极,她按下了操纵杆上的通信按钮,对着两个手下说道:"别急,大家保持高度,继续冲击,把他们一个个干掉,我现在下去烧他们的屁股。"

布克和耶茨立即掉转机头,以变幻莫测的路线在空中侧飞滑翔,这样的话就难以瞄准了。步枪连绵不绝地速射,每分钟多达一百八十发子弹,就像给下面的熊群倾泻一场爆发的弹雨。这两人受过严格的训练,和所有飞行员一样,他们都擅长速射,也喜欢速射。

乔迪则往下俯冲,到了另一面去,她先降低高度,藏在一排树林后面,然后贴着地面急行,返回到山坡上。此时,穆卡尔部落的熊武士们,有弓弩的都搭上钩箭,向布克和耶茨射击,没弓弩的只好站在原地,挑衅地狂吼乱叫,朝空中挥舞着手中的刀杖和石连槌,一副凶悍野蛮之状,却对旁边死去的兄弟毫不在意。

乔迪飞近战场,便向右后方猛拉操纵杆,天鹰顿时爬升。这时候,她便连续按动键钮,投下了左侧弹架上的三枚小型凝固汽油弹。汽油弹划出一条闪亮的弧线,在空中不断翻滚,最后落到变种人群中,轰然一响,自落地点向前喷出一团火焰,吞噬了周边猝不及防的熊群,星星点点的火苗向两旁蔓延。摩托头和他的部族兄弟们都惊呆了,他们没被盘旋的箭头上射出的子弹击中,却眼睁睁看着火球和浓烟滚滚而来,只能四散溃逃,发出凄厉的惨叫。

就在这时,辟邪主或是天音,或是其他为人们排忧解难的神灵,让雪先生醒了过来。而且,他还获得了神灵的大地之力。他预感有危险来了,赶快站起,跌跌撞撞地向前走,四肢有了力量,头脑也清醒过来。他跑过谷地,来到一处山坡顶上,正好目睹了三枚凝固的汽油弹在穆卡尔熊群中炸开,火焰绽放,犹如中间为金色、镶着黑边的巨大花朵,散发出浓烈刺鼻的死亡之光。雪先生禁不住双腿打战,腹肌抽搐,他似乎缺氧了,大口大口地喘息着,两脚牢牢扎在地上,一股无与伦比的强大力量从脚底流过身躯。他双手握拳,向天空张开双臂,口中发出恐怖的哀号,听起来令人全身血液冰冷,真是惊心动魄。

大自然对此做出了反应,这凄厉的呼啸很快变成巨大的轰鸣,天空似乎变成一张巨口,吸进空气,再吐出狂风。那强风从雪先生身后的山里席卷过来,撕扯着树木枝梢,又旋转嘶鸣,向上刮去,正好对准了乔迪的天鹰。这战机顿时如断线风筝一样翻起跟头。乔迪大惊失色,拼命想恢复控制,忽听一阵尖厉的断裂声传来,就像大树被伐倒时的巨响。天空发出了震耳欲聋的呼啸,如同炸裂开来,条条闪电飞射而下,闪得人眼目灼痛。天鹰飘摇盘旋,乔迪似乎看到了一幅炽燃的画面,如同摄影师的闪光灯突然闪现出的夜景。她清晰地看到一道巨大的闪电像一把巨人的天剑,自天空划过,分成两道,击中了布克和耶茨的战机。这个场景,转瞬即逝,恐怖骇然,乔迪的脑子中,不断地、一格一格地播放着这组慢镜头,她浑身都颤抖不止。两架天鹰像过节时喷射的彩色碎纸包一般,被炸成了无数碎片,接着飞机两侧的燃烧弹爆炸出两个巨大的火球,将碎片吞没了。只见两团飞散的橙色烟火,涂在蓝天的背景上,飞行员和战机的残骸都烧成灰烬,狂风吹动下,像燃烧的柴火上飞溅的小火星。

乔迪头脑迷糊了一两秒钟,突然,又是一股狂风击中了她,这次是来自西方,正好与东边来的风暴迎头相撞,两股风力形成一个气旋涡。云层飞速积聚,不过几分钟时间,一团积雨云直冲天际,端正地遮蔽了太阳。与此同时,更多闪电如飞剑闪射,划破天空。乔迪意识到,现在能做的就是,马上扔掉天鹰上挂着的三枚汽油弹,她忙拉动投弹控制杆,试图飞出这片危险的云区。可惜再怎么样也不行了,风暴中心的神秘力量将她拖了进去。

那闪电摧毁了布克和耶茨,同时将喀珊抓了进去,其发出的隆隆雷鸣,地面上的人也能听得到。但篷车队的多重防护外壳遮蔽了这声音。而且,由于云雾萦绕在篷车队周围,哈特曼和高级军官们一点儿都没发觉山谷上正在形成暴雨云,他们只是发现周围开始下雨。从篷车运动的方向来看,哈特曼注意到,道路两侧变得更陡峭了。他赶快让导航员赖德上尉确认一下现在车队所在的位置,这时,无线电的静噪突然增加了,喀珊的呼叫信号被噪声彻底吞没了。

高级军官们开始迅速研究起八十号州际公路的路线。他们马上就发觉,车队现在所在的位置完全不对,贵妇号实际行驶的路线不是街区,而是一条干涸的河床。但现在不同了,河流里的水流不断地增加,从前方弯道涌进河道内,冲击着篷车的巨大轮胎。哈特曼知道,其实要倒车也并非难事,两辆指挥车上都有全套控制设备,就像从前的那些火车和电车,这条篷车的头车和尾车可以互换,撤退很容易,但他不想那么做,迎难而上是他的性格,他决定继续前进。其实,他并不知道,这是他一天之内犯下的第三个错误。他原本的希望是美好的,只要转过下一个弯道,即可在河岸上找到一处缺口,贵妇号就能冲出去,回到大路上来。

可他哪里知道,篷车队继续前行,转过一个弯后,突然来了一阵凄厉的狂风,呼啸着刮走周边的云雾,继而降下暴雨,砸向贵妇号的外壳,听上去就像遭到了子弹的侵袭。哈特曼让车队继续前行,又走了一英里,暴雨仍然不止,闪电噼啪,劈开天际,雷鸣轰隆,震撼大地,狂风暴雨一直就在他们的头上。当河谷水位迅速升高,从一条小沟变成大河之时,哈特曼才猛然省悟,他意识到必须尽快离开这条河道,否则后果不堪设想。又拐过一个弯道,他探察出右侧堤岸稍微平缓了些,便立即下令,让贵妇号冲上去。指挥车往上冲,但是巨大的轮胎陷入泥中,不断打滑,雨太大了,已把这道斜坡变成黏稠的泥道。坡道倾斜度倒是不算大,只要还有百分之二十五的牵引力,篷车队便可以轻松爬过各种障碍物,像一只勇敢的大蛤蟆。现在的问题是,这些轮胎都出了问题,即便是由第一家族设计的,也没有什么超级功能,特别是陷入泥沼里,就出不来了。

哈特曼临危不乱,他想了个办法,指挥贵妇号先拐上河岸,用尾车来推动打滑的头车。篷车队终于前移了,但刚一离开比较坚实的地面,整个车队就开始侧滑。舵手急忙扭转车轮,哈特曼高声喝令,全力开足马力。发动机嗡嗡作响,巨大的钢覆轮胎竭尽全力地转动,泥水飞溅,但整个车身还是没有扭正,仍是向左偏斜,最终的结果却是,左前轮陷进泥坑中,整个篷车都动不了了。哈特曼让舵手重新调整车的秩序,让头尾两辆动力车同时发力,带着车队摆脱困境,但泥坑中的轮胎越陷越深,似乎下面有一张坚固的大嘴,给哽在了里面,拔不出来。哈特曼又下令将动力调到前轮,再试了一次,贵妇号颤然向前移动了一点点,就怎么也前进不了了。

这时,首席工程师收到一个红色信息,是从前轮左轴变形测量器发来的。

"糟糕,现在我们一定得退后,然后再试!"首席工程师对哈特曼说,"不然,轮子撑不住了,会掉下来的。"

哈特曼低声骂了一句,把篷车的控制权交给了后指挥车上的副车长吉米·库珀。库珀小心地控制着贵妇号,缓缓退下斜坡,沿河后退了至少两百码,然后再把控制权交回给哈特曼。哈特曼这回下定了决心，一定要将车开出去，不管下面有没有泥坑。贵妇号终于离开了逐渐变深的河水，开上左岸下方的缓坡，哈特曼想让篷车在河底转个弯，找个更好的角度，一鼓作气，冲上泥坡。

虽说是逼不得已，但今天他又做错了，因为，这是他今天所犯的第四个错误。贵妇号刚驶回河底，后方车身便沿着缓坡拐了个弯。就在这一瞬间，他听到了一阵低沉的隆隆声，面色大变，而且旁边的人都听到了，紧接着，那声音变成了震天撼地的轰鸣。

天哪！是洪水！

近乎二十英尺高、泛着泡沫的泥水，像一堵又高又厚的墙壁，威力无比地冲击而来，轰然撞在上游河弯，再挟着树木和浮石向车队拍来。洪流狂暴而猛烈，扑向前五节车厢暴露的一侧，水雾溅起，大浪席卷，瞬间吞噬了剩下的车队。那巨木顺流滚滚而下，就如一柄攻城锤，巨力撞在车上，粗壮的树干登时火柴棍般地断裂。打击持续不断，洪水中带来的各种东西，石头、木棍，将贵妇号前面几节车厢打击得倾斜成一个歪扭角度，几乎翻倒，十分危险，河水带来的浮石聚集在车轮下，卡在没折断的树木枝干中。前面几节车厢里的乘员们已经惊慌失措，难以在地板上站稳了。大家正惶惶不可终日之时，只听广播里传来了巴克·麦克唐纳洪亮的声音："所有人都待在原地，抓紧附近的东西，不要惊慌！"

篷车队的鞍桥上，哈特曼正扶着桌子，努力站直身体。在他的旁边，军官们都摇摇晃晃，在倾斜的地板上尽量保持平衡，却显得狼狈不堪。不过大家都在努力加快速度，进行一切修复工作。看现在外面这情况，越来越糟糕，下面该怎么渡过难关呢？还好大家都尽快恢复冷静,没有丧失理智。

"我们现在被卡死了。"首席工程师巴伯喊起来,"目前,所有轮胎都被水淹没了,后车的动力只剩百分之十,五号车和六号车之间的通道被撞破了!"

"是车身折弯处吗?"

"是的,长官!"

"有没有辐射泄进来吗?"

"目前还没有读数显示。"巴伯说,"气密性壁损坏后,两侧的舱门就自动关闭了。"

哈特曼点点头,通过视频通道向所有乘员们讲话:"各位,请注意,因大雾干扰,导致行进路线错误,我们陷入了一条干涸的河床,刚才的坏天气使形势变得更加糟糕。现在,我们被困在洪水里,车队总体而言,遭受到一些轻微的损伤,洪水突袭,我们丧失了部分动力。不过大家放心,最糟的情况已经过去了,这场暴风雨很快就会结束,到时候我们可以轻松地把贵妇号开回地面上去。大家都给我坐好了,千万不要紧张。"说到这里,他突然轻松一笑,"我指挥的篷车队,从古至今,从没输过呢!"

车队内的布里克曼听到这话,不由得脸露微笑,心情放松。他环顾四周,发现乘员们紧绷的面孔也都放松了许多。

哈特曼讲完了,几声静噪传来,刺耳至极,导航指挥员趁这当口,收到了乔迪·喀珊传来的信号,十分微弱:"已攻击变种人……但是布克和耶茨遭到反击……坠毁……请求……支……"接着传来的是自动求救信号的蜂鸣声。

导航指挥官打开了前后导航的激光，让头车上的红色激光保持垂直向上，绿光则进行"扫爬"的运动，也就是让光线前后晃动，从一边的地平线摆到另一边，而且，将天空按东、南、西、北分为四个等分，然后不断重复这个行为，每次以五度作为间隔，按顺时针方向"扫爬"过天空。这就是大劫难前引路灯塔回转光束的重现。只要喀珊离得不远，一定能看到路线，她只需沿着光束，飞向光源，就能安全降落。

飞行指挥官巴克斯特看时间差不多了，便按响飞行车厢上的警报，通知地勤人员喀珊即将到达，命令他们做好让她着陆前的准备。巴克·麦克唐纳钻过了断裂通道两侧的紧急舱门，穿过飞行车厢，去检查后方车厢上的炮塔，看是否有人值班。接着，他把布里克曼和其他飞行员叫过来，让他们拿好武器，到车顶上去，给那些回收天鹰的地勤人员打掩护。他说："上面是一场超级大的风暴，可能几个人不够，需要你们所有人一起动手，把她拉下来。注意射击敌人，以防变种人爬上来。"说完，他板着脸，向九号车走去。

布里克曼迅速戴上头盔，从武器架上拿起自己的自动气动步枪，仔细检查了弹夹和枪管下的压缩气瓶，又拿了两个弹夹，放进胸口袋子，这才穿过右舷舱门，钻出车厢。他一钻出来，耳朵顿时有点受不了，刚才在车里，雷电的声音被屏蔽了很多，这会儿，才算见识到了暴风雨的力量。他感到狂风撕扯着衣服，将身体牢牢按在露台的栏杆上，他呼吸十分困难，几乎快要窒息了。看车顶下方，洪水滚滚，汹涌澎湃，挟带着断枝烂木，以惊人的速度冲卷过来。只见贵妇号前部的车厢，在洪流中扭动，像一座破裂散碎的水坝。每次被洪水中的巨物撞击，车身都剧烈摇摆，水雾喷溅弥漫，情况真是危急至极，这该如何是好？

正想到这里，惊觉有人扯自己的袖子，原来是格斯，他说："快看，她来了！"

布里克曼望过蒙蒙雨雾，黑暗中，有两点缭绕的光芒，那是乔迪·喀珊座机的着陆灯。看距离的话，应在篷车队左舷大约一百码处，正逆风而行，用侧航之姿抵消风势。等她靠近些后，布里克曼清楚地看到了天鹰战机，它的机翼向后倾斜，正在剧烈晃动。中间有个红白的斑点，那是坐在驾驶舱里的乔迪的头盔。

"糟糕！她飞不回来了。"布里克曼惊声大叫，旁边是头发斑白的地勤组长。那人正四肢着地，蹲伏于甲板上。此刻风速骤然升高，由每小时七十英里暴涨到九十英里。她又怎能逆风飞行？天鹰的最大时速也才八十五英里。随便一计算，就能得出结论：显然，乔迪会被狂风吹得倒退飞走，越飞越远，再也无法像平时那样，安稳地从后方降落到飞行甲板上了。

乔迪显然也看出现在的情况很危急了，她只能趁着风速稍减的一刹那，飞到篷车前头，准备竭尽全力以最大限度侧滑，让风力作用将自己带回飞行甲板。

布里克曼突然看清了她的降落计划，不由得心底一寒，这种情况，就意味着他必须站在无遮挡的飞行甲板上，在乔迪滑过的一瞬间，将她从空中抓下来。这实在是危险至极，因为嘶吼的狂风很可能会把他扯起来，摔进水里。其实这天鹰十分轻盈，六个人就可以轻易抓住，而且，她相对于甲板的速度接近于零，所以抓住她也并非不可能。但天鹰引擎一直在全速运转，一不小心，有人就会被搅进去，被螺旋桨撕碎。布里克曼想到这里，简直不寒而栗，赶快将那画面从脑子里扔出去，他跳上甲板，站在地勤组长和他的手下旁边，对着高空探出身子。

"危险！"地勤组长喊道，忙拿来几根长绳，交给地面人员，大伙严阵以待，随时准备抛绳出去，捆住天鹰。但首先，他们得把她从战机中拉下来。

格斯·怀特从蹲坑中爬出，一把抓住布里克曼的胳膊。和大伙一样，他浑身透湿了，骂道："妈的！糟糕，她的战机上还挂着汽油弹！"

布里克曼定睛瞧去，目光透过层层雨雾，只见那天鹰正上下颠簸，摇摇欲坠，而它的左弹架上还挂着一枚炸弹。

格斯紧张地抓起他的胳膊，惊道："如果撞到甲板，那东西可能会爆！"他下意识地退缩了一步。

布里克曼揪住格斯的衣领，骂道："你这个胆小鬼！"

格斯愤怒地一甩布里克曼的手臂，但他却并未这样甩手而去，于是皱眉道："她干吗现在回来？为什么不躲过这阵风暴后再回来？"

现在已没时间理会这个问题了。

此时，乔迪·喀珊的天鹰冲过来了，与飞行甲板平行，高度也差不多，直接滑了过来，大概还有二十码远，风力突然变低了，乔迪顿时感到危险，赶快关闭了引擎，她显然想到了螺旋桨的危险。天鹰因此来回摆动，向后一滑，随即轻飘飘地飞起，三个轮子快要触碰到甲板了。

现在是最佳时刻。要想吃这颗樱桃，就看这一口准不准了。

布里克曼、格斯和地勤人员立即跳了起来，从空中拉住天鹰。布里克曼抓住驾驶舱的边缘，左肘靠在汽油弹上，显然十分危险，他却没有注意,便把全身重量压在飞行器上,向下硬扯。格斯则用一只胳膊抱住机头,阻止其往前撞。当他们看到驾驶舱里的情况时,顿时明白了乔迪为何现在回来,而不是在外等待风暴过去。因为鲜血从她的左胸袋上汩汩渗出,飞行服染红了一大片。

布里克曼只扫了一眼,便知道发生了什么事。一支弩箭的倒刺尖头从椅背上探出,从其角度来看,应是从乔迪双腿间的地板下射穿后,刺上来的。乔迪的脑袋向前耷拉,身体不动,黑色面罩没掀起,不知道是否还活着。

地面人员挥绳上去,拼命想把天鹰捆住。但是,突然间,一阵狂风呼啸而来,发出野兽般的嘶吼,立即将战机从甲板上掀起,众人再也无力按住它了。只见它翻着跟头,向后飞去,驾驶舱被掀翻了,朝下一撞,落到后节车厢顶篷上。布里克曼和其他人瞪大眼睛,惊恐至极,又无能为力,眼睁睁看着机翼在撞击中褶皱断裂。驾驶舱折弯了,垂耷下来,像一座破时钟上的钟摆,"嘎嘎"地响着,撞向篷车侧面。汽油弹轰然爆炸,一团橙色火球爆起、扩展,沿着篷车向后蹿去。几秒钟内,狂风席卷,将燃烧的残骸刮进了滚滚洪流。

乔迪就此消失了。

"他妈的⋯⋯"格斯刚骂半句,话音就被大风吹跑了。

布里克曼和其他人蹲在甲板上,惊魂未定,如梦初醒,他们知道自己能够活下来,纯属侥幸。众人难以置信,盯着后车顶上被火焰烧起泡的外壳,还有上面袅袅冒出的青烟。这就是几秒钟前,乔迪·喀珊存留过的唯一一丝痕迹。

"可是,我们刚才已经碰到她了,"地勤组长嚷起来,"我们刚才碰到她了！”

雷电依然在头顶鸣闪。这鸣响钻进耳内，如同一曲讽刺的胜利之歌。布里克曼心情沮丧，他那第六感的异能却在说，这仅仅是前奏。

被乔迪、布克和耶茨攻击的两队熊群。一队的头儿是摩托头，他显然没有感到失败，快速聚拢剩下的人，带他们回到雪先生跟前，天上的暴风雨渐渐止歇了。

另一队熊群的头是鹰风，他也带领部下过来了。很多武士们都被烫伤或者烧伤，有轻有重。作为变种人武士，他们都习惯于忍受痛苦，坚强地咬牙，一声不吭。雪先生心中酸楚，他明白，其中有几个小伙子，将挺不过这痛楚的折磨，明天可能就再也起不了身了。但他对此无能为力，要拯救他们，需要更高明的医术和护理能力，但他还远远达不到这个水平。

“我要喝点水。”他痛苦地说。

摩托头让一名武士从附近小溪中取了水，递给了雪先生。其他人都蹲坐在雪先生面前，形成一个半圆，聆听他的教诲。

雪先生一口气喝光一袋水，舔舔嘴角，凄凉地叹息一声。他觉得头还有点疼，小心地摸了摸隆起的肿块，说道：“有多少武士被尖铁亲吻？”

“四只手再加一。”摩托头说。

“六只手。”鹰风说。

死了六十一个。“也许，本来会更糟，”雪先生暗想，“如果那些箭头将全部火蛋都砸下来的话，真是遗憾，佳得利没能从石头里看到这些情形的画面,否则的话,就可以避免那么多伤害了。"

"我的兄弟护卫舰和钢管,都倒在了云武士的尖铁下。"摩托头眼中闪烁着泪光。虽然一名武士不该表现出痛苦,但表达悲伤却是可以的,他狠狠地说,"我将替他们报仇。"

"很好,现在,就是你们的机会。"雪先生的声音嘶哑而深沉。他的喉咙哽噎难受,像被烫红的鱼钩扎穿了似的。他那瘦弱却结实的身体中,每根骨头、每块肌肉都在疼痛,都在发烫,似乎为了产生那可怕的能量,耗光了自己所有的精力。"铁蛇已被我困在今昔河中了。"他指着山坡下方,在较低的林木地带,有三缕青烟袅袅升起,正是乔迪投下燃烧弹之处,"过不了多久,藏在它肚子里的沙穴人便会出来,帮铁蛇摆脱困境,那就是我们最好的杀戮时机。但你们千万得小心,他们拥有可以远程攻击的长尖铁,速度飞快,好似响尾蛇之芯。你们要勇敢上前,但不可鲁莽冲击。你们必须小心翼翼,像捕猎快步一样猎杀他们,安静机警,悄然靠近,不可胡来。"

摩托头高高跳起,愤怒地交叉胳膊,以示自己无所畏惧,吼道:"嘶哈!难道热血燃烧的熊群,还需要躲躲藏藏吗?!"

"嘿呀!"武士们群情激昂,大声咆哮,连那些脸被烧伤、嘴唇红肿的人也跟着吼。

雪先生慢慢地站起身子,摇摇晃晃,好不容易站定了,双腿又酸痛至极。他伸出一根手指,点向摩托头的鼻子,道:"听好了,白痴!这一次,没有你期待的什么单挑对抗。我费了这么大精力,不是为了让你们去送死!这不是为了一小块领地而起的争执,我们是在对付一条腹内全是沙穴人的铁蛇,他们战斗的方式和我们完全不同,他们根本不会让你们有时间摆什么架势,也不会给你们时间往地上吐口水。"他的目光如探照灯,一一扫过蹲坐在面前的排排武士,"他们只要一看到你们,就会以最快的速度轰掉你们的脑袋!"他的胳膊高高挥舞,"云武士从天上偷袭你们的方式,就是你们今天应该使用的战斗模式!你们要有熊的勇气,要像野狼一样进行攻击!要不断地骚扰他们,要一个一个干掉他们。"

"嘿呀……"武士们虽然心有不甘,却不得不响应雪先生的指示。大家,包括摩托头在内的很多武士,都不喜欢这种打法,但雪先生如此直接地下达命令,其权威性不容置疑。

"去吧,快去!"雪先生命令道,"大河很快就会流干。另外,切记,沙穴人不是人,只是动物。你们不需要与动物战斗,只要猎杀它们就行。"说着,他向武士们张开双臂,伸开手掌,为他们赐予祝福,祷祝前往大河的旅途顺畅,"去吧!去吧!愿母神引导你们的双臂,愿她从你们敌人的死亡之杯中畅饮,而不是从你们的杯中!"

"嘿呀!"武士们齐声呐喊。纷纷跳起身子,冲着天空摇晃手中的武器,不断地叫着,"嘿呀!嘿呀!嘿呀!"

然后,雪先生便看着他们勇敢地奔向了谷地下面的今昔河。剩下的人,还有一项很残忍的事情要干。雪先生派人从森林营地里找来几名长老,他们开始送垂死的武士上路,尽管心如刀绞,却也不能不做。为了让武士们少一些痛苦,早日投入母神的怀抱。死亡,是在一种有麻醉效果的草药的帮助下完成的,这种致幻性蘑菇被他们称为梦帽,他们将风干后的菌片含在嘴里,慢慢吞下去后,身体可以迅速产生麻醉性的快感。这种蘑菇也可以帮助医师们进行麻醉,然后是简单的接骨和基本外科治疗。不过现在这个时候,使用这梦帽并非为了减轻死者的痛苦,而是要切断武士灵与肉之间的联系。

长老们喂给了垂死的战士梦帽后,等了几分钟,让药效发作,他们已完全致幻昏迷。长老们在雪先生的协助下,将利刃刺进严重烧伤、无法医治的武士们的心脏。

轮到雪先生送小脚上路了,他的心情复杂而沉重。这是个刚满十四岁的年轻武士,他的左腿被完全烧坏,骨头都显露出来。雪先生默默诵念着什么,将手放在男孩额头,刀尖直抵那薄薄的、还在跳动的胸膛,他的手在颤抖,眼中泪光莹然。

小脚在眩晕中,缓缓睁开迷离的双眼,努力把视线集中,望着雪先生,轻声说:"我会去高庭吗,长者?"

"会的。"雪先生说,"太阳穿过西天之门后,你将在苍穹中的金色群岛上行走。你好好休息一阵,就会作为大地之子重新回到平原人中间,以吾辈之名创出一番惊天动地的大业。"

"但我还没有咬骨,"小脚说,"我没有威望。"

"在我们伟大的母神摩城眼中,你已有了不朽的威望。"雪先生说,"她已经告诉我了。你能勇敢地承受云武士的火焰,不愧为真正的熊武士。"

"嗯,在我自己眼中,我应该有威望。"小脚说,"让我手握尖铁离去吧。"

雪先生拿起男孩的双手,放在自己握着刀柄的手上。小脚紧紧抓住他的手和手腕。"来吧!"他大喊一声,猛地一拉匕首,"喝吧,我的母神!"

雪先生感觉他没了力气,就猛地一按,刀刃干脆地刺进了小脚的心脏。"摩城啊,喝吧。"他轻声说着,屈膝跪坐在地上,看着眼前这个男孩,那年轻的生命正在渐渐消逝。雪先生心中不由得又想起了那个心愿:希望在天音们的帮助下,自己可以真正理解这个世界,为什么世界要这样运转?

第十一章

席卷篷车队的暴风雨突然停了，就像它出现时一样，速度飞快，让人摸不着头脑。乔迪·喀珊的座机残骸带着烈焰坠入了滚滚洪水后，还不到一小时，洪水翻滚的河床就变成了只有脚踝深的浅泥滩。路易斯安那贵妇号终于摆脱了洪水侵袭，前几节车厢歪歪倒倒地横在河道里。一大堆树木、石块和湿淋淋的植物将它卡得死死的。

看到头顶的天空放晴，哈特曼车长心中略微一定，但和史蒂夫·布里克曼一样，他也觉得贵妇号经历的考验还远未结束。他赶快命令高级战地指挥官摩尔上校调遣巡道兵，在篷车周围构建起一道防线，同时让首席工程师斯图·巴伯带着一队人马，去检查洪水造成的损坏。

喀珊失踪后，一个名叫瑞安的飞行员暂时代理小队长的职务。布里克曼先向他申请，随后又去找巴克·麦克唐纳，请求带领一支小队到下游寻找乔迪。

身材魁梧的开拓兵指挥官直截了当地拒绝了这个要求。"她被穿在弩箭上，放在大火上烧烤，然后淹没在泥浆的调味料里，先生，无论是谁，都不可能挺过来的。再说，我们不能让飞行员去干收尸工的活。给我回到你的岗位上去，随时准备起飞。"

巡道兵们身着可以自如行动的金属铠甲，密封头盔上镶嵌着玻璃面罩、贴脸面甲、空气过滤装置和双向对讲机。穿上这套盔甲后，所有人看上去都是一个样，犹如一群蚂蚁。这时候，车腹降下坡道，巡道兵们蜂拥而出，迅速组成了八人战斗小队。每人都配有三管气动步枪、刺刀、备用弹夹、六枚筒式燃烧弹、一把弯刀和备用气压瓶，配给食品装在腰包、胸袋和裤袋里。

这支队伍由次级战地指挥官维吉尔·克莱上尉率领，巴克·麦克唐纳和首席工程师巴伯带着二十人的损管小组紧随其后。通信代号为"铁砧二号"的克莱向上游和下游各派出两个小队，又在两侧河岸上各布置了三支小队，监视着平原周围。贵妇号上剩余的乘员或在炮塔上值守，或是严阵以待，准备在外围地面部队遭到攻击时提供支援。

没等多久，正在右岸泥坡上执行守备任务的巡道兵金尼·格林第一个遭到了攻击。"嗖"，她被一箭穿心。弩箭的冲击力让她双脚离地，腾空而起。她张开双臂，做了个难看的后旋动作，像重物般摔倒在地。周围的七名巡道兵一惊，将枪口对准河岸上方，小心翼翼地探头向外看。"嗖"，又一个冒头的伙计被自后而来的一箭射穿了脖子。

"该死！"小队长咒骂一声。他蹲到河岸堤下，将头盔上的对讲机从小队频道拨到战场指挥官频道。"铁砧二号，这里是东侧一号，我们遭到两次攻击，而且分别来自河岸两侧。请指示。完毕！"

克莱的声音从耳机传出："东侧，这里是铁砧二号。割草，随时准备开始。完毕。"

"割草"是巡道兵术语，表示大范围密集火力扫射。弹幕将覆盖小队前方的扇形区域,不放过每一处草地土丘,每一丛灌木。任何可能为变种人武士提供掩护的地方都会遭到如雨般子弹的射击。

首席工程师斯图·巴伯走到一节车厢下,通过一个通信用的外部摄像头向哈特曼汇报。巴克·麦克唐纳端着一挺三管气步枪,守在他跟前。

"看上去糟透了,"斯图报告道,"不过还好,除了些凹痕和密封通道破裂以外,没有结构性损伤。现在的问题是堆在车队下面的残渣,得把这些东西清理干净,否则我们无法移动。我估计需要六小时,也许更久。如果您希望贵妇号在日落之前回到大路上,我看至少需要一百人。"

哈特曼仔细考虑了一番,"现在外面有二十人了,我再给你四十人。如果克莱的兵力能挡住这次进攻,我会派更多人下去。麦克唐纳先生,请你上车来安排人手。"

"是,长官!"麦克唐纳走到摄像头前,皱眉道,"啊,我不知道您注意到没有,这条河的堤岸有点高,我们的炮塔无法形成开阔的火力网,来支援外围防御。"

"嗯,我知道,麦克唐纳先生。"哈特曼答道,"但我们面对的是一群没受过军事训练、没什么装备的敌人。他们单个还算勇猛,但根本谈不上有组织的进攻,我相信咱们的人可以守住防线,直到把车辆刨出来。"

"是,长官!"麦克唐纳冲着摄像头行了个军礼,快步离开。另一个屏幕上,正在显示开拓兵指挥官从坡道进入篷车的画面。

几分钟后,麦克唐纳来到鞍桥,刚好听到"铁砧二号"传来的消息:他们正"腹背受敌"。上游和下游的小队遭到攻击,东西两侧河岸上的队伍也被对手拖住。五名巡道兵被击中,其中三人阵亡。而且到目前为止,他们竟还没有发现敌人的踪迹。

"我还以为那些白痴会站出来光明正大地和我们干一场。"高级战地指挥官摩尔上校嘟囔着说,显得极不满意。

"也许,我们得先狠踩他们一脚才行。"巴克·麦克唐纳说着,转向哈特曼,"应该让孩子们冲出去,突袭河岸,长官!"他催促道,"在我们刨坑时,绝不能被他们压制在河道里。"

"我也是这么想的。"哈特曼平静地说。他按下通信按钮,"铁砧二号,这里是贵妇路①。完毕。"

克莱的声音立刻响起:"铁砧二号收到。完毕。"

哈特曼俯身贴近麦克风,说:"推进,克莱先生。最迟在中午,我要在贵妇号周围形成一个半径五百码的安全地带。"

"铁砧二号明白,各小队立即行动。完毕。"

哈特曼对开拓兵指挥官说:"挑选四十个强点儿的,麦克唐纳先生。"

"我已经让他们集合,出发了,长官。"开拓兵指挥官说。

"很好,"哈特曼看着屏幕里的首席工程师说道,"让他们和你的损管小组一起干,斯图。让篷车队重新上路。"

巴伯伸手揭开头盔上的面罩,看样子,他显然不太满意。"您真的不能再多派些人手吗?六十个远远不够。我得到的人手越多,就

---

① 路易斯安那州的简称。

越……"

哈特曼打断了他的抱怨:"尽你所能吧,斯图,让所有人先去清理后车。如果车能动了,先带上四五节车厢在下游找个地方,只要我们随便开上一侧堤岸,就能有足够的火力掩护,挖掘工作就能安心地进行下去了。"

"好,那就开始吧。"巴伯说。

哈特曼断开与巴伯联系的外部监视屏幕链接,转身对开拓兵指挥官说:"让他们加把劲,麦克唐纳先生。"

克莱上尉一声令下,两岸各战斗小队都把步枪拨到了全自动挡,一起冲出河岸。所有人向一段能够掩护身形的丘陵地带冲去,路上又有几个人中箭倒下。队员们跑到掩体后面,刚一卧倒,变种人武士就跳出来了。他们躲在战斗小队背后的浅草覆盖的洞穴里,等待时机,敌人一跳出来,便用刀杖和链槌发起猛攻。这场白刃战快速、激烈而血腥,好几个巡道兵倒在熊群快如闪电的刀刃下。但这场战斗最终的胜利还是属于端着步枪、纪律严明的战斗小队。

这一小群变种人对侧翼部队发动的自杀式攻击仍在继续,变种人且战且退,巡道兵们逐渐被诱离河岸。克莱上尉所在的指挥小队,一面对付穆卡尔部落的变种人,一面试图协调各队人马。他没有意识到开路的侧翼小队已经渐行渐远,超出了哈特曼要求的五百码半径范围。因此,当变种人大队人马冲击而来,潮水般地吞没上游两支八人小队,又沿着泥泞崎岖的河床冲向贵妇号时,克莱的主力部队已经分散在漫山遍野,难以返回防御。

哈特曼和两名战地指挥官还没有意识到会遭遇变种人全面反攻

的危险性。他们有惊无险地抵住了大洪水，加上坚信贵妇号坚硬无比，于是心中稍微有些放松。三人都忽略了一个事实：贵妇号勾曲的身体横在河床里，只有头五辆车的左舷枪塔可以抵御敌人顺流而下的攻势。而瞄准敌人的十挺六管机枪中，只有三挺还保持着正常射界，剩下七挺都部分甚至整个地被洪水冲击时裹挟的残渣淤塞住了，不仅如此，这些残渣还堵住了左舷摄像头。其余十一节车厢沿着河道排成一条直线，过分接近陡峭的左岸，它们的高度低于两侧的河岸。受前五辆车倾斜角度的影响，车顶枪塔的射击角度被局限在水平线上七度，因此和右舷那些火力点一样毫无用处。

高级战地指挥官摩尔迅速带领着剩下的战斗小队冲出坡道，试图在贵妇号上游组织起一道防线。哈特曼呼叫克莱，要求他撤回河岸，从侧面用火力支援摩尔，并切断变种人的撤退路线。哈特曼转向他的高级军官们，笑容满面地说，只要连成封锁线，后面的事就会像在桶里刺鱼一样简单。

前面五节车上的左舷枪手们竭力向河床扫射，以持续不断的火力干掉了几十个变种人。但冷酷的弹雨并没能阻止穆卡尔部落前进的步伐，更多没有受伤的变种人武士毫不犹豫地踏着倒下的同伴尸体，继续往前冲击。而在此时，摩尔上校的巡道兵们信心十足地冲出车底坡道，如折扇般散开，步枪抵在腰间，连绵不断地开火。他们刚好迎头碰上了变种人主力。穆卡尔熊群奔跑着，跳跃着，狂喝着，铺天盖地冲向他们，犹如不久前冲向篷车的大洪水。

"关闭坡道！"哈特曼喝令道。

系统工程师迅速做出反应，封闭了车腹通道。在开拓军有史以来的军事行动中,还没有任何变种人能够成功登上篷车,这是每个车长的噩梦,但这种可能性还是存在的。篷车队全面消毒,配有空气过滤系统的内部环境是联邦疆土的延伸,神圣而不可侵犯。

维吉尔·克莱上尉与散布在东西两岸的战斗小队取得联系,要求他们向贵妇号回缩。他派到下游的两支南侧小队一开始就被隐藏的弓弩手缠住,随后又在白刃战中损失惨重,如今只剩下一半兵力。克莱呼叫贵妇号,要求向下游进行火力支援,掩护战斗小队撤退。上游北侧小队前几分钟曾报告说,遭到了沉重打击,但通信中途就消失了。克莱多次尝试联系他们,却始终没有在对讲机里听到响应,想必已遭不测。

穆卡尔熊群干掉了两支八人战斗小队,守住了上游阵线,但他们没时间搞清楚寻道民的"长尖铁"到底是什么玩意儿。没有雪先生的帮助,他们就算花上一个星期,也很难琢磨出个头绪来。在武士们的眼中,这些三管气步枪不过是些样子古怪的棍棒,弯刀才是真正的战利品。战死的巡道兵身上的腰带和军刀很快被剥了下来,扣在骄傲兴奋的新主人腰间——摩托头就是其中之一。

满是废渣的河道里,回荡着武士们的呐喊,同时响起的,还有风鞭发出的诡异啸音,这种穿孔的木片系在短棒上,高速甩动时,就会发出各种可怕的声音,还有些会产生类似蝉鸣的刺耳尖噪。经过无数世代的基因变异,穆卡尔熊武士的身体大多奇形怪状、斑斑点点、恐怖无比。对于战斗小队中的菜鸟们来说,第一眼看过去,如同看到了地狱。变种人疯狂野蛮的原始野性,加上冷酷残忍的力量,似乎是无与伦比的威胁,威胁着美铁联邦所倡导的一切。战死的巡道兵的头颅被割下来,穿在木棍上,在那些奔跑的大腿旁,摇来摇去,头盔都没有取下。一波波恐惧不断聚集,犹如深海的黑暗一般,灌入菜鸟们的心中。

时间为之凝结,大脑随之僵硬,但转瞬之间,这种感觉又消失了。数月来的严格训练,有生以来从未停止的纪律教育,一下子自心底生发,将红色报警发送到大脑、双眼、四肢和扣动扳机的手指。肾上腺素冲进身体,令肝胆不寒,一股股气愤难平的恨意也涌上心头。此刻,在巡道兵眼中,变种人不再恐怖,他们是人类中的疯狂变态,是蓝天世界的掠夺者,他们的存在犹如一剂毒药,让空气中充满永不消解的死亡气息。没人再害怕,没人会退缩,菜鸟和老兵们同时发出了激昂的高声呐喊,迈步冲向战场。

电锯的轰鸣声和一台小型履带挖掘机的巨大噪声,汇集在一起,把在后面几节车厢下面拼命工作的巴伯与他的六十个手下震得什么都听不到。他们没听见步步逼近的变种人武士们的怒吼和鞭哨声,也没意识到一场血染贵妇号的战斗即将发生。他们得到的第一个警告,是偶然一瞥,恰好看见摩尔上校的巡道兵们从飞行车厢两侧的坡道冲出。情况不对的第二个迹象,是克莱上尉和他残余的外围防守战斗队,重新出现在河岸上。克莱麾下的兵力,不得不从开阔地带撤退,结果腹背受敌,不断遭到零星弩箭的偷袭。这些变种人的弩手埋伏在大部队之后,凭借河床的掩护,悄无声息地向他们射击。巴伯继续清理堵塞住发动机的淤泥,发现又有四个战斗小队跑向下游,掩护巡道兵们撤退。和其他人一样,巴伯发觉自己很难集中精力去干好手头的工作。紧接着，一支弩箭自挖掘机驾驶员的左腋窝飞入，又从锁骨和肩胛骨之间钻出来，直接把他射下了座椅。巴伯更觉得惊心动魄，他心乱如麻，扔下撬棍，端起步枪，隐蔽在一个巨大的钢覆轮胎后面。损管小组的其他人也都和他一样，隐蔽起来。

巴克·麦克唐纳沿着列车，跑到巴伯藏身之处。他回头看了一眼上游战场，那里距前五节车厢不到一百码。开拓兵指挥官从步枪上拔下空弹夹，扔到一边，快速换上一匣新子弹，然后看了看剩余气压。装在枪管下的短刺刀沾满了鲜血。"这些白痴还真他妈的有种。"他喘着粗气说。

巴伯的手指紧张地勾在步枪扳机上。"摩尔能挡住他们吗？"

巴克·麦克唐纳冷笑着说："要是他不能，我们的脖子就会变成硬棍。"

这句话指的是变种人对待寻道民死者的一般方式：砍下他们的脑袋，插上棍子，带在身边。

巴伯现在绝不想听到这句话。

巴伯和麦克唐纳往下游看去，两岸上，克莱手下的战斗队们，正向一队变种人武士发动反攻。那些家伙藏在一道河湾后面，不在篷车的火力范围以内。两人可以看到燃烧弹爆炸的熊熊火光，还有不断升腾而起的滚滚黑烟。三名负伤的巡道兵沿着泥泞的河床，跌跌撞撞，向贵妇号撤退，其中一人的小腿陷进泥潭，扑倒在地。麦克唐纳叫了三个人跟着自己，一同向下游跑去。他们抓住那人的四肢，托着他向车队撤退，开拓兵指挥官在后面掩护。

众人跑到后指挥车时，一个变种人武士从左岸跳了出来，用弩弓瞄准了他们。麦克唐纳凭借十二年地表作战锻炼出来的过人反应，端起步枪，"突突突"，三发齐射，撂倒变种人。顺着紧急逃生舱门，伤员被送进车里，抬到贵妇号的军医面前。麦克唐纳又跑回巴伯藏身的巨轮后面，说："我早上起床时就有种感觉，今天肯定非同一般。"

巴伯可没有调侃的心情："这是屠杀啊。我们该怎么办？"

"哦，首先，你的人不能干坐着，这是肯定的！"麦克唐纳咆哮道。

"我们现在正遭到攻击，怎么还能清理这堆垃圾？"巴伯反驳道，"不可能！"

麦克唐纳摇摇头，说："并非不可能，只是有点困难。只要我们能把飞行车厢后面的列车弄出来，就有希望碾碎这些杂种。"他指了指无人驾驶的挖掘机，那台机器刚才冲上右侧陡坡，驶了一半才停下来。麦克唐纳拍拍巴伯的背说："你开车，我开枪。"

巴伯少校使劲咽了口口水，攥紧步枪，快步跑向挖掘机，麦克唐纳紧随其后。他们爬上车，壮硕的麦克唐纳站在后车架上，步枪端在手里。巴伯启动挖掘机，倒车下坡，他拉动操纵杆，让车辆掉头，面对贵妇号，车轮搅起一团团泥巴。巴伯心中惴惴不安，花了片刻时间，稳定心神，才放下挖掘铲，开过去清理另一堆树干和石块。

他们接近篷车队时，麦克唐纳抬起面罩，对着蹲在车下的巡道兵们拼命挥手。"好了，快起来！所有人回去工作！"他大声咆哮道，"让我们的贵妇活过来！"

在他们的带领下，巡道兵们放下步枪，拿起撬棍、铲子、弯刀和链锯，开始清理剩余的堵塞物。

指挥车里，车长哈特曼心中正在进行一场无声的交战，试图清除从日出起就阻塞在他大脑里的梗阻。他对车外战斗的结果毫不担心，就算此刻投入战场的巡道兵死伤大半，贵妇号也会获得最终胜利。因为变种人没有任何可以对它造成损伤的武器。车内乘员只需安然而坐，在篷车队自身的防御下熬过这场战斗就行。

但"安然而坐"并不是开拓军战斗哲学的组成部分，他们最习惯的作战方式是：篷车队充当移动式的重型火力点，为战斗的巡道兵们提供支援，并追击敌人。在理想情况下，战斗小队的任务只是执行扫尾工作，以及把敌人逼出其隐藏的地方，就像赶猎物的人把野兽从林中赶出来一样。到目前为止，哈特曼对付过的南方变种人通常会避免正面激战。而且一旦遇到敌人，贵妇号总能提供强大的火力支持。

所以，哈特曼对目前贵妇号陷入的困境很是烦恼。车长已经深信不疑，现在攻击他们的部落拥有一名召唤师。风暴形成得太快，浓雾也是，对于这里整个的气候来说，实在过于反常。另外还有一个更让人不安的问题：变种人武士们的行动模式显示出了异乎寻常的协调性。哈特曼曾和其他车长私下交换过这类情报，他知道这种事只可能有一个解释：攻击贵妇号的部落有一名领导者，由他担当控制部落行动的超级大脑，此人肯定是已知的最高阶召唤师。如果真是这样，那贵妇号面对的就是一个具有大智慧和危险性的对手，说不定还能召唤出难以预料的可怕力量。

这个念头促使哈特曼下达命令，出动天鹰战机，执行轰炸变种人农田和森林隐蔽所的既定计划。虽然天气影响了黎明的突袭，但它仍足以分散变种人的精力，打击他们的士气，甚至可能让他们停止攻击。如此一来，哈特曼的人马就可以得到宝贵的喘息间隙，这样便能把狼狈不堪的篷车队弄出来。不仅如此，这次进攻还可能烧死那名领导变种人行动的召唤师，正是他的智慧，让贵妇号陷入了当前的困境。

组成飞行单元的两辆车厢里，高音喇叭正传出声音，所有人都向离自己头顶最近的显示屏看去。只见飞行指挥官巴克斯特的面孔出现在画面里。

暂任小队长的高阶飞行员按下通信按钮，将自己的图像传了过去。"长官！"

"好，听着。"巴克斯特说，"本来计划在今早实施的攻击任务，现在开绿灯了。准备派出八架战机，你带领第一小队，包括考尔菲尔德、内勒和韦伯，轰炸森林。我会带领剩下的人在农田里轰炸。让默里给我装配一架备用天鹰。"

默里就是那位经验丰富的地勤队长。他点点头，表示没问题。

"我要求第一架天鹰十五分钟后升空。"巴克斯特说。

"明白，长官！"瑞安大声回答。

飞行小组立刻转入并然有序的忙碌状态，地面人员紧锣密鼓地检查着即将升上飞行甲板的天鹰战机。默里下达了一连串的详细命令，让他们为巴克斯特准备一架备用战机。随后，他接通后部动力车，要求为弹射器提供蒸汽动力。布里克曼和其他飞行员抓起自己的头盔，检查着周身上下的装备——绘有周围地形的地图叠好放在裤兜里，手枪插在枪套中，战术刀牢牢夹在捆于左小腿的刀鞘里，裤袋和胸袋里放着应急滤水器和求生食品，拉链已经拉好。

瑞安吆喝着让大家集合。"韦伯、考尔菲尔德，你们两个先出发。

接着是我，内勒跟在我后面。"他又扭头对布里克曼、格斯·怀特和法兹蒂说："巴克斯特会安排你们依次起飞。这段时间里，我要你们和默里将腾出手来的所有人，全都带到蹲坑去，随时准备向敌人开火。这次行动可能很棘手。"

他说得没错。韦伯和考尔菲尔德的天鹰刚开到弹射坡道上，两人就先后被飞矢击中。布里克曼和法兹蒂不顾隐蔽的变种人弩手的威胁，跳上飞行甲板，向两侧河岸猛烈开火。与此同时，默里和三个地面机组人员解开两名飞行员的安全带，把他们抬出驾驶舱。十七岁的韦伯已经当场毙命，考尔菲尔德就没那么幸运了，一支箭从他头盔侧面飞入，扎进左眼，倒刺箭尖钻过他的脑袋，从另一侧的相对位置穿出。地面人员拉开考尔菲尔德的面罩，想看看他是否还活着。恐怖的一幕出现在布里克曼面前：弩箭冲力造成的震波把考尔菲尔德的整个眼球挤出眼眶。周围激战正酣，但考尔菲尔德却安静地坐在机舱里，那张扭曲移位、恐怖怪诞的面孔上，流淌着条条血迹，可他一时间还不明白到底发生了什么。地面人员试图把他抬出来，考尔菲尔德这才开始拼命踢打，凄声惨叫。

布里克曼帮忙把他按住，地面人员捆住他的手脚，交给留在蹲坑里的格斯·怀特和三名医疗员。"把他交给外科医护队队长，"默里说完，转身去拉韦伯瘫软的尸体，"把这个装进袋子。"

瑞安没被吓住，他爬进韦伯那架天鹰的驾驶舱，很快就满意地发现操作系统并未受损。属于第一梯队的内勒试图发动考尔菲尔德的座机，但没有成功。一名地面人员发现第二支箭切断了机体上的一根关键导线。

内勒跳出机舱,和地面工作人员一起把损坏的天鹰拖下弹射架。"看来他们偶尔也会射偏,真是个好消息!"他说完,紧张地笑了一声。

蹲在瑞安座机右侧甲板上的默里打了个手势,让代理小队长将发动机调到最大马力,随后双臂向前一挥,命令弹射器发射。天鹰飞向空中,迅速向右爬升,随后在两百英尺的高度翻了个身,呈螺旋路线栽向地面。"吱嘎",飞机坠地之声完全被机载汽油弹的爆炸声淹没了。看到这可怕的一幕,布里克曼和飞行甲板上的人不禁为之动容,像中了魔法似的凝视着眼前的景象。一团灿烂的橙色火焰从爆炸处向外喷涌,升上天空,变成一朵黑色蘑菇云。草地上只剩下一圈烈火,映衬着坠毁的天鹰残骸。

布里克曼口干舌燥,努力咽了口口水。他对鲜血飞溅和皮开肉绽的场面并不恶心,也相信自己能够在必要时杀人,但这转瞬之间的由生变死,他怎么也无法适应。瑞安几分钟前还在跟他说话,这个会跑、会跳、会想的大活人,转眼间,就变成了一堆无法辨认的枯骨。乔迪、布克、耶茨、韦伯,现在是瑞安,他忽然想起戚妹在罗斯福站说过的话——"别跟我说和变种人作战有多危险。"布里克曼心中不禁怒火升腾。萝兹真该到这来看看,看瑞安留在河岸上那个扭曲冒烟的金属架子里的遗骸,她才会明白,开拓军的远征绝对不是她所说的"小菜一碟"。

车长哈特曼通过屏幕,看到了飞行甲板上的惨剧,以及瑞安的死亡坠落。他很快意识到,五分钟内损失三名飞行员,这是绝对无法接受的伤亡率。他通过视频通信系统向巴克斯特指示道:"空中打击计划进入'暂停'状态,让所有人从飞行甲板上下来,我们试试用别的办法结束这场战斗。剩余的飞行员随时准备,以两组二人小队的形式出发,你留在车里别出去,我看我们今天的运气不太好,我不想拿全部空中战斗力去冒险。"

巴克斯特收到修正后的指示后,让正在运送内勒座机到飞行甲板的电梯停了下来。内勒已经在机舱内坐好了,接到命令后,他解开安全带,跳出机舱,一脸如释重负的表情,巴克斯特的感受与他差不多。和所有飞行员一样,他时刻准备着在执行空中任务时战死沙场,这是飞行员必须面对的危险。但没人想坐在未及起飞的战机中咽气,这就像在洗手间不小心滑倒,脑袋栽进便池里溺死一样,简直是一种耻辱。

哈特曼接通摩尔上校,让他带领部队向贵妇号靠拢,在陷进河床最前面的五辆车厢前,形成新的防线。

"铁砧一号,所有小队立即执行,完毕。"摩尔立即明白了哈特曼的意图。他只盼车长能等到忠心耿耿的战地指挥官安全撤离后,再真正实施自己的计划。

车长又接通了克莱上尉,命令他带领手下部队撤出主战场,增援并守住下游防线,随后,车长设法通过一台外部摄像头找到巴伯,告诉他下一步的计划。"你那情况如何?"他问。

巴伯筋疲力尽地说:"最后三节车厢已经清理完毕。"

"这还不够,斯图,"哈特曼喝道,"我要的是六节。"

"我们已经竭尽所能了,"首席工程师疲惫地说,"我这死了八个人,十五个人受了伤,还……"

哈特曼打断他的话:"斯图,我不需要数字,我要的是结果,明白吗？快一点儿！"

话筒里传来克莱的声音："铁砧二号，下游就位。"

"收到，铁砧二号，"哈特曼说，"把他们碾碎。不要追击，完毕。"

克莱的回话很快传来："这里是铁砧二号。贵妇路，不用担心，我哪也不去。就这样都已经快喘不过气了。"

这番话打破了指挥车内的紧张气氛，让微笑重新爬上了军官们的面庞。

"一至八准备，福特先生。"哈特曼说。

第二系统工程师拨开控制台上的一排开关，检查着读数。"一至八。"

哈特曼只觉得嗓子发紧："接通视频信号，谢谢。"

视频管理员迅速拨动一排开关，为哈特曼显示出车底下以及周围河岸的全景画面。车长和军官们可以看到，摩尔的战斗小队正边打边退，大队变种人穷追不舍。下游方面，损管小组还在后几节列车下劳作，拼命清理残余物。哈特曼看到了宽肩厚背的开拓兵指挥官，他站在巴伯驾驶的挖掘机座椅后面，神情镇定自若。

"铁砧一号正在撤回篷车队。"

哈特曼紧张地注视着屏幕上的摩尔上校和他指挥的四人小队，他们冲前方拼命开火，逐渐撤回头几节列车下面。巡道兵们陆续出现，依次回身掩护跟在后面的人。他们退回篷车之路并不如哈特曼所期望的那么顺利，变种人咬得很紧。巡道兵们在堆积如山的废渣中艰难跋涉，同时还要对付后方的敌人。纠缠的枝条和散落的树干丛，已经形成一片沼泽，湿淋淋的长草叶和各种柔软的植物交织在一起，点缀着泥泞不堪的地面,就像一只喝醉的巨蛛织成的畸形大网,始终阻碍着人们移动。寻道民和变种人相互射击、劈砍、杀戮,沼泽很快变成了但丁笔下的地狱。

哈特曼又等了几分钟,直到大部分寻道民都撤出头车范围。几个外部摄像头被经过的穆卡尔武士用石槌砸碎,对应的屏幕立即变黑,剩下的屏幕里全都是变种人的身影。

"我们来试试一至六,左右舷下的喷嘴,福特先生。"哈特曼以平常工作的语气说。

"一至六,下喷嘴。"系统工程师重复道。

"发射蒸汽!"

响声穿透了篷车队外壳上的装甲钢板、铅层和隔音隔热层。对于还在车外的巡道兵来说,这种声音远比变种人的风鞭发出的怪异噪声可怕得多。这是一种尖锐刺耳、撩人胆寒的啸声,犹如传说中可怕的女巫号叫,足以刺痛大脑,让心跳停止。细如激光的无形蒸汽,从列车下层弧形外壳上的喷嘴射出,以超音速切过空气,像外科手术刀一般锋锐,拥有电锯般无所不能的切割力。

蒸汽喷射在变种人武士中产生的效果,远远超越了由但丁创作、杜雷[1]描绘的恐怖景象。他们完全没有防备,仍在与落在后面的倒霉的巡道兵肉搏,周围的泥浆废渣也极大地限制了他们的奔跑速度,很多变种人被击中,皮开肉绽,骨头被炸飞,四肢断裂,身体被切成两

---

[1] 杜雷堪称史上最伟大的插画家。出生于法国斯特拉斯堡,二十九岁时为《神曲》所做的插图集甫一出版即成经典。

半，五脏六腑四下纷飞，鲜血溅到附近的监视摄像头上，为这场大屠杀蒙上了一层鲜红的幕布。

就连那些逃过了这股无形剑气粉碎性切割的人，也没能完全幸免。当镰刀般锋锐的蒸汽流冷却到可视状态时，幸存者被裹进一团滚烫无比的蒸汽中。后队的穆卡尔熊群动摇了，转身落荒而逃。那些虽被铁蛇气息喷中，但尚能移动的人，也踉踉跄跄，四处乱跑，试图冲到安全地带，可大多数人都倒在摩尔上校的战斗小队和贵妇号枪口的夹击下。

"关闭屏幕。"哈特曼说。他捂住脸，指尖压住紧闭的双眼，像是想把这血腥的画面从视网膜上抹去。但他的指尖探不到那么深的地方，方才的画面已经深深印在脑海中，变成他个人战斗记录中的一页可怕的叙述，将在一个个黑色的难眠之夜，久久萦绕在他心头。"关闭喷嘴，福特。"

第二系统工程师关闭了蒸汽喷嘴。"一至六，已关闭。"

哈特曼向克莱发出信号："贵妇路呼叫铁砧二号。报告战斗状况，完毕。"

"铁砧二号。残敌正在我们的火力下向东北逃窜，完毕。"

摩尔上校的声音响起："铁砧一号呼叫贵妇路。战斗结束，他们跑了。"虚弱的声音难掩兴奋的心情。

"收到，铁砧一号。原地待命。"哈特曼感受到了自己身为车长所肩负的重担，但他也能清晰地感受到这地位的优越性。他可以把这些恐怖画面从显示屏上抹去，但外面的巡道兵们可没有这种好运。他们战斗，他们牺牲，他们被迫看着数百名变种人在自己鼻子底下变成煮熟的碎肉。更可怕的是,现在他们还必须把这骇人的修罗地狱清理干净,好让贵妇号重新上路。

哈特曼接通了飞行单元,对飞行指挥官说:"我们能出动多少天鹰,巴克斯特先生?"

"四架,长官。内勒再加上三个银翼,布里克曼、法兹蒂和怀特。"

哈特曼有些犹豫地说:"这是他们第一次执行实战任务,他们能办到吗?我是说,经历过这一切之后?"

"他们已经等不及了,长官。"巴克斯特说。

"好吧,执行空中打击。"哈特曼关闭屏幕,又接通后指挥车里的副车长库普少校,"库普,看好家,我得出去一趟。"

第十二章

剩下的四名飞行员爬进座舱,他们带着坚定的决心,表情坚毅,无所畏惧。天鹰战机升上飞行甲板,地勤人员展开机翼,锁住,固定,紧接着将飞机两架一组,推到左右弹射器上。挂好弹射索后,弹射器慢慢升起到十五度角,然后以五十英里的时速将天鹰弹出。内勒眼看法兹蒂起飞,朝森林冲去,史蒂夫·布里克曼则跟着格斯·怀特飞向农田。

飞行指挥官巴克斯特眼看他们消失在远方,心中喜忧参半。从人员伤亡来看,今天是个悲剧的日子。此前在对南方变种人的所有军事行动中,一个月损失八名飞行员都会被看作一场巨大的灾难。现在,就算大家都能安全返航,贵妇号也得去某个前哨站卸下伤员,等待补充兵力。巴克斯特很想知道,贵妇号与平原人第一次交锋的结果传到大中央后,会激起怎样的波澜。对于将车队置于这种危险境地的车长们,美铁联邦毫无怜惜之意,造成严重后果的领导层,战术指挥错误或失败,必将受到严厉的惩处,不光是车长有性命之忧,如果审核员小组登车,没人能够高枕无忧,所有人的表现都会受到评估,彻底清查,绝不留情。

败退的穆卡尔熊群向今昔河东方的丘陵地带逃窜,此时他们队形散乱,秩序全无。跑过一道陡峭的山坡,进入相对安全的森林后,他们纷纷躺倒在林木的阴影里。有些人跑到一小溪旁饮水,那些被烧伤的人则拼命把凉水往自己蜕皮起泡的肌肤上泼,却毫无用处。沮丧的武士们慢慢集合起来,试图清点出有多少人倒在铁蛇的攻击之下。

考虑到寻道民和变种人武器装备的巨大悬殊,穆卡尔部落的进攻队伍中还能有人存活,不能不说是个奇迹。但正如老兵们所说,幸运女神——或是她的姐妹命运女神——往往对那些逆天战斗的人青睐有加。比如在"一战"中熬过四年战壕战的英国步兵,或是在"二战"中视死如归,在瓜达尔卡纳尔岛和塔拉瓦岛登陆的美国海军陆战队。

佳得利的部族兄弟中,鹰风和麦克货车已经牺牲,摩托头、黑顶、钢眼和十之四活了下来。在哈特曼下令喷射蒸汽的几秒钟前,摩托头正好钻进贵妇号底下,他和三名巡道兵迎面相遇,本来注定要死于枪下,但一股热浪席来,烧灼着他的后背和双臂,巡道兵们转身就跑。震耳欲聋的呼啸声淹没了兄弟们临死前痛苦的惨叫,摩托头被吓坏了,他混沌地跑过滚烫的气团,爬上河岸。在那里休息了片刻,亲眼看见了在铁蛇吹出的热气下那惨绝人寰的场面。他最后的反抗,是把手里的链槌扔向最近的一个沙穴人,然后拔腿就逃。

摩托头勇敢到接近于莽撞的地步,但他的智商足以使自己明白,铁蛇及其主人拥有平原人无法理解的强大力量。雪先生之前提出的忠告非常明智,但在某个方面,他还是错了。沙穴人不是动物,他们英勇无比,是真正的男子汉。摩托头知道,若是一对一交手,平原人自然是更强壮的一方,但沙穴人拥有奇怪而强大的尖铁,其工艺和效用让摩托头摸不着头脑。在它面前,熊群的勇猛就像是风中的小雨,完全使不上劲。平原人是大地上最强大的民族,但并不比铁蛇和那些藏在它肚子里面的主人们更厉害。

现在还不行,但总有一天,沙穴人必定会在战场上失败。正如雪先生预言的那样,三赐之人——辟邪主终会降临,带领平原人走向胜利。

雪先生来了。树林中出现了一个苍白枯瘦的身影,在一根长节杖的支撑下蹒跚而行。他从精疲力竭的武士们身边走过,用话语安抚他们的身心。看到他们的伤势,长者的面容痛苦扭曲。他们的伤口血肉外露,皮肤绽开,烫伤的四肢肿大如球。他坐到摩托头对面,说:"熊群今天干得很不错!"

"还不够好,"摩托头低声说,"我们在沙穴人的眼皮下逃跑了,我们失去了威望。"眼泪从他的脸上流下,"熊群一无是处。"

"在铁蛇的气息和它主人们的尖铁面前,熊群表现得已十分英勇。"雪先生反驳道,"只有平原人中最强的人,才能有这番作为。从今天开始,你们必须学会一种全新的勇气——面对挫折,甚至失败,也不能气馁的勇气。"

摩托头怒目圆睁:"嘶哈!这有什么威望?"

"听着,"雪先生语气坚定地说,"好好记住我的话。以死相拼、同归于尽需要很大勇气,而熊群能够拥有这种勇气。在我们的族人里,母亲们生出的都是英雄。穆卡尔部落有强健的雄心,从千阳之战开始,火歌就在唱颂他们的伟大。但品尝过恐惧、失败和耻辱后还能保持一颗强健的雄心,这需要更大的勇气!你们一定不能气馁,不能沮丧,继续勇敢面对沙穴人的力量,而且要比以前更加勇敢地战斗!"

摩托头倔强地盯着他，"您告诉我们，要有熊的勇气和狼的技巧。难道我们还要学会像快步一样逃跑吗？难道我们一闻到危险，就要夹起尾巴逃吗？"

"时代在改变，"雪先生说，"铁蛇、沙穴人……"他叹了口气，"我怎么才能让你明白呢？这是一场全新的竞赛。"

摩托头皱起眉头，"您的话总是充满谜语，长者啊，大地吐故纳新，在收获季变黄，在白死季前变老。长老们也会衰老、死去，再以新的身体重生。但有些事情是永不会变的：母神摩城对子民的爱，还有火歌唱颂穆卡尔人的勇气。您的头脑守护着这些赞歌，而我们熊群生来就是为了守护您的头脑的。感到害怕，从战场上逃走的武士是没有威望的，他们必须先咬箭，然后才配再次携带武器。"

"这点我可以接受，"雪先生平静地说，"但你也要接受一些事情：老路已经走到尽头。平原人必须学习用新的方式保卫大地，直到辟邪主降临。"

四个箭头出现在西方天空时，清水正和一群母狼姐妹守卫在森林边缘。雪先生命她保护部落中的长老和穴母，这些人已经听从指挥，带着婴儿和五岁以下的孩子躲进森林深处。母狼散布在西方树林边缘，时刻准备着，要抗击敌人，保护隐藏的营地。看到远方的箭头，清水忧心忡忡。她见过长老们带回来的被烧伤的武士，也听说过云武士携带的致命火蛋，如果有几颗扔到森林里……

佳得利被远离战场的誓言紧紧束缚，他只能帮忙组织农田的防御。这个任务交给幼兽，也就是兽群领袖带领下的穆卡尔部落六到十四岁的孩子,另有一队母狼协助支援。部落里宝贵的弩弓基本上全都交给熊群去对付铁蛇,剩下的人装备很差。佳得利带着唯一一张弩,这是他在和蒂万部落沙克塔克的战斗中赢来的战利品。其余人只有刀杖、投石索和石子,面对高空打击时毫无用处。

跟清水一样,佳得利也见识过火蛋的威力。如果云武士来到这里,幼兽们根本无法抵挡。他和雪先生都认为,这里的任务就是时刻准备,发现火灾时,尽量减少其造成的损失,他们俩都不敢多想,云武士投下火蛋后也许不会马上飞走,那可如何是好?佳得利将这个念头撵出脑海,专心教幼兽和母狼们在长满红叶的嫩枝和小树苗间做一些开辟性的通道,这些枝干分泌的胶黏性物质,会让预防大火的措施变得毫无用处。

穆卡尔幼兽和他们的兽群领袖与母狼们一起,站在各自的岗位上,有些分布在农田边缘,有些守在田中要点。最小的孩子们在各处岗哨间跑来跑去,找来更多的石子,供投石索使用。幼兽一个个摆出幼稚可笑的豪气,但又显得有些忧心忡忡——并非出于对云武士的恐惧,而是唯恐自己表现得不够出色。

忽然一个名叫蛇臀的年轻母狼指着天空,冲佳得利喊道:"看!他们来了!"

佳得利一扭头,只见两个箭头绕过东方的群山,向下俯冲,朝这边飞来。阳光洒在它们曲线优美的机翼上,熠熠生辉。

史蒂夫·布里克曼和格斯·怀特怀着紧张而兴奋的心情,从山丘上飞扑下去,低空掠过农田。格斯扔下一枚烟幕弹,测试了风向和风力。布里克曼观察着农田的布局，试图找出可以造成最大破坏力的掷弹点。迎接他们的，竟是一阵石雨，大部分投石索扔出的石子没飞多远就落了下去，少数几颗撞上他们的驾驶舱和绷紧的机翼腹膜，但没有造成任何损伤。只有一颗石子砸在格斯·怀特的脖子上，疼得他够呛。

"小杂种。"他自言自语地咒骂道。

第一次掠过农田时，布里克曼就发现下面的敌人不过是群手无寸铁的孩子，除了挑衅的姿态以外，可以说毫无威胁性。如果这些孩子再不离开这片橙色的田地，很有可能被他们投下的汽油弹活活烧死。

通过无线电，布里克曼把这个情况告诉了格斯，建议说他们也许应该先将这群孩子吓出农田。

格斯语气尖刻地回答道："他们不是孩子，老伙计，这些小不点会长成大坏蛋。应该趁现在这个好机会，给他们来个斩草除根。我的老护父常说：'没什么比油炸南方变种人的味道闻起来更香了。'咦哈！"他一声呐喊，随即关闭通信设施，迅速做了个爬升转折，将凝固的汽油弹投在农田上风处。

布里克曼在空中盘旋，很不愿意就这样痛下杀手。看着下面的小孩子们，他心中升起一股难以名状的矛盾情绪。孩子们在火海中呼叫奔跑，试图躲避四下蔓延的烈焰。有些人被格斯的气步枪击中，四肢抽搐，摔倒在地。

布里克曼咽了口口水，很快恢复了往常铁一般的控制力，他掉头飞过目标区域，投下汽油弹。炸弹划着弧线，从一群逃跑的孩子上方飞过，切断了他们的退路。

"小心！"格斯通过无线电喊道，"有个白痴有弩弓！这个狗娘养的差点射中老子！"

布里克曼把马力开到最大，做了个爬升转折的动作，在农田中搜寻着弩手的踪迹。

佳得利在心中暗自咒骂。没有射中那名云武士，让他懊恼到了极点。字匠把弩弓扔到一旁，跑进燃烧的农田，救出一群惊慌失措的幼兽。滚滚的浓烟遮蔽了视线，可怕的烈焰烧灼着肌肤，幼兽们先前的勇气已变成了恐惧，他们站在原地发愣，不知如何是好。

佳得利设法扑灭了即将吞噬他们身体的火焰，带领他们走过齐腰深的玉米田。尽管如此，在到达安全地点之前，还是有几个孩子被上空盘旋的云武士击中。一颗颗子弹从佳得利身边呼啸而过，犹如一群愤怒的蚊子，但他心中充满了排山倒海的恨意，根本不在乎这些危险。他跑到刚才扔下弩弓之处，一把抓起它，用颤抖的手指，伸进腰带上的小包，取出最后一支箭，以最绝望、最愤恨的爆发性力量，猛地一下拉开弓弦。

格斯·怀特正绕着自己的左翼尖急速回转，正好看到佳得利装填弩箭。怀特端起步枪，用光学瞄准镜射出的红色光点，对准了佳得利的胸膛，扣下扳机——可惜什么也没有发生，他的枪卡壳了。格斯吐出一串脏字，迅速向右回转，学着乔迪·喀珊当初的样子，飞着之字形，急速撤离。

格斯的最后几声咒骂通过无线电传进布里克曼的耳朵，紧接着是他的枪卡壳的消息和变种人弩手的位置。听到这个至关重要的细节时,布里克曼正在朝相反的方向飞。他从座位上转身一看,见佳得利正站在后方的地面上,便操纵战机向右一个急转。他最后射击的那些目标都在左舷,所以步枪也挂在驾驶舱左侧上的枪架上。布里克曼伸手抓住枪柄,把步枪和枪架一起拿过来靠在肩头。这个动作只做了一半,他就已经完成转向,面对目标。

佳得利即将进入布里克曼的准星,在这生死攸关的一刻,他的弩弓发射了。飞箭以惊人的速度向天空急掠而上,刺穿了布里克曼抬起的右臂,把它钉在头盔上。这带有倒刺的箭尖击穿头盔,从耳朵上方钻过,划破头皮,蹭过颅骨,最后戳在帽顶上顿止。这一箭让布里克曼一阵晕眩。他试图保持清醒,但周围的世界已经开始旋转起来,变成一团模糊的影子。他昏了过去……

在大中央内地州立大学的一级三号走廊十八单元里,萝兹·布里克曼心里有种不祥的预感,一整天都惶恐不安。她试图抹去眼前那一幕幕鲜血与尸骸组成的画面,以及一道道欲吞噬她的烈焰,但这场战斗她注定要失败。突然间,她觉得头上被扎了一下,与此同时,右臂传来灼人的疼痛,萝兹情不自禁地尖叫起来。两旁的同学目瞪口呆,看着她从电子显微镜前的座椅上跳起来,右臂抱头,身体一转,眼珠一翻,晕倒在地。没等旁边的人过来相扶,她就已经摔倒了。

有人跑到隔壁的办公室,找来负责这个班级的医疗督学。他发现萝兹头上有一道小伤口,正往外流血,督学估计就是它导致萝兹昏倒的,但这道伤口却无法解释她为何大量失血。直到人们脱去她身上的白大褂后,才发现她手臂上有一道深深的伤口。

佳得利不动声色地看着那箭头螺旋下坠，撞在一片燃烧的农田中间。在他上空五百英尺，格斯·怀特正想办法解决步枪卡壳的问题。他咬着牙齿，嘶声咒骂，用力扳动枪管后面锁紧的击栓，却毫无用处。现在，除了求生背包里的气手枪外，他再没有别的武器了。格斯不想在这里滞留，他知道，这意味着要把布里克曼留在危险中。但此时，有个变种人弩手就躲在下面某处，随时可能会有一支弩箭从他的座椅下射来。更何况，布里克曼可能已经死了。

格斯不知道佳得利已经用光了最后的弩箭，他驾驶天鹰，从农田上快速掠过，以便观察布里克曼的位置。"蓝七号呼叫蓝三号。请回话。完毕。"

一阵静寂过后，布里克曼的声音响了起来："蓝三号，被……击中。你能……你能……掩护我吗？"

"没辙，老伙计，"格斯说，"我的枪完蛋了。我能用来攻击他们的只剩一双臭袜子了，而且我还没法脱鞋。你能干掉那个拿弩弓的白痴吗？"

布里克曼长长喘了口气才说："我连枪都够不着。"

"真糟糕，"格斯说，"伤得重吗？"

"嗯，但……我想……都是基弗可以应付的伤势。"

基弗是贵妇号上医疗小队的外科医护队队长。

格斯在燃烧的农田上空绕了一大圈，说："好吧，听着，坚持住，老伙计。我去找人帮忙。"

布里克曼用余光看到格斯朝树林的方向飞升，同时摇摆机翼，仿佛向他致敬。弩箭射入造成的麻木感慢慢消失,布里克曼逐渐感到右臂钻心的疼,同时觉得呼吸困难。他侧身躺着,左腿被压在驾驶舱变形的残骸中,角度怪异。他想解开安全带,但发现只要一移左臂,肩膀就会疼痛难当。他还感到鲜血从头上的伤口里溢出,顺着他的脸和脖子往下流。他尽力抬起左手,掀开面罩,但却发现顶多能开一半,就被钉在头盔上的右臂挡住了。他摸索着头盔的下勒皮带,如果能解开头盔,把它摘下来,也许就能……

他歇了一会儿,急促地喘着气,强忍痛楚,以防叫出声来。一切都会好的,格斯会把法兹蒂和内勒找来,他会回来……

确定剩下的那名云武士夹着尾巴逃跑了之后,佳得利和几个母狼钻回了燃烧的农田,来营救更多的幼兽。

精神恍惚之际,布里克曼忽然瞧见一个四肢正常、没有畸变的变种人从身边跑过,看都没看他一眼。一想到自己要留在这被活活烧死,布里克曼就怕得要命。他已经感觉得到逼近的烈火散发的滚滚热浪,周围刺鼻的浓烟缭绕,让他喘不过气来。

佳得利又带着一群满身烟黑的孩子,从坠毁的箭头旁跑过,孩子们停下来,面无表情地低头看着被困的云武士。

布里克曼不顾疼痛,冲他们伸出左手,以示乞求。"请,"他艰难地喘息着说,"救救我……"

四肢正常的变种人看了他两眼,便带着这群目光呆滞、一声不吭的孩子跑出他的视线。

布里克曼暗自咒骂:"杂种,狗娘养的白痴。"他的思绪又回到眼下的困境中。满腔的雄心壮志,竟落得如此下场! 被自己投下的燃烧弹烧死,真够蠢的! 现在的处境是多么富于讽刺意味啊! 布里克曼绝望地抓住最后一根稻草:格斯这个胆小鬼虽不值得信赖,但如果他能搞定那杆枪,也许就会跟法兹蒂和内勒一起回来。到那时,只要有个够胆的,降落下来,把他带走就行了。其余两人可以在空中掩护。天鹰战机通常是没法携带乘客的,这就意味着他要趴在外部弹药架上,享受一阵子新鲜空气。但他准备冒这个险……

一股热浪卷来,由于右臂钉在头盔上,布里克曼几乎无法移动脑袋,他扭动身体,成功地转过几英寸,一阵剧烈的刺痛蹿上胸口。他透过打开一半的面罩向左边看去,烈焰已经开始吞噬天鹰左翼尖附近的玉米,覆膜层冒起了青烟。布里克曼不顾双臂的疼痛,发疯似的朝步枪抓去,试图把它拉到跟前,好在大火烧过来前,能够自行了断。但这徒劳无功,他抓不住步枪,也没法把它从枪架上取下来。

布里克曼越来越绝望,他痛苦地喘了几口气,又试了一次。就在这时,那个四肢正常的变种人带着两个小傻瓜跑了回来。

一个声音传入佳得利心底,让他回到箭头旁。他俯下身,用力掀开云武士头上的黑色面罩。下面这张脸满是血污,佳得利仔细端详,正是长眼睛的石头向他展示过的那个人。

布里克曼心中又有了希望。他并没有忘记坏消息洛根说的那些可怕的故事,只是本能地抓住最后一丝荒唐的希望,也许会发生什么奇异的事情,让他能够死里逃生。只要能走出这片农田……

四肢正常的变种人咕哝一声,往后退了一步。他转头望向气枪时,布里克曼的希望一下子堕入深谷。变种人使劲拉扯着枪身,跟锁定装置较劲,最后终于把它揪了下来。布里克曼模模糊糊地看到,变种人小心谨慎地检查步枪，拨弄着扳机，又朝三个枪管里望去。布里克曼带着哭腔笑出声来。哦，哥伦布啊，这是个多么愚蠢的世界！被这个傻瓜从天上打下来，而且还要活活烧死，只是因为他不知道怎么开枪……

变种人把步枪扔给右手边的一个小呆瓜，那小孩骄傲地将它横在胸前，扳机护圈朝上，枪管却冲着下方。另外两个变种人走出了他的视线范围，布里克曼觉得有人在拉扯天鹰机身，它被翻转过来，拖到火焰舔舐不到的地方。挂在机舱里的布里克曼像个人偶似的在地上颠簸撞击，发出一声惨叫。四肢正常的变种人走回来，俯下身看他，牙齿之间还咬着一把刀。

"哦，老天，对，当然了，"布里克曼想道，他记得喀珊曾说过，变种人的弩箭十分短缺，"这家伙想取回他那支箭，所以准备把我的胳膊给他妈的切下来，太棒了。"面对这个悲剧，布里克曼反倒有种古怪的超然。时间似乎过得很慢，身体中抽搐的疼痛变得如此剧烈，超过了他能够做出正常反应的程度。他已经紧张过了头，也就对接下来的事无所谓了……

佳得利和两个帮手把箭头翻过来，好让机翼替他们挡住火苗，饶是如此，火势也近在咫尺，让人很不舒服。佳得利拿下嘴里的匕首，用刀尖插进云武士头盔的下颌皮带，刀锋碰到他的喉咙时，他哆嗦了一下。佳得利切断皮带，慢慢将头盔连带钉在上面的胳膊放了下来。云武士满是鲜血的脑袋靠在左肩上，眼睛半睁半闭，目光呆滞。佳得利考虑到弩箭的问题，它的头尾都结结实实地扎在头盔上。这头盔用一种奇特的材料制成，有点像磨光的骨头，刀划上去几乎没什么作用。

佳得利叫来暴龙①家的三子,让他固定住云武士的左臂。三子抓住那只胳膊,牢牢抱在怀里。佳得利双手紧紧抓住头盔,一侧膝盖顶在云武士胸口,使劲往后一拉,想把带有尖翅片的弩箭从他胳膊里揪出来。

这可没那么容易。

布里克曼觉得眼睛都快从眼眶里迸出来了。他张着嘴,龇着牙,猛往肺里吸气,准备发出一声凄厉的尖叫。

但他还没叫出声来,就疼得晕了过去。

爬升到变种人弩弓的攻击范围以外后,格斯·怀特调节无线电信道,试图联系法兹蒂和内勒,但几次尝试后仍旧没有回音。格斯以两千五百英尺的高度在森林上空盘旋,可他怎么也看不出下方大片红叶林里有任何遭到燃烧弹攻击的迹象。他关闭引擎,做了一连串之字形俯冲侧滑,降低到一千英尺,才恢复平飞。格斯最终发现了一条斑驳的蓝带,经过近距离观察,他看出那是两架天鹰残骸的碎片,散布在一片高大树木的顶端。他呼叫贵妇号,先报告了对农田的成功轰炸,然后把坏消息也告诉了他们:布里克曼坠落,以及他看到的天鹰残骸,很可能是内勒和法兹蒂的座机。

篷车队的回答非常简洁。

"收到,蓝七号。返回基地。完毕。"

---

① 二十世纪七十年代英国著名的摇滚乐队。

在熊群聚集的山坡上,雪先生看到了农田方向升起的黑烟,一个孤零零的箭头从他头顶很高的地方悄然向西滑去。雪先生看着它,心情十分复杂,既紧张,又嫉妒,更有寒冷的恨意。他巴不得立刻干扰云武士的头脑,让他从天上掉落。但雪先生的精力刚刚用尽,他需要几天甚至一周的时间,才能再度召唤大地的伟力。长者只希望一段时间内不必再作召唤,他并不喜欢那种筋疲力尽的折磨。

几乎有两百五十名熊武士死在铁蛇周围,加上之前被云武士们杀死的,部落的战斗力损失超过三分之一。即使是这样,穆卡尔部落仍然比邻近的其他部落拥有更多的武士。尽管现在,想对铁蛇再次发动全面攻击已是不可能了,他们必须开始考虑和其他部落结盟的问题。一想到那些无穷无尽的谈判,雪先生就大费脑筋。如果辟邪主能够降临该多好啊!不过目前只有一件事可以做:躲进深山。他们必须找到一处安全而隐蔽的营地,慢慢治疗伤者,重建熊群已经碎烂的自信。更重要的是,还需找到新的食物来源,才能度过即将到来的白死季。

这时,两个母狼接连跑来给他传讯。一个是由监视铁蛇的小股后队熊群派来的,她报告说铁蛇断成了两截,尾巴变成新头,一半身体已经爬出河道,正向这个山坡前进,不断喷射着灼热的白气;另一个母狼叫作深紫①,是佳得利派来的,她告诉雪先生农田几乎完全被烧毁。她还带来了佳得利的另一个口信:天音们提到的那个云武士已落

---

① 英国一支老牌摇滚乐队,于一九六八年在伦敦建立,和著名的"披头士"和"滚石"并称为英国的三大摇滚乐队。

到他们手中。

格斯·怀特到达今昔河时,发现后部指挥、动力车加上九节车厢已经从河道脱出,正停在东岸上,车上的枪塔足以控制周围区域。格斯逐渐靠近已经脱困的列车——两节平顶飞行车也在其中,随后转回头去,沿着河道低空飞行。他看到巴伯的人正围在前五节车厢附近,车厢仍旧横在河床里,但已不再倾斜。他一飞过去,工作队里有几个人停下手里的活,冲他挥了挥手。

格斯接通飞行控制台,得到准许降落的信号。他随着升降台进入车厢,看到了飞行指挥官巴克斯特。格斯跳出天鹰的机舱,冲长官行了个军礼。"车长已经转乘后车了吗,长官?"

"不,"巴克斯特说,"他还在外面帮孩子们的忙。"

他领着格斯来到后指挥车上的作战室,让格斯做常规任务报告。格斯说了他们如何成功地烧毁了农田,并说明了在布里克曼被击落的危急关头,他的步枪突然卡壳的情况。

"所以,你就把他留在燃烧的农田里了。"巴克斯特的语气中没有丝毫责备的意思。

"我别无选择,长官。"格斯说,"那里到处是敌人,对我们帮他们烤玉米不太满意。我又没有步枪……"

"嗯,当然。"

"我本以为可以联络到法兹蒂和内勒,让他们过来掩护我。"

"但你联系不到他们……"

"是的,长官。"

"你离开时,布里克曼还活着吗?"

"还有气,但情况很糟糕。"

"好了,我们会把他的身份注销的。"巴克斯特在电子笔记簿上布里克曼的名字旁做了一条注释。PD/ET/BNR——"在敌方占领区坠机。尸体未能收回。"巴克斯特加上日期,把史蒂文·罗斯福·布里克曼的命运存入笔记簿的存储器,然后清除了屏幕上的文字。

巴克斯特继续听取报告, 格斯说他在森林中看到了两架天鹰残骸。等他讲完,飞行指挥官说:"肯定是法兹蒂和内勒。"

格斯迷惑不解地问:"出了什么事?"

"我们也不太清楚,"巴克斯特缓缓地说,"我们只接到了内勒的求救信号,他说法兹蒂发了疯,开始向他射击。车长让内勒还击。"

"我的天!"格斯倒吸一口冷气,"然后呢?"

巴克斯特耸耸肩,"谁知道? 内勒扣扳机的动作肯定慢了半拍。"

格斯难以置信地瞪着他,"但……我是说……怎么会……"

"问得好。"巴克斯特答道,"我只能告诉你,这件事不会向大中央汇报。只是个简简单单的 PD/ET,和布里克曼的结果一样。"

"啊……"格斯长吁一声,"一天掉下去九架天鹰。如果联邦想制服这些变种人,我们得更加努力啊! "

"没错。"巴克斯特从桌前站起身,格斯也连忙站起来。飞行指挥官盯着他说,"我要事先警告你,如果你步枪卡壳的事,最后被发现是由臭弹造成的, 你很可能要被关禁闭。罪名是 '执行任务时疏忽大意'。"

格斯挺胸抬头,保持立正姿势,说:"是,长官。我明白,长官。这将意味着您是车上唯一能够执行飞行巡逻任务的人。"

巴克斯特脸上没有任何表情,道:"接到军械师的报告时,我会记住你这句话的。解散!"

格斯行了个漂亮的军礼,转身离开办公室。

森林里,一队母狼顺着碎断的树枝,向坠毁的箭头爬去。清水在下面屏息凝神,仔细观看。两名云武士身上的带子已被割开,尸体直挺挺地落在地上。母狼们试着把飞行器拆散,各种导线和操纵杆都被剥了下来,但大的部件很难解体。大部分打扫战场的母狼,只撕下几片蓝色太阳能金属薄膜就心满意足了。

树上的人带着战利品回到地面,聚拢在两名死去的云武士周围,看着其他人剥掉他们的头盔和衣服。这两个人粉红色的躯体上几乎没有毛。旁观者们挤在一块儿,检查着两具沙穴人的尸体,最后把他们的脑袋砍下来,插在清水和三个部族姐妹同住的帐篷外竖着的两根棍子上。

超噪①是上述的那群母狼的头领,她神情庄重地把一个云武士的头盔交给清水。这件战利品是一个证明,让人们知道,是清水召唤出令云武士们从天空坠落的神力。

清水蹲坐在帐篷外的两颗头颅之间,头盔作为战利品放在膝盖上。她觉得从身体中流过的伟力已把自己吸干了,但这次还没有虚弱到瘫倒在地。虽然雪先生说过,是天音将她选出,赐予了这件价值连

---

① 英国电子乐团。

城的礼物,可体内潜藏的神秘力量,仍让清水感到不安。另外还有件事使她心烦意乱:那些沙穴人的身体竟然跟她和佳得利如此相似。两颗插在门外的头颅上有着年轻的面庞,无神的双眼瞪视天空,平整的牙齿,尖细的下巴,都和他俩相似,仿佛出自同一个模子。清水知道应该为这次胜利而欢欣鼓舞,但事实上,她觉得很伤心,感到困惑不已,似乎随着他们的死去,自己的一部分也已经死了。更让她苦恼的是,她怎么会有这种古怪的念头?

贵妇号前五节列车终于驶出了干涸的河床,停在今昔河岸边,开拓兵指挥官巴克·麦克唐纳带头欢呼起来。十五分钟后,前后车对接完毕,贵妇号准备好再次上路。如今,车上只剩一个飞行员,受伤的巡道兵超过六十名,另有三十七具尸体躺在地板下的尸袋里。哈特曼决定掉头返回某个大站,寻求帮助,等待补充人力。他向导航员颇德上尉下达命令,贵妇号将启程赶往堪萨斯。

十多分钟后,萝兹·布里克曼从昏迷中悠悠醒转,她发现州立大学病理学首席助教正在为自己做详细检查。两处伤口的血都止住了,尖锐的疼痛也减轻了许多,只剩下钝钝的痛感。助教发现,萝兹右侧头盖骨是被一种有棱纹的金属物体刮伤的,根据仪器检测,右臂肱二头肌和周围的表皮从侧面洞穿。仔细检查过两侧的伤口后,助教发现这应该是被某种带尖的金属棒刺透的。这种金属棒直径约一厘米,尖端有四个翼片。头部的伤势也可能是类似之物造成的。

十八单元已被彻底搜查过了,事发时在场的所有学生和员工也被搜身，但没有发现这种利器，也没找到任何可能造成类似伤势的物件。另外，萝兹的白大褂袖子居然完好无损。不论是助教，还是其他进行初步调查的人，都无法解释怎么会有东西扎穿了她的手臂，却没有刺破包裹着手臂的袖子。

八小时后，两处伤口完全愈合，没有留下任何痕迹。萝兹还需要留院观察二十四小时，与此同时，有关这一事件的保密文件被上报给了白宫。联邦主管部门立刻做出反应，派出了一男一女两名特别调查员前去调查。他们装出万分同情的样子，很巧妙地详细盘问了一番。但萝兹没有透露那些让她惶恐不已的可怕景象，特别是最后一幕——她觉得自己从天上坠落的幻象。最终，检查过她愈合的手臂和头皮之后，两名调查员返回了白宫。

第二天，萝兹发现此次事件的档案已被封存，她被告知可以离开加护病房，继续回去上课了。回到班上后，她发现同学们都对此事避而不谈，最多问问她现在感觉如何。萝兹并不在意，她自己也不想谈了。这太危险了，谁会相信她的话呢？她凭什么百分之百确信戚兄被一支弩箭击中？而且已经坠机、受伤、落在变种人手里……

第十三章

布里克曼醒来后,发现自己躺在一片昏黑之中,身上只穿着内衣裤,还盖着一层动物毛皮,习惯了空气调节系统的嗅觉顿时被各种怪味刺激得极其难受,他不得不猛力缩紧鼻孔,过滤弥漫的臭气,但这并不能阻止气味进入肺部。布里克曼干呕了几下,感觉快吐了。

一个身材瘦削的老变种人跪在他身边,银白色的头发编成很长的辫子,这人正在处理他头上的伤口。虽然身体虚弱,布里克曼还是勉强抬起头,向下看了看自己的身体。他的胸膛、双肩和上臂都被毛皮包裹着,左腿从膝盖到脚踝上,夹着两个简陋的夹板。脚底下,那个把弩箭从他胳膊上拔出来的正常变种人正盘腿坐在一张野牛皮上。他和布里克曼的目光交汇,脸上仍是那副淡漠的神情,就和把他从燃烧的玉米地里救出来时一样。

布里克曼低下脑袋,躺在毛皮上。他长出一口气,咳嗽几声,想咳掉从喉咙里往外冒的胆汁。空气中恶臭的气味如此浓烈,似乎已经沾上了他的舌头,钻进他的每个毛孔。

"欢迎醒来。"老变种人忽然说道。

听到变种人用清晰的声音说出和寻道民一样的语言,布里克曼这才彻底清醒过来,意识到出了什么事,赶忙拼命将头往后仰,想躲开老变种人为他疗伤的双手。这是个下意识的反应，所有寻道民都知道，变种人的皮肤充满毒素，哪怕稍加碰触，也会让你肌体腐烂。

老变种人坐起身来，轻轻叹了口气，"你不想让我替你处理头上的伤口吗？"

"处不处理都一样，"布里克曼喃喃地说，"被你们碰了以后，早晚是个死。"

老变种人饱经风霜的脸上露出一丝微笑。他咯咯笑了几声，转头对四肢正常的变种人说："帮我把这个傻瓜按住吧！"

佳得利站起身来，跪到雪先生对面，一只手牢牢按在云武士脸上，另一只则扶住他的头顶。云武士毫无自制力，这让他吃惊不小，此人似乎被吓坏了，眼珠乱转，想要挣扎，却因为伤势过重而毫无力度。"沙穴人都这样吗？"佳得利想，"也许他们的勇气都被手中强大的尖铁耗光了。如果真是这样，沙穴人还有什么好怕的？"

"我会给他五条梦帽，"雪先生小声说，"应该可以让他安静一点儿。"他又对云武士说："你呀，真是个糊涂的小子。"

布里克曼通过眼角余光，看到老变种人在一堆包裹篮子里翻找，最后拿出一只小皮袋，用食指和拇指从里面捏出几丝棕灰色的东西，将它们放到布里克曼面前，"把它嚼了。"

佳得利捏着云武士的下颌，强迫他张开嘴，等雪先生把这剂量不大的梦帽塞进去后，又迫使他闭上嘴。

"好吧，不嚼也行，"雪先生咕哝道，"反正没什么区别，你早晚会把它咽下去。"

布里克曼僵持片刻，最终还是屈服了。他轻轻嚼了几口，壮着胆子吞了下去,味道很奇怪,但并不让人讨厌。"唉,有什么关系?"他自暴自弃地想,"早晚是个死。"他在玉米地里乞求帮助时曾经产生的侥幸心理,如今看来不过是疼痛导致的神志不清。有人,也许就是这个老变种人,已经用巧妙熟练的医疗技巧帮他处理了伤口,但这说不通呀……也许变种人是想留着他,用在某个大日子。比如,什么年度的酷刑大奖赛,他也绝对可以脱颖而出,拔得头筹。真棒……

尽管前景堪忧,布里克曼却感到焦躁的情绪正在消退,身体上的痛苦也逐渐减轻。他有种很舒服的感觉,身体轻飘飘的,一点儿分量都没有,地面似乎不存在了。他在天上浮动,不想再挣扎,只是静静地躺着,让自己慢慢地飘。

佳得利放开云武士的脑袋。他屈膝坐在脚后跟上,看着雪先生小心翼翼地解开病人右臂上的绷带。长者除去一层红叶末,检查一下开裂的伤口。"嗯……击中他的,是你的弩箭,算他运气好,如果箭头不干净……"

"伤得很重吗?"布里克曼迷迷糊糊地问。

"需要一段时间才能愈合,伤口倒是很干净,能否恢复得和以前一样,就得看你自己了。不过至少你能保住这只胳膊,让右手有个地方可以安放。好了……别动。"雪先生用一个银色木片把植物浆液做成的新鲜药糊,抹在他胳膊两边的伤口上,然后轻轻包扎好。

布里克曼望向那正常的变种人,那人的注意力都在老家伙身上。布里克曼扭头往后看,在他右侧,黄色火苗正在一块凿空的小石块里跳动。他们三人是在一顶八角形的帐篷里,想必这帐篷是用木头和某种兽皮做的。支撑帐篷的几根软木柱向内倾斜,朝上弯曲,一直延伸到离地面大约五英尺的高度,在斜顶中间聚成一簇,让帐篷形成一个圆洞,像是某种通风口。包袱和篮子乱七八糟地堆在帐篷一角,但布里克曼看不到任何类似家具的东西。说老实话,和他在飞行学院那个干净整洁、经过消毒处理的宿舍比起来,这帐篷就像个垃圾堆。

布里克曼听到帐篷外有声音,是说话声和走动声,还有一种他从没听过的音乐,音质很像变种人攻击贵妇号时所用的风鞭,那种萦绕不去的奇特感觉,深入他的心灵,唤起一种朦胧的悸动。布里克曼的注意力又回到跪在左边的年轻变种人身上,发现他的双手都只有五根手指。布里克曼现在头脑不清醒,没意识到这个发现的重要意义。但他察觉到,除了长发以外,这个变种人和他以及所有寻道民,在外表特征上的唯一区别,就是身上那些杂乱无序的各色纹路,有黑色、棕色,还有深黄和粉色。

须发皆白的老变种人是个真正的六指白痴,他的额头上有一排凹凸不平、类似骨瘤的突起,面颊和胳膊那斑驳的皮肤上也有许多疙瘩,极为难看。但和布里克曼过去的胡乱想象不一样,这老变种人目光炯炯,散发着智慧的光芒。他左边那个年轻的变种人也是如此。他们,并不是真正的白痴!

"我身上的其他伤口怎么样了?"等到老变种人熟练地把他周身上下的伤势都检查一遍后,布里克曼问道。

"左腔骨有一处细微骨折,脚踝严重扭伤,至少三处肋骨骨折,左肩严重撞伤,颅骨轻微凹陷,可能是裂了。在旧纪元里,有种东西可以看穿骨头,但它们已经不存在了。"

"X光机。"布里克曼说。

老变种人点点头，"它们过去叫这个名字？"

"现在也是。"布里克曼答道，"联邦所有医疗中心都有这种仪器，我们有各种电子扫描设备。"

"我明白了。唔，但你现在指望不上那些东西。"雪先生说，"别担心，你的大脑还没坏。"

布里克曼躺在毛皮上，身体绵软无力，"我觉得脑子都快从耳朵里流出来了。"

"那是梦帽的效果。"雪先生说，"它可是好东西，可以帮你放松。"

布里克曼点点头说："嗯，止痛药，我们也有止痛药，一种叫云九的小药片。"

佳得利惊奇地问："你们的洞穴里有云彩吗？"

"不，当然没有，云彩属于蓝天世界。另外，恕我直言，我们可不是住在洞穴里，那是动物住的地方。我们住在基地里，就像一座大城市。干净的公寓，充足的空间，明亮的光线，还有新鲜的空气。"布里克曼无力地扇了扇左手，"比这恶心的垃圾堆强多了。"

雪先生从没听说过"恶心的垃圾堆"这个词，但从云武士的口气里，他猜得出是什么意思。"告诉我，"他温言说，"你有名字吗？"

"我有个名字，还有编号，"布里克曼答道，"二九〇二八九〇二，S·R.布里克曼。如果你更喜欢不过于正式的称呼，那就是史蒂文·罗斯福·布里克曼。"

佳得利充满敬畏地重复叨念着这组数字，"二九〇二八九〇二……辟邪主啊！好强大的数字！比天上的雨滴还多，比摩城斗篷上的星辰还多。"他看着雪先生，"您知道大地之下，竟住着这些人吗？"

雪先生没有回答，转头对布里克曼说："这个数字，还有这些名字，是什么意思？"

"我听不懂你们在说什么，"布里克曼说，"名字就是名字啊，只不过是个名字。"

"没有任何名字会'只不过是个名字'，"雪先生沉静地回答，"每个字都有意义。你被赐予这个数字和这些名字，肯定是有原因的。"

"啊，我明白你的意思了。"火光在帐篷顶上投下跃动的影子，布里克曼盯着这些影子，"二九○二八九○二，但是我的身份编号，印在我 ID 卡上的数字……"他下意识地把手抬到胸袋的位置，这才想起身上除了内衣裤外什么都没穿。

"ID 卡？"佳得利问道。

"身份卡，"布里克曼解释说，"它可以让别人知道我是谁。"

"你不知道自己是谁吗？"

"哦，我当然知道。这张卡是为了证明我是自己所说的这个人。"

佳得利更加困惑了，"但……你干吗要说自己是别人呢？再说，难道你的部族兄弟和姐妹们都不认识你吗？"

"我真是在跟白痴说话。"布里克曼心想。"你看……"他想解释，但又放弃了，"算了吧！我们有这种卡，主要是为了得到由哥伦布控制的各项服务。哥伦布是台超级计算机。"

"计算机？"佳得利更不解。

"一个旧纪元的词。"雪先生说。

"一台管理一切事务的机器，"布里克曼解释道，"在联邦各地，有数以千计的接入端口，所以你需要一个数字。你把自己的卡塞进插槽,上面的数字和其他磁储数据就会传到哥伦布那去,这样,它就知道你是谁了。有了计算机的帮助,你可以根据自己的信用指数获取各种服务:食品、数据库、公交系统、视频通信等等。这组数字可以让你建立一个接口,没有它,你根本活不下去。"

佳得利若有所思地点点头,"这么多奇怪的词汇,奇怪的想法。真是搞不明白。"

"他的世界与我们不同,"雪先生说,"想理解这些事需要时间。"他又对布里克曼说:"好吧,跟我们说说你的名字。"

"史蒂文是我的姓,在我出生时由总统司令授予,罗斯福是我所在的基地的名称——罗斯福站,布里克曼是我的戚名,来自我的监护人。"

"监护人?"雪先生一扬眉,"在这个……嗯……基地里,你是被当成囚犯对待吗?"

"嘿嘿!"布里克曼讥讽地一笑,"不,监护人是我刚出生时被指派来照顾我的人。"

"你没有地母和地父?"佳得利问。

布里克曼没完全理解这个问题,"我生命最初的九个月由护母孕育。我的父亲是总统司令,第一家族的族长,联邦所有人的父亲。"

"总统司令,这是你们称呼酋长时所用的名字吗?"佳得利问。

"不,这是他的官阶。他的名字是乔治·华盛顿·杰弗逊三十一世。"

"如果他更强大的话,为什么他的数字比你小?"

布里克曼笑道:"这个数字可不一样。他不需要 M 卡,他是美铁联邦第三十一位杰弗逊总统。杰弗逊家族从一开始就管理联邦,他们是一切的开端,所以才被称作第一家族。"那些记诵中的词句自然而然地从他嘴里冒了出来，"他们给予我们光明和可以呼吸的空气。第一家族发明各种工具，设计我们的城市，缔造了世上的一切。哥伦布所有的知识也是由他们传授的。第一家族是我们的领袖，我们的师长，我们的顾问，带领我们通向蓝天世界的引路人。"背诵到此为止。

"总统司令是他们的酋长、头人。"佳得利点头说。

"魁首①。"雪先生低声道。

"什么？"

"魁首，"雪先生说，"头目中的头目。教父，老大。你不是知道旧纪元传下来的所有词汇吗？"

"不知道这个。"布里克曼说。

雪先生露出了微笑，"也许我们可以互相学习。我们希望……"

杰弗逊家族赐予万民的礼物真是无所不包，范围之广，令佳得利惊讶不已。他一时间忘记了平素的礼仪，插嘴道："那个大酋长，你说他是……你的父亲？"

布里克曼的脑袋朝盖在身上的皮毛上一倒，"我已经跟你说过了，他是所有人的父亲。"

佳得利疑惑地看了雪先生一眼，老人也轻轻一扬眉，"肯定是个大忙人……"

佳得利低头看着布里克曼，"那这三个名字里，哪个是你的威名？"

"我不知道你在说什么。"布里克曼嘟囔道，目光在帐篷顶上游移

---

① 原文为意大利语。

不定。这两个怪人连珠炮似的问题，让他感到越来越难以招架。

"你是个云武士，"佳得利解释道，"你没有一个可赋予自己战斗之力的名字吗？"

"我不需要。"布里克曼说，"我受过战斗训练，名字跟这种事没有关系。"

"你刚才跟我们说起你的大酋长——杰弗逊也不是个威名吗？"

"反正和你们想的不一样，"布里克曼答道，"我可以叫皮特、迪克、吉姆、拉里，随便什么都行，这只是个称呼，无论叫什么，我还是我。总统司令也是一样。"

布里克曼的回答让佳得利更加迷惑了。他望向雪先生，寻求指引，但雪先生没有说话，佳得利又低头对他们的囚犯说："但你的名字是你存在的精髓，一个威名，可以让你的灵魂从天地之间吸取力量。"

"可能对你们是这样，"布里克曼只好应着对方说，"但我们不需要这种垃圾。"

佳得利抬头看着雪先生，"垃圾？"

"肯定又是个旧纪元的词，"他的导师自言自语地说道，"垃圾……嗯，不坏……"他在脑子里记住了这个词，准备日后问问云武士它的意思。

佳得利又提出一个问题："你不相信蕴藏于天地之间的力量？"

"确实存在各种力，"布里克曼说，"引力、地磁力、静电力，风力和水力，它们的作用方式都很简单。我们知道世界是如何运转的，但你所说的'精髓''灵魂''威名'，我就不知道了。你们认为天地中另有玄机，存在着某些不为人知的力量，这纯粹是浪费时间。其实全都是无稽之谈,就跟说你们拥有魔法一样。如果某种事物,你无法通过显微镜观察到,也不能用物理或其他法则证明,那它就不存在。"

"这是个很有趣的观点。"雪先生说。

"这是唯一正确的观点。"布里克曼嘟嚷着。保持逻辑清晰的对话让他耗尽了精力,于是他又重新注视起帐篷顶来。两个变种人坐在两旁,一言不发。布里克曼发现他们是在等着自己解释,只好将精力重新集中在刚才的对话上。"过去的罗斯福是个非常强大的人,"他试着用变种人的语气说,"他曾是美国总统,也是个伟大的武士,曾经长时间统治蓝天世界。"

"啊,"佳得利说,"那我就明白了,罗斯福就是你的威名。"

"随你怎么说好了,"布里克曼说,"对我无所谓。"他又抬起头问:"你叫什么名字?"

"我的名字是佳得利,属于穆卡尔部落。我是天行者和黑翼的头生子。"

"佳得利……这是个威名吗?"

"没错。"

"佳得利……"布里克曼慢慢重复念道,"我从没听说过这个词,有意思。"他又问白发老变种人:"你呢?"

"我叫雪先生。"

"这是因为你的头发吗?或者也是个威名?"

雪先生摇摇头,"我不是武士,我的名字来自一首上古歌曲①。"

---

① "雪先生"是百老汇音乐剧代表人物理查德·罗杰斯的作品《天上人间》(*Carousel*)中的曲目名。

"来自旧纪元，"佳得利骄傲地说，"远在千阳之战以前。"

"我猜你说的'千阳之战'，就是我们所说的大劫难，大约在一千年前……"

雪先生点点头。

"那么你是……这些人的医生？"

雪先生笑道："除此之外，还干别的事。"

"比如？"

"他是字匠，"佳得利骄傲地一挥手，"最伟大、最睿智的字匠。"

雪先生谦逊地耸耸肩，示意学生不要多说。

佳得利有意要称颂老师的德行，不顾阻拦，继续说道："他的舌头远及平原人起源之前的世界，远及早已失落在火云中的那些国度。他知道一种冰冻帐篷，一个个摞起来，能够碰到天上的云彩。他还知道把人装在肚子里的巨大甲虫，充满音乐与图画的冻水做成的方篮子……"

"你是说电视……"

"还有珠宝！"佳得利炫耀着他刚刚获得的知识，"远不止这些，比你们总统司令知道得还多！"

"这很难说。"布里克曼反驳道，"他会读书吗？会打字吗？"

雪先生笑着说："答案其实你已经知道了。我的双眼认不出我所说的文字，我的双手也无法把它们画在地上，但我们平原人有其他天赐的礼物。天音们的智慧比埋藏在你们黑城中的所有文字更加广大，我们通过其他方式传递知识。"他伸手拍了拍佳得利的脑袋，"我在这本书里留下自己的印记，这本书的书页比最庞大的森林里的树叶还多。"

"这是本可以毁掉的书。"布里克曼说。

"如果这是辟邪主的旨意的话。"雪先生说,"人类,以及人类的造物主都会死去,正如在白死季凋落的繁花。你所说的那个哥伦布,以及它所掌握的东西,同样是人类创造的,同样可能化作浮尘……"

"我可不这么想,"布里克曼说,"哥伦布熬过了大劫难。它是在你们所说的旧纪元中建造出来的,而且会不断重建——会比以前更大、更好。它会永远存在下去。"

雪先生摇摇头:"没有什么可以永存。等到哥伦布回归尘土,你从它身上汲取的力量就会像风一样从指间溜走。这么说吧,你们的铁蛇把许多穆卡尔武士送去高庭,它可能会带同伴追来,把我们杀光。穆卡尔的历史会随我们一道消逝,但你永远无法毁掉真知。那是你们的长尖铁也够不到的天音赐予的礼物。"

布里克曼感到自责。他也参与了老变种人所说的杀戮,无论等待他的命运是什么,起码这些所谓的野蛮人没让他被活活烧死。"听着,在我们谈论其他问题之前,我只想说声谢谢。毕竟你帮我扳直了腿,还为我处理了其他伤口。在玉米地里发生了那件事之后……"

"摩城喝,摩城喝。"雪先生平静地说。

"什么?反正我的意思,想必你们都明白了。"布里克曼轮流看了两人一眼,又躺回兽皮上,发出一声听天由命的叹息,"你们会杀我吗?"在镇静剂的作用下,他现在觉得是死是活都无所谓了。

"不会,除非计划有变。"雪先生说。

"很好,"布里克曼打了个哈欠,"把你们的计划随时告诉我。"

在生死关头,生存意志至关重要。它可以让一些人从困境中奇迹般地生还,而另一些人则毫无希望,不战而亡。乔迪·喀珊就有这种意志,一种顽强坚韧、难以扑灭的生命火花,在她烧伤破损的身躯中绽放着微弱的光芒。

狂风把她的天鹰从飞行甲板上吹下去时,乔迪一拳捶在坐椅安全带的快速释放盘上。但驾驶舱撞到篷车侧面后,她发现自己还是被困在扭曲的支柱和塌陷的金属板中。不过和巴克·麦克唐纳的推测相反,她没有被爆炸的汽油弹烧成灰烬。将她从布里克曼和其他地勤人员手中掠走的狂风,无意中竟成了她的救星。那场似乎将她吞没的巨大爆炸,被大风从折断的机舱旁吹过,形成一根火焰长羽,一盏巨大的喷灯,把列车侧面的涂层都烧起了泡。

乔迪的烧伤很严重,但并不致命。驾驶舱冲进滚滚波涛,在后置引擎的重量下逐渐下沉,差点把她淹死。损毁的机舱带着乔迪跟着水流冲击,沿河而下,不断翻滚旋转,最后裂成碎片。当乔迪好不容易从水中冒出头来时,距离洪水所困的贵妇号已有三英里之遥。

乔迪在今昔河河底的泥浆和废渣中埋了整整两天,奄奄一息,生死悬于一线。她的两条腿被压在一堆杂物下,双臂骨折,颈部和胸部严重烧伤,变种人的弩箭还插在她的右肩肩胛骨下。幸好头盔面罩护住了她的脸,挡住了火焰和各种伤害,一大堆杂乱的枝条将她埋住,正好保护她免受空中盘旋的食腐鸟的吞食。盖住大部分身体的泥土层被太阳晒干后,乔迪就成了大地的一部分。昆虫从她身上爬过,蚊蝇在她周围飞旋,它们都是被烧焦的鲜肉味吸引来的。蚊虫开始以她为食，乔迪实在难以忍受，渐渐昏了过去。远离炎热与饥渴，远离疼痛与尖号，也远离了即将被蚊虫啃噬的恐惧和浑身痛痒。时间一分一秒过去了，乔迪迷迷糊糊地，在仁慈的昏迷中上下飘荡。

第二天夜里，一只觅食的郊狼发现了乔迪，小心翼翼地嗅了嗅她被泥土覆盖的身体，随后饶有兴趣地闻着伤口处绽开的鲜肉，许多蝇虫正聚在那里享受大餐。郊狼开始拉扯乔迪的迷彩服，她忍住疼痛，紧咬牙关，右手往下探去，从枪套中抽出气手枪，手指牢牢握住枪柄。她的身体实在太虚弱，觉得手枪无比沉重，只要稍稍一动，刺痛感就顺着手腕一直蹿到肩膀，然后跃过胸部，爬到额头。乔迪坚持着把手枪拉到腹部，郊狼咬住她折断的左臂，把她从断枝败叶下拖了出来，乔迪几乎疼昏了过去。一声尖叫从她的喉咙里爆发，这声音尖锐又原始，如动物的嘶嚎。她近乎绝望地让自己保持清醒，同时紧握枪柄，手指感觉像是着了火；然后将手枪推到胸前，指向郊狼的方向；最后，她挤出一丝力气，抬起枪管，扣动扳机。一、二、三，她数不清了……

过了不知多久，她在细微的光亮中醒来，发现郊狼就趴在身边，脖子枕在她的左臂上。一发子弹从它的右眼钻进头颅，眼窝已经被啄了个干净。两只黑溜溜的大乌鸦正撕扯着郊狼外翻的内脏，第三只耐心地站在乔迪脑袋旁的一根断裂枯枝上。她觉得压着胸口的手枪重得像块岩石似的，仍旧将自己的手指勾在枪柄上。她觉得呼吸困难，无法移动右臂，而左臂还被郊狼的尸体压着。太阳升起后，虫子们又回来了，蚊蝇落到她肿胀起泡的脖子上，还在面罩上爬来爬去，想方设法钻进来。

到了第三天，在一次短暂的清醒中，乔迪意识到自己被贵妇号搜索队发现的可能性几乎为零。她的身份也许已经被注销了,考虑到自己失踪时的情形,这是最可能出现的结果。在疼痛感又攀上一个令人难以承受的高峰时,乔迪开始认真思考自杀的问题。郊狼群也许很快就会过来,寻找它们走失的兄弟。虽然她现在连掉转枪口、扣动扳机的力气都没有,但总还可以了结自己。她知道,如果这个决心下得太晚,就会真的虚弱到无法动弹。但是,尽管这时的处境如此让人绝望,她还是犹豫不决。她始终不肯相信,死亡是目前唯一的选择。

日落后,乔迪听到周围有些窸窸窣窣的声音,她努力把逐渐衰退的劲集中到握住枪柄的手指上。她的脑袋和胸口上那些由破碎枝条形成的保护层忽然被掀开了,眼前出现了一张饱经风霜的寻道民的脸,但并非开拓兵的脸。这人头戴一顶宽边烂草帽,消瘦的方下巴上留着凌乱的胡须,身穿褪色的红、黑、棕三色迷影服,却已没了袖子。他双肩挎着手工做成的子弹带,上面的口袋正好可以放下弹夹和气瓶。他周身上下唯一还不算太破的东西就是那支三管气步枪,枪身显然精心保养过。乔迪顿时明白,这个衣衫褴褛的家伙,骨子里仍旧是个战士,是个和她有共鸣的人。

留胡子的寻道民放下步枪,跪在乔迪身旁。他的第一个动作是取走乔迪的手枪,塞进自己胸前的口袋。寻道民随后摘下她的头盔,端详着她的面庞,"出了什么事,小兵哥?"

乔迪想说话,但话还没说出口,她的声音就消失了,她只能艰难地把头从一侧摆到另一侧。

寻道民很小心地拨开她烧焦的上衣领子,拿起她的身份标识牌读了一下。"哦……伙计。"他跪着直起上身,双手拢在嘴边,大声喊道:"嗨,本! 罗伊! 过来看看!"他说完又俯下身,轻轻碰了碰露在外面的箭杆,然后开始检查乔迪的双臂和身体,同时低声吹着不成调的口哨。他动作沉稳轻柔,检查完后,便坐起身,推了推破破烂烂的帽檐。"嗯……你是从三天前那辆被整惨了的篷车上下来的? "

乔迪用眼神和嘴型做出了肯定的回答。

"好吧。他们上路了,伙计。我最后看见他们的时候,他们正往堪萨斯驶去。"他叹了口气,挠挠胡子,"那么,如果你不想留下来与变种人和郊狼相遇,就跟我们走吧,乔迪。"

"你找到什么了,比沃尔? "

乔迪看不到说话的人。

留胡子的寻道民冲着她对面说:"我找到个女人,就是她。"

"别扯了……"

另外两个落魄的汉子低头看着她,一个在她左边,另一个在比沃尔背后。乔迪估计他们就是本和罗伊,但她不知道哪个是哪个。左边那人戴着飞行员头盔,上面涂了些泥巴,盖住了蓝绿色条纹,但她还是能从露出的一点儿标志上认出, 这顶头盔的前主人曾经隶属于一辆名叫加利福尼亚皇帝号①的篷车。比沃尔背后那人戴着一顶皱巴巴的黄色指挥帽,长帽舌已经严重磨损,上面绣的徽章也不见了。

"你说真的? "黄帽子问。

"这他妈的是什么蠢问题。"比沃尔看着黄帽子笑道,"你以为我忘了女人长什么样吗? 赶快把她腿上的那堆垃圾挪走。"

---

① 一九三六年拍摄的著名西部片的名字。

黄帽子开始动手。比沃尔从身上拿过一个皮水壶,拔下塞子,从地上抬起乔迪的脑袋,往她干裂的嘴唇上倒了几滴水。乔迪把它们舔干,张嘴又喝了一些。

"谢谢……"她有气无力地说。

"她看起来可不怎么好。"头盔担忧地说。

"嗯,她伤得很重,"比沃尔说,"但会好起来的。看清楚,这是个顽强的女孩。"

"最好如此。"头盔说着,把死狼的尸体扔到一边,"好了,把她带给医疗员吧!"

找到乔迪的,是一支寻道民叛逃者的搜索队,她很早就听说过这些人。小时候,她曾在电视里看到几个叛逃者被抓住,带回联邦进行审判;看过他们在被枪毙前坦白自己的罪行。后来在当飞行员的日子里,她也见过十来个被贵妇号巡逻队杀死的叛逃者的尸体,甚至,她也参与了那些猎杀行动,但比沃尔和他的两个朋友,却是乔迪第一次那么贴近地见到的活生生的叛逃者。

乔迪努力保持着清醒,但当她被抬上一个简易担架后,实在熬不住了,终于陷入昏迷之中。有一段时间,乔迪完全感觉不到外部世界,在她的潜意识深处,折磨仍在继续。粗糙抽象的痛苦画面,不断噬咬着她的心灵,这种无尽的精神折磨,就像酷刑一样,让她发出无数声凄惨的尖叫,几乎达到疯狂的边缘。

十八小时后,她从昏迷中醒转,发现医疗员正在照顾自己,用一块干净的破布擦拭着她的额头。乔迪抬头看到天空,深深吸了口气,享受着空气的甜味。哦,哥伦布啊!真疼。她的身体从头到脚都热得发烫。但没关系,她终于活过来了!

对布里克曼来说,接下来的几周似乎都混沌了,很难分清具体发生了什么。清醒和昏迷在交织着。他只记得有人用木碗每天两次喂他喝一种浓汤,有时是佳得利或者雪先生,有时是一些女性,相貌从普普通通到恐怖可怕都有。一开始,吃变种人的食物让布里克曼觉得反胃、恶心、作呕。开始的几天,他不肯进食,后来实在饿得不行了,也就有什么吃什么了,但还是下意识地想吐。

经过几天精神意志和肠胃的锻炼,他发现自己把食物咽下去时已经不觉得那么恶心了。他的胃口越来越好,居然期待起下一顿重口味的食物来,但他从没问过自己吃的是什么。布里克曼最终吃到了一顿能辨认的食物——一条肉质鲜美的鱼,粉红色的薄肉片经过炭火烧烤,跟他和萝兹一起在圣贾辛托游玩时吃过的差不多,他脑子里闪过的画面,真实而清晰,与现在一模一样。他一边吃鱼,一边琢磨自己怎么会有这种印象。布里克曼猜想,那也许并非出自过去的记忆碎片,而是对未来的惊鸿一瞥。也许他已经预见到了这一天——就像他在蛇窝里预见到路线指示灯会在什么位置亮起一样。

雪先生时不时来为他检查身体,更换药物,有时和佳得利一起来;有时这个正常的变种人会独自走进帐篷,安静地盘腿坐在他跟前。布里克曼偶尔跟他们交谈,断断续续,不知所云,之所以会这样,是因为他一直在服用小剂量的梦帽,在朦胧的欣悦感中飘荡。有那么两三次,布里克曼觉得自己似乎被人放进一个木头和皮毛制成的担架上,在黑暗中移动。他模模糊糊地记得,那清凉的夜风吹在脸上,在一片黑绒布似的天空中,有数不清的闪烁光点,那场面非常壮观。一些只言片语,无意中钻进他恍惚的大脑。布里克曼明白,这是变种人的部落,他们正在黑夜的掩护下迁移营地。每到白天,他们就会隐藏起来,躲避那些按时出现在天际的箭头。

有一次,他躺在一丛树枝下,透过枝丫间隙,看到两架姿态优美的飞机在空中盘旋而去。他看到白色翼尖上的标志,认出它们属于贵妇号。布里克曼估计它肯定已经整备完毕,带着刚补充的飞行员回来,继续对变种人的领地进行袭击。"没准格斯·怀特就在这两架天鹰中,"布里克曼暗暗思忖,"不知道他们是不是在寻找我,或许只是在猎杀变种人。"

他突然感到一阵心酸,接着又安慰自己:无论如何,他总还活着,有人喂养,有人照顾。如果他能一直活下去,等到身体痊愈,就可以设法逃跑——只要这个部落别变成另一次燃烧弹轰炸的目标就行。尽管梦帽让人神情恍惚,但这个念头总会提醒他:S·R.布里克曼,如今已成了被猎杀的一员。他的命运将和这些变种人联系在一起。

一个月后,雪先生不再给他吃梦帽了。布里克曼发现,愈合的肋骨已经可以支撑他坐起来;左肩还很僵硬,很难受,但多少能活动一下左手,右臂仍挂在吊带上,青紫色的箭伤也基本愈合。

雪先生说,布里克曼恢复的速度让他很满意,"你很快就能用那条腿开始活动了,我看看能不能找个东西给你撑着走路。"

"你是说一对拐杖?"

"对,拐杖,"雪先生说,"我们应该多聊聊。你肯定知道无数被遗忘的词汇。"

"你肯定知道无数我没听说过的词，"布里克曼答道，"如果你有时间，哦……也许我们可以学习对方的词汇。"

"也许。"雪先生没有明确回答，"你知道我用的词对你毫无意义，你生活在不同的世界，看待事物的方式也不同。"

布里克曼耸耸肩，"你也可以教我变种人看待事物的方式。"

雪先生笑了起来，"哦，这恐怕很难。比如说，你知道'理解'这个词是什么意思吗？"

"'理解'？"布里克曼想了想才说，"嗯，某人给你下命令时知道是什么意思，知道某些东西是如何运转的，以及如果出了问题该怎么办。"

雪先生点点头，"那么'爱'呢？"

布里克曼犹豫地问："这是个变种人词汇？"

"不，它来自旧纪元。当年时常挂在人们嘴边，到了今日也没丝毫改变。"

布里克曼摇摇头，"肯定不是特别重要的词，要不然我们在联邦会用到它。这词是什么意思，某种赌咒吗？"

雪先生呵呵笑了起来，"看来，你确实有很多东西要学。"

布里克曼露齿一笑，"听着，佳得利没听过'电视'，你没听过'拐杖'，我不知道'爱'。也许我们可以做个交易，互相学习，考虑一下吧。"

雪先生目光一闪，"我会的。"他拍拍布里克曼的肩膀，伏低身体，走出帐篷。

不用再吃梦帽以后，布里克曼的头脑清醒了许多，他很快就意识到，同雪先生和佳得利的对谈可能是他的救生索。在离开尼克松要塞以前,战地情报部门就在对全体乘员所做的简报中提到过字匠。在变种人这个白痴群体的种族中,字匠们属于聪明人。这些天赋异禀者数目很少,相当于变种人部落的大脑。布里克曼知道变种人一般不能读也不会写,而且大部分人都木木呆呆的,甚至不知道今天是什么日子,所以他们的生存,完全依赖于字匠的记忆。据战地情报部门那个三人小队来做简报时所说,最聪明的字匠脑子里装着九百年的历史,他们还有能力把大段史实编进音乐,谱成歌曲,是为火歌。另外,这些人脑子里还装着各种各样的常识。全靠他们,变种人部落才能够延续!

自从打开通向地表的闸门,联邦对南方变种人进行了几个世纪的大清洗,很多字匠都已消失。那些在对新疆域的绥靖政策执行期间或者重新安置计划中侥幸逃脱的字匠,不是去了北方,就是非常低调。联邦情报部门也不知道他们到底有多少人,只是有理由相信,变种人中字匠的数量不少,但也不是每个部落都有。凡是拥有字匠的部落,都将他们视作重点保护对象。除了"会走路的百科全书"这个显而易见的作用以外,跟他们的对手相比,拥有字匠的部落还在其他许多方面占有非常重要的优势。到底是哪些方面,目前还没有完全弄清,但有一件事是肯定的:字匠天赋越高,部落就越强大。联邦已经确认了这种关联性。

布里克曼从三岁起,别人就不断跟他说,变种人不留俘虏。布里克曼始终不明白为何自己至今还有命在,他希望知道答案,但也刻意不去提及这个问题。在布里克曼的脑海深处,有种潜藏的忧虑,也许变种人的历法中包括某个奇怪的节日,到时候,整个穆卡尔部落会欢聚一堂,分享火烤云武士大餐。如果结局真是这样,那他宁可事先不知道。布里克曼对照顾自己、帮助自己恢复健康的变种人表示感激,他觉得被佳得利射落算是运气。除了智慧和幽默感以外,他和雪先生还有着永不满足的好奇心。这真是再好不过了。布里克曼准备满足他们的求知欲,他会把整个寻道民的词汇表,再加上他们感兴趣的联邦社会的各种细节,一点一点给他们灌输下去。如果他自己也不知道,那就瞎编。只要两个变种人觉得这是桩好买卖,就会让他继续活下去。说到底——他们还能跟谁聊呢?跟部落里那些什么也不懂的白痴吗?

自己一个人待着的时候,布里克曼用大部分时间思考如何逃跑。他想知道自己的那架天鹰战机的残骸是不是被遗弃了,机身或是装备部件有没有被拿回来当作战利品。他曾注意到给他送饭的一个女傻瓜发辫上系着蓝色和红色的电线,也许有人把无线电扯出来了。尽管通常是由发动机供电,但机载无线电自身也配有紧急情况下使用的电池组。还有他携带的求生装备,包括气手枪、战术刀、地图、压缩食品、信号弹,再加上一个超小型便携式紧急无线电导航仪,篷车队通过它,可以找到迫降的飞行员。布里克曼身上只剩下内衣裤,但他曾看到佳得利穿着自己那身飞行服上衣。所有的口袋都被掏空了,这意味着口袋里的东西可能被藏在了某个地方,如果真是这样……

布里克曼精心设计着逃跑计划的每个细节,就这样度过了许多愉快的时光。这些计划的所有结局都是在大中央受到英雄凯旋般的盛大欢迎,这是个可以理解的幻想,毕竟至今还没有落在变种人手里的寻道民能活着回来。时间流逝,布里克曼逐渐恢复了力气,他越来越相信自己肯定能够成功,他将是第一人,他的能力和胆识将会得到补偿,比他在飞行学院失去的第一宝座和那枚义勇军奖章贵重得多。从此,他的人生必将重返正轨。

第一次在白天走出佳得利的帐篷后,布里克曼终于发现,始终折磨他的那股臭味是什么了:帐篷帘门两侧各有一根六尺长的棒子,上面插着两颗腐烂的变种人武士的头颅。布里克曼带着病态的兴趣观察它们,他注意到头颅具有强健的粗脖子和下颌,戴着尖石装饰的粗陋头盔,穿过颅顶的两根棒子都曾在火上烧烤过,坚硬如铁。布里克曼看了看周围树林中的其他帐篷,有几顶外面也有类似的棒子,上面同样穿着这种恐怖的战利品。

正午时分,佳得利带来了两条新抓的大马哈鱼。他在火坑里点起一堆火,把鱼剖开洗净,穿在刀杖上,放到火上烘烤。

布里克曼的嗅觉如今已适应了这种让人垂涎欲滴的香味,唾液腺立即开始加班工作。他注意到自己带日历的电子表正戴在佳得利的左腕上,表盘却在手腕下。布里克曼扭着头,想看清日期,但没看到。他想把表要回来,又觉得应该再等等。布里克曼指了指门外右侧那颗被刺穿的头颅,那是沙克塔克。"是你朋友?"

佳得利低头看着烤鱼,不时旋转刀杖,好让两面均匀受热。

"他想入侵我们的领地。"

"所以你把他杀了?"

"他们俩。"佳得利说。这并不是事实,但要把整个故事讲清,就必须解释清水在其中扮演的角色。雪先生曾告诫过他,绝对不能让云武士知道她的能力，或是她的存在。

"如果你再宰掉什么人，他的脑袋也会被穿在棍子上吗？"

"当然，它会和别人的脑袋做伴。"佳得利答道，他又折了些树枝扔进火堆里，"每根头柱可以插十颗头颅。一根插满了的头柱，象征着一个强大的武士。"

"我明白了……"布里克曼瞥了一眼沙克塔克的脑袋，"看来，你还有很长的路要走。"

佳得利轻轻一笑："我被禁止和熊群一起奔跑，但在他们眼中，我有威望，我有咬骨。"

"咬骨？"

"在一对一的决斗中杀死对手，割下头颅，吃掉持刀的手臂。"

布里克曼觉得一阵恶心，"老天！你是说你吃了这个倒霉家伙的胳膊？"

"不，"佳得利说，"我们的祖先很久以前确实这么做过，吃掉对方的胳膊和腿。但现在，平原人的习俗只要求武士在初次杀敌后，咬住对手挥舞尖铁的小臂，一直咬进骨头里。"

"哥伦布啊……"布里克曼禁不住打个寒战，一时说不出话来。

鱼烤好了，喷香扑鼻，佳得利把它们从刀杖上取下，放到一块扁石上。他又砍下鱼头，用大片红叶包住鱼身，把其中一条递给布里克曼。

"谢了。"布里克曼用左手接过，右手慢慢挪上来捏住它。一阵刺痛钻透了布里克曼撕裂的肱二头肌，他倒吸一口气，烤鱼的香味咻溜咻溜吸进肺里。哇！他顿时忘了酸痛的手臂，也把佳得利的野蛮抛在脑后，开始专心享用这顿美餐。他用嘴唇轻轻碰碰鱼身，还太烫，下不了嘴。"味道真不错,是你抓的吗?"

"对。"这次又是谎话。其实是佳得利和清水一同捉来的,是她轻轻把鱼打晕,用刺网从石池中将它们捞起来的。

布里克曼轻声一笑:"知道吗?有件事真是难以想象。我在联邦也见过鱼,在一些水池里游来游去,但它们只是装饰品,没人想过要吃鱼,似乎没人起过这种念头……"他犹豫了一下,"嗯……也没人想过要吃谁的胳膊。"

"你不懂,通过咬骨,武士可以把敌人的力量摄入自己的身体。"佳得利吹了吹烧焦的鱼鳞,咬了一口冒着热气的白嫩鱼肉。

布里克曼笑道:"你不会当真相信这种话吧?"他轻轻摇头,"我真搞不懂你们这些人。你们不顾危险,把我救出农田,为我疗伤。但同时你们,"他指了指沙克塔克被刺穿的头颅,"还干这种事,而且……"

佳得利插话道:"沙穴人从我们的南方兄弟身上割走了很多头颅。"

"唉,那倒是,"布里克曼说,"但并非总是这样。这就像某种入门仪式,只有菜鸟,也就是第一次出任务的巡道兵——那些还没有咬骨的武士——才会这么做。再说,这是你们先挑起的。"

佳得利小口小口地享受着鱼肉,问:"你们不杀人吗?"

"当然也杀,"布里克曼说,"有时候,必须这么做,我们要赢回属于我们的蓝天世界。但你们变种人竟然连同胞都杀。"他又指了指沙克塔克和鱼雷的头,"这些家伙也是变种人,和你一样!"

佳得利琢磨着布里克曼的话,说:"在我们的世界里,所有不属于穆卡尔部落血脉的人,都是我们的对手,我们必须保卫自己的领地。

穆卡尔部落是密歇根的九个女儿和芝加哥的九个儿子的后代，许多平原人部落都承认我们是最伟大的，因为我们的渊源可以追溯到旧纪元的诸位英雄。但也有些部落嫉妒我们的伟大，妄图把它夺走。如果有人来挑战，穆卡尔人就必须迎接，至死方休，否则就会丧失威望。没有威望，我们形同草芥。"

"为什么？先暂时避一避，回头再悄悄溜回来，等对方睡着时把他干掉。这有什么不好？"

佳得利不理解这个问题，他耸耸肩，摇头说："这不是武士之道。作为芝加哥的后人，你必须遵循母神摩城指引的道路。"

那是你们运气不好，布里克曼暗想。"那我们呢？寻道民，又扮演什么角色？"

佳得利一脸严肃地看着他，说："你们有很多名字——地腹恶兽、黑城生灵、铁蛇腹中的圆颅虫、死亡使者、奴隶主、邪民、五角奴仆、混沌之君和世界之灾。"

布里克曼尽量板着脸，不露出笑容，说："有意思，在联邦，我们觉得自己才是好人，是你们造成了毁灭蓝天世界的大劫难。"

"我不知道你说的大劫难和蓝天世界是什么。"

"哦，得了吧，"布里克曼张开双臂，向两边一挥，"这就是蓝天世界！你们烧毁城市，让大地荒芜，这就是我们所说的大劫难。是你们变种人，污染了空气，把我们赶进地壳中的避难所！"

"不，你错了，"佳得利说，"是五角大佬①通过他的仆人，也就是你

---

① 即五角大楼，岁月流逝，名称以讹传讹。

们，发动了千阳之战。那场战争摧毁了地球上几乎所有的生命。我们平原人——包括芝加哥的后裔，以及我们的手足兄弟，都幸免于难。我们被摩城选中，身体变得强健，人口逐渐繁衍，我们要在辟邪主降临时，追随他保卫大地。"

"听着，"布里克曼心平气和地说，"我俩不可能都对。我知道到底发生了什么，那些事都记录在我们的档案中。你有什么证据可以证明你说的是真的？"

"证据就在我们字匠的口中，穆卡尔部落的历史会永远保存在我们的火歌中。"

布里克曼大笑起来，说："我可不信。我不在乎雪先生是不是有史以来最伟大的字匠，没人能记住过去九百年发生的每件事！这不可能。美铁联邦处理史实，是依靠储存在硅基芯片中的数以亿计的可被证实的资料档案，而不是靠一帮老头子稀里糊涂的记忆编造出来的故事集。"

"你用了很多奇怪的词汇，"佳得利说，"但我的头脑已经开始慢慢理解它们的意思了。由于那场大战，我们很多同胞生来脑子里就缺少袋子，他们的头脑装不下历史，也放不进掌握高精技术所需的知识。但那些被我们称为字匠的人，得到了摩城赐予的力量，他们拥有一百个大脑，一千条舌头。"佳得利挺起胸膛，扬起面庞，骄傲地说，"我也拥有这种伟大的力量。我知道穆卡尔人的丰功伟绩，古往今来，平原人的历史，以及世界运转的方式。我从能与天音们对话的雪先生那里，学到了这些知识。你说你们有那个哥伦布——一个由高精技术创造的机器，可以保存你们民族的历史……"

"对，在电脑档案里。"布里克曼插嘴道。

"这些词有种死亡的味道，"佳得利说，"不过没关系。但如果你什么都不记得，又怎么知道那些……电脑档案……说的是真话？"

"很简单，"布里克曼说，"像哥伦布这样的计算机，是不会忘记任何事的，它们也不会凭空编造。计算机只是一种机器……"布里克曼顿了顿，"你知道机器是什么吗？"

佳得利摇摇头。

布里克曼环视四周，想找一样可以用来解释这个概念之物。他指着佳得利的弩说："看见这个了吧？这就是一件机器，它能射箭。你用手和胳膊也能把箭扔出去，但弩扔得更快、更远，所以我们才会制造机器。它们做起事来比人更快、更好。计算机是一种可以思考的机器，它的机械大脑可以储存海量的信息。'机械'的意思也是'机器'，你把事情存进去，它们就能记住。计算机还能做很多你无法理解的事。"

"也许那些事也没必要理解。"佳得利说。

布里克曼笑道："你开玩笑吧？美铁联邦一开始不过是地底下的一个洞穴。而现在，多亏了第一家族和哥伦布，我们已经有了单轨铁路连接起来的十二个基地，还有很多基地正在建造。我们有双路电视、地热发电设备、配有自动天气调节系统的水栽农场、激光、飞行器，我们掌握了创造生存环境所需的一切科学技术。可你们呢，你们还处在原始的石器时代。"

佳得利笑了笑，说："可尽管有这么多神奇的机器，你却在这里。"换作雪先生，肯定也会这么说的，佳得利很高兴自己能想到这句话。

"碰巧而已。"布里克曼说。

"那其他掉下来的云武士呢？"

"怪天气加上一点儿坏运气，没什么大不了的。你们应该面对现实了，没人能抵御联邦的力量。你们已经见识过贵妇号的实力，像这样的篷车，我们有二十列，而且还在不断建造。十年后，我们会有一百列。二十年后，我们的站点会从东海岸一直延伸到西海岸。联邦是不可阻挡的，我们是未来，你们是即将被抹去的历史。你们还生活在一个臆想的世界中——天音、摩城、威名……那些都是因为你们吃梦帽吃太多了，我都不知道雪先生那些历史是从哪得来的，但相信我，那不是真的。"

"难道你们不是沙穴人？"佳得利反驳道，"你们不住在南部大沙漠的黑城下吗？"

"那里一点儿也不黑，"布里克曼说，"我还要跟你讲多少次？我们有电力，有氖管灯，像太阳一样发光的长棒。"

"它们无法驱除心中的黑暗。"佳得利说，"我们提起黑城时，指的就是这个意思。真理永远存在于平原人的话语中，千阳之战后，五角大佬和他的奴仆——也就是你们沙穴人——被埋在了大地之下，这是为了惩罚你们对世界犯下的滔天罪行。"

"又是因为表现太好能够破土而出？"布里克曼开玩笑说，"可能你们没注意到，联邦两百年前就开始建设地面站点。我们还在不断扩张道路，再过一百年，整个北美又将重新回到我们手中。"

佳得利摇摇头，说："这不可能。天音们已经告诉雪先生，铁蛇会被击败，你们会被赶回地穴，你们的黑城也将在沙漠中倾覆。"

"真的？"布里克曼说，"这些事什么时候发生？"

"大地露出预兆时，"佳得利答道，"平原人会成为他们的救星辟邪主手中的利剑。"

布里克曼皱了皱眉。这个名字已经是第二次出现在他们的对话中了。"辟邪主？到底是谁？"

"三赐之人。"佳得利说。

布里克曼好奇心大盛，还想再问，但佳得利却没再多说什么，径直走出帐篷。

在接下来的几天里，布里克曼经常同佳得利和雪先生聊天。他们有无穷无尽的有关联邦的问题：它是如何组织运作的，生活在地下城是什么感觉，人们都干些什么，穿些什么，吃些什么。而布里克曼则向他们询问平原人的历史，为何穆卡尔部落会被视作芝加哥后裔中最强大的部落之一，如果不能说是最强大的话，至少是之一。他还会提一些实际问题，比如他们如何保证食物供给，如何度过被变种人称作白死季的漫长冬天。

有时会有三四个甚至五六个变种人聚拢在周围，静静聆听他们的对话。这些人中有长老，也有熊，或母狼。他们会听到半截，突然站起身离开，然后又有新的听众过来填补这个位置。布里克曼觉得这些人无法完全理解他们的谈话，只是来听两个字匠和他的声音，任由语言从心中流过，就像一个人坐在山间小溪旁，倾听潺潺水声一样。

雪先生对联邦在新疆域的"绥靖程序"特别感兴趣。布里克曼详细描述了早期开拓兵们如何征服内外各州的地表世界：南部变种人的抵抗软弱无力，敢于反抗的部落都被扫平，投降的人都被降为农奴身份。大部分幸存的部落被重新安置到半地下站点周围的劳工营，有的地方不允许采取这种方式,就改为由变种人向联邦支付赋税,方式包括劳役、定量金属和化学矿石、木材或其他原材料。这些货物由篷车队拉到地表的锯木场和熔炼加工厂,工人都是变种人,附近站点来的寻道民则担任监工,最后的半成品由各站点送到地壳内的制造厂。寻道民基地附近的采矿工作,则直接由先遣队从地下进行,就像大开闸之前一样。所谓大开闸是指,二四六四年,寻道民打开了第一道通向蓝天世界的永久性接口。

布里克曼还给雪先生讲了"岁子"。大开闸后,联邦发现,变种人妇女偶尔会生出一个"正常人",也就是没有畸形基因的孩子,身体健全,肤色均匀。不知为什么,正常人无一例外,都是男性。所有这样的孩子必须一出生就交给寻道民,如果哪个部落私藏正常人,不向联邦汇报,一经发现,就将立即遭到大清洗。

作为回报,这个幸运的部落可以在十二个月内免除劳役、矿石木材配额等岁赋,所以才有了"岁子"这个名字。这些新生的变种人会被带到一个叫作"农场"的特殊中心。据布里克曼所知,他们会接受与生命研究程序相关的各种测试,然后被处理掉。

"你跟我们的南方兄弟说过话吗?"雪先生问。

布里克曼摇摇头,说:"你没法跟他们说话,让他们理解该干什么就已经够难的了。我是篷车上的飞行员,没机会接近他们。但必须承认,我也没试过。首先,如果这不是你的工作,联邦就不会让你去做。其次,跟他们待在一起的时间过长,有损健康。再说,我从没想过要和一个白……"他尴尬地笑了一下,改口道:"我是说,他们跟你和佳得利不一样。他们……"

"很笨。"雪先生替他说完。

布里克曼耸耸肩，说："如果你想听实话，是的。大部分变种人都不聪明，他们什么也不懂，什么也学不会。"他犹豫片刻，有些忐忑地说："嗯，至少我是这么听说的。"

雪先生点点头，露出理解的笑容，说："那你认为他们会有什么想法？"

"想法？"布里克曼一脸迷茫，很难理解变种人也会有思想，也会对历史给予他们的可怕命运外的生活有别的期许。

"对，"雪先生说，"你想想，他们在奴隶营里干活会有什么想法？"

布里克曼摸着下巴，琢磨着这个问题，说："我不知道。他们活着，不是吗？有一日三餐，也不用和其他部落战斗。"

"而且被铁绳拴着。"

"铁……哦，你是说锁链。"布里克曼说，"对，确实有这回事。但不是每个人都被锁链拴着，只有那些找麻烦的才会。"

雪先生点点头，安静地说："你为什么觉得他们会找麻烦？"

布里克曼轻笑一声："我猜是因为他们不爱干活吧。"

"也许是他们看待世界的方式不同。"

"也许吧，"布里克曼说，"他们必须学会按我们的方式来看待世界。"他笑了笑，想缓和一下言语中的锋芒，"这是我们的世界，这个国家属于我们。那些变种人待在劳工营里，是因为甘愿服从。他们有过选择的机会，而他们的选择是活下去。"

"难道我们只有这两个选择吗？"雪先生问，"当奴隶或是死亡？我们会思考，我们有感觉，我们会呼吸，我们就没有生存的权利吗？"

布里克曼慎重地考虑着自己的回答,说:"我不知道该怎么说。"

"怎么想就怎么说,不用绕弯子。"

"官方回答是'没有',在联邦眼中没有。我们从小受到的教育,都将你们视作动物,我们的责任就是把你们从地球上清理掉。但是……"

"但是什么?"

"如今我遇见了你和佳得利,变得不那么确定了。我,哎,有点糊涂。我是说,你们讲起话来,就跟正常的人类一样。"

雪先生呵呵一笑:"多谢夸奖。"

"而且佳得利,如果撇开他的肤色不看……"

"就跟你们沙穴人完全一样?嗯,我知道问题所在了。没关系。"雪先生拍拍布里克曼的肩膀,"我相信你会想明白的。"他站起身,正要往外走,又转回头说:"如果我跟你说,平原人的祖先是旧纪元的人类——直手直腿的人类,很多人肤色和你一样,你会怎么想?"

布里克曼觉得现在应该是施展外交手腕的时候了,说:"自从遇见了你,我得说,万事皆有可能。"

雪先生咯咯地笑起来:"布里克曼,你真是个机灵鬼,你会干出一件大事的。"

看着雪先生渐渐走远,布里克曼有种模模糊糊的感觉,觉得老字匠和他的继承人正牵着自己的鼻子走。布里克曼过去总能比别人快一步,并以此为傲,被蒙在鼓里的感觉让他心烦意乱,雪先生才是机灵鬼呢。布里克曼忽然觉得,正如他能"预见"到几秒钟后的某些小事一样,这两个变种人可能也具有某种看透他思维的能力,比如他一有机会就准备逃跑的心思。也许这就是雪先生听他说话时,脸上总挂着笑意的缘故。不过换句话说,虽然布里克曼从不故意巴结地说好话,但没准他们真的喜欢和他聊天。布里克曼是个俘虏,但他的天性绝不允许他卑躬屈膝。到目前为止,他直率的言谈似乎效果不错。这两个变种人并不在意他的冒昧直言,实际上,他们似乎还鼓励他这样做。

和他的理性判断相反,布里克曼发现自己越来越期待这种被变种人称作"唠嗑"的每日聊天。有件事他绝对不肯承认,就是从某种角度来说,他真的开始同情这些变种人了。不同于他以往故意精心设计的那些虚伪伎俩,这次的感觉百分之百出自他的真心。布里克曼仍然觉得他们不过是一群奇形怪状的原始野人,浑身上下臭得好像甲级垃圾处理场。但穆卡尔人怡然自得的生活方式,截然不同于联邦那种森严冷酷的活动程序。从出生的那一天起,布里克曼就被纳入了这个程序。现在,他的心灵被撕成了两半:一半是因自己意志薄弱而怒气冲天,抗拒着陌生的生活方式;而另一半则屈从于地表生活那诱人又危险的吸引力。

尽管受到多年教化,但布里克曼某些长期以来就被埋没的本能还是在逐渐苏醒。这种本能正在对蓝天世界做出反应——就和他首次一个人飞行时一样。但必须承认,到目前为止,他还是个受到特殊照顾的人,他不用去捕猎食物,也不用顶着瓢泼大雨或是暴雪在明火上做饭。他享受着客房服务和一大堆护士的照顾,而且自从他坠机以来,部落的领地从未受到骚扰。也就是说,哪怕跟联邦比起来,他现在的生活也很惬意,就像住在一个五星级粪堆里似的。

但还不仅如此。

当上穆卡尔部落的俘虏后，布里克曼的第一个重大的发现就是这里的寂静，一种几乎类似催眠的祥和与安宁慢慢爬进他的心灵，这里也有声音，但都出于自然。风过树梢声，流水潺潺声，生活起居声，人们的话语和歌唱，孩子的欢笑与哭叫，还有安抚他们的呢喃柔语，木管吹出的音乐，跳脱的音符在空中回荡，一切的一切，在布里克曼心中引起一阵阵令他不安的共鸣。

这是一种最简单不过的乐器，但在联邦却不为人知。在那里，所有音乐均由电子合成，而且除了二十一点这种违禁品外，全都在第一家族的掌控下。最重要的是，平原人中没有争吵，没人呵斥你干这干那，你的眼睛、耳朵也不会被情绪激昂的电视、广播不断刺激。尽管不存在任何极权统治者，整个部落却有着统一协作的精神。他们不受纪律约束，可一旦有需要，就会紧密地团结起来。

这是一种归属感，一种不用说出口的亲情，一种……

觉悟。

没有任何预兆，这个词和它的全部含义骤然攫住了他。

第十四章

有一天,布里克曼刚和雪先生聊过天,佳得利就领着一个叫三度[①]的老白痴来见他。两个变种人带了几根刚砍下来的树枝,三度还拿着弯刀、削皮刀、锥子、骨针和粗糙的手制细线。佳得利让布里克曼在帐篷外的泥地上画出联邦使用的拐杖图样,寻道民的拐杖是由金属制造的,所以必须做出某些修改。经过一番讨论,布里克曼画出了修改后的草图。这项设计和二十世纪早期伤员们所用的老式木质拐杖非常相似,当然,这一点布里克曼也不知道。设计好之后,三度便开始用他带来的原始工具进行制造,动作熟练,技艺精湛。布里克曼注视着他,难掩脸上的惊叹之情。在佳得利的不时指点下,三度很快就做好了一对拐杖。接口牢固平整,臂架上还垫了一层快步皮。

佳得利把布里克曼扶起来,站在一旁,看着他借助拐杖磕磕绊绊地走了几步。布里克曼的左腿还完全不能用力,左肩和受伤的右臂也很僵硬,但多少恢复一些移动能力,这其中带来的快感,远远超过身体上的任何不适。

布里克曼逐渐掌握了用一条腿走路的窍门,越走越带劲。

[①] 活跃于二十世纪七十年代歌坛的美国费城女子三人组。

三度高兴地笑着问道:"好用吗?"

布里克曼满意地点点头:"帅呆了。"

三度迷惑地看着佳得利。

"旧纪元的词,"布里克曼说,"意思是——非常好。"

"头等,"佳得利解释说,"顶尖级。"

"啊,对,好极了。"三度笑着收拾起自己的工具,"祝你愉快。"说完,他拍拍布里克曼的胳膊,然后溜达着走了。

一个给布里克曼送过几次饭的女变种人走过来,胳膊上搭着他那身迷彩飞行制服。衣服显然洗过了,坠机时撕破的地方也已被勉强缝好。布里克曼在佳得利的帮助下穿上衣服,他很快发现口袋里的求生装备都不见了,顿时感觉自己好像仍旧半裸着似的。

"我可以走多远?"

"随你便。"佳得利说,"但为你的安全着想,我劝你还是待在营地内。"他笑了笑,"地表世界是个危机四伏的地方。"

布里克曼点点头:"就这么多?"

"不。如果没有受到邀请,不要进入任何帐篷。你可能会看见尖铁和工具,但不要去碰。也别拿任何食物,除非是别人送给你的。"佳得利笑了笑说,"我们这很多人巴不得找个借口把你的脑袋戳在棍子上。晓得吗[①]?"

"明白。"布里克曼说。他把"晓得""对头"和其他字匠说过的新词记在心里,存档归类。布里克曼发现变种人有两种不同的语言模式。

[①] 原文为意大利语。

第一种是正式语,有很多古怪的省略语法,词句间充满着比喻,变种人的歌曲就是用这种语言写成的。可能正因如此,它才被称作"火语"。武士们向别人致意,进行正式交谈,或是遭遇敌人时,都会使用这种语言。佳得利似乎是个很在乎身份和规矩的人,一开始他也经常用火语说话。但如今他和雪先生谈话时用的是一种混合语,包含了变种人的语言和他们从布里克曼口中学来的联邦基础用语。第二种通俗些的语言叫作"巧语",它比较接近基础语,和开拓兵的俚语一样,有一种幽默、生动的率直感。巧语还包括一个很有趣的分支,叫作"爵士语",这是一种半秘密性质的武士用语,如果没有翻译,外人基本上不可能听懂。

布里克曼把腋窝下的拐杖调整好,直至舒服,才踏上被俘以来的首次营地之旅。穆卡尔部落的帐篷散布在一处林木茂盛的高地上,早上的天气晴朗爽冽。附近的山坡上同样覆盖着深红色的针叶林,只是比较稀疏。西方,远处的山脉高耸入云。布里克曼记得自己养伤时,营地至少迁移了四次。他曾在篷车上研究过附近的地形图,估计部落应该是向西方迁徙了,问题是没有地图,他不知道穆卡尔人到底走了多远。营地里很多帐篷都支在空地上,没有任何隐蔽措施。显然穆卡尔人不再担心空中侦察,这说明他们认为此地已不在天鹰的巡逻范围之内。

布里克曼绕着穆卡尔营地蹒跚而行,观察变种人的日常生活规律。每天早晨,熊和母狼都会结成小队,前去捕猎,太阳落山后就会带着各种猎物返回营地。熊群通常会带来长着大弯角的山鹿,有一次甚至打来一头野牛,母狼们则更善于捉鸟捕鱼。另外还有些男女混合的武士小队,担负着守卫之责。有的小队会一动不动地蹲在营地周围的高地上站岗放哨,有的则沿着部落画下的领地边界巡逻。如何躲避这些目光锐利的哨兵,是布里克曼逃亡计划中最重要的难题之一。

在探索间歇,布里克曼曾几次坐下来听雪先生给变种小孩上课,他很佩服老人的耐心,雪先生总是不厌其烦地给那些孩子讲授基本常识。听过几次后,布里克曼发现许多课程和故事以前都讲过了。迄今为止,他的交谈对象主要是这两位字匠,经过这些问答对话,他几乎把变种人的主要缺陷忘得一干二净。现在,布里克曼又想起来了:这些人天生就有健忘症。他在营地溜达时曾遇到过三度,但这个老傻瓜根本没认出自己的作品,就连布里克曼是谁,他也只有个模糊的印象。

穆卡尔幼兽们始终把布里克曼当成满足好奇心的对象和乐趣的源泉。和三度一样,他们似乎已经忘记了他在轰炸玉米地时扮演的角色,但布里克曼自己却难以释怀。跟在他屁股后面的那些小孩子身上,都有永难消退的烧伤,这些令他深感自责,无法忘记,那正是他准确投下的凝固汽油弹的杰作。

有些大孩子表现出几分敌意,从他身边跑过时,会故意冲撞一下,又或是绕着他蹦来跳去,讥笑、辱骂、扮鬼脸,还有些故意在他路过时玩一种粗野的追逐游戏,趁躲避追兵时往他身上全力猛冲。布里克曼曾被"意外"撞到过几次,有一回他被撞翻在地上,两个十三岁的孩子抓起他的拐杖,在头上挥舞,像耍格斗杖似的,相互格挡敲击。这当然只是个游戏,不过意图显而易见:他们希望把拐杖打折,让布里克曼四肢着地,像负伤的野兽那样,爬回帐篷去。

幸运的是,那个时候雪先生刚巧路过。他把孩子们轰走,扶起了布里克曼。他抱歉地说:"他们太调皮了……"

"噢,没事的。"布里克曼说。这没什么好抱怨的。此后,他便改变了自己的锻炼日程,等到雪先生给孩子们上课时再去散步。他们要是放了学,他就尽量待在自己和佳得利的帐篷附近。

大部分成年的变种人,也就是所有十四岁以上的人,都以一种客气与猜忌兼有的态度对他。人们不会刻意避开他,但除了听他和雪先生、佳得利谈话以外,也不会来找他。有些男女武士一看到他走近,就会背过身去,以表达心中的不满。如果他们正坐在一起聊天,除非他走远了,否则他们就不会再谈下去。这是典型的冷遇,他就像条迷路的野狗,可以被容忍,但不会有人亲近。有口残羹剩饭赏食,但他永远别想成为大家庭的一员,能和大家一起坐在火炉边端着碗吃饭。

布里克曼和两位字匠会时不时地唠嗑。但他发现每天大部分时间都是没人搭理的,除了思考和锻炼身体,他完全无所事事。所以他给自己制订了一套理疗计划,每天进行六小时的大运动量锻炼。他一面大汗淋漓地恢复着耐力和力量,一面继续研究逃亡计划,根据自己对穆卡尔人日常活动和营地布局的了解,不断进行修改,增补各种细节。

日子过得很快,布里克曼逐渐相信穆卡尔部落并没给他安排什么特别的结局。菜单上没有"烤云武士",也不存在 X 计划,他们只是在等待某些事的发生。作为一个联邦的寻道民,布里克曼完全被穆卡尔人的态度搞糊涂了。暗中怀有敌意没什么大不了的,但几乎不受约束的自由状态却让他难以理解。虽然没有镣铐和看守,但他毕竟是变种人的囚犯。可现在既没人监视他的行动,也没人问他要去哪,或是去了哪,他受到的限制几乎可以忽略不计。表面来看,如果他想逃跑,只要走出营地就行。但他能走多远?穆卡尔人对他完全放任自流,这种态度倒让他觉得徒步逃亡恐怕没那么容易。既然他的笼子上没有栅栏,那就说明变种人相信他们可以轻而易举地将他抓回来,就像捕猎快步和野牛一样简单。

布里克曼从小到大一贯勤奋刻苦,对待这个锻炼计划也同样卖力,没过多久,他就恢复到可以靠双脚自由行走了。那一天,他扔掉拐杖,绕着帐篷迈出自信的步伐。站在头柱旁的佳得利和雪先生都为他鼓起掌来。布里克曼转了一圈,走回插着沙克塔克和鱼雷腐烂头颅的柱子前。他干劲十足地向前挥出右拳,"啪"地打直,行了个开拓兵军礼,一阵刺痛蹿过仍然没康复的筋骨,算是对他这番冒失举动做出的惩罚。

布里克曼忍住疼痛,抿着嘴,微微一笑,随即拿出风度,向两位恩人道谢:"我想告诉你们,我真的很感激你们为我做的一切。"他顿了顿,深吸了口气,"有句话我很想问,也许将来会后悔问了,但我必须问,你们干吗费这么大劲把我救活?"

"我没空给你解释。"雪先生说完把手一挥,不再让他插嘴,"别担心,你很快就会找到答案。"

但布里克曼却不肯就此罢休:"这听起来很不妙啊!"

雪先生笑了一声:"我能跟你说什么呢?现在我只能说你会活下去。够了吗?"

"但……如果你已经知道会发生什么……"布里克曼还是不依不

饶。

雪先生很有耐心地叹了口气："听着,年轻人。即便我现在说了,你也不会相信。你有强大的心灵,它拥有诸多潜能,但还没向这个世界敞开。你看不到世界真实的一面,只是固守着自己脑海中的那一套。"

"你在地下生活得太久了,"佳得利说,"你的眼睛和耳朵都塞满了沙子。"

雪先生蹲在布里克曼身前,用手捋着他左侧膝盖到脚踝之间的小腿,动作轻柔至极,手指似乎只碰到他的裤子。"嗯,感觉不错。"他站起身,握住布里克曼的左腕,让他弯曲手臂,检查肌肉运动,"如果所有病人都能愈合得这么好,那该多好。"雪先生友善地拍拍他的胳膊,"继续锻炼,再过半个月,你就可以准备大逃亡了。"

雪先生看着布里克曼一脸惊愕的表情,不禁哈哈大笑。他看上去就像个正偷糖吃却被人发现的小孩子——这是旧纪元的俗语,雪先生二十五个冬天以前就听说了这句话,此后一直非常喜欢。"放松些。你想回自己的洞穴,这很正常。"

"地表并没吓倒我。"布里克曼反驳道。被人捉个正着,打得措手不及,让他心里十分不舒服。

"哦,确实没有,"雪先生说,"可本来应该会的啊。南方传来的消息说,你的同胞们喜欢挤在一起,就像快步似的。但你似乎并没受到太大影响,我想知道这是为什么。"

"我是飞行员,"布里克曼答道,"我们跟一般人不同,是万中选一的精英,而且,还受过单独执行任务的训练。"

雪先生郑重其事地点点头："我明白了……很好。你只需要记住一件事，一旦走出穆卡尔领地边界，我和佳得利就保护不了你了。晓得吗？"

"别担心。"布里克曼故作轻松地说，"如果我准备上路，会提前通知你们的。"

"很好。"雪先生的眼中闪烁着淘气的光芒，"有件事我得跟你讲明，布里克曼，我向来什么都不担心。"老人说完，转身离开，佳得利也跟了上去。

走出一段距离后，佳得利问："让云武士发现您知道他在想什么，这样好吗？"

雪先生笑着说："就眼下的情况来说，这是最好的。我们这位偷偷摸摸的朋友，属于喜欢挑战的那种人。"

左腿力量恢复得差不多后，布里克曼便把慢跑加入锻炼日程中来。他不断延长跑步的距离，不断改变路线，逐渐了解穆卡尔领地周围的地形状况。有一天，他跑到一处可以俯瞰下方山坡的地方，正在休息时，忽然发现一队熊群刚巧离开营地去办什么事。他们以一种轻松自如的跃动步伐持续前进，敏捷地跑下山坡，然后在平原上一英里接着一英里地奔跑，最终从他的视线范围内消失。布里克曼跑完既定路线后，回到同一地点，耐心地等待了五个小时，他的守候终于有了回报，那队熊群再度出现，迈着相同的整齐步伐，轻轻松松跑上山坡，和出发时没什么两样。

布里克曼跑回营地，正赶上熊群到达。他本以为这些变种人会累得面红耳赤,精疲力竭,疲惫地瘫倒在地,但他们居然大气都不喘一口。这些人四处闲逛,有一搭没一搭地跟家人和欢迎他们归来的族人聊天,有几个甚至又跑去参加一种奇怪的游戏:一张网高高挂在两根柱子之间,两队人把一个鼓鼓囊囊的气球抛到网上,互相打来打去,看起来似乎挺有意思。

布里克曼终于意识到自己为什么没人看管了。如果他试图徒步逃跑,那不仅需要把身体恢复到最佳状态,还需比追踪者提前至少一周上路。由于变种人的耐力出众,他根本就逃不了多远,这迫使他得重新修改逃亡计划。只有一种方法可以保证不被他们追上,那就是——飞走!

布里克曼其实早就转过这个念头,那时他还躺在病榻上,做着胜利后返回联邦的白日梦。他本来已经打消了这个荒唐的念头,可现在却不得不重新开始考虑这个计划的可行性。毕竟,穆卡尔人在八十号公路上的老营地附近,曾经击落过至少三架天鹰,他自己的那架掉进了玉米地,法兹蒂和内勒的则坠毁在森林——也就是车长等人猜测的部落隐蔽之地。布里克曼在和穆卡尔人共同生活的这几周里,看到好几十个变种人身上戴着蓝色太阳能薄膜碎片,或是缠着几段电线。有些武士的皮盔上缝着刻度盘,有几个孩子还曾经把一个小着陆轮滚着玩。这说明他们可能已将找到的天鹰拆散了。

布里克曼并不希望重建一架完完整整的天鹰,这几乎是不可能的。但如果穆卡尔部落保留了一架或几架天鹰机身的部件,那没准能想办法凑出足够的材料,制造出一架滑翔机。经过飞行学院的高强度学习,他的知识储备和技术能力足以造出一个简易飞行器。但没工具可不行，而且，这么大的工程是不可能秘密进行的。他必须交些朋友，给旁人施加些影响，这当然不成问题。只要能收集到足够的材料，他就可以为佳得利提供一个学习飞翔的机会。这位年轻的字匠把自己看得很重，也很在乎身份地位——白痴们称之为"威望"，他肯定会好好把握住这次机会。通过他，布里克曼就能得到像三度这样的穆卡尔工匠的帮助，也许有些变种人还掌握着联邦所不了解的能力。通过修造一架滑翔机，他也可以看看平原人到底有多聪明。

布里克曼沿着营地中的小路漫步，详尽地考虑每个细节，一幕幕画面陆续在他眼前浮现，犹如播放录像般清晰。根据他的设计方案制造出来的飞行器，在学徒急切渴求上机之前，肯定需要由他这个老师做一次测试。他的帮手们定会对完美的起飞过程赞叹不绝，他在他们头顶俯冲滑翔时，这些人一定会欢呼雀跃。看到他像翱翔天宇的苍鹰一样提升高度，他们会感到无比骄傲，完全意识不到这次测试飞行的终点是逃亡点，就在几百英里外距此地最近的联邦车站。他们会目瞪口呆地看着他远去，露出呆傻的本来面目。最棒的是，那两个自以为是的字匠这次将被彻底涮上一回。这个计划很棒，有格调，够气派，比起同一帮叽叽嘎嘎的呆瓜赛跑，不知要好上了多少万倍。

佳得利晚上和布里克曼一起吃饭，布里克曼利用这个机会，谈起了他在新墨西哥飞行学院三年的学习生涯，最后着力描述他的首次地表单飞。佳得利听得很入神。布里克曼睡觉后，佳得利便来到雪先生的帐篷。他们盘腿坐在席子上，分享一烟斗的彩虹草。

"他希望打造一个箭头，好教我像云武士一样在天空奔驰。"

"我知道……"雪先生的声音缥缈在两人之间的烟气中。

"有什么不对头的地方吗？"

"完全没有。"雪先生深深吸了一口，把烟气摄入肺中，微笑凝固在他的脸上，还原如初。几分钟后，烟气散去，他才说："他走在天音为你铺好的道路上。"

佳得利接过烟斗，吸了几口，脑袋上便长出了翅膀。彩虹草起了作用，过了一会儿，他的头脑才和嘴巴重新联系。"帮他制造箭头，可以让我学习高工艺的知识；像苍鹰一样飞翔，可以为我赢得更大的威望。您是我的老师，"他把烟斗递了回去，"这些礼物应该先送给您，然后我才能收下。"

"你只管去做吧，"雪先生说着，挥了挥烟斗，"我只想靠这管烟斗离开大地。"

布里克曼关于部落西进的猜测是正确的，但迁徙的原因就没都猜对了。部落长老们决定撤进西方相对安全的高地，最主要的目的，当然是在找出对付天火和沙穴人长尖铁的办法前，躲避箭头的搜寻。但还有第二个同样紧迫的原因，那就是希望在熊群重获威望前，避免遭遇任何来自其他部落的挑战。熊群在铁蛇之战中逃跑，按武士的老话来说，他们实在是失了大面子了。根据平原人不成文的律法，没有威望的武士不配携带尖铁，也不能和其他武士单挑。穆卡尔的领地长期被蒂万部落——也就是沙克塔克和他那三个同伴所属的部落骚扰。所以滚石下令全族撤入西方高耸的群山之间，让熊群做好"咬箭"的准备，通过这种证明勇气的传统仪式，让他们恢复战士的地位。

雪先生和佳得利邀请布里克曼列席典礼。看着大火堆上升腾的烈焰,听着低沉的隆隆鼓声,布里克曼心想这次大概可以听到期待已久的传说中的火歌了。自从被俘后,布里克曼只听过一些独唱的哀歌,有时还伴有一种芦管吹奏的凄切音调,却始终没听过火歌。但这次,他的希望又落了空,呈现在他面前的,分明是一场可怕的自残仪式。雪先生向他解释了其中的缘由:高亢激昂的火歌,唱颂的是穆卡尔部落往日的丰功伟业;失去威望的武士不配聆听火歌,他们必须先咬箭。

布里克曼坐在佳得利身边,像着了魔似的,看着第一位穆卡尔勇士跪在部落酋长滚石的面前,双手递上一支弩箭。此箭由勇士们自己制作,削出直杆,箭头四个锋刃磨得很锋利。滚石将箭高举过顶,掰着箭杆,向周围展示。佳得利说,这是为了证明箭杆的坚韧性。那位武士双臂左右平伸,五指张开。跪在面前的两位长老也伸出自己的手,紧紧贴在武士的手上。

"看着他的手。"佳得利轻声说。

布里克曼目不转睛地盯着那双手。鼓声和木质打击乐器的噼啪声越来越急,越来越响,几乎到了要将人催眠的强度。火光以外的黑暗中传来一阵吟唱,与敲击声相和。

跪在地上的勇士深吸一口气,大喝一声:"嘿呀!"

滚石猛地把箭尖从他左脸插入,又自右侧穿出,动作快如闪电。布里克曼感同身受地打了个冷战,他本以为勇士的双手会攥成拳头,但那人坚强地承受着疼痛。他伸开的十指仅是略微颤抖,手掌并没有离开长老们的手心。勇士站起来,转身面对整个部落,牙齿紧紧咬住箭杆,双臂仍然大张。他的手肘始终保持与肩膀平齐,手掌慢慢靠近头部,最终抓住弩箭的头尾。武士猛一闭嘴,咬了下去,箭杆折断,他接着将两截断箭从脸上抽出,举过头顶,潇洒地挥舞了几下,随后上前一步,把嘴里的碎屑吐进篝火。

"嘿!呀!"整个部落沸腾了。阵阵欢呼声和黑暗中传来的吟唱声融合为一。

布里克曼呆坐在原地,只看得心惊肉跳。

参加过今昔河之战的穆卡尔武士们一个个走上前去进行着咬箭仪式。先是佳得利的几个幸存的部族兄弟——摩托头、黑顶和钢眼,随后还有巧克力棒、亨利·K、中等白①、曲线旋律②、欧斯毕撒③、七喜、汉堡王、海湾石油、戴维营,以及很多布里克曼不知道威名的武士。

大概五十多个勇士完成仪式之后,布里克曼终于能够勉强忍耐了胃部的不适之感,却又看到了一幕全新的惨剧。一个名叫固特异④的武士没能通过考验。布里克曼估计他只有二十多岁,但变种人的年龄很难判断。滚石把箭插进他的面颊时,固特异猛地一颤,双手攥起拳头,胳膊也往回一缩。跪在两侧的长老立刻抓住他的手腕,站起身来,将他的胳膊拧到背后,把头往下一按。布里克曼还没反应过来是怎么回事,另一位长老就从滚石身后的黑影中走出,举起一柄沉重的石锤,以千钧之力砸在他的后脑上。

"克里斯托夫·哥伦布!"布里克曼倒吸一口冷气,一把抓住佳得利的胳膊,"这些家伙就没有补救的机会吗?"

---

① 二十世纪七十年代著名的灵魂爵士乐团。
② 英国前卫民谣摇滚圈。
③ 一支加纳乐队,一九六九年由四位非洲音乐家和三位加勒比音乐家建立。
④ 著名轮胎品牌。

佳得利没有回答。四个已经通过考验的武士跳起身来，抓住固特异的手脚，把他猛地扔进火堆中。一时间火星飞溅，可怕的焦灼声噼啪作响，火苗冒了起来，鼓声、敲击声和吟唱声也提高到狂热的程度。

"他们全都疯了，"布里克曼在心中惊呼，"要不就是严重脑残，没有痛觉。"但他又回想起今昔河之战，想到开拓兵指挥官巴克·麦克唐纳站在工程师巴伯驾驶的挖掘机座椅后，一支支弩箭从他耳边飞掠而过。他想到考尔菲尔德坐在飞行甲板上的天鹰里，一支弩箭刺穿了他的太阳穴，使他的眼珠挂在鼻子上，人们把他拉出驾驶舱时，他还不断叫喊着："别管我！我没事，我没事！快去！去把那些狗杂种干掉！"

那个叫固特异的，没能通过武士考验，所以被穆卡尔人当场处死。但在大中央，执行任务失败的开拓兵会在摄像头面前被枪决，贵妇号指挥官哈特曼这会儿没准就在经历这一幕。人肉的焦臭味钻进布里克曼的鼻孔，这又让他想起，自己也曾用相反的手段做过与此相同的事情：他曾把火堆扔到人们身上，瞄准这些坐在他周围的孩子们，投下汽油弹，火焰烧得他们……布里克曼满脑子里都是痛苦，"啊，我们都疯了！"

变种人又往火堆里添了些木柴。固特异的尸体变黑变焦，渐渐混入炽烈的余烬中，烟消云散，也被变种人永远遗忘了。这仪式一直持续到了深夜，武士们一个个咬断带血的弩箭，将中间的碎屑吐进火焰中。佳得利告诉他，咬断的两段弩箭，将做成一个项链，武士们会骄傲地佩戴着它，以此象征自己的勇气。

布里克曼不知道时间过了多久，他觉得疲倦极了，永无休止的鼓声和吟唱声在耳中变得单调压抑。他希望站起来，伸个懒腰，爬回自己的皮毛褥子上,好好睡上一觉,但他不敢离开位子。整个部落都陷入了兴奋状态,谁知道接下来会出什么乱子? 他有种不祥的预感,要是在那些一直看他不顺眼的熊武士中,有哪个人想要找点乐子,发起疯来……

最好还是待在佳得利身边吧!

佳得利侧身靠过来,把一些东西塞在他手里。"拿着,"佳得利低声说,"以防万一……"

布里克曼向周围偷眼看了看,似乎没人注意到佳得利的小动作。他假装不经意地抬起右手,用拇指和食指揉了揉鼻子,同时瞥了一眼手里的东西,是一撮梦帽。他慢慢将手掌滑到下巴上,舌头一舔,将草药吃进嘴里,轻轻地嚼了起来。佳得利把梦帽给他的那种态度,让他觉得自己最好听话。但佳得利说的"以防万一"又是什么意思呢?

又是一阵欢呼声, 又是一个穆卡尔人跪下来让滚石戳穿自己的面颊,排在后面的武士队列似乎永无止境。布里克曼瞟了两眼坐在旁边的几排人——熊和母狼、穴母、幼兽。怎么,不会吧,他们都要咬箭吗? 布里克曼往大火堆对面看去,透过几排变种人的间隙,他无意中瞥到一张面庞。啊,这是一张他有生以来所见过的最美丽的面庞! 当布里克曼意识到这张脸属于一个女性变种人时,心中不禁大为惊骇。在跃动的火光下,很难看个清楚,但她的皮肤似乎光滑如镜——和佳得利一样。她脸上那些深浅不一的斑纹,除此以外,即便相隔较远,布里克曼也能看出它完美无瑕。

还有她的一双眸子! 犹如两点蓝色焰火……

他们目光交汇的那一瞬间,布里克曼感到一阵难以名状的悸动,一股战栗感顺着脊梁骨直往下蹿。他有种疯狂的冲动，想要站起身走到女孩身边，可又不敢离开自己的位子。他的目光必须绕过佳得利，才能看到那个女孩。为了掩饰自己的意图，他刻意挪开目光，看着下一位武士咬断箭杆，从脸上拔出，接着又把视线慢慢转回女孩所坐之处。那张俏脸也正向这边望来，目光等待着与他相汇。

"啊，你疯了！"布里克曼心中呢喃，"快，控制住自己！她是个傻瓜，她的身体没准僵硬得跟袋石头似的。"即使并非如此，这个念头也是不可想象的。他又把目光挪开，暗地里斥责自己："你在做梦，布里克曼，这是梦帽的作用。你和这帮白痴待得太久了，开始把他们看作真正的人类。保持冷静，放松放松！"

但这不可能。布里克曼只觉得浑身痒痒的、刺刺的，他正被一种从未体验过的、难以言喻的感觉吞噬。他又偷偷绕过佳得利，向那边望去，几个变种人站起来去排队，正好挡住了他的视线。他们走过去后，布里克曼的心猛地一沉，啊，她消失了！佳得利那个可怕的部族兄弟摩托头取代了她的位置，高大的武士正盯着他，目光中带着毫不掩饰的敌意。布里克曼避开摩托头的视线，在火堆旁的人群中搜寻，但怎么都没找到变种女孩的踪影。

佳得利突然站起来，向部落长老们组成的半圆走去，他来到雪先生所坐的地方。布里克曼看到他盘腿坐在雪先生的右后方，双手搭在膝头，闭上眼睛，似乎在沉静身心。接下来的情形又让布里克曼大吃一惊。最后一个失去荣誉的变种人咬过箭，重获武士身份后，滚石伸开双臂，向面前的部众发话："我们武士的鲜血流得又热又急！他们证明了自己配得上在战斗中携带尖铁的荣誉，穆卡尔部落再次成为平原人中的霸主！"

"嘿呀！"整个部落为之沸腾。

雪先生和佳得利站起身，走到滚石两旁。

酋长再次张开双臂："现在让我们也来咬箭，证明自己足以带领勇士中的勇士！"

"呀！呀！呀！"人们齐声吟唱。长老讲话时逐渐消隐的乐声又恢复了先前的节奏和音量。

"我一开始就猜对了，"布里克曼暗想，"他们都是疯子。"他总算明白了，佳得利刚才为什么要闭上眼睛，这个年轻的字匠是在为接下来的仪式做精神上的准备。有意思，这些变种人是不是有什么切断痛觉神经的方法？这个技巧倒是值得学一学。怪不得他们能够无视贵妇号的攻击，始终猛冲猛打。变种人太傻了，根本不知道害怕，就算被子弹击中也浑然不觉。

一个名叫诺克斯堡的武士走上前来，脸上还淌着血。他接过滚石递来的箭，在头顶挥舞两下，让所有人看到。老变种人跪在他面前，张开双手，放于另外两个武士的手上。布里克曼看到摩托头就站在诺克斯堡身后，粗壮的手指攥着那柄沉重的石锤。"他都不需要那玩意儿，"布里克曼想道，"他看上去是那种即便赤手空拳，也能把你脑袋打扁的家伙。"

"嘿呀！"滚石大喝一声。

诺克斯堡一箭刺穿老傻瓜的脸，滚石的双手纹丝不动。在梦帽的作用下，布里克曼距离他们仅有一步之遥，看到这一幕惨相，他连眼皮都没眨一下。滚石站起来，转过身向部众展示脸上串着的箭，然后一口咬断。

"嘿呀!"穆卡尔人齐声欢呼。

"干得好,老家伙,"布里克曼想道,"很高兴被扎的是你而不是我。要是每次部落被迫撤退都要来这么一下,那这个当头的还真不是一般人。"

雪先生和佳得利随后顺利通过考验,他们居然也参与其中,这让布里克曼也吃了一惊。这两个人那么聪明,不应该用这么原始野蛮的方式展示自己的气概。只要稍微动动脑子,他们就能想出脱身的办法——甚至可以发明点新规矩。

佳得利拔出断箭,将最后一段吐进火堆,人们为他欢呼喝彩。"好了,"布里克曼一边想一边忍住打哈欠的冲动,"现在我们可以回家了。"他正要站起来,却发现所有人都纹丝未动,连忙又坐回去,盘起腿来。突然间,他发现摩托头那闪闪发亮的黑眸正盯着自己,一股冰凉的惧意顺着脊梁蔓延至脚下。这个肌肉虬结、身体壮实的变种人手里擎着石锤,大步流星地走过火光摇曳的空场,来到布里克曼前方,隔着三排变种人,冷冷地注视着他。

摩托头抬起右臂,用锤头指着布里克曼,说:"兄弟们,我们现在该拿这只乌鸦怎么办?"

布里克曼心中一惊,目光一扫,发现所有人都在看着自己。黑顶和钢眼走过人群,站在了他的身后。"嘿,伙计,"布里克曼迷迷糊糊地想,"看来是有大麻烦了,不,冷静,冷静,让雪先生处理……"

摩托头向大伙说道:"这只乌鸦在折翼之前,不是毁了我们的农田,杀了我们的幼兽吗?为什么要让这乌鸦活在我们中间?他夺走了我们嘴里的食物,填饱自己的肚皮。没翅膀的小虫是没有威望的,他把火焰扔在别人身上,应该也让他尝尝火焰的滋味!"

"嘿呀!"人群中响起一阵"愤怒"的咆哮。并非所有人都做出了回应,但显然有很多人都赞同摩托头的提议。

黑顶和钢眼抓住布里克曼的胳膊,把他拽了起来。

布里克曼的脑袋被梦帽搞得昏昏沉沉,他像醉汉一样挣扎着,笑呵呵地问:"嗨,得了吧,伙计们,这是干什么?!"

雪先生上前一步,和摩托头一样,由于嘴上的伤势,他说起话来也有些含糊不清:"放了他!他有威望。天音们跟我提过这个云武士,辟邪主的影子落在他的身上!"

黑顶和钢眼正要放开布里克曼,摩托头却打了个手势,要他们别动。他想:"辟邪主的影子不会落在小人身上。"他又转身向部众寻求支持,说道:"各位,一名武士会糟蹋大地的果实吗?这只乌鸦杀死了那些还没有咬骨的幼兽,佳得利把他从天上射下来后,他居然还乞求活命……"

"嘶啊……"人们发出嘘声。

摩托头指着佳得利,责问道:"难道不是这样吗,字匠?"

佳得利犹豫了片刻,看了一眼布里克曼,沉着脸,点点头,说:"我兄弟说的是实话。"

"哦,太棒了,"布里克曼糊里糊涂地想,"万分感谢……"

黑顶和钢眼将布里克曼拽到部众前,将他的胳膊扭到背后,强迫他跪在地上。布里克曼用余光看到摩托头举起那柄大石锤,他的头脑迅速丧失了反应的能力。"我不相信。"布里克曼心想。可他却只能任由脑袋无力地耷拉下去,只觉它轻飘飘的,没有重量。

雪先生抬起双手,道:"别动!他已被饶恕,这是辟邪主的旨意!"

摩托头把锤子扛在右肩上。"我也做过些梦,长者。"他指着布里克曼说,"这是死亡的使者。如果让他行走在大地之上,真是辟邪主的旨意的话,那就请我主取回这只乌鸦的灵魂吧,放进更加勇敢的身躯里!"他抓紧粗糙的石锤,高高举过头顶。石锤划过一道弧线,猛地落下,准备结果布里克曼的性命。

就在这时,只听"砰"的一声巨响,锤头炸裂开来,仿佛被一道无形的闪电劈中。这股神秘的力量击中锤子后,令摩托头倒飞了出去,仰面倒地。雪先生、佳得利、黑顶和钢眼都退后几步,徒劳地挡住面庞,想遮蔽尖石化作的碎雨。布里克曼脸朝下扑倒在地,大部分碎石仿佛在某种超自然力量的作用下,沿着爆炸的气流蹿到摩托头身后,然后一拐弯,向天上飞去。几个人被震得顿时耳鸣,什么都听不见,精神有些恍惚,但并未受伤,附近惊愕至极的部众们慌忙跑过来,扶起他们。

摩托头躺在地上气喘吁吁,只觉得头晕目眩。雪先生走到他身边,轻声说:"也许这能让你学会不要再莽撞失言,这下没打在脑袋上,算你运气好。"摩托头晃晃悠悠地坐了起来,一脸痴相。雪先生又扭身看了一眼布里克曼,确认他没有大碍后,对周围的部众说:"好了!你们都亲眼见到了吧,辟邪主是如何保护他翼下之人了!"

"哇!"人群敬畏地悄声说。

摩托头终于恢复了神志,跳起身来,大步走到布里克曼跟前,把试图阻止他的佳得利推到一边。"兄弟们!姐妹们!和你们一样,我也遵从辟邪主的意旨,但我还是要说,这只乌鸦不配像我们的族人一样吃喝生活。如果他从辟邪主那里得到了力量,那就得让他证明自己是名武士! 让他咬箭! ”

“嘿呀! ”这次显然是全票通过。

四周的呼喊声在布里克曼耳中嗡嗡作响,他晃了两下。雪先生和佳得利抓住了他的胳膊。“嗨! 嗨! 加把劲! 清醒点! ”雪先生轻声道,“如果有人猜出你吃了梦帽,就会要求推迟仪式,等药劲过来再动手。”

“疼吗? ”布里克曼嘟囔道。

“你感觉不到什么的。”雪先生说。

“只要转移注意力,”佳得利低声说,“别去想它。”

两人架着他走到长老们面前。“好了,”雪先生小声说,“跪下,向两边伸开双手。无论发生什么,都要保持手指伸直,掌心不要离开我们的手。”

布里克曼迷迷糊糊地点点头:“我知道你们打孔的程序。”

雪先生拍拍他的后颈, 轻声说:“抬起头! 快把你的头抬起来! 快! ”

雪先生和佳得利跪在布里克曼两边,各伸出一只手,让他把摊开的双手放上去。

滚石走到布里克曼面前,手里拿着一支箭,它原本是属于那个倒霉的固特异,箭身上还留有穿过他左脸时染上的污血,四个锋刃反射着模糊的光亮。在布里克曼混乱变形的视觉作用下,它看起来巨大无比,似乎不可能穿过他的嘴巴。他仿佛看到这箭打碎了自己的牙齿,刺穿了舌头……

滚石把箭举过头顶。

呼吸，他必须深深吸气，让肺部充满空气，好发出那声启动仪式的尖啸，就像徒手格斗训练中发动攻击时的呐喊。会有多大感觉？会有多疼？布里克曼觉得自己的意识既在体内，又在体外，仿佛有点神游物外，接着是一阵吼叫声。

布里克曼只听到一阵来自远方的呼喊，隐约可以分辨出，那是开拓兵惯用的呐喊："嚯嚯！喔喔……喔喔！"他觉得左脸上挨了一记猛击，就在下颌的肌肉前方。一种尖锐的摩擦声响起，有人把手指压在他的右脸上。肌肤绷紧、撕裂，某种坚硬细长的东西压住他的舌头，憋闷极了，嘴里全是血。站起来，转身，张开双臂。有几只手扶在他的腿上，帮他稳住身子。"打起精神，布里克曼，赶快，别放弃，这是关键时刻。慢慢移动你的双臂，抓紧箭杆。""该死……箭尖扎进我的手了！好了……这就是白痴们想看的。咬箭，该死，疼死了！杂种们。喔，我的克里斯托夫，这他妈的要把我的脸给扯开了！使劲咬，咬断它，哦，伙计，没有梦帽我可办不到。现在也难说……双手发抖，哪都是血。哦，伙计！好像是咬断了……接着该把它拉……出来……啊！啊啊啊！"

"嘿呀！"

变种人的欢呼声像汹涌的潮水，席卷了布里克曼的周围，他觉得脸抽抽地痛，嘴里肿得不成样子。他强迫自己站起来，迈着僵硬的双腿，走到火堆前，把嘴里的箭杆吐进烈焰。火光中一排排扭曲的面孔开始摇晃，变得模糊……

布里克曼恢复意识的时候，是在佳得利的帐篷中。他躺在自己的被褥里,老字匠雪先生和年轻的字匠佳得利坐在旁边看着他,两人脸上都挂着箭矢留下的新伤。布里克曼用胳膊肘撑起身子,觉得脸上火辣辣的烫,问道:"我怎么回来的?"

"走回来的。"雪先生说。

布里克曼小心翼翼地碰了碰脸,用指尖估量着伤口的范围。"多谢你们帮我脱险,"他嘟囔着,"要不是有梦帽……"

佳得利指着雪先生说:"这是他的主意。"

雪先生满不在乎地挥了挥手。

"我真不知道,你们没吃那东西是怎么挺过来的。"

雪先生想要微笑,但脸上实在太疼了。"平原人早就习惯了忍受痛苦。"他探身抓住布里克曼的手腕,"恭喜,你做得很好,把所有人都镇住了。"

"哦,得了吧。"布里克曼说,"这是作弊,我是个骗子。"

"没错,"雪先生轻松地回答,"但只有我们三个知道。"他看到布里克曼脸色沉了下来,"别把自己想得太糟,不是所有人都能通过这个考验的——即便有梦帽的帮助也不行。"

"欢迎加入武士的行列。"佳得利伸出手来。

布里克曼依照传统,往下一拍,然后摊开自己的手。对变种人来说,"相击友谊之手"就等同于寻道民的握手礼——但外人很少能得到这种礼遇。

"那个锤子的事,"布里克曼说,"摩托头正要把我的脑子敲出来,它就炸了。你们玩得有点太悬了,真让人不舒服,不过我真服了你们了,时机真是恰到好处。你们是怎么弄的?"

雪先生跟佳得利交换了个眼神，这才答道："我们什么也没干，它就这样发生了。"

"你们的意思是说，"布里克曼龇牙咧嘴地笑了几声，和他们一样，他也疼得不能完全张开嘴，"辟邪主的影子落在我身上的说法是真的？那家伙真的存在？"

"辟邪主一直存在。"雪先生平静地说。

"你是说他住在某个地方？"

"辟邪主无处不在。"

"等等，"布里克曼说，"咱们把话摊开吧。我们现在说的，是个真真正正的大活人吗？"

"有时可以这么说。"

"什么意思？"

雪先生耐心地叹了口气，说："等到辟邪主降临大地时，他会以人类的形象现身。"

"哦，"布里克曼点点头，"他现在在哪？"

老字匠把手一挥，说："真是个蠢问题！他在哪有什么关系？他就在我们身边！"

"我们身边？"

"对！正如天空在大地身边，苍穹在群星身边！"

布里克曼揣摩着这个概念，试图理出头绪。"我明白了。他就像你们所说的一样，在天上生活，嗯，同人一样，我是说那个摩城。"

"他比摩城还要伟大。摩城只是平原人的母亲，辟邪主是万物之主。"

布里克曼点点头："我了解了。那他们之间,有亲缘关系吗?"

"是的,"雪先生说,"辟邪主既是摩城的儿子,也是她的父亲。"

布里克曼肩头一耸:"啊? 这讲不通啊!"

"对你来说讲不通,"雪先生说,"起码现在不行。但在你对此付之一笑前,别忘了正是他,救了你的小命。好好想想吧!"

"那好吧。"布里克曼就目前脸伤的状况摆出自认为最真挚的表情,但心中早给这番对话打上"不用记忆"的标签。这两个和蔼可亲的家伙表面上聪明过人,却也把这么疯狂的念头当真事,多可悲啊。但另一方面,这让联邦的行动轻松了不少。平原人苦苦等待着伟大的父神、母神插着雷电之翼,从天而降拯救他们。与此同时,开拓军会在火器的帮助下把他们打得落花流水。不过,回想起来,那石锤爆炸的事的确诡异……

布里克曼把这个问题暂且放在一边, 又对两位字匠说:"既然有这个,嗯,辟邪主罩着我,那你们的朋友摩托头是不是以后就不敢再找我的麻烦了?"

佳得利摇摇头:"不。现在你们都咬了箭,这就意味着他能向你发出挑战,和你单挑。"

"他以前不能这么干,"雪先生解释道,"在他眼中,你没有什么威望。但现在你也是武士了……"他说着把手一摊。

"这可太棒了,"布里克曼说,"他被调到你们最远的岗哨去长期值守的机会有多大?"

"几乎没有。"雪先生说。

"但……你不能告诉他,别这么干吗?"布里克曼不安地说,"我还以为这里的事都归你管呢！"

"啊,滚石才是酋长。部落确实会在某些问题上……但……"雪先生耸耸肩。

"那我该怎么做?"布里克曼问道。

雪先生想了片刻,才说:"嗯……你有两个选择:开始练习刀术,或者开始向辟邪主祈祷。我建议二者同时进行。"他拍拍布里克曼的肩膀,站起身来。

"没准我可以给你做把刀,"佳得利说,"这段时间,你还是待在帐篷里比较好。"他说完,就跟着雪先生往外走。

"做把长点的!"他们走出门帘时,布里克曼喊道,"要不干脆把步枪还给我,如果你们还留着的话。"虽机会不大,但值得一试。布里克曼心中暗自咒骂:"怎么会变成这样?"经历了这么多磨难,听了这么多鬼话,他终于明白了一件事:营地里个头最大的那只猩猩,巴不得找个借口打碎他的骨头。克里斯托夫·哥伦布啊!

走出一段距离后,佳得利和雪先生击掌相庆,随后大笑起来。夹杂着欢乐与疼痛的泪水,顺着他们肿胀受伤的面颊直往下淌。

"你看见他的表情了吗?"雪先生忍不住又是一阵大笑,赶紧用手捂住自己的面颊,"哦,天哪,别笑了,真是一点儿好处都没有啊!"

"你觉得我们应该让摩托头放过他吗?"

"不用管,让辟邪主照顾好他的子民。哦,天哪……我们的布里克曼先生真的完全相信了这件事,简直是个睁眼瞎! 你说沙穴人是不是都这样?"雪先生用手背抹去眼角笑出的泪水,"哦……失去他,我会很伤心的。"

第十五章

  雪先生每天用杀菌红叶泥为布里克曼治疗伤口，他脸上的伤口愈合得极快，只留下了两个苍白的十字形疤痕。仪式第二天，布里克曼就发现很多过去看他不顺眼、以冷口冷面对待他的穆卡尔人变得友善了许多。他已经从失去武器受人鄙视的入侵者，变成了满足众人好奇心的对象，还头一回吸引到了几个追随者。布里克曼询问他们的来意，那几个家伙扭扭捏捏地说，他们想问他几个问题。但布里克曼发现，这些人对答案其实并不在意，因为他们过一会儿，就会忘得一干二净，他们只是想听他说说话。

  除了被穆卡尔部落接纳以外，布里克曼还得到了一项特权。他接到邀请，在佳得利的陪伴下，来到雪先生的帐篷，雪先生把彩虹草介绍给了他。因为巴克·麦克唐纳以铁腕管理着贵妇号，所以布里克曼从来不知道老兵们偷偷摸摸吸食这种迷幻烟草的事。

  他接过递来的烟斗，小心翼翼地闻了闻，这才试探着吸了一口。尽管执行地表任务的开拓兵们早就用上了烟草，但在联邦内部，吸烟可不属于合法社交的行为。而且，对大多数人来说，这个想法简直是荒诞不经。既然香烟并不存在，士兵也就从来不曾产生过需求。

  第一口烟，让布里克曼觉得恶心，咳嗽连连；第二口吸进肺里，几乎让他喘不上气,但却产生了一种惬意的眩爽;第三口让他的耳朵变成了翅膀;到了第四口后,雪先生忙把烟斗从他手中拿走了。

"嗨,嗨,嗨,别着急。你想干什么,放火去吗?"雪先生说。

布里克曼晃晃悠悠地傻笑道:"抱歉。"

"你应该感到抱歉,"雪先生严肃地说,"你和另外那个小子扔的炸弹,烧掉了至少两亩这样的好东西,我们现在还很痛心。"

脸上穿洞还产生了另一个副作用,一个不那么令人愉快的副作用。在当初轮流给他送饭的那十来个女性变种人中,有个叫夜疯狂[①]的女人开始向布里克曼抛来火辣辣的媚眼。她用野牛皮编成细线,将布里克曼咬断的两截箭杆做成项链送给他,还长时间蹲坐在他的帐篷外,不愿意离开,似乎在等待着什么。布里克曼把她的颜值归在最没吸引力的那一档里,所以夜疯狂毫不掩饰的欲望,令他倍感郁闷。同样令人郁闷的是来自摩托头的潜在威胁。这几种因素本该促使布里克曼赶快做计划,着手为佳得利制造滑翔机,但他却什么也没做。他现在只觉得精神倦怠,没事就在营地里四处瞎逛,好像被仪式中看到的那双美丽的眼眸催眠了。无论是醒还是睡,他在火光中瞥见的那张面庞都挥之不去。那些稍纵即逝的画面所激起的情感,布里克曼真是无法用语言来表达。因为和"自由"一样,它们早就被人刻意从联邦的字典中删除了。

逃跑仍旧是布里克曼的最终目标,但他所有的方案,所有迷惑穆

---

① 二十世纪七十年代英国当红乐队比吉斯的名曲。

卡尔人的计谋都搁浅了。他现在的首要任务,是找出那张脸的主人。他心中备受煎熬,想要舒解那张美丽惊人的脸所激起的情绪。其实只有一句话,他坠入了爱河。虽然在和雪先生对谈之前,他从没听说过"爱"这个字,到现在还不能完全理解它的确切含义,但他注定要像一首旧纪元的歌里唱的那样,"意乱、心忧与情迷"①。

她是谁? 她在哪? 布里克曼百分之百地相信,自己已经把营地内外周边地区都探了个遍,部落中所有人都至少见过一面。但自从咬箭的那晚之后,他就再没见到过那个神秘女孩。自被俘之后,他学到了不少平原人的社会习俗,知道她肯定不是客人。那么,女孩与穆卡尔部众隔绝的事实,说明她不是被视作某种特殊人物,就是因为他的存在而被雪藏起来,也许两者都有。

穆卡尔人为何不让她现身? 他们到底有什么秘密,不想让他发现?

没过多久,佳得利就依约给了布里克曼一把长刃猎刀。这不是变种人惯用的尖铁,而是标准的开拓兵款式。起初布里克曼还以为这是自己原先的那把,但仔细观察后,他发现刀把上刻有 L.K.N 的字样:卢·肯尼迪·内勒。就是那位不知什么原因,突然被法兹蒂攻击,坠毁在森林中的飞行员。

布里克曼的希望正逐渐变成现实,穆卡尔人也许真的保存了内勒的天鹰残骸,没准还包括他自己那架。

"多谢。"他掂了掂猎刀,"你不怕我会杀人吗?"

---

① 爵士乐经典名曲,曾被多人翻唱。

佳得利撇着嘴，耸耸肩，说："除非是在单挑中杀了对方，否则你也难逃一死，而且是会更加缓慢而痛苦地死。这种毫无意义的举动有什么好处？"

"听你这么一说，倒真是没有，但……"布里克曼迟疑着，继续说，"雪先生不是当着所有人的面说过，辟邪主的影子落在我身上吗？那是否意味着我在他的保护之下？"

"是的，没错。"佳得利说。

"那如果他真的存在，真像你们所说的那么强大，我岂不是可以放心睡大觉了？"布里克曼得意扬扬地把刀抛到空中，等它落下时又接住刀柄，"他把我从燃烧的玉米地救出，从摩托头的大锤子下救出，所以……"

佳得利听懂了布里克曼的意思，目光一闪，道："他也许还会救你，但你必须像武士一样，约束好自己的言行举止。"

布里克曼看着佳得利走出帐篷。穆卡尔部落的这个代言人什么事都有一大堆托词，什么都能说得神神道道，一套一套的，说不定他没事就在雪先生的帐篷里背这些东西。他想起了佳得利隐晦的警告。这些家伙外加他们的神祇，无所不能，他们似乎想说服你万事都已注定，世间的所有变化早被某个云端之上的人物安排好了。但他们却总能给自己留条退路，以防应付预言没能实现的状况。

只有一种力量可以改变世界的命运，那就是人力，而联邦知道如何完美地运用它。等到美铁联邦夺回地表世界，扫清变种人时，他们就可以改变大地的面貌。所有变种人魔法中蕴藏的自然伟力都将被观察、剖析、记录、理解……最终驾驭，向雪先生下达旨意的天音们会发现他们的话再也无人聆听；摩城和辟邪主将变成历史档案中的几行笑话，一段可有可无的资料。在联邦将要建造的新美国中，绝对不能容忍这种谬论的存在，大家需要的是工作努力和生活幸福，这就是变种人迷蒙的幻象和寻道民的希望之间的区别。多亏有第一家族的聪明才智，蓝天世界尽在掌握之中，阳光下的空旷平原上，终将升起一座座闪耀的城市，而那也将是变种人的坟墓。没错……

但石锤爆炸的事的确十分诡异……

布里克曼觉得与其费尽心思，担惊受怕，避免与摩托头发生冲突，倒不如提前做好准备，迎接敌人的挑战。他借了一柄弯刀，给自己削了根格斗棍，无论去哪都随身携带。他还用树枝和野草做了个假人靶子，每天对着练习，直到棍术恢复到他在飞行学院时的水平才罢休。他的木棍练习吸引了穆卡尔熊群的兴趣，没过多久，他就发现自己成了棍术教练，他的学员人数很快增长到五十多名，其中甚至还包括可怕的摩托头。布里克曼要求学徒们制作并佩戴木头和皮革做的防护垫，但摩托头对此不屑一顾，坚持穿自己那身由石头装饰的盔甲。

在他们的对练之中，布里克曼发现摩托头勇猛无畏，不怕疼痛，且悟性很强，速度和力量弥补了他在技巧上的生疏，他凭着艰苦训练得来的高超棍术和内心修为，才能略占上风，避免受伤。他和摩托头的交手总是格外激烈，尽管他规定过，练习赛在一方两次击中对手的"有效杀伤"区后就该结束，但他们两人博斗，每次都要搞到将摩托头打翻在地，才能收场。很明显，这家伙铆足了劲，不把布里克曼打翻，重新赢回第一武士的地位，这个强健的熊武士是不会罢休的。

布里克曼也想过放一次水,安抚一下摩托头的愤懑情绪,但在这个问题上,他骄傲顽固的性情压过了天性的狡猾。自被俘以来,他那小麦色的头发长了不少,一直盖过耳朵,垂到肩膀上,早就看不出原先的平头发型。一次,在不理智的冲动下,他让夜疯狂用蓝色太阳能电池薄膜为自己编起了辫子,以后,每击败摩托头一次,就多梳一根。布里克曼知道这种招摇的头饰会惹恼摩托头,给自己带来更多麻烦,但他坚信,凭借自己卓越的棍术、出众的智力以及惊人的第六感,足以再次取胜,打败这个强大霸道但傻兮兮的战斗机器。

给熊群做棍术教练,让布里克曼恰好有机会对他们的学习能力进行更客观地评估。和所有寻道民一样,他从小就认为他们全是白痴,但遇到佳得利和雪先生后,他知道事实并非如此,同时也对变种人普遍缺乏记忆力有了足够的认识。他和整个联邦过去的错误就在于,把变种人记忆力上的缺陷与智力低下等同起来。

布里克曼最终发现,他们不仅可以吸收信息,也能保存这些信息,变种人缺乏的是信息检索系统。他们的大脑就像个可以输入资料,但无输出设备的电脑,他们知道二加二是多少,但没法告诉你答案是四,因为记忆中心和语言中心的链接始终没有连通。有些人的记忆和语言链接间断太频繁,完全不起作用,但也有些人,比如三度,记忆链中断时间很短,或是被限制在某些特定的知识领域。所以那个老变种人拥有他展示过的高超木艺,而且有时能认出布里克曼,第二天却又完全不认识,这种有限的特殊记忆功能让穆卡尔熊群能学习并掌握战斗和狩猎技巧。但即使如此,他们还会出现临时短路。布里克曼暗忖,要是在敌人杀进你的领地时出了这种事,那麻烦可就大了。

布里克曼还注意到第三个记忆要素,但是尚未完全理解其原因。三度做拐杖时,他就发现佳得利的存在对老变种人的工作大有帮助,每当三度的双手迟疑不动,佳得利就会用古怪的口语或是肢体接触,帮助他建立记忆回路。布里克曼观察到的情况足以让他相信,穆卡尔人不需要语言也可以进行交流。他把这种能力归结于一种超领悟力——这个词不知从何而来,凭空跳进了他的大脑。他和两个字匠吸彩虹草时,视觉受到影响,觉得可以在两人身体周围看到某种光环,或是某种高级的自我意识。布里克曼的大脑开始在这些奇怪的想法中辗转反侧。致幻药、被提升的知觉层次和感官失真之类的概念,在联邦那里,是完全不为人知的。两个字匠是否扮演着某种幕后角色,倚仗他们过人的智力,行使一种管理部落的机能? 一种集体记忆,一种……布里克曼想找出一个恰当的词语, 试图回忆起他曾在彩虹草的迷幻之路上触摸到的东西。一种……主宰?抑或他们只不过是为某些外在力量提供一种通道?

这些想法有趣,但也很危险。他应该更仔细、更客观地了解这两位字匠。日后回到联邦,抛出些半生不熟的概念,对他的职业前景可没啥好处。"事实,布里克曼,事实才是联邦所需要的东西,才是有价值的东西。你要好好活着,记住你看到的每件事,为那些'掉电'的伙计们争回点面子,然后逃跑。"

"但必须在你找到那个蓝眼睛的姑娘之后……"

光阴荏苒,一天夜里,布里克曼突然醒来,发现佳得利的睡席是空的。第二天晚上,佳得利仍没在帐篷里睡觉,可第三天早上,又同往常一样,回来和他一起吃早饭。布里克曼等着佳得利做出解释,但这个年轻的变种人对自己一下子改变的作息只字不提,他的沉默更激起了布里克曼的好奇心。

第三天夜里,他接到邀请,和两位字匠第二次共享彩虹草。当他的精神在彩虹草世界里徜徉时,又听到了那些遥远的声音,他似乎明白了很多事情。最后佳得利扶着他,晃晃悠悠走回两人的帐篷,把他放到床上,布里克曼咕哝地说了几句感谢的话,随后睁开眼睛,正好看到佳得利钻出帐篷。布里克曼立即掀开身上的毛皮,三两下爬到门口,探头出去。借着渐渐熄灭的篝火,他发现佳得利正朝着与雪先生住处相反的方向走去。

他打起精神,集中心智,勉强站起,等佳得利消失在夜色之中,便追了过去。天空中没有月亮,在残火余晖之外,黑暗密布。布里克曼停下脚步,仔细聆听,他觉得佳得利似乎正走在一条满是落叶的小径上。他跟了过去,却不料被一段树根绊倒。神志恍惚的他躺在地上,一动也不动,不明白自己为什么对佳得利偷偷摸摸的夜生活这么感兴趣。伴随着一阵超然的欣悦感,刚刚兴起的好奇心又渐渐消散了。布里克曼睡了过去,几个小时后,才慢慢醒来。此时黎明将至,泛着深紫色的天空慢慢明亮了。

布里克曼的脸被露水打湿了,周身上下,冰冷刺骨。他跌跌撞撞地跑回帐篷,拼命挥舞着双臂和身体,嘴巴哆哆嗦嗦地哈着气,满心欢喜地钻进睡榻上的毛皮,真暖和啊!布里克曼的脑子肯定冻住了,居然过了几秒钟,才搞清为何如此暖和。一条赤裸的胳膊就是答案,它来到他的跟前,揽住他的胸膛。一具既柔软又僵硬的身躯贴了上来,下巴靠在他的肩膀上,呼吸温暖着他的耳朵。布里克曼躺在原处,不敢动弹,生怕会惊醒这位闯入者。

他心中充满了不祥的预感,过了一会儿,才慢慢抬起右手,抚过紧紧抱在自己身上的小臂,用手指辨识着上面独特的皱褶斑痕。这条手臂曾为布里克曼多次送来饭食,他早已烂熟于心——这位床伴是夜疯狂。

克里斯托夫·哥伦布!我的天!

想到自己正和一个赤身裸体的女变种人躺在床上,布里克曼只觉得脖子后汗毛倒竖,幸亏还穿着衣服。他竖起耳朵,倾听夜疯狂深沉的呼吸,听她呼吸中的每一种变化和每一次韵律,然后,一点一点转过身子,以背相对。这个女变种人半梦半醒,微微动了动,忽然合身压住了布里克曼,吓得他连忙屏住呼吸。但夜疯狂半张的大嘴就靠在他的颈静脉上,这可不妙啊,她结实的下颚上,生着尖利的犬牙,就像挖掘机的铲斗。万一她醒了,发起情来,听他推辞,说声"不行",没准就发起狂来,要在他的气管上留下永不褪却的印记。啊,管他呢……布里克曼只能听天由命,叹了口气。他肯定早就染上了地表世界的致命疾病,只要待在飞行服里,拉好拉链,背对着她,应该没什么大事。我们的这位英雄其实是个讲求实际的年轻人,再说目前的情况是这样的:即便像第一家族成员那样聪明的人,也不可能想出比这更好的取暖方法了。

除了每日教习格斗棍法外,布里克曼仍旧继续执行自己所制定的身体锻炼计划。他现在可以轻轻松松进行冲刺跑,做五十个俯卧撑,右臂也不会抽痛了,身体总算恢复到了毕业时的水平。

一天下午,他在慢跑时,选择了一条从没走过的小路,跑向下方平原。他想模仿熊群一口气跑回营地,以此测验自己的耐力。到达平原后,他跑过一根标志着穆卡尔部落领地的木桩,然后转身往营地北方一里处的山坡跑去。到目前为止情况还不错,但和往常一样,他觉得脚下的斜坡要比刚才下山的斜坡陡峭得多。他的决心略微动摇了,但并没停步,而是以之字形路线继续前进。他本想向南穿越斜坡,回到下山时走的那条小路上,结果却被一段突然冒出的岩层山体挡住了去路。爬过去的话,就意味着丧失了跑之字形路线带来的动能,所以布里克曼只得再次折向北方,把小路甩在后面,被迫选择了一条新路线。路途愈加艰难,他几次滑倒,把宝贵的力气浪费在连连咒骂上,经过一片碎石地时,还不小心扭到了脚踝。

跑过三分之二的路程后,布里克曼意识到自己的体力殆尽,不可能跑完全程。但他那惊人的自制力再次占据上风,驱使双腿不断向前。他抬头望向左前方,发现一小股水流从岩架上流淌下来。一个渴望变得不可抗拒,他决定跑过这道瀑布,让它冲刷自己滚烫的脸,再用嘴接上几口清凉甜美的水,来柔润干涩的喉咙。他改变方向,仍以之字路线向小瀑布前进,先前敏捷的步伐越来越沉重,大腿和小腿上的肌肉一阵阵抽痛,所有的血管仿佛都着了火。布里克曼集中起全部意志力,只求跑到这个细细的瀑布前。他的心脏在肋骨上怦怦乱撞,如同愤怒的笼中困兽,脑袋里的闷响淹没了脚步落在岩石上的声音,吞下的空气如火如荼地沿着食道燃烧,同滚烫的流沙一般。在绝望的困倦中,布里克曼突然意识到,即使他跑到水瀑,距离山顶也还有百码之遥,这一百码,简直就跟一百英里没什么两样。他晃晃荡荡地跑过岩层后,终于放弃了冲回山上的决心。他跪在水流下,往前一趴,然后翻过身,享受着冰凉的山泉冲刷身体的快感。

过了二十到三十分钟,急促的心跳渐渐平复,脸上的滚烫也被水流洗去。他这才艰难地爬出瀑布,脱去湿透的衣服,包括红、黑、棕相间的迷彩裤、战斗靴、蓝色飞行汗衫和衬裤。他把衣服拧成一根棍,挤掉大部分水,然后学着变种人的样子,在一块平坦的岩石上摔打,去除剩余的水分。午后的太阳正向西方落去,将山坡罩在阴影之中。布里克曼用潮湿的汗衫擦干身体,然后收好剩下的衣服,光着脚板,爬上瀑布旁陡峭的岩面。这并非是一条通向山顶的最轻松的路线,但毫无疑问,是距离最短的。

走到秋季温暖的阳光下,他把衣服铺开晾晒,然后坐到旁边一片黄粉色的长草中。小溪从他身旁潺潺流过,自下方五十英尺的山坡处从光滑的石崖倾下。在他身后,地面隆起,形成波浪形的岩脊,上面覆盖着密密实实的长草、蕨类和苔藓,一直延伸,直至高大的红树林,小溪的源头就隐于其中。他轻松地躺在温暖的土地上,听着淙淙的水声,很快睡了过去。

醒来时,太阳已落山,落日的余晖将层云边缘染成透亮的金色。变种人有种古怪的念头,认为太阳每天会走过西方天空中的一扇门,门一关上,世界就变得黑暗,直到太阳穿过东方地平线上的另一道门,再度进入人间。布里克曼突然感到一股凉意,他套上蓝色衬裤,伸手去拿汗衫,但手伸到一半就定住了。只见他衣服的胸口处有一片红叶,上面整齐地码放着八个黑皮小圆果,他知道,这是一种野生李子。

布里克曼迅速察看了一下周围的高地，又走到斜坡边缘往下看了看，什么都没有。没有移动的迹象，没有尘土的痕迹，没有人。他走回来，把叶片和李子小心地放到一旁，随后穿好衣服。衣服还有点潮，但体温能很快把它们烘干。他系紧战斗靴的鞋带，把佳得利给他的刀子绑在右边小腿上，拾起李子，心底突然涌出一阵冲动。不知为什么，他沿着溪流漫步前行，边走边吃李子。

他咬了口果肉，真是鲜美多汁，同时在心中揣测起送礼人的身份和动机。他似乎已猜出是谁干的了，但她为什么不把他叫醒？这些礼物难道仅仅是"为一个精疲力竭的奔行者送点吃的"这种单纯的关怀，还是蕴藏着某种更深的意义？为了表明她的存在？莫非是在说"我在这，我也喜欢你，继续找我啊"？表示她也正被同样强烈的好奇心吸引？抑或他完全误解了四目相对时，那一瞬间的目光？这会不会是他的臆想？或者更糟的，会不会是某种陷阱？一丝苦笑如虫儿般爬上布里克曼的面庞。凭他的霉运，没准会发现躲在某棵树后面的是那位疯狂的夜疯狂，也可能是可怕的摩托头。

布里克曼心中暗笑，要真是那个狗杂种发现自己精疲力竭地睡在地上，礼物就不会是八颗野果了，恐怕就是胸口上的八块大石头了。不，这事肯定和他没关系。但一想到摩托头，布里克曼就记起自己得谨慎行事，应当抑制住过重的好奇心。虽然佳得利说他想去哪都行，但要是有人发现他在一片禁区内游逛，那可糟糕至极。可话又说回来，没人告诉他哪是禁区，他又怎么会知道呢？布里克曼估计，这片刻的迟疑多半是内疚引起的，他耸耸肩，摆脱了这种情绪，继续往前走。自从布里克曼在火光中第一次见到神秘女孩那绝美的面容，某种陌生但绝非不快的情感就始终困扰着他。眼下正处于危机暗伏之境,从他那执拗、任性的个性看来,更在这种情感上平添了几撮诱人的香料。

布里克曼缓步穿过溪流旁茂密的蕨草,顺着岩脊朝树林前进。每走二十五步,他都会蹲下来,仔细察看前后左右的情况。他屏息凝神,专心聆听周边的动静,希望捕捉到人类活动的些许微响。小溪流过被褐色苔藓覆盖的岩石河床,发出轻声的呢喃。在这寂静的背景音乐中,除了间或几声鸟鸣,再无其他声响。

布里克曼向树林里走了一百来码,周围的松树高大、茂密,条条粗枝细梗交互编织,在他膝盖以上的位置织起一道松散的墙壁。有几株小树被融雪汇成的山溪冲倒,歪歪扭扭,横在水流上,挡住了他沿岸而行的道路。他只得绕路行走,但从林中径直走过去,就意味着要在枝丫间砍出一条路来,无法做到悄然潜行。眼前只有两个方案可行:一是匍匐前进,从树枝下爬过去;二是找另外的路绕道走。

布里克曼不知道自己会闯进什么地方,心中有点害怕,万一出点什么事,他可不想趴在地上,困在一堆枝丫间。他正准备放弃探险,往回绕行,突然瞥见前方有一条断断续续的黄色帷障。佳得利曾给他讲过地表世界一年中的几个季节——新土季、中土季、收获季、泛黄季和白死季。此时,还不是黄叶飘零的季节,他突然意识到,那是特意砍下的枯枝做成的帷幕。神秘的第六感告诉他,要找的事物就在前方。

布里克曼尽可能蹑手蹑脚地行走,潜藏了踪迹,他绕过溪流,在密密匝匝的松林间匍匐前进,朝可疑的黄叶帷障渐渐靠近。爬近一些后,他看到在几乎密不透风的树墙间,竟有一片由草类、蕨类和齐胸高的灌木围成的不规则空地。那片黄叶帘障就在蕨草绿洲的另一边。他从最后几根树枝下爬出,小心翼翼地探头,从灌木上方看去,细心地检查了一遍周围的空地,然后伏在高大的蕨草茎干中,悄然潜行到帷幕跟前。他马上发现,眼前这片"树丛",竟是由砍下来的枝丫松松垮垮地堆积而成的。

布里克曼深吸一口气,等了大概一分钟的时间,他支棱着耳朵,捕捉着周围最细微的响动,但他听到的只有自己的心跳。他探出手,从插在地上的矮树丛中,小心拨起一根树枝,枝条底部明显是用弯刀削出的尖头。布里克曼将它轻轻推到一旁,从缝隙中望进去,只见一顶变种人的帐篷,就坐落在枝叶帘幕围成的小块圆形空地中。帐篷的门洞正冲着对面帘幕上开着一个小口,从他这个角度,看不到里面的情况。在帐篷顶上的圆形气孔中,也没有炊烟升起,周围也看不到惯常可见的生活垃圾。即使如此,布里克曼的第六感还是告诉他,这里面肯定有人。等一会儿!他似乎听到了某种声音,是什么人在哼……曲子?啊!她就在这!肯定是她,绝不可能是别人!

布里克曼万分激动,他绕过叶幕,从蕨草中爬向对面的口子,直到距离一码左右才停下来。这时的他,就像一只捕食的螳螂,轻手轻脚地从地上挪开一根树枝,将头和肩小心地探过枯叶幕帘。

遗憾的是,出现在布里克曼面前的,并非期待中的绝世佳人,而是内勒和法兹蒂腐烂的头颅,分别戳在门洞两侧的两根棍柱上。一只黑色大鸟,正停在法兹蒂的脑袋上,从空洞的眼眶中扯下一条肌肉,"嘎嘎"吞进嘴里。他吓得猛地往后缩,那黑鸟也被他突如其来的动作惊扰,尖叫一声,飞上天空。

布里克曼咽了口唾液,稳住心神。根据变种人的传统,他这两位同僚的头颅是帐篷中人的战利品,一个更急迫的念头涌进布里克曼的脑海:如果是帐篷里的人打下了这两个飞行员,那么,此人拿走的可能不只是他们的脑袋,也许还包括部分装备,比如地图、气手枪、燃烧手雷、压缩食品包,这些正是计划逃跑时所需要的东西。布里克曼强迫自己,面对棍子上的两个朋友,把头探回叶幕下的缝隙。他刚一转头,就见两根头柱间的门帘被掀开了,走出一个人来,正是那个令他魂牵梦萦的女孩。只见她站直了身体,像只刚睡醒的小猫似的,姿态优雅地伸了个懒腰。

这就是清水。

布里克曼当然还不知道她的名字,但在这几秒钟里,他已把她赤裸的身躯,上上下下看了个清楚。修长柔软、笔直纤美的四肢,细腰窄臀,浑圆饱满的乳房,结实的肩膀,光滑如镜的肌肤,完全不像其他变种人那样,长着树皮状的斑痕和肿瘤似的骨突。除了那些颜色各异的旋涡图案以外,她的身体从头到脚,都那么完美无瑕。"艺术"这个词在联邦并不存在,所以寻道民们对和谐的形体与颜色、优美的线条和比例这些特质都无特别之感,但布里克曼内心深处还是产生了奇异的反应。尽管他不知道该如何表达,但仍旧意识到眼前这个变种女孩拥有无上的美丽。他被两种完全相反的情感淹没了,一种是想占有她的毫无理性的欲望,一种是对这种欲望的震惊乃至厌恶。用二十世纪的术语来讲,他的反应很像白人霸权重镇——极右翼组织阿非利堪兄弟会的某个奠基人,突然发现自己对"黑肉"有着不可告人的偏爱。在这几秒钟里,布里克曼心中涌起的情感是他自己无法容忍的。

把夜疯狂当作床上的暖炉已经够糟了，但主动去追求一个变种人……"停！"他心中喝道，"到此为止吧！"

清水走回帐篷。

布里克曼听到一阵响亮的笑声，另一个人的声音随之传来，嗓音暗哑低沉，更多的笑声又至，门帘被掀开了，是佳得利！他正抱着清水呢。

却见清水挣脱了佳得利的怀抱，打打闹闹，退出帐篷，佳得利不着片缕，嘻嘻笑笑。

布里克曼一动也不敢动，生怕暴露了自己。他注视着这两个人，心中百感交集：失望、愤怒、尴尬至极，却竟有一些妒忌。他绝对想不到是这种状况。其实，他应该早就想到了。只见他们又胡闹了一会儿，轻轻拥吻，站起身来，走到环形叶幕外面，开始从某种植物上采集那种有五个尖的粉色大叶片。清水四下寻找这种叶子，渐渐挪动，离布里克曼越来越近。他抬头一看，发现在自己藏身的这丛蕨草中，也有几株同样的粉叶植物，他必须在两人接近之前赶快离开。眼下只有一条路可走，就是穿过他在叶幕上掏出的小洞，进入帐篷所在的空地。但如果这些叶子是用来解渴的，他们马上就会回到帐篷，那可怎么办？布里克曼打定主意，准备绕到帐篷后面，然后从那赶紧挖个小洞溜走。他刚钻过叶幕，变种人女孩就走过来，俯下身子，开始采集叶片。布里克曼趴在叶幕对面，纹丝不动，真是惊险！再慢几秒钟，她就要绊到他的身体了。"哎呀！没想到，没想到。很高兴遇见你们！"布里克曼在脑子里预演着被发现时该怎么说，"伙计们，我怎么了？别误会，匍匐前进是我健身计划的一部分……"

变种女孩摘了一大捧叶子，她刚一转身，布里克曼就迅速朝帐篷后面爬去。幸好空地里的蕨草并不太短，但也不算长，要是他们回来，这片草里可藏不住人。布里克曼匍匐前进，尽量压低身体，保持在草叶以下。他意识到，自己的蓝色制服在橙草黄叶间会很醒目，幸好佳得利和女孩此时正转身背冲着他，手牵手向远处去了。

他们俩终于走出了视线，布里克曼松了一口气，站起身来，蹑手蹑脚地走到叶幕上的通道边，扒开往外看。刚才他的视线范围被小洞限制，看不到附近的情况。现在他可以看见一个齐腰深的小湖，正是刚才那条小溪的源头，佳得利和变种人女孩就在湖里玩闹，女孩同时还用一把刚摘来的粉叶子给他擦背。叶片沾着水，摩擦在佳得利的背上，溢出稀薄的皂沫。鸳鸯浴，哦，真爽……布里克曼真恨不得跟佳得利换换位置。他估计这两个人还得玩上一阵子，此刻正是搜查帐篷的大好时机。

帐篷的帘门、叶幕的出口和小池塘几乎在一条直线上。但布里克曼矮下身子之后发现，从水池那边望过来的话，帐篷底部的三分之一会被地面上一个小突起挡住。他匍匐在地，绕过法兹蒂的头柱，从门帘下爬了进去。腐臭味传来，他和变种人共同生活了这么久，对这些味早就习以为常了。然后，他跪起身，通过门帘向外看了看，只见佳得利和女孩还在水池里。他的心略微放下，盘腿坐在地上，扫视着帐篷里的东西。

这顶帐篷不像雪先生的住处那样杂乱不堪，垃圾遍地，不过地方倒也不大。水牛皮围幕下面堆着几个干草编成的大小不一的篮子，还有几卷衣物。几串水果、干肉条和泛着甜香的花朵，挂在支撑帐篷的弯柱上,帐篷被支成了低矮的六边形。佳得利和女孩躺过的毛皮铺在地上,凌乱不堪,布里克曼吃惊地发现帐篷里还有两套毛皮,按照变种人白天的习惯,卷起来放在一边。这说明可能还有两个母狼跟女孩一起住。他转念一想,就觉得这是理所应当的。如果这个女孩不知为何,被穆卡尔人视作重要人物,那她肯定不会没人保护。那两个室友此时显然是为了给佳得利腾地方,这才出去了。布里克曼早就发现,变种人在这类事情上很注意保护彼此的隐私。这就意味着在她和佳得利云停雨歇之前,这两位部族姐妹八成都不会回来,但她们估计也不会离得太远,而且帐篷附近的区域必定有人定时巡逻。"真该死!"布里克曼咒骂着自己。刚才一时冲动,只想着沿着河上来找到她,全然没顾及这些潜在的危险。好了,布里克曼,你已经找到她了,那又怎么样,她是属于佳得利的,这可是你必须交朋友的人。忘掉那些白日梦吧,都是些彻头彻尾的疯念,现在最应该做的,是找出那些藏起来的好东西,然后拍拍屁股走人。

他又看了看正在沐浴的情侣,便开始翻找那些带盖的篮子。他翻得小心翼翼,即便是因为什么事而匆忙逃走,进来的人也一定不会发现有人闯入。他在第二个篮子里发现了求生包,又在第五个篮子底部找到了净水器。他高兴极了,吻了它们一下,随即装进裤子口袋。气手枪呢?这是他很想找到的东西,他在其他篮子里飞快翻找,没有。这可能是期望过高了……地图……这才是他真正需要的东西。到底在哪?他拿过最近的一堆衣物,把手探进卷得松软的皮毛里,想看看里面会不会藏着什么东西,结果什么都没有。他把衣物随便往回一扔,又抓起另一堆。就在这时,一股冷气蹿上他的脊梁骨。门帘,掀开了一条小缝,正好可以看到,那赤裸着胴体的变种人女孩一面把湿漉漉的头发拢起并盘在脖子上,一面往帐篷这边走来。

这一瞬间,布里克曼仿如着了魔似的,目瞪口呆地看着女孩。

她的皮肤竟然是……

布里克曼的目光越过女孩,正好看到佳得利爬出池塘。克里斯托夫! 他被困住了! 布里克曼回头看了看,考虑要不要从帐篷后面割开一条缝隙爬出去,但这会露出马脚的,再说时间也来不及了。他的脑子飞速运转,绝望地环视着帐篷:"躲起来……但躲哪呢? 毛皮下面? 不,不行,布里克曼,这不够长。快想想,你现在是个武士,拿出点尊严来吧, 被人发现藏在床底下可不好。要是在他们的床上运动中露了馅,就更不妙了。厚着脸皮编吧。等等! 先将这些东西放回去! 可不能让人看出自己偷了东西。"想到这,他赶忙把求生包和净水器掏出来,放到最近的篮子里,盖上盖子,一伸手,从帐篷立柱上挂着的那串果子里摘下颗野李子,随后装出满不在乎的样子,往熊皮垫上一躺,跷着二郎腿,一只手枕在脑后。

门帘一掀,女孩走了进来。她矮下身子,单膝跪下时,正好看到布里克曼,登时愣怔当场。

布里克曼只听见自己的心怦怦直跳,他慢慢向女孩伸出另一只手,递了一颗李子过去,说:"我给你留了一个。"

女孩一言不发,只是往里蹭了两步,门帘在身后"唰"地落下。

"喂,给你,吃吧!"布里克曼努力掩饰着话中的微颤,"味道很不错的。"

女孩目不转睛地盯着他。距离如此之近,他可以看出她不光有张漂亮的脸蛋,更是个很难受骗的人。她轮廓秀美的面庞上,有一双冰蓝色的眼眸,清澈如水,炯炯有神,还有种不可思议的深邃之感。它们散发出来的,不仅是令人紧张的智慧,还蕴藏着几分危险——就像你盯着一挺上了膛的三管步枪时,能隐隐感到的那种威胁。

而且,她的皮肤……

"我不相信。"布里克曼想。

他们对视的时间似乎很长,实际上也不过两三秒钟。女孩居然真的从布里克曼手中拿过李子,咬了一半,用白皙整齐的牙齿剔出果核,然后将剩下的一半还给了他。

"看来这个方法不错,"布里克曼暗想,说道:"多谢。听着,你……"

话刚出口,他放在一摞衣物上面的那个藏装备的篮子就翻倒了,里面的东西噼里啪啦,全都落地,撒在变种人身边的席子上。这下什么也不用说了,布里克曼明白,女孩肯定知道这两件东西不是放在这个篮子里的,而且也知道布里克曼动过这东西,更知道他心知肚明。此刻他做什么都没用了,只好咬着半颗李子,看对方下一步想干什么。

变种人女孩慢慢拾起求生包和净水器,出人意料的是,她竟把它们放在布里克曼手边。清水竖起一根手指压在唇上,示意他千万别动,随即拿起两张草席卷,矮身退出帐篷。布里克曼不知她要做什么,心中惊疑不定,不管三七二十一,抓起两件装备,塞回裤袋。

十五秒后,女孩又钻了回来,动作幅度很小,没将帘子掀开太大的角度。她在那一堆布里克曼还没来得及挑拣的东西里飞快翻出一卷塑料纸,扔到了他的胸口上。

布里克曼将它小心翼翼地拾起来,看了看,简直不敢相信自己居然这么走运。这是法兹蒂的空中导航图!他的回程车票!他兴奋地张开嘴想要欢呼,但还没出声,就被女孩一把捂住嘴。清水把他的脑袋按在毛皮上,探身越过其身,从墙角取来一个由草编成的长方形篮子。

布里克曼抓住她的手腕,把手从嘴上移开。"你叫什么?"他小声说,"告诉我,我必须知道!"

女孩低头看着他,嘴角隐露一丝微笑。

布里克曼猜不透她在想什么,只听她悄声说:"我叫清水,阳舞和雷鸟的头生女。"

布里克曼拍了拍放着求生包的口袋,又举起地图,说:"这些都是最珍贵的礼物,我永远不会忘记。"

"这些东西不是我送你的,它们是辟邪主的礼物。"她压低声音,催促道,"你得赶快走!"

"我知道,但怎么走?"布里克曼问。

清水指了指门帘,食指在空中绕了一圈,又指着帐篷背后,然后双手并在一起,做了个鸟翼飞翔的动作,说:"一听到我唱歌,你就走。"

布里克曼点点头,把地图放进另一个口袋里。清水拿着长方形篮子走出帐篷,布里克曼刚才找东西时打开过这个篮子,里面有六罐颜色各异的黏稠糨糊,其中一罐是黑的,其他的则是深浅不一的棕色。这些东西他只看了一眼,没搞清楚究竟是做什么用的——但现在他明白了。

　　布里克曼跪在地上，蹭到门口，透过帘子往外看。只见前面的空地上，佳得利背对帐篷，坐在地上，清水跪在他身后，正用一根小棍蘸着黑色颜料，在他的肩胛骨上画出一条直线。布里克曼看着他们，难以置信自己眼前的景象。佳得利周身上下的皮肤此刻都是古铜色，清水的皮肤则是天鹅绒似的黄褐色，只比萝兹的稍深一点儿。平原人和他们的南方变种人兄弟一样，身上都有无法磨灭的标志，也就是变种基因缺陷造成的某些不规则图案。但佳得利和清水身上的花纹却是假的，只不过是让他们融入部落的保护色，无论是身体上还是精神上，此时的佳得利都和寻道民毫无差别。尽管跟雪先生一样，他不会读写，但这位年轻的字匠吐字清晰，天资聪颖，记忆力多半也高人一等。虽然布里克曼无法测试清水的记忆力，但刚才的表现足以说明这个女孩思维敏捷，可能与佳得利一样聪明。这真是不可思议，他们……他们，其实是跟真正的人类一样！

　　清水轻声歌唱的声音传了过来。

　　布里克曼立即把这惊人的发现和种种推想都抛之脑后，他轻轻掀开帘门爬了出去，然后缓缓站起。此时，他的听觉提升到了极致，衣服摩擦皮肤之声，靴子蹭在草上之声，还有胸中的心跳声，都变成了震耳欲聋的巨响。佳得利肯定能听见！肯定知道他在这！然而，事实并非如此。令他觉得不敢相信的是，年轻的字匠头都没转一下。他正盘腿而坐，双手放在大腿上，掌心朝天。清水回头看了一眼，目光和布里克曼一相遇，又马上将头扭回。她拢起佳得利的长发，开始在他的脖子上绘制黑色图案。布里克曼大气都不敢喘，悄悄绕到帐篷之后，从叶幕下钻出，穿过蕨草丛，再从那些松树枝丫下爬回山坡。

　　清水帐篷里多出来的那两个铺盖卷提醒了布里克曼，让他回去时一定格外小心。幸好发现了那两个铺盖卷，既然穆卡尔人费了这么大力气不让他得知清水的存在，那他们必定会做好准备，防范不受欢迎的闯入者——比如布里克曼本人。如今他得知了宝物的真相，更容易招来部落中潜在敌人的攻击。一时的冲动，将他置于双重危险之中，再次见到清水之前，他的一颗心总是高悬着的。但在此以前，布里克曼必须躲过可能在附近巡逻的岗哨，赶在日落前返回营地。

　　追踪术并非寻道民的特长，但遇见清水，使布里克曼的心情异常激动，肾上腺素大量分泌，感官水平提高不少。所以他能察觉到林中细微的风吹草动，神奇的第六感也发挥至前所未有的水平，第一次把地表的各种声音听了个真切。他能够分辨头顶叶片的飘动声，脚下草地的颠簸声；能够区别鸟禽的啼叫和变种人巡逻队扮作鸟鸣的应答，甚至可以察觉到这伙人正顺着斜坡往北走，慢慢向他逼近。等到树木稀疏到可以让他起身步行时，他便悄无声息地迅速越过巡逻队的行进路线，向小溪走去。他计划原路退回高地边缘，利用水流声掩盖自己沿河前进的足音，同时两岸的蕨草也会隐藏自己的行踪。他会在水流开始下落的石脊处转向右方，选择一条小路返回营地。然后，最大的问题就是，如何装成什么事也没有，泰然自若。

　　布里克曼来到河边，转向右方，趴在地上，掩蔽身形，观察着南面的树林。没有任何风吹草动的迹象，被肾上腺素的作用提升水平的感官，灵敏地意识到树林寂静得有些异样，但从这个角度，是看不到变种人巡逻队的踪迹的。他正要钻出岸边的蕨草，开始自己的撤退计划,突然情况不对劲了。他站起来,刚转过身,一哈腰,就觉得脑后生风,耳边"嗖"的一声。他猛一回头,前额正好撞到一支弩箭的箭杆,这支箭就钉在他刚才所靠的树干上。好悬! 若是稍微靠近一点儿,他的脖子就要被钉穿了。他根本没时间停下来察看射箭的人是谁,他们没能射中,说明还有一段距离,也说明他还有机会逃跑。他立即转身,改变路线,朝斜坡上方冲去,稀里哗啦地蹚过小溪,冲过蕨草丛,钻进前方的树林。他一边跑,一边拼命挥舞双臂,希望追兵认为他是在盲目恐慌之下瞎跑乱撞。在逃跑的过程中,他听到身后有变种人追了上来,不住地呼啸呐喊。布里克曼以之字形路线往北跑了大概八十码,然后急转向右,连滚带跳,往下猛冲,接着又是个右急转,突然趴在草丛中,匍匐前进,向溪流折返。

在飞行学院进修时,他曾在徒步进攻课程上下过不少功夫,但这一次,大概是他有生以来跑得最快的八十码了。他一头扑进浅水中,玩命地在阶梯状的岩石和松散的鹅卵石组成的河床上爬行。到达一处差不多完全没过身体的深水区后,他便往左岸一趴。岸上长着稀疏的蕨类植物和宽叶草,尖尖的叶子,弯成道道优美的弧线,扎在水中,正好让他潜伏在内。

这个计策果然有效。布里克曼把整个脑袋缩在水里,只有眼睛露在外面。他看到一群嗷嗷乱叫的变种人从上游山坡处跳过小河,朝对面的树林奔去。一、二、三,有三个熊武士挥舞着刀杖,第四个拿着一张弩弓,此外还有三个母狼。七个……天哪! 到底有多少人啊? 又一个熊武士拿着刀跃过溪流,朝同伴们追了过去。八个……布里克曼心中大惊,知道自己不能久留,要是前面跑过去的那几个变种人找不到他,用不了多长时间,他们就知道是怎么回事了,然后就会用那些刀杖往水里乱戳,把他从水中扎出来,跟对付蛙鱼没什么两样。他用手和膝盖支起身子,一半身躯刚探出水面,只见又有两个变种人一声呼啸,几乎是从他的正上方跃过小溪。他忙往前方一趴。克里斯托夫啊!他慢慢露出水面,只见两个母狼从前方跃过。十二个,看样子就这些了。快想办法跑啊,布里克曼!

他跳起身子,顺着河床往下跑,不顾一切地蹿过一连串岩脊,也不管下方是什么情况。他几次在苔藓覆盖的岩石上失足滑倒,或是撞上岸边的树干,磕到浮石,脑袋朝下,扑倒在水里。刚刚愈合的肋骨被狠狠地撞了一下,胳膊肘、膝盖和下巴都有严重的擦伤,但他没有停下,也没察看伤势,更奇怪的是,他甚至没感到有多疼。他只管爬起身继续前进,顺着小溪跌跌撞撞,朝下游奔去。那副狼狈相,就好像在迷雾重重的旧纪元中,周六晚上圣地亚哥城里一个喝得烂醉的水手。

跑到石崖后,布里克曼摇摇晃晃地走出小溪,跪在地上。他觉得这个姿势很痛苦,于是坐在地上,蜷起腿来。直到这时,他才察觉到胳膊肘火辣辣地疼。他躺在地上,想平复一下呼吸,但发现这样更难受,便又坐起来,脱掉湿透了的汗衫和战斗靴。他站起身,把迷彩裤和衬裤也扒下来,一天中第二次把里面的水分拧了个干净。这套动作也使他浑身抽痛,但起码有点好处,能让衣服别那么水淋淋的。他穿上湿衣服,把战斗刀的刀鞘插在裤腿上的套环中,将地图和清水给他的别的东西揣进裤兜。很好……现在,他抬起右脚,踩在旁边的岩石上,扣好靴子上的侧带。

看天边,太阳已经落在远山之后,空气很快变得冷冽起来。布里克曼换了只脚,开始系左边的鞋带。这会儿,他脸上露出了一丝胜利的微笑,暗自庆幸自己成功避开了变种人巡逻队,他为这个计谋感到欣喜。他在地上跺跺脚,把靴子穿得舒服些,然后快活地一拍双手。行了,该上路了。但就在这时,他突然发现,自己的格斗杖,还有上面的背带,都不知落在哪里了,大概是在清水帐篷外面的某个地方吧。

布里克曼暗暗叫苦,这才是真疼啊……

进入营地前,他先离开小路,找了些宽大的叶片,把求生包和净水器裹起来,埋在一棵大树下,又用刀在树干上刻了个小小的火焰标志。至于地图,他早就想好了,准备藏在自己的毛皮褥子下面的那一张充作地板的双层席垫里。等地面收拾干净,看不出任何异常后,他才忍住膝盖的疼痛,向营地快步跑去。

在黄叶帷幕遮掩着的帐篷外,清水正满怀爱意地在佳得利身上重新绘制那些标志性的涡旋图案。等她画完后,便轮到佳得利给她画了。尽管清水的头脑比不上字匠,但她和佳得利都得到了摩城赐予的一项大礼,也就是图像记忆能力,所以他们可以把脑中的图案绘制在对方身上。佳得利的后背就像一张空白的画布,清水可以“看到”每种颜色的正确位置。她所要做的很简单,就是把它们填上。

清水一边画,一边想着刚才的云武士。他是被辟邪主送到穆卡尔人手中的,而且天音们曾通过雪先生之口,将他称作死亡使者。清水第一次看到他时,他正被人从玉米田中抬出来,满身血污,伤势很重。布里克曼当时昏迷未醒,所以没有看到她,没等他醒来,清水就被打发走了。部落长老们跟她说,云武士被俘的这段时间里,她必须在穆卡尔营地之外生活，绝不能让布里克曼发现她竟然生来就有一副光滑亮洁的皮肤，而且肤色与他相同，她的身体与沙穴人毫无区别。

和佳得利一样，她小时候也因为这种"异常"受了不少罪。完美的身体反倒让他们成了异类，成了丑小鸭，正是这种痛苦让两人走得更近。尽管佳得利很早就身负重任，开始学习雪先生脑海里那些浩如烟海的知识，但每当她被其他幼兽戏弄嘲笑时，他这个年轻的字匠总会勇敢地跑来保护她。而佳得利被人欺负时，清水也会扑上去，用小小的拳头猛捶他的对手。等她长到七岁的时候，已经可以理解在蓝天之上、青草之下还有其他世界，雪先生便向她解释说，和佳得利一样，她的身体之所以被塑造成了这副形状，是因为她生来就注定要为三赐之人辟邪主效劳。自此，清水接受了这种说法，并从中获得慰藉。但她真正相信这番话，却是最近的事，那是在她作为召唤师所拥有的力量和佳得利拥有从石头中感应画面的能力被揭露出来之后。雪先生说得没错：未来的道路已经注定，大多数平原人只能看到眼前的一小步路，但佳得利拥有先知之能，等他技艺增长、心智成熟之后，就可以洞穿时间的迷雾，看到未来之路。

雪先生对未来已经略知一二，因为天音们会通过他说话。他们是万物之主，生活在另一个世界，那里的地平线是时间的开端与终结。他们住在一座巍峨的高峰上，可以俯瞰下界的一切，知道过去与未来。天音们曾对雪先生说，尽管部落长老极力阻止，清水脚下的道路仍会与死亡使者交叉。清水从不怀疑雪先生的智慧，她所做的一切都是出于他的指引。即使如此，向佳得利隐瞒自己的想法和行为，还是让她觉得心烦意乱。他们不是已经应允要交换血吻了吗？他们不是已经像狐和熊那样合为一体了吗？虽然他不是穆卡尔部落中最强壮的武士，但他不正是最勇敢、最机警、最坚韧的吗？即便他现在还不如雪先生那么睿智，可他不是舌头快如尖铁，头脑亮若明星吗？一想到佳得利，她的心不是会感到温暖？她不是保证过要用一生来守护他吗？

是的……这些都是真的，清水感到迷惑和愧疚。在云武士咬箭的那天晚上，清水透过火光看到了他的身影。从那天起，她的心就被撕成了两半。她感到耻辱，因为她心中萌生了一个念头，一个血吻之律所禁止的念头。在月黑之夜同死亡使者躺在一起的画面让她身子发烫。佳得利的眼睛是黑的，而他的却是蓝的，看着他的眼睛，就像注视着波澜不惊的石湖水面上，自己那双眸的倒影。佳得利的肩膀宽阔而结实，但他的不是更宽阔、更结实吗？佳得利很高，他不是更高吗？佳得利的头发像鸦翼般又直又黑，他的头发却像在风中泛着浪花的面包杆田，绽放出的光芒，犹如初升之阳照在草地上。还有他的声音，啊……他的话语如深邃的流水，畅快地冲击。听到那声音，清水的心就怦怦直跳，如山狮咆哮，胸中狂热，仿佛燃起一团火焰，腿骨绵软，像积雪般融化。

没人发现她偶尔会在摩城缀满繁星的大氅遮盖下，偷偷溜回营地。她曾躲在雪先生的帐篷外偷听他们的谈话，曾听布里克曼说起大地之下的黑域。云武士描绘的世界让清水感到恐惧，但她觉得，哪怕天天坐在那里倾听他的声音，她也不会厌烦。

部族姐妹们对她的行为毫无察觉，有些人跟清水说，他有毒蛇的芯子、郊狼的笑容和岩石的心。还有人告诉她，她们让夜疯狂去试试他的床上功夫,可他居然碰都不碰夜疯狂一下。她们嘲讽说,云武士常用长木棍战斗,但双腿间却没有尖铁,只有折断的软枝。清水同她们一道开怀大笑,可这些话她半点都不信。他蓝色的眼睛被偏见遮蔽,心神也蒙着尘埃,但她不在乎。一看到布里克曼,清水就能感到他体内那股热烘烘的力量,心中那"噗噗"动的活力,这,就够了。一句话,云武士是她见过的最美丽的生灵。

依照平原人的部落律法,清水知道,一旦她存有这种欲望,理应死在佳得利手中。但她也知道,如果能躺在云武士的怀里死去,她便心甘情愿。这些情感带来的内疚之情,以及为了掩饰这些而所产生的痛苦折磨,每天都在加剧。令她惊奇的是,似乎没人注意到自己的变化。但清水相信,雪先生定然对此心知肚明,就像他知道云武士注定会与她相遇一样。

清水开始在佳得利的胸口绘图。她用扁木片蘸了些颜料,一抬头正好看见他的眼睛,它们正看着天,注视着渐渐泛红的天宇外的另一个世界。清水在他胸膛正中画了两条曲线,然后在线条间添加颜色。

她心中暗自思量,不知佳得利是否知道,那天,是她隐身在黑暗之中,在那危急的关头,她悄无声息地唤起了体内的力量,从摩托头的石锤下救了云武士的性命。

第十六章

　　见到清水的第二天,布里克曼从席子里取出地图,向穆卡尔营地后方的丘陵地带走去。经过几个小时的跋涉,他来到一处足以俯瞰周围地貌的峰峦。他先根据太阳的位置校准地图的方位,然后仔细观察附近的各种地形,终于比较精确地查清楚了自己目前所在的位置。这与他原来的猜测差不多,穆卡尔部落确实已经向西迁移,从原来在拉勒米山脉北方的老营出发,朝西北行进了两百多英里,来到风河山脉东麓。布里克曼站在这里,正好可以看到甜水河以及海狸河的上游源头。

　　南部是大分水岭盆地那光秃秃的岩石和沙丘,这块贫瘠干旱的土地,仿佛是直接从撒哈拉沙漠凭空而降的一样,洛基山脉——风河山脉正是它的一部分,高高耸立在沙漠之中。布里克曼从地图上看到,洛基山会向南穿越科罗拉多州。如果那个希望渺茫的假设能够成真,如果穆卡尔部落真的收藏了足够的材料,他又能得到佳得利等人的帮助,真的造出一架滑翔机的话,那么最佳逃亡路线就是沿着洛基山脉,一直飞到最近的联邦站点控制领域,也就是阿肯色州南部阿肯色河附近的普韦布洛站。陡峭的山坡可以提供足够的上升气流和暖气流,如果他中途必须降落,从高地上再次起飞也比较容易。

布里克曼的飞行地图只包括怀俄明州和科罗拉多州，再加上堪萨斯、内布拉斯加和南达科他的一小部分，所以他也不清楚自己离大中央到底有多远，他连北美大陆的形状和面积都不知道。联邦的保密政策向来禁止寻道民接触必要常识以外的信息，就算是开拓兵也不能例外。每次远征队得到的地图档案，都只涵盖本次行动所涉及的特定区域，绝不会多给。实际上，他此刻所在的位置再往东南方走一千两百英里就是大中央了。

下山时，布里克曼在心中盘算，仔细琢磨着下一步计划。他不禁埋怨自己，居然把格斗杖丢在清水帐篷后面的蕨草地里，万一被人发现，恐怕就难以争取到佳得利的帮助了。他考虑着要不要回去找，但又觉得这样做过于冒险。要是运气好，也许没人会发现。他想再去看看那个蓝眼睛的变种人女孩，但这个念头必须暂时搁置，这是不容置疑的。

布里克曼对清水的复杂感情丝毫未减，但失之毫厘的弩箭和树林中的那场追逐，使他清楚地意识到，自己身边危机四伏，自己其实是被敌人紧紧攥着的。到目前为止，还没人问过这件事，布里克曼也没遇到过那天的追逐者，但这并不意味着万事大吉。变种人想问题的方式跟寻道民不同，谁知道这些白痴在搞什么鬼？难道是忘记了？平日里，一日三餐、和蔼可亲的交谈，再加上不受拘束的行走，让他产生了一种虚假的安全感。但更糟的是，一想到清水，他就任由自己沉溺在变种人那种习以为常的幻想中，那些烟雾缭绕的白日梦……

可实际上，他的脑袋还悬在刀刃之下，而这把刀其实就握在两位字匠手里。如果他做得太过火，那么雪先生可能很难控制住穆卡尔猎头者们的狂热冲动。这个老家伙现在说布里克曼在辟邪主的保护之下，但他很容易就能安排说辟邪主改变了主意，或是说些别的要求。介入佳得利和清水之间，更是危险之举，更何况他现在正需要获得佳得利的帮助。

布里克曼决心已定，脚步也轻快起来。就算滑翔机最终无法升空，制造性的工作也可以转移他的思绪和精力，它同样也会爬进佳得利的心思，让他的脑筋别再转到布里克曼的林中漫步上去。只要两位字匠支持这个计划，在滑翔机完工之前，他的人身安全就有了保障。布里克曼第一次说起这件事时，佳得利没做出任何正面回应，但他坚信年轻的字匠绝不会放弃学习飞翔的机会。在布里克曼的头脑里，一个阴暗角落中，甚至潜藏着这样一个想法：佳得利也许——只是也许——会在飞行时掉下来摔断脖子，但他马上便将这个念头抛诸脑后。失去佳得利绝对是个悲剧，因为与此同时，滑翔机也会坠毁，他的逃亡计划也就全玩完了。但另一方面……

不！别再想了！布里克曼！这件事你可承受不起，穆卡尔部落不会放过你的。

又过了三天，佳得利始终没有现身。

"这很正常，"布里克曼心想，"画那些图案需要不少时间，清水必须把佳得利周身上下都画个遍，接着就轮到佳得利为她画。然后……"

布里克曼觉得自己不能继续想下去了。"妒忌"是另一个从寻道民单词表中删除的词汇。当然，布里克曼并不知道这些，他只知道自己很不喜欢这种感觉。回到家里，如果你想找个人做爱，只要跟她们说一声就行了。答不答应，或是忙不忙，全看她们当时的感觉，无论如何都没什么大不了的。她们过去跟谁做过，或是你接下来准备找谁都没关系。不存在任何约束，就算你决定和某个人结成对子，递交结合申请也没事。这种结合主要是一种与监护人职责相关的行政要求，只要你和你的伴侣充分履行各自的职责，那么你们俩跟谁搞都无所谓。正因如此，布里克曼才会因为自己对佳得利和清水产生的感觉而感到难受。布里克曼不愿想到他们在一起，他不愿想到清水属于别人。而这个别人，不但救过他的命，还攥着他的未来。

更让布里克曼心烦意乱的是，他发现自己已经开始喜欢这两位字匠了，他隐隐觉得有几分真挚情谊，甚至体会到一种非常真实，也非常令人不安的亲密感。这些都是坏消息，这些感觉会腐蚀他加固在寻道民心智外的装甲，会让他觉得软弱——布里克曼可不喜欢这样。

他现在需要的，是他过去想都没想过的：一个可以信赖的人。他过去信赖自己的戚妹，但尽管两人非常亲密，他仍然能够抵御向她坦白真实想法和欲望的冲动。心底几经挣扎，他受不了了，决定去找雪先生。

他发现雪先生盘腿坐在营地上方的一块岩脊上。

"我想和你谈谈。"他说。

雪先生注视着布里克曼的脸庞，说："好啊，说吧。"

布里克曼坐在雪先生身边，吞吞吐吐地向老字匠讲述了自己的故事。他讲了自己是如何刚巧撞见正在洗澡的那两个人，并且发现他们都是正常人的，当然，其中改编了很多情节。"真是不可思议，"他最后说，"他们就在我眼前，但我居然一直没认出来！我突然意识到自己看到的不仅是正常的肌肤,而是两个,呃,真正的人。"

雪先生以宽容的微笑回应着布里克曼的忏悔:"这算不了什么,很正常。"

"她是谁?"布里克曼装出一副懵懂之状。

"她叫清水,是阳舞的三个女儿中最大的一个,她的父亲雷鸟是伟大的武士,牺牲在黑山之战中。"

"她和佳得利是什么关系?"

雪先生拍拍布里克曼的膝盖说:"我给你点建议吧,这种问题对你没好处。"

布里克曼假装没听懂:"为什么?你给我讲过很多平原人的故事,这件事有什么特别的?我只是很想知道,她为什么要和其他人分开住,为什么啊?他们交换过血吻了?"

"还没有,但已定下了婚配。"

"什么意思?"

雪先生叹了口气,说:"他们被召唤到长老会前,在摩城的祝福下,部落希望佳得利和清水结合,生下和他们一样的孩子。"

"部落希望?"布里克曼看到了一个隐匿的缺口,"这是否意味着他们没有别的选择?"

"我们没有谁能选择做什么,或者不做什么。"雪先生淡定地说,"被有些人称为'自由意志'的东西不过是个残酷的幻象。只要你认识到这个事实,就会得到心中的幸福和满足。"

这次轮到布里克曼宽和地微笑了:"是呀,对,我明白了。咱们大家都得随着摩城的鼓点前进。"

"想笑就笑吧，随你便。"雪先生说，"你不信也无妨，也许你这趟旅途注定要遭受些挫折。"

布里克曼收起微笑，表情认真，这次他是真心的，他问道："你想说什么？"

雪先生不屑地说："对于一个什么都听不进去的人，我又能说什么呢？"

"我已经努力了，"布里克曼争辩道，"但你似乎还不明白。你有些关于世界如何运作的怪念头，呃，一下子很难让人接受。"

雪先生盯着他说："难不难，我用不着你告诉我。我开始寻找答案时，你和你的护父只不过是你们总统司令那双眼睛中的一点儿色迷迷的光。"他换了个话题，"跟我说说，他真的会在联邦所有准母亲的肚子里播种吗？"

"也许第一任总统司令是这样的，"布里克曼答道，"但现在全靠人工受精，是在生命学院的培养皿中完成的。"

"听上去挺厉害的嘛！"

"我下次再给你解释，"布里克曼说，"咱们接着说说清水吧！"

"你是怎么了，布里克曼？耳屎太多了？我已经跟你说过，把她忘了吧。哦，对了……"雪先生探身向右，从几块岩石后面取出了一件东西——布里克曼的格斗杖，他双手捧着，递了过去，"清水给你送来了这个。"

布里克曼颇为尴尬，盯着它看了一会儿，才轻轻接过，放到一边。他极力掩饰自己的尴尬，随口问道："佳得利知不知道？"

"还不知道。你还跟谁说过？"

布里克曼摇摇头："我还能跟谁说呢？"

"也对。不过我还是要提前警告你，流言已经传了出来，有人看到你了。"

在雪先生的注视下，布里克曼只觉得脸上发烧。这家伙怎么这么厉害？他过去可以轻易地隐瞒任何事，如今却被雪先生一眼看穿。布里克曼问道："你是说在树林里？"

雪先生没说话。

"哦，对了……我忘了说了，"布里克曼勉强措辞着说，"我正往回走，脑子里想着自己的事，突然有人一箭射来，想用弩箭把我钉在树上。我没问是谁——干什么——在哪——为什么，我吓得拔腿就跑了。"

雪先生点点头："在那种情况下，我八成也会这么做。我们的熊武士似乎觉得你想要逃跑。你还有什么要讲的吗？"

布里克曼看着他，简直跟站在审查员面前一样，于是苦笑一声，说："我还能说什么，有什么是你不知道的事吗？"

"不多。"雪先生承认。

布里克曼断定，无论清水跟雪先生说了什么，她肯定没提给他地图、应急食品和净水器的事。"好吧，也许逃跑是件蠢事，但你和佳得利警告过我，不是所有穆卡尔人都很友善。我不知道他们是怎么讲的，但我可以向你保证，我从没故意去做那些你们不许我做的事。"

雪先生露出一丝微笑，呈现出难以捉摸的样子，说："我相信你没做，但你昨天那趟小远足确实让局面变得很麻烦。"

"哦，怎么说？"

雪先生捋了捋胡子，说："有些人觉得当初就不该救你，而且，你现在知道得太多了。"

布里克曼眉头一皱："什么？他们是怎么知道的？清水和我不是只跟你说过……"

雪先生耸耸肩："他们也会猜测。"

"其中之一是不是这样：我已经发现佳得利和清水是我们所说的'岁子'，也就是正常人？"

"对，这是他们最在意的问题。他们想，是不是盘问你……"

"这还用说……"

"我建议他们少安毋躁，等你先找我谈谈再说。"

布里克曼低头看着地上的格斗杖，伸手抚着棒身，又抬起头看着雪先生说："你早知道我会来……为什么？"

"没什么奇怪的。我跟你说过很多次了，天音们无所不知。"

布里克曼强忍着笑意："这么说你肯定知道昨天到底发生了什么。"

"不一定。我说的是'天音们无所不知'，不是我无所不知。"

布里克曼暗自松了口气："好吧，但那些白痴干吗要追我？'脚下的道路早已注定'，你不是经常这么说吗？那我又有什么错？你总不能两头都占理吧。要是你们不希望事情这样发展下去，那干吗不跟辟邪主或是天音，或是别的什么主宰者讲个清楚呢？"

"有道理。"雪先生勉强点头道。

"还有个问题，"布里克曼继续说，"谁都没必要为这事大发雷霆，除非他们是故意找碴。要是我在别的日子撞见清水，根本就不会知道她和佳得利是正常人。况且，就算我碰巧发现了真相，这又算得了什么？咱们几周前就曾说起过，南部变种人用正常人抵税，已经有好几个世纪了。"

"可还从来没出现过女正常人。"

"哦，"布里克曼说，"这我倒忘了。"

这当然是句谎话。布里克曼没忘，这件事他心里很清楚。自从二四六四年大开闸后，联邦首次获悉变种人中存在着皮肤光滑、身体无异状的正常人，并找到了第一例珍贵样本。但几百年来，联邦从没发现过女性正常人，在部落用来当贡品的正常人中也没有女性。人们普遍认为，由于缺损的遗传进程中某些基因的畸变，女性正常人根本不存在。可现在穆卡尔部落不仅诞生了一个女正常人，而且还拥有一对身体健全、智力出众，可以生育后代的正常人配偶！这可是美铁联邦不惜一切代价都想要得到的东西。这个情报肯定会为他在下一次评估中赢得好成绩——他坚信自己还有这样的机会。

布里克曼回想起前些日子雪先生说过的话，他说变种人的祖先原是旧纪元中四肢都平直、正常的人类。在发现佳得利和清水的真实肤色之前，布里克曼一直都不相信，以为这只是个怪诞的谎言。从小到大，他所受的教育始终在灌输一个思想：寻道民是大劫难前人类的唯一后裔，而吞噬蓝天世界的地狱之火，是由变种人点燃的。根据电脑档案记录，那时他们就已经是次等人类了。

但是，如果雪先生记忆中的那个版本历史中，其实包含着哪怕一丁点儿真实成分呢？如果佳得利和清水成功生出正常的后代，那说明了什么？要是其他平原人部落中存在着更多和他们一样的人，并且能够繁衍出下一代正常人呢? 那变种人其实就不再是变种人了,数个世纪以来的基本冲突就会消失。克里斯托夫·哥伦布! 要是没有敌人,联邦该如何运作? 五百多年来,散布死亡与恐怖已经成了寻道民世代相传的固有生活方式。联邦组织架构的每个方面、每个细节,都是为了适应与变种人的战争。他从五岁时起,就把全副身心投入学习猎杀变种人的方法上。像他这样的飞行员,要是没仗可打,还能干什么?

事情越想越复杂,布里克曼的头脑混沌了,他连忙止住这一连串令人担忧的念头,转头望向雪先生。他发现雪先生正饶有兴趣地看着自己,忙说:"你也忘了件小事,我是你的囚徒,你可以开玩笑,说随我怎么逃都行,但咱俩都知道,我哪也去不了。我发现的这些事还能跟谁说呢?"

雪先生耸耸肩:"谁知道? 没准的事。"

布里克曼不明白这话是啥意思,他也懒得搞明白。雪先生喜欢把话说得神神秘秘。干吗不呢? 吸引人们的注意力是他的工作之一。他就问:"在想对付我的人里面,也有摩托头吧?"

"他不是带头的,但他确实算一个。还有,你猜对了。尽管我告诉他们,你在辟邪主的保护之下,但这些人还是想方设法地寻找借口,想要除掉你。你……呢,我该怎么说呢? 你对清水的兴趣,也许正是他们等待已久的机会。"

"谁说我有兴趣了!"

"得了吧,布里克曼,你脸上写得清清楚楚。"

布里克曼觉得脸颊又是一阵发烧。

"别害臊,这种事谁都会有,没什么大不了的。"雪先生顿了顿,仔细盯着布里克曼，"看来我错了，如此沮丧倒真的很少见。因为她是个变种人吗。"

"她不是个……"布里克曼咬住嘴唇，把后面的话生生咽了回去。

"哦，我明白。"雪先生点点头，"对你来说，一定很难吧。"

"听着，"布里克曼说，"相信我，你猜的根本不对。我现在知道佳得利是个正常人，但这并不能改变我对他的看法。但清水……就是另一回事了。我可以理解部落为什么要把她藏起来，实话实说吧，她很……"

"……特别？"

布里克曼的回答十分小心："我不该知道这些。你们也清楚，她是个特别少见的例子。我只想说，一定要把她照顾好。"

雪先生咯咯地轻笑："她能照顾好自己。"

"没什么可笑的。"布里克曼确信地说道，"篷车队会再度出现，而且数量会更多，联邦迟早会踏平你们的领地，到那时，穆卡尔人也许愿意用清水来作贡品。她是你们最大的财富，有了她和佳得利，你们就有机会谈条件了。"

雪先生摇摇头："平原人过去不向别人上贡，以后也不会。你说得没错，佳得利和清水就像旧纪元中帝王宝冠上的明珠，但我们还拥有价值更大的东西。其实我们穆卡尔部落最大的财富，在于我们早已做好准备，接受宿命的来临。这样做，是需要无与伦比的勇气的，这也是你无法理解的。"

"没错，"布里克曼说，"我确实不理解。"

"但总有一天你会明白。"

这话听起来怪怪的，与其说是保证，倒不如说是威胁。

布里克曼默默看了雪先生一眼，这才说："那么……你觉得我该怎么办？"

"怎么办？"雪先生耸耸肩，"你要做的事情都已注定。生命延续，光阴流转。"

"就这些？"

"不。我冒昧地向长老们保证，无论现在还是未来，你都不会说，也不会做任何有损于清水，或是她和佳得利关系的事。而且，除非接到邀请，并有旁人在场，你才能接近清水，或是跟她说话。你，同意吗？"

布里克曼大笑起来："你们以为我会干什么？带着她私奔吗？"他笑了一会儿，却看到雪先生严肃的表情，忙收敛笑容，说："抱歉。当然，我同意。估计我也没有什么选择余地，对吗？"

雪先生一挥手，"扇"走这个问题，说："我还告诉他们，无论在什么情况下，你都不会把清水和佳得利的存在透露给外人。是不是有点蛮不讲理？"

"噢，不，一点儿也不。我刚才说过了，我只是个囚犯。事实上，好吧，我同意。"

布里克曼已经咬过箭，得到了武士的地位。所以雪先生脑子里闪过一个念头：要不要让他按照传统习俗，发下血誓，以生命捍卫这个秘密？但雪先生又觉得，对一个蔑视平原人的习俗，毫无荣誉观念的人来说，这种誓言毫无意义。这些沙穴人真怪，而且都是一流的撒谎专家！

布里克曼扫了一眼雪先生身上的杂乱图样，说："既然你们不希望任何人发现他们的秘密，那干吗不让佳得利和清水把颜料留在皮肤上？褪色后就重涂一遍啊。"

"不，颜料必须定期洗干净，以防他们的肤色发生永久性改变。"雪先生答道。

"但……"布里克曼还是没明白。

雪先生笑着说："这不是明摆着的吗？也许会有一些特殊情况，需要他们以本来面目出现。"

"你是说……要他们扮作寻道民？"

"不排除这种可能性。"雪先生说，"作为辟邪主的仆人，他们可能需要许多伪装。"

布里克曼点点头："好吧，我给你点建议吧，省得你想从我嘴里套出情报，偷偷潜入联邦。忘了这个计划吧，就算他们能想办法混进去，没有 ID 卡也是寸步难行。那是所有东西的钥匙，而且别人没法用。"

雪先生露出深思之色，想着这条珍贵的情报，点头道："多谢提醒。"

几天后，佳得利带着一身新图案回到营地。而在布里克曼的眼中，它和过去那些花纹全无二致。佳得利甚至还用某种东西——可能是细沙——摩擦过身体，达到了做旧的效果。布里克曼假装很平淡，并未过分关注他的身体，只是随便打了个招呼，就好像他仅仅离开了几分钟，而不是几天一样，而且对他这段时间的失踪只字不提，连原因都没问上一句。

其后几天中，布里克曼偶尔会看到清水在两位姐妹或是母狼的陪伴下在营地里走动。他没发现任何迹象，表明穆卡尔人正有意把他们分开，但他也注意到他们根本没有机会相遇。就算碰面，两人也保持着一大段距离。尽管他渴望结识清水，但心中还是牢牢记住了向雪先生许下的诺言。这会儿，只要能时不时见上她一面，他就已经很满足了。他们的目光极少相汇，清水的神色也平淡如水。但布里克曼发现她偶尔会抛来一个挑逗的媚眼，若两人再近一些，他八成会不顾一切地跑过去了。

布里克曼掩饰着自己复杂的心绪，不让这些困扰阻碍他与佳得利之间逐渐成长的友谊。他将棍术传授给这位年轻的字匠，在这方面，佳得利同样显示出了超强的学习能力。布里克曼还向佳得利提出了教他飞行的想法，佳得利没有明确回答。但两天后，布里克曼刚从帐篷里钻出来，就看见三架解体的天鹰战机残骸在帐篷前整齐地码成几堆，一群变种人坐在旁边，围成了一个半圆。

布里克曼压抑住兴奋的心情，装出随意之状，仔细审视着摊在地上的各种碎片。有些支柱和翼梁已严重扭曲，但他最需要的机身构架还基本完整。座舱毁坏严重，似乎是修不好了。剩下的唯一一台引擎看起来大体完好，但螺旋桨坏了。

佳得利走到布里克曼身边，问："你觉得怎么样？"

"只能说有可能，"布里克曼这话倒是真心的，"我不知道翼膜够不够。"他补充了一句，突然意识到，自己过去居然撕下这些宝贵的材料来扎辫子，真是罪过，"但最大的问题是咱们没有金属工具。"

"你需要什么工具？"佳得利随口一问。

布里克曼惊住了，过了几秒，才缓过神来，问："你们这有工具？"

"有一些,也许还能搞到更多的。"

"从哪搞来的?"

"从给我们制造弩弓的人手里换来的。铁大师们。"

"铁大师? 他们是谁,也是变种人?"

"不,他们的皮肤和你的一样光滑。但在其他方面,他们又与平原人差不多。"

布里克曼深吸一口气,竭力使自己语气轻松,掩饰强烈的好奇心,问道:"他们住在哪?"

"在东天门以外,伯利恒的火坑中。"

"那是什么地方?"

佳得利耸耸肩:"没人知道。据说东天门外有大片土地,但平原人从未涉足。铁大师们会驾驶他们的轮子船,沿大河而来,与我们做交易。那些大河包括黄石河、米兹西比河,还有米兹苏里河。"

布里克曼立即将这些名字牢牢记住,问:"他们什么时候来?"

"每年一两次,也有些年份他们根本不出现。"

"你们都拿什么交易?"

"面包杆种子、野牛肉、梦帽、男人和女人。"

"你们拿自己人做交易?"

看到布里克曼的反应,佳得利不禁笑出声来:"只有那些自愿离开的。他们即便留下来,也会因为部落缺乏尖铁而被外族杀死。难道说这样会更好?"

"不,我不这么想。"布里克曼承认道,"你还知道铁大师们的其他情况吗?"

"就这些了。"

"但他们为什么要用武器跟你们做交易？"布里克曼继续问道，"直接把你们和其他平原人打败不就好了？"

佳得利一耸肩，说："也许他们人数太少了。"

"哦，要是这样的话，你们干吗不搞个突然袭击，把这些人统统抓起来，逼他们替你们干活？既然有机会把他们变成奴隶，何必要用宝贵的东西进行交易？"

佳得利笑着说："这是寻道民的想法。"

"得了吧，"布里克曼反驳道，"你们不也会杀其他变种人吗？"

"那只是为了保卫我们的领地。"

"嗯，也对……"布里克曼意识到，继续争论这个问题或许只是在浪费时间，便拉住佳得利的胳膊说："我们现在就开始干吧。我们需要个螺丝刀，再来个能钻孔的东西，还需要切割管子的锯子、一把锉刀、一……"

佳得利眉头一皱："螺丝刀？"

布里克曼暗自叹了口气，说："你先把现有的工具拿给我看看吧……"

布里克曼主要的帮手是佳得利、三度和另一个变种人工匠——他有个很适合这项工作的名字，叫作空气补给①，另外还有几十个自愿打杂的人。在他们的帮助下，布里克曼开始建造新的可用机身。在

---

① 二十世纪七十年代末成立的澳洲乐队。

重建过程中,佳得利一直在他身边,帮他完成每一个步骤。布里克曼再次被佳得利机敏的头脑和过人的机械天赋折服了,佳得利对航空技术和飞行理论几乎有一种本能的理解力。布里克曼并不知道,佳得利其实是依靠精神力量,从布里克曼的头脑里抽取知识,并加以理解的。

最让人头疼的是机翼薄膜。但经过两位字匠的动员,整个部落把那些作为战利品收集来的每一片可用薄膜都交了上来,好不容易拼凑出两幅翼膜。这些碎片经过手工缝制,接缝处用松木树脂黏合。两片薄膜装在翼梁上,以细密的针脚牢牢缝住。布里克曼无法重建天鹰机翼的充气风板,但令人惊奇的是,太阳能电池薄膜居然还能工作。太好了!他用树脂液固定了多芯电缆做成的短绞线,将薄膜一片片连接起来。这项工作要求很高,需要高度的耐心和娴熟的技巧,但最终还是完成了。

由于缺乏检测设备,布里克曼只好想了个土办法。他看到导线末端有些火花,便让几个变种人小孩到最近的河里给他抓条活鱼。他们用皮水袋装回一条大蛙鱼,然后好奇地看着。布里克曼将电线伸进水里,只见蛙鱼的身子猛地一扭,像要咬自己的尾巴,随后扑腾了几下,便浮到水面,翻了鱼肚白。现在,有了可使用的适度电量,布里克曼便开始修理、安装电动机。三度还用黄桑木刻出了一套新的螺旋桨,这东西让他很自豪。

三周的时间转眼即逝,滑翔机终于造成了,翼展四十英尺,安放在一人高的脚手架上,穆卡尔人叫它蓝鸟。布里克曼接通电缆,让机翼面板上的电流通入引擎。所有人都屏住呼吸,等待太阳从一片无边无际的灰乌云中露出头来。经过漫长的守候,蓝鸟机翼投下的模糊影子逐渐变黑,显出清晰的箭头形状。此时,太阳跃入一片蓝天,温暖的光线照在他们扬起的面庞上。布里克曼拨动开关,什么也没发生。他转了一下螺旋桨,还没动静,感觉就像棍子搅动泥浆似的,极为艰难,不起丝毫变化。人群中传来一阵失望的叹息声,布里克曼暗自咒骂,猛地一拍发动机外壳,"噗噗噗噗",螺旋桨居然开始灵活地转了起来,最终变成一个金光闪闪的圆盘。

"嘿呀!"人们高声呼喝。

布里克曼冲天空来了个双手飞吻,欢呼道:"哦,母神万岁!"

"有足够的动力起飞吗?"佳得利问。

布里克曼紧了紧右翼上的一根缆索,摇摇头:"如果电路保持通畅,蓝鸟可以在空中滑翔,但最多就这样了。"这就够了,其实,他心中一阵狂喜:"只要下坠率为零,我随时都可以跟这群白痴说再见……"

蓝鸟被穆卡尔人郑重其事地抬到一处缓坡顶上,布里克曼试着飞了几次,也就是从几英尺的高度滑下坡去。一群变种人儿童在旁边又叫又跳,兴奋极了。他们早就忘记了玉米地上空的箭头扔下的熊熊大火,以及其带来的恐惧和痛苦。蓝鸟性能之好,连布里克曼都始料未及。它的稳定性很不错,对驾驶员的驾驶水平要求极低。

第一次真正的试飞安排在一处陡峭的山崖上进行,试飞结果可称完美。布里克曼套在挽具中,借着上升气流在天空翱翔,再度享受到御风而行时那种超级快感,就如同重新体验他的单飞:心跳加速,感官更加敏锐,获得的是前所未有的新体验。他转回悬崖,在观众们的头顶上做了一连串阿拉伯数字"8"字形回转。他的上方是蔚蓝的天空,白云朵朵,散布其间;他的身下,引擎的嗡鸣声不断,平稳而舒缓。

由于使用的是过于简陋的电流线路，所以太阳能薄膜的输送电流会上下波动。从声音上判断,布里克曼估计引擎现在的马力只有正常功率的百分之三十到百分之五十。虽然不够继续爬升,但只要他能赶上热气流,或是像风筝一样迎风而上,达到理想的海拔高度,引擎提供的动力就足以让蓝鸟保持巡航高度。这时,他向下看去,变种人都变得小如蝼蚁,他意识到此刻正是逃跑的绝佳时机。第一次测试滑翔时,他的双脚刚一离开地面,逃跑的念头就冒了出来,在脑海里一直萦绕。这次起飞前他已将地图藏进制服中,求生包和净水器始终没机会取出来,但这也无妨,他肯定能挺过飞回联邦的这几天路程。几个月来,布里克曼都在喝受污染的水,吃野生果实,呼吸的是含有辐射物质的空气,还和变种人进行过肌肤接触,所以再熬一个礼拜也没多大区别。自打从半药物催眠导致的昏迷中醒来后,他就渐渐忘了始终笼罩在地表的无形死神,偶尔想起这个永远存在的威胁时,他总是一阵心寒。但他已经在地表生活了这么久,却还没有任何明显的辐射病迹象,这又令他感到迷惑不解。这是为什么？他知道病症早晚会出现,绝无幸免的可能性,他会步上杰克老爹的后尘。但是,长久以来,他的感觉从来没有像现在这么好过,真是太奇怪了！他想,也许是重返蓝天的缘故吧！

布里克曼上升到大约三千英尺的高度,已完全超出了变种人弩箭的射程,要是他想开溜,现在就可以上路。但此刻心中天人交战,矛盾重重。他知道,如果现在飞走了,就是辜负了佳得利和雪先生的信任,何况还有清水。尽管他已对雪先生和自己立下了誓言,但这决心正渐渐崩溃。他想再次接近清水，单独和她倾谈。终于，他还是决定留下来，他要再和清水见上一面，之后，再踏上自由之旅。对，只见一面，只有他们两个人，但这太疯狂了。其实，他知道逃跑是他的责任，也知道如果他不走，早晚要死在这里，但是……

一定有什么事情不对劲，他觉得自己发生了某种变化。他很清楚那是什么：就跟第一次地表单飞，返程进入坡道大门时心中涌起的感觉一样。一想到要回归地底，回归那过去看似正常，事实上是唯一可行的生活和生存的世界，他就感到莫名的恐惧。

他的心定了下来，忙关闭引擎，蓝鸟开始下降。他贴着悬崖后方高耸入云的山峰峭壁，做了一连串惊险的飞扑动作，降落前，还在围观的人群头上做了几个低空飞掠。他意外发现清水也在崖顶，就站在佳得利身边。他飞过去时，两人都在挥手致意。他心中一荡，不知该如何是好，虽然他已见过清水，也和雪先生谈过，但还从未在佳得利面前提起过她的名字。年轻的佳得利对此知道多少？要不要假装不认识清水？机灵点，布里克曼……

布里克曼让蓝鸟减速，来了个流畅、漂亮的降落，不出五步，稳稳地停住了。他迅速解开挽具，见佳得利朝这边招手，便从围在一旁、兴高采烈的人群中挤出一条路来，走了过去。看到清水，布里克曼极力保持平静，佳得利没有替他们做介绍，但也没装出"此人不存在"的样子。他对布里克曼顺利完成试飞表示祝贺，接着转过头去，交代小变种人们，不要乱动滑翔机。

趁此机会，布里克曼望了一眼清水的蓝眼睛。

清水也看过来，两人四目相对，闪出一丝火花，又马上将其掩去。

"我真嫉妒你,"她说,"像鸟一样飞翔是什么感觉?"

"好极了。你会有种美妙的体验……这,没法用语言形容。每次我飞上天,都不想再降落下来。其实我在山峰上盘旋时,差点就下决心飞回家了。"

"很高兴你没走。"清水慎重地说道,眼中闪过一道光。

"哦,真的?"布里克曼尽量保持语气平和。

这时佳得利也转回头来。

"是的。"佳得利说,"你看,如果你试图逃跑,就会像块石头一样从天上掉下来。"

布里克曼看着这两个人,觉得这话实在可笑,不由得大笑起来。

佳得利拍拍清水的肩膀,说:"让他看看吧。让我们的朋友看看辟邪主的力量,沙穴人终将被这伟大的力量赶回他们的洞窟,永远埋葬于其中。"

"朋友"这个词很怪,有种隐隐的强调之意,让布里克曼心里很不踏实。佳得利肯定知道点什么,也许什么都知道。布里克曼试图从其表情中看出端倪,但却一无所获。

清水闭上眼睛,显然在集中精神。佳得利向周围看了看,发现一块篮球大小的石头,便用双手抱起。岩石显然不轻,只见他脖子和胸脯上的肌肉都鼓了起来,他问道:"准备好了吗?"

清水闭着眼,轻轻点头。

布里克曼突然发现蓝鸟周围的人群全都静了下来,都在往这边看。佳得利绷紧胳膊和腹部的肌肉,使出全身劲力,将石头扔过头顶。清水猛然睁开双眼,右臂一探,食指和中指对准岩石,喉间惊诧得冒出一种奇异的啼叫声。布里克曼顿觉全身发冷,他惊奇地发现,石头竟然没有下落! 它在空中悬停了片刻,然后随着清水渐渐抬高的右臂飞上天空。当它到达两百英尺的高度时,清水口中吟唱的那种诡异的颤音突然停住了。石头仍在空中,停在她所指的方向。布里克曼和其他人眼睛一动都不动,大气也不敢出。只见清水的手指在头顶画了个圈,岩石开始移动,仿佛被一根无形的丝线悬着,缓缓绕了一个大圆。这时,清水终于放下胳膊,和佳得利一起转头,看着布里克曼,石头仍旧悬在空中,布里克曼目瞪口呆地看着它继续在天上环绕。

"让它下来吧。"佳得利轻声说道。

清水右手攥拳,猛地往下一挥,砸入左掌内。

"轰",石头直坠而下,在悬崖下的岩石上砸了个粉碎。

"嘿呀!"旁观的穆卡尔人欢呼起来,"嘿呀! 嘿呀! 嘿呀! "

"现在,你知道联邦为什么永远不可能征服我们了吧? "佳得利问。

布里克曼的目光惊乱了,在清水和佳得利之间游移,他几次张开嘴,却说不出一句话来。

清水看着布里克曼,目光中透着一丝哀伤,说:"他看到了,却还是不相信。"

佳得利点点头,说:"他的心灵被地下的黑暗束缚了。这一幕不符合他那个世界的法则,所以他无法理解。"他笑了笑,"这事可没法用电脑计算。"

布里克曼默默地注视着他们,随后坐到旁边的一块岩石上。佳得利走过去,同情地拍了拍他的肩膀,接着便在部众们的护送下,同清水一起走回营地。他们用被称作"口乐"的演唱方式,哼唱起一首平原人的曲调。声音就像他们的乐器,充满复杂的和声对位。布里克曼孤零零地坐在被遗置不管的蓝鸟旁。曲子里没有明确的词句,但他听得出来,这是一首凯旋的赞歌。

第十七章

　　清水操控岩石的表演让布里克曼大为震惊，这是他第二次看到变种人的魔法,此时,心中的怀疑早已一扫而空,剩下的只有迷惑和震惊。他急着想知道更多的情况,但又不想表现得过于激动,只好先将此事暂且放下,开始给佳得利上第一节飞行课。

　　仅仅过了一周,布里克曼就发现佳得利驾驶起滑翔机来,与从飞行学院进修三年后毕业的飞行员一样轻松自如。他本该觉得高兴,但却不想欺骗自己。他知道,要论当教官的本事,自己根本不行,更无法与卡罗尔相比,但佳得利却以令人惊异的速度掌握了飞行技巧,这也太不可思议了。当然,现在,再发生什么事,也不会比清水所展现的神奇魔力更令人惊异。

　　布里克曼逐渐理解了为什么乔迪·喀珊那么避讳变种人魔法的话题。乔迪在地表飞行了十年之久,肯定偶然见到过他刚刚见证的奇迹。如果她都知道,那大中央肯定也知道——尽管在官方文件中,他们宣称变种人魔法是不存在的。他会不会凑巧发现了一个惊世大阴谋的蛛丝马迹?会不会正是这个大阴谋阻止了他获得学院的第一名?在第一家族不容置疑的智慧的遮掩下,还有多少事被有意判定为不存在?联邦主机哥伦布都藏着什么秘密?他要升到多高的阶层才能看到内幕？到底有多少个接入级别？

学成出师后，佳得利带着布里克曼来到雪先生的帐篷，三人一起吸食彩虹草，以示庆祝。布里克曼觉得此刻似乎正是大好时机，没准能打听清楚悬崖上那一幕到底是怎么回事。清水真能让石头飞起来，还是能让他产生幻觉？两位字匠的态度坦率而友好，他们告诉布里克曼，那件事绝对是真实的。但当他问起她是怎么做到的，两人都没能给出一个足够合理的解释，至少无法让联邦塑造出来的头脑相信。

布里克曼掩饰住沮丧的心情，又提出那些不断困扰他的问题，也就是对最终真相的探求。真的有可能知晓世间万物的真面目吗？他要爬到多高，才能发现雪先生所说的真理，大写加粗的"真理"？

"问题的关键不在于爬到多高，"雪先生说，"其实到达山顶时，你可以遍览四周风景。人这一辈子可能会多次遇见真理，但他通常与它面对面，却不认识，领悟的瞬间就这样溜走了，可能要到很多年以后，才能再度站上山巅。而那些运气不好的人，连第二次机会都没有。"长者把手一挥，指着佳得利，"在你来到我们中间之前，我就跟这位颇有才能却顽固任性的继承人讲过，你必须问对问题，还要学会敞开心灵，就像夜阑人静时的一池深水。只有这样，伟大的智慧白鸟才会落在水面上。在此之前，我建议你最好老老实实地接受变种人会魔法的事实，不要问为什么，省得整日心烦意乱。我所说的'魔法'，是指操纵天地之力的能力，它来自辟邪主。"

布里克曼耐心地聆听着，问道："真是难以置信，你们真的相信这家伙存在？"

雪先生把右手一挥，"你以为炸碎摩托头石锤的还能是谁？是辟邪主的力量拯救了你,同样是这种力量从清水身上流过,赋予了她控制岩石的能力。"

布里克曼看着两位字匠,一言不发。

"你怎么就不相信这是事实呢?"佳得利问。

布里克曼耸耸肩,说:"可能是因为我们寻道民很难相信,天地间竟然存在辟邪主这种看不见的神人。"

"这个世界很快就将见证三赐之人的伟业。"雪先生轻描淡写地说。

"三……赐?"

"这当然是辟邪主的另一个名字。也许在你的有生之年,会有机会见到他。"

"然后恨不得从来没见过。"佳得利笑着说,"给他讲讲预言吧,长者。让他知道,为什么我们从不惧怕铁蛇和联邦的怒火。"

"预言?哦,对,我忘了,"布里克曼开玩笑地说,"你们这些人,早就知道未来是什么样子了。"

佳得利眼中透出恶毒的火焰,但这股冲动转瞬即逝,他早就学会了如何控制情绪。

雪先生平静的口吻毫无变化:"你错了,布里克曼。我们相信的是,自己的未来早已注定。我们有些人得到赐福,拥有可以聆听天音的心耳。我的部族兄弟们大都没这个福气,但他们和我们一样,坚信未来的图景早已绘好。宇宙之轮运转如常,带着我们在永恒之路上前行——无论我们想不想走上这条道路。尽管你耳朵聋了,眼睛瞎了,但同样会扮演自己的角色。你信也好,不信也罢,反正我们对预言坚信不疑,因为只有它能拯救你。"

雪先生动了动盘起的双腿,布里克曼的表情立即变得温和、顺从。

"我希望你能敞开灵魂,倾听我下面要讲的这个预言。但是……"雪先生注视着他,"也许……你不会明白的。"

"我甚至不知道'灵魂'这个词是什么意思。"

"没关系。仔细听,努力记。这首歌是六百五十年前,由一位叫作辛辛那提红①的字匠首先接收到的,它被称作辟邪主的预言。"说完,雪先生开始以一种从未展现过的洪亮而深沉的语调吟咏此歌。

> 当西方的山巅
>
> 用燃烧天宇的火舌作言
>
> 当大地被自己的泪水冲淹
>
> 一个孩子将在平原人中诞现
>
> 成为三赐之人
>
> 兼具字匠、天眼通与召唤师之贤
>
>
> 降世之人男女皆可
>
> 命中之躯平直强健
>
> 就如旧纪元的英雄再现
>
> 草叶将成为他的双耳

---

① 美国俄亥俄州辛辛那提市的一支棒球队。

晨露将成为他的双眼

辟邪主是他的名谏
岩石化作他的巨锤
苍鹰化作他的金箭
一个国度将在战火中出现
平原人将化作利剑
交与救星辟邪主仙
拯诸族于危难之间

云武士会坠落如雨
铁蛇将反噬其主
荒漠会升上天幕
将沙穴人的黑域倾覆
因为天与地
会将它们的力量献给辟邪主

平原人之敌就此凋无
因三赐之人是万物之主
死亡将从空气中驱逐
鲜血将从大地上抹去
部族的兄弟姐妹们将携手共举
世界高唱辟邪主的赞曲

不知道为什么,听着听着,这段预言忽然在布里克曼的心灵深处引起了共鸣。在火石跃动的光芒下,第一次听到这首抑扬顿挫的诗,真是一种难以忘却的体验,它所带来的冲击,不亚于他在发现清水能遥控岩石时的震撼。尽管布里克曼不会形容,但诗歌字里行间蕴含的画面,确实为他打开了另一个世界的大门,让他对这些曾被他视为次等人类、生性狡猾恶毒的变种人有了全新认识。最让他震惊的是雪先生所说的预言形成的时间。这就意味着,在联邦设计出篷车队和天鹰战机的四百多年前,平原人就预言到了它们的出现!这似乎不可能,但万一它是真的,万一预言中的其他事件也会发生,那么联邦的未来将不再光明。

"请告诉我……清水……是召唤师吗?"

"不错,"雪先生答道,"正如预言所说,三种辟邪主的大能会被赐予某些平原人:第一是字匠之能;第二是召唤师之能;第三是天眼通之能——运用这种能力,可从石头中读出过去与未来。"

佳得利挺起胸膛:"我就拥有这种天赐。"

布里克曼看着他,眼中露出怀疑之色,说:"你是说,你能从石头里看到画面?"

"只有那些特殊的石头,"雪先生解释道,"长眼睛的石头。"他看到了布里克曼的表情,"不用怀疑。佳得利曾读过一块被铁蛇碾过的石头,所以我们才知道你在它的肚子里。"

布里克曼的目光在两位字匠间游移,他说道:"所以你们才费这么大劲去把我救活?"

"对。天音们曾告诉我，一位云武士即将到来，他的命运与辟邪主息息相关。佳得利早已通过先知看过你的面容，命运将你俩的人生之线连在了一起，从他弩弓上射出的箭，把这线头打成了死结。当他在燃烧的农田中看到你时，一下子认出了你就是石头展示过的云武士。"

"……要是换作别的寻道民？"

"我们会把你留在田里，任由你被烧死。"佳得利答道。

布里克曼想了想，又说："那为什么有人管我叫死亡使者？那个无所畏惧的摩托头，在他的梦里，又看到了什么？"

"他是个武士，也许他在梦里看到的只是自己的死亡。"佳得利说着，望向雪先生，眼神中露出期待之色。

老字匠捋捋胡子，盯着布里克曼说："有些梦会照出心中所想，有些梦会反映肉体欲望，还有些梦会在这个世界和上天的世界间架起一座桥梁。某些知识会从这桥上降临，但是，唉，我不是天眼通，我也不知道摩托头的话到底是什么意思，不知道他看到了什么。我只能说，总有一天你会知道，自己在伟大的辟邪主降临时，注定要扮演的角色。"他顿了顿，又高深莫测地说："到时候，你不仅会发现自己要做什么，还会认清楚你到底是谁。"

布里克曼默不作声，思索着雪先生的话，两位字匠面无表情地看着他。

布里克曼缓缓地抬头，望着他们，说："那要等到什么时候？"

雪先生将右手一摊："等到大地露出征兆时。"

"对，我知道预言是怎么说的，"布里克曼有些烦躁，"但那是什么时候？你们已经等了六百五十年！也许平原人的救世主根本不会降临，说不定他觉得待在现在的位置比较安全哩。"

雪先生镇定平和，语气平缓，道："不，他会降临的。也许我这辈子看不到了，但你肯定会见到——也许这会让你感到遗憾，因为你注定要成为沙穴人的领袖之一。"

"我也会认出辟邪主的，"佳得利显然不想被冷落，尤其是在讨论这些重大事件时，"长者已经跟我说过了。"

尽管雪先生这番话正符合布里克曼自认为注定将成就大业之信念，但却无法解开他心中的混沌。就连他最底层的求生本能都被撕成两半：一方面，它告诫布里克曼赶紧避开这个话题；另一方面，它又催促他进一步了解自己将要扮演的角色，与此同时，却让他又对自己可能发现的真相而担忧。多年来的寻道民生活，强调的都是绝对服从、军事化纪律和严苛的实用哲学。所以，尽管内心深处对所见所闻产生了各种想法，但他还是想办法回避着变种人神秘的一面，其中就包括他们的预知能力和遥控魔法。变种人的世界如同一个旋涡，随时等待着粗心大意的路人落入其中。这些蠢货跳进涡流中，企图寻找神秘现象的答案，他们会被慢慢吸进黑暗旋涡的中心，消失得一点儿不剩。而且还会，还会……被他无法控制的虚幻之力控制。布里克曼有点头疼，发觉自己很难面对这些问题。

雪先生和佳得利在三十个熊武士的护送下离开了营地，之后的三天里，他们一路向东方跑去，越过部落领地的标志，进入平原人的中原腹地。在这次旅途中，他们曾两次遇到其他部落的领地棒，便只好改变路线,绕过这两个区域。有一次,他们躲在暗处,避开了一支大型狩猎队。不是因为穆卡尔人惧怕冲突,而是没有这种必要。冲突会导致牺牲,铁蛇之战后,部落需要保存实力,准备与沙穴人的下次战斗。雪先生这次出来,是为了寻找天音们在最近一次的传讯中所指明的地方。一行人沿着源自西部群山的大河跑了将近四百英里路,雪先生终于用心耳听到天音,队伍已经接近目的地,也就是大河和它来自西南方的姐妹河相遇之处。在大劫难之前的地图上,这里属于内布拉斯加州,正是南北普拉特河的交汇处。

雪先生惬意地坐在一棵大树宽厚的枝丫下,随后派佳得利去寻找长眼睛的石头。摩托头是这支护卫队的头领,他让熊群两两结伴,到附近巡逻。佳得利在北岸搜寻了一番,徒劳无功,便越过河流,来到一处狭长地带。两条大河在这里并流,又融为一体。佳得利在这也是一无所获,一行人便又到南部大河的南岸开始寻找。

他们在这找到了一条远古公路的遗迹,在旧纪元中,那些载人的巨大甲虫曾在路上奔驰。雪先生解释说,这些甲虫就跟蜗牛或是黑角虫似的,会在身后留下一条黑色黏液的痕迹,这样它们就能找到回程之路。无数甲虫首尾相连,排成长队,爬过此地,它们留下的痕迹最终硬化,越变越厚,变成黑路。黑路一旦完成,就会被长期使用,因为甲虫们知道这些道路通向哪里,而且在上面可以跑得更快。

雪先生说,旧纪元时的人对速度非常着迷。他们建造过一张巨大的弩弓,把装着人的箭射到月亮上去。他们还有其他长翅膀的箭,有着巨大的箭头,射过天空的速度比太阳都快。他们是世界的主人,但却永远学不会彼此关爱,而且他们忘记了武士之道,由于他们的无知和仇恨，世界在千阳之战中死去。那些人数比天上的雨滴还多的部落都像泛黄季的枯叶一般陨落，人们并非死在单挑的决斗中，而是死在精技铸造出的机械吐出的奇异密语中。这些机器深藏于地下，和云武士说过的哥伦布一样。威力无穷的尖铁，却在没咬骨的人手中挥舞。

佳得利一面寻找长眼睛的石头，一面思索着旧纪元这些幽深而悲惨的秘密。当太阳返回西方天门时，他终于找到了一块。雪先生盘腿而坐，出神地看着学生跪在地上，紧闭双眼，举起石块并靠在额头上，开始运用天眼通之能，让石头中的记忆导入脑内。

"为我寻找铁蛇，"雪先生说，"然后在时空迷雾中往前走一点儿，找到一场大战。"

在铁蛇之战中，佳得利在老师的要求下，第一次真正运用了自己的天赐。后来他经过努力练习，终于能够记住很多与石头交流时看到的画面和听到的话语。他甚至发现，通过图像周围的光晕强度，可以判断记忆的远近。他的心也能逐渐分辨出哪些画面属于过去，哪些画面属于未来。

佳得利紧紧握住石头，将它放到膝盖上。他的脸面紧绷，双唇紧闭，嘴角下撇，仿佛在极力躲避心中的恐怖怪象。"我的意识向前飞去，但我不知道走了多远。"他不住地喘息，一字一句，从牙缝里挤了出来。

"找找清水，"雪先生向他建议，"找找云武士和你自己。用你全部的心力召唤这些图像，也许通过这种方式，就可以将他们的画面找出来，而其余的仍会封印在石头里。"雪先生坐回去，耐心地等待着。在他身后，两条宽广的大河中，水流缓缓向东，滚滚而逝。几分钟过去了，佳得利的脑袋开始左右摇晃，身体不住地颤抖，肌肉剧烈地痉挛。雪先生没再向他做出提示。

佳得利突然挺直腰杆，抬起头，双目无神地面对天空，表情扭曲，充满苦痛。"铁蛇在我头顶！"他叫道，"哦，摩城！母神！它沾满我族人的鲜血！"他发出一阵呻吟，这悲恸的声音逐渐变为刺耳的抽泣，紧接着他又是一阵抽搐。过了一会儿，颤抖逐渐退去，他被潮水般涌上来的悲痛压垮了，重重地扑倒在地。

雪先生静静地看着他。

佳得利一动不动，几分钟后，才慢慢坐直身，挺起胸膛，将泪流满面的脸转向雪先生，带着无尽的温情注视着这位老者。"这里只有痛苦和悲伤。"佳得利说着，把石头扔到一边。

"这个世界充满悲伤与痛苦，我的孩子，"雪先生淡淡地说，"这是武士承载的压力，是意图压垮灵魂的黑暗面。只有心灵足够强健，能够承受它们的打击，才能到达光明的彼端，那个极乐之所在。"

"即使这样，我还是希望您没把我带到这来。"

"为什么？"

"因为这是您的葬身之地，长者。"佳得利的眼中噙着泪水，他抬起手，愤怒地将它们抹去。

雪先生苦笑着，慢慢将手放到胡须上，问道："什么时候？"

"不到十二个月，接近泛黄季的时候。"

来年暮夏。老字匠低下头，静静品味这个消息，接着他抬眼环视四周，大河南岸的原野上，草浪翻滚，覆盖着红色的野牛草；巨大的云朵，自东天门缓缓驶来，犹如满帆而行的西班牙舰队，庄严而华美——这个比喻来自旧纪元的珍贵词句;在南方,在灰蒙蒙的低压雨云的衬托之下,树干洁白的落叶松林,犹如亮丽的浮雕,橙色和黄色的叶片在斜阳下燃烧;在西方,他的右肩后方,那些蓝色的远山正是他们回家的方向。

雪先生伸手向周围一挥,最后指向佳得利。

"行了! 不要再悲伤了,看看周围吧! 这样的美景,你怎么还会难过? 这是个谢世的好地方! "雪先生一拍大腿,站起身来,一副满不在乎的样子。他展开双臂,深深呼吸,畅饮着午后的空气。

佳得利从在两河交汇处找到的石头上看到了许多事,有些事情,实在太过痛苦,他甚至无法跟雪先生说。但在大家西行回家的路上,他告诉雪先生,云武士必须被释放,因为这是他预见到的那些事情的直接诱因,它会让预言的实现更近了一步。

"这可不好办啊,"雪先生说,"尽管他已经咬过箭,但在我们的部族兄弟中,仍有些人想置他于死地,他们会竭尽全力阻止他逃跑的。"

佳得利耸耸肩:"只要他追随辟邪主指出的道路,就能克服这些困难。"

雪先生笑着说:"现在你说起话来,越来越像个真正的字匠了。即使如此,云武士也必须得到箭头,这才有可能成功。但若离开了他,你还能再造一架吗? "

佳得利点点头:"如果您想要的话,当然可以。"

两位字匠露出了神秘兮兮、心领神会的微笑。布里克曼不可能找到比佳得利更聪明的学生了,佳得利根本就不需要别人"教",这种指导行为只不过是为了让佳得利在布里克曼的记忆中安上插头，然后佳得利就可以从里面储存的资料中复制任何东西了。佳得利的飞行技能几近完美，那是因为他现在的大脑回路中储存着和布里克曼完全一样的感觉数据，正是这些经验数据让布里克曼在飞行学院中表现得出类拔萃。可以这样说，佳得利现在与布里克曼一样厉害。

在向布里克曼展示三架天鹰残骸时，穆卡尔人没有拿出他自己那架战机上的翼膜，尽管那两片面板有几处断裂，翼尖也被烧焦，但总的来说还是相当完整。他们还留下了一台完好无损的发动机和螺旋桨。借助佳得利的知识，平原人现在已经完全有能力制造一架类似蓝鸟这样的滑翔机。

有些事，布里克曼和他在联邦的主子们都无从知晓。雪先生曾和伯利恒那些神秘的铁大师定下了不为人知的协议，要帮他们完成一个任务。铁大师们想要一个云武士和一个未受损的箭头，这两样东西他们都没能搞到，但佳得利刚学会的飞行技能和一架新造的滑翔机，应该也可以满足他们的要求。作为回报，从不食言的铁大师们，将为穆卡尔人制造强大的长尖铁……

队伍该夜间休息了，佳得利先睡去了，雪先生凝视着明灭的篝火余烬，思索着怎么才能让云武士逃走。近一个月来，布里克曼始终拥有逃走的手段和机会，但到现在为止，却什么都没发生。他始终没有跑掉。把整个问题全部考虑了一遍后，雪先生便向天音们寻求指引。在他们的帮助下，雪先生终于明白了，布里克曼的退缩，并非因为对清水召唤师之能的恐惧，而是由于对她产生难以满足的欲望，他渴望在她手中承受另一种甜蜜的死亡。允许他们走到一起，也许是促成他逃走的最佳途径，这真是个荒诞的矛盾啊。这是对佳得利的小小背叛，也完全违背了部落长老们的意愿，但如果这是辟邪主的旨意，那也只能如此了。

雪先生没有打扰其他熟睡的熊群，只是唤醒了一个名叫死欲的年轻武士，让他立刻跑回营地去。以变种人不间断的跑法计算，三百英里路也就是一天半的时间。雪先生命他带上由十二个武士组成的熊群，去蒂万部落领地的东部边界与自己会合。死欲同时还有个秘密任务，要将一件礼物带给清水。雪先生打开挂在腰间的包袱，从中取出一个小袋子，交给了武士，袋口处用细线绕在一节指骨上，系了个死结。袋子里装着一条标准式样的项链，还有刻着布里克曼的名字和身份号码的识别牌，以及十几根梦帽。当然，这些事他没告诉快腿的信使。

第二天早上，佳得利发现死欲不见了，雪先生说派他回营地去叫些援兵，好掩护他们通过蒂万领地。佳得利相信了，没有多问什么。他并不知道雪先生的秘密计划，但实际上，他已从石头中得知了信息，知道布里克曼对清水的渴望。他早就觉得这两个人在互相吸引，但并没有透露出自己知道此事，让他们否认。这种优柔寡断的态度完全是雪先生的手笔。在布里克曼向他"告解"后，雪先生就开始用自己强大的精神力量，干扰佳得利的心志，就像在穆卡尔人对篷车发动攻击前，他用精神力量搞乱哈特曼指挥官的思维一样。

不幸的是，当佳得利在石头中寻求记忆时，雪先生已无法制造同样的屏蔽场。因此佳得利看到了布里克曼和清水在一起的画面后，便被突如其来的强烈情感深深震撼了。通过过去对云武士所做的精神窥探，佳得利得知他对自己的友情是真诚的，也发现这种情感正在和其内心狡诈的黑暗面进行不断的冲突。直至今日，佳得利仍旧怀着怜悯之心，审视着布里克曼心中的矛盾。但突然发现了他与清水曾经的种种羁绊，对佳得利来说，是个非常大的刺激。他从恍惚中回过神来，终于摆脱了先前精神上的倦怠。尽管雪先生又重新开始制造干扰，但他的意识仍清晰敏锐。

在此之前，佳得利一直对预言坚信不疑，也毫无保留地接受了辟邪主的意志。但此刻，骄傲、嫉妒、愤怒和一种被背叛的感觉，让他丧失了理智。他有种强烈的冲动，要反抗，要做点什么，想要去控制，想要通过某些简单但又是决定性的行动，以自己的意愿去改变未来，想要扭转时光之河，让他预见到的毁灭与死亡不再发生。但他很清楚，试图篡改命运的走向，无异于将自己等同于看护平原人的诸神。他知道这么做是不对的，但这并未阻碍他逐渐增长的决心。在他之前，有无数年轻人还有更加年长的人，都产生过这种念头，这是可以原谅的。

死欲在黎明前几个小时就出发了。当天傍晚，佳得利在一次休息中找到摩托头，这位大块头武士正蹲在一条小溪里，洗脸，洗身体和双臂，他的老伙计黑顶和钢眼躺在岸边，吃着一种被变种人称为黄拳的水果——大个野生苹果。

佳得利盘腿坐在河边，摩托头用手捧起水，往他身上泼去。"你的脸又阴又沉，沙虫，有什么心事吗？"

"是呀，我想跟我的武士兄弟讲讲在石头里看到的事。"

摩托头走出小溪，示意黑顶和钢眼过来，三个武士面对佳得利坐好。摩托头打了个响指，指了指佳得利，黑顶手一抛，扔给他一颗黄拳，钢眼则把另一枚果子放到摩托头手里。摩托头咬了一大口，这才问："你想说些什么？"

"死亡使者的事。"

摩托头一口吐出嘴里的果子，又将手里的那块扔到一边。他跪在地上，探过身来，黑玉般的眼睛直勾勾地盯着佳得利的脸。摩托头的两只大手垂在一边，牙齿紧咬，脖子上的肌肉绷紧。一听到云武士的话题，他那杀手的本能就冒出来了。

"他计划抢走翅膀，"佳得利说，"回到沙漠下的黑城去，还想把清水一起带走。"

摩托头扫了一眼身边的同伴，又眯起眼睛，看着佳得利说："大概什么时候？"

"很快，也就是两三次月升之内。"

"长者知道这事吗？"

"他没提，"佳得利说，"我也没告诉他。"

摩托头眼中光芒一闪，显然明白了字匠的意思："你想让我们怎么做，剪掉他的双翅？"

"对。但不要弄坏箭头。"

摩托头跟黑顶、钢眼交换了一个眼神，得到两人的默许后，他又转头对佳得利说："等其他人在摩城的星袍下闭上双眼时，我们会跑回家去。这当然不容易，有一天多的路程，我们可能无法及时赶到。"

佳得利把手里的黄拳递给摩托头，郑重地说道："如果有人能做到，那就是你。"

摩托头骄傲地点点头:"没错。"他两手抓住膝盖,显露着胳膊和臂膀上的肌肉,"如此说来,这只背信弃义的乌鸦弄脏了喂食者的地面。要我把他杀了吗?"

佳得利很认真地思考着这个问题。延迟云武士离去的时间,这是个可以修正的行为,但判处他死刑,则是无法更改的决断,可能会导致更加可怕的灾难出现,比自己想要避免的祸事更可怕,还会让雪先生对自己的评价一落千丈。于是他说:"不,别杀他,只要……把他留在地上就好。"

摩托头嘴一撇:"你真让我失望,沙虫。你的心中有毒液,舌头上却没有螫针。作为接替雪先生的人,灵魂中应该藏有尖铁。如果他不能说狠话,也不能做狠事,我们的部落终将衰微。"

佳得利扪心自问,寻找恰当的措辞和答案,说:"肩负着指导部落如何前进的重任的人,必须知道何时该取别人之命,何时又该对别人宽恕。武士之道不是浸泡在鲜血之中的,杀人的力量和勇气,只不过是悟道之路上的第一步。"

摩托头对此嗤之以鼻,不屑地说道:"我不会和你争辩,小兄弟。你的脑袋里有未来的秘密,我的手中则有尖铁,但我们生来都是一样的,为了以辟邪主之名守护平原人。"他伸出一根手指,朝佳得利手中的黄拳比了比,"吃吧!在你思索世界之道时,先用黄拳润润喉,那个云武士,就交给我们处理吧!"

黑暗降临,雪先生的队伍停下来休息。他们燃起一小堆篝火,草草吃过晚饭,将哨兵们部署出去了,其他人裹着草织的毯子开始睡觉。佳得利难以入梦，他辗转反侧，心中矛盾至极，负疚折磨不休，最终再也无法忍受，只有去找老字匠。

雪先生睡得正香，被佳得利就这样叫起来时，显然心情不大好。"母神啊，又怎么了？"他咕哝着坐起身，打了个哆嗦，"辟邪主啊！真是太冷了！啊啊啊！我已经太老了，不适合睡在室外。"他拉过一条草毯，围在肩膀上，"还有可以生火的木柴吗？"

佳得利在黑暗中环顾四周，找到了几根。他拨了拨将熄的篝火余烬，搭上木柴，不断轻轻吹气，直到木头开始燃烧。

火燃起来了，雪先生暖了暖手。"好多了，"他嘟囔着，借着跃动的黄光，看了看佳得利的脸，"嗯，你这表情，这么难看，好像天塌了似的。"

"我让您蒙羞了，长者。"

雪先生打了个哈欠，伸伸懒腰，说："好，我来听听，是咋回事。你从头开始讲，尽量简短一点儿。"他将目光从佳得利脸上移开，再次望向篝火。

年轻的字匠便开始讲述自己的烦恼，他说了从石头中看到的事情，这些都令他心烦意乱，随后他深吸一口气，告诉雪先生自己已经派摩托头、黑顶和钢眼去惩罚云武士了。说完这些，他紧张地坐直身子，等待老师的怒斥。

雪先生什么也没说，只是直勾勾地盯着火光。佳得利觉得这短短几秒钟，真是度日如年。长者终于抬起头，面容衰老，神色疲倦。"他们何时上路的？"他问。

"我们吃了东西后不久。"

雪先生无奈地长叹一声，使劲抹了把脸："我们最好马上出发……"

"回营地吗？"佳得利有点不太明白。

"还能去哪？"

"您不生气吗，长者？"

雪先生又打了个哈欠。"生气？你这个蠢货！白痴！你这样做实际上是徒劳的，什么都改变不了！你以为世上有谁能扭转辟邪主的意志吗？不可能的，你也只不过是这意志下的一件工具！"

佳得利跪在地上，深深垂头："请原谅我，长者，我居然把您的话当耳边风。"

"没什么需要原谅的，"雪先生不耐烦地嘟囔着，"我在你这个年纪，也以为自己是世界的主人，但事实并非如此。"他站起来，卷起自己的席子。

佳得利也跟着站起来："难道说我们只能忍受耻辱，什么也做不了？"

"当然不是！"雪先生喝道，"你要竭尽所能！但首先，你必须试着去理解！来吧，帮我把其他人叫醒。"

"但是，长者，现在去还有什么意义？既然我们什么都不能改变……"

雪先生现出一丝恶作剧似的目光。他笑嘻嘻地伸手指着佳得利的鼻子，说："我们要给你个教训，希望这教训别被浪费。从这一路跑回去，八成会要了我这条老命。"

死欲追着清水的两个姐妹,绕过黄叶帘幕,跑进石头池塘,追逐玩闹去了。清水发现帐篷外的座席上,放着一个红叶叠成的小方包裹。她将它拿起来,带回帐篷,打开一看,原来是那个口袋。她用自己的猎刀割断绳节,朝里一看,一股霉味,说明里面放着梦帽。清水拿出项链,端详着那识别牌,上面刻有沙穴人无声话语的标记,她认出来了,这是布里克曼的东西。她将识别牌靠在额头,立刻明白了是谁把它送来的,也知道了那人要她做什么。想到即将去见云武士,她心中登时充满喜悦,但又一想到,若是他们在一起时被别人发现,将会是多么可怕的后果,她心中不觉七上八下,忐忑不安。她知道,若不是迫不得已,雪先生不会让她冒着生命危险,背负毁名灭誉的后果去做这件事。她也知道,只要自己完成了这个任务,只要不被部众们察觉,云武士就会离开,留下她一个人。佳得利肯定知道她背叛了他,心情必然会很低落,清水觉得,这简直如死一般难受。但她是平原人的后裔,穆卡尔部落的子民,芝加哥的血脉。正如雪先生曾对布里克曼讲过的那样,穆卡尔人有接受命运安排的勇气。

死欲玩够了,与两姐妹分别,回部落主营去了,清水开始为她们准备晚饭。两个母狼都没发觉她们的食物中含有剂量不小的梦帽,它起到了极强的镇定作用,不到一小时,两人就进入了深沉的梦乡。

清水知道,明天太阳爬上中天时,两人才会醒来。她走到石池,就是刚才她的姐妹们和死欲嬉戏玩闹,为他洗浴、与他欢好之地。她仔细清洗着自己刚画好图纹的皮肤,随后走回帐篷前,跪在座席上,唱起歌谣,同时拿起一朵朵鲜花,编进头发,再将香油涂在双臂、胸乳、小腹和大腿上。她唱的这首歌,讲述的是这样的故事:一个母狼和年轻的武士爱人同榻共眠，快活地度过了整个新土季，但刚到夏初之时，武士就出去作战，最后，倒在了敌对部落劫掠队的刀下。这首哀痛忧伤的挽歌，让她心中酸楚，泪水涟涟。

在佳得利和雪先生返回营地的前夜，布里克曼正处于睡梦之中，朦胧时分，他翻了个身，忽然发现一个光溜溜的身子躺在他的狼皮下，偎在他身边。他猛然一惊，睁开眼睛，还以为是夜疯狂。仔细一看，一张清新脱俗的脸，原来是清水，他激动得浑身都颤抖起来了。女孩伸出一根手指，压住他的嘴唇，然后将他抱住。他感到全身发热。清水吻上他的嘴唇，身子靠着他缠绕，轻轻摩擦。布里克曼只觉得一股电流蹿了上来，几乎掀开了他的天灵盖。这真是难以置信，他努力让自己清醒。布里克曼也许不知道"爱"这个字的意思，但他亲身体会到了这种感觉。这令他心跳加速，觉得几乎要在极致的欢愉中窒息。他的美梦成真了：清水就在这，柔软、热情、性感、灵活、生动、饥渴。

他们躺在黑暗中，温柔地拥在一起。他们的欢爱如梦似幻，完全不同于他之前的经历。没有受过过多光照的褐色肌肤，没有汗流浃背的肢体碰撞，没有那种难以消除的不和谐感。他们被一股情感的波涛高高卷起，送进一个超越物理实体的空间，直至永恒。

"这不是真的，"布里克曼想，"是我的想象力在超额工作。"但事实并非如此。他在黎明的第一缕暗光中醒来，发现清水确确实实就依偎在他身边，微笑着安睡，双腿还缠在他的腿上。过了几秒钟，他终于回过神来，现实的情况，就像一把大锤，砸在他的脑门上。

"克里斯托夫·哥伦布！"他低声叫起来。昨晚的行为简直蠢到了极点，一旦被发现，他精心构建的人际网就会被彻底撕裂。他这样的做法，无疑是对穆卡尔人社会观念、价值取向的最大蔑视，这会为他们两人招来杀身之祸的。

清水睁开眼睛，她同样悔恨万分，但并非由于他们的所作所为，而是因为她对布里克曼的渴望已将他置于险地。她用双手捧住布里克曼的脸，告诉他只有一个办法能逃脱危险，逃脱这个泥潭，就是——他必须赶快驾驶箭头离开这里。

布里克曼把她拥在怀中，说："除非你答应和我一起走，否则我不会离开。"

清水把手放在他的胸膛上："别说疯话，箭头上没有我的位置！"

布里克曼知道她说得没错，蓝鸟不可能带上他们两个人。他收集到的薄膜，还不够大，蓝鸟的机翼面积无法产生足够的上升力，最多只能带一个人。另外，还有一种选择，但这无异于自杀。可是，布里克曼早已把所有失败的念头抛到一边，他紧紧抓住清水的胳膊，说："好吧，那么……我们用脚跑。"

清水悲伤地摇摇头，眼里噙满泪水："哦，金子般的人啊，用你的脑袋好好想想，不要只用心，这是不可能的，我们能往哪跑？看着我！我是个平原人！"

布里克曼伸手抚摸着她小臂上棕黑相间的锯齿条纹，说："你不是！你和他们不一样！"

"对，我知道。在这个图案下，我的皮肤是和你一样的，但你的同胞不会接纳我。而且，即使他们同意，我也不能生活在沙漠无边无际的黑暗中。"

"不，下面一点儿也不黑！"布里克曼嘶声说道，"那里没有黑夜！

就算在最深的地方,也有足以媲美太阳爬上中天时的光芒!那里没有白死季,没有暴雨。我们有数以千计的人民,一辈子都生活在地底。大家都过得很不错……"他最后加了一句,却似有些信心不足。

"在你们明亮的洞穴中,我连一天都活不了。"清水低声说,"你想这样对我吗?把我带到地下去送死?"

"不,不!"布里克曼连忙说。他绝望地在脑海中搜寻更好的解决方案,更有说服力的意见。

清水爱抚着他的面颊:"你知道吗?就算我同意和你一起走,这场逃亡也注定失败。你是跑不过熊群的,他们可以昼夜不停地追捕我们,甚至不需要睡觉。"

布里克曼知道她指的是变种人的持续奔跑能力。用特有的大步跑法,变种人可以连续奔跑一整天,甚至更久。他们可以边跑边睡,就像鸟在空中飞时也可入眠一样。他使劲地想了半天,突然想出一个好办法:"对啊,你的魔法啊!你不是能让石头飞起来吗?你可以用它保护我们!"

清水又摇摇头:"不,这太危险了,我根本没法和雪先生比。"

布里克曼眉头一皱,惊讶地看着她。

清水也讶然道:"他给你讲辟邪主的预言时,没告诉你他也是个召唤师吗?"

"没有,"布里克曼说,"他大概是忘了吧。"

"伟力之宏环共有九道。"清水解释说,"我还只刚学会了前两环,而雪先生已经彻底掌握了七环。"

"剩下那两环呢?"

"只有辟邪主才有能力运用第九环，"清水说，"平原人中谁也不如雪先生强大。第七环被称作风暴使者，他曾用浓雾蒙蔽铁蛇，然后又唤来闪电、惊雷和洪水，用在它的身上。你当时不就在铁蛇里吗？"

"你是说那个老头……"布里克曼难以置信地看着她，"是他干的？雪先生……能引发洪水？几乎冲垮了篷车队的洪水？"

"当然了！"

布里克曼感到一阵眩晕，他竭力理解这个惊人的发现。这真是个惊世骇俗的说法，但他现在一点儿都不会怀疑了。他想到石头从天坠落的画面，又想到戳在林中帐篷外的两颗头颅——法兹蒂和内勒。"那你做了什么？"他问。

清水看透了他的双眸，在布里克曼发问前就读出了他的心思。"我做了我该做的事，把你从摩托头的石锤下救了出来。"她闭上嘴，没等布里克曼问话，便握住他的双手，深情地吻了吻，又把它们贴在脸上，"现在，你必须上路了！我求你，快走！别等佳得利和雪先生回来！"

布里克曼天生就不是逃跑的主，但他知道，现在只有这样做才是正确的选择。昨晚的事他无法逃避，无法隐藏，尤其逃不过雪先生的眼睛。在联邦时，他一直靠着层层诡诈将自己的真实意图藏得严严实实，但雪先生却轻而易举地看透了这些伪装。

现在，他必须走，不只是为了保护清水和他自己，也是为了联邦。他必须逃回去，把辟邪主的预言告诉他们。联邦人知道字匠，但并不清楚召唤师和天眼通的存在。变种人的魔法也并非失败者的托词，而是铁打一般的事实，这些都是非同小可的信息。把这么多可怕的坏消息带回去,似乎是件棘手的差事,但如果他能巧妙地处理,也许可以一步十级,飞黄腾达;但若处理不好,就会以散布恐慌和丧失斗志罪被枪决,届时,公共服务频道将会全程转播。

当然,还有件小事,就是要报复那些搞小动作,把他从百年典礼的第一名宝座上整下来的家伙——鲁德奎斯特、格斯·怀特,还有其他人。对……

"天快亮了,你必须上路。"清水低声说。

"你也是……"怀着绝望的心情,他们最后拥抱了一下,接着,布里克曼三下两下便穿好衣服,这可是在三年学院生涯中锻炼出来的本事。

"那个箭头,你自己能准备好吗?"

"没问题,别担心。"他低声说。清水将布里克曼的头轻轻揽到肩上,他再次沉醉在那涂油的肌肤散发出的醉人的芬芳中,还有柔软的触感和身体的暖意。但美梦终究无法持续,他挺起身子,拉开清水环在他脖子上的双手,飞快地从她唇上偷了一个香吻,随即将她推开,说:"你也走吧,快走。"

清水摇摇头:"不,你先走,更安全些,等你走后,没人会看到我的。"

布里克曼很想知道这话是什么意思,但这会儿没时间问这些细枝末节了。他把门帘掀起一条缝,往外窥觑,外面一个人也没有,安静空旷,就像第一家族演说日当天的新政广场。他回头看了一眼清水,发现她正在毛皮衣袋里翻找着什么。

"有人给了我一个属于你的东西……"她把挂着他身份识别牌的

项链拿了出来，"这个，我能留下吗？"

"当然可以。来，让我给你戴上。"他拿过识别牌，展示给她看，"看到上面这些印记了吗？这个是我的名字——史蒂文·罗斯福·布里克曼。"

"太好了，"清水有些激动地说，"这意味着你的一部分，将永远和我在一起。"她把长发拢过一侧的肩膀，以类似仪式礼节的动作低下头。

布里克曼把项链戴在她纤细的脖颈上，挪了挪位置，让刻有名字的识别牌靠在清水胸前，然后将长发放回她后颈，又捧起她的面庞，深情地说："相信我，我会回来的。我不知道什么时候，也不知道会以什么方式，但我一定想办法回来，我发誓！"这可是他的真心话，"要记得我。"

"永远不忘记。"清水轻声说道。她觉得自己似乎裂成了两半，其中一半难以忍受他离去的痛苦，而更加理性的另一半则不相信他还能回来，也清楚最好忘记这一切，把他从记忆中抹去。但这不可能……

"后会有期①。"布里克曼说出了这个表示"再见"的变种人词语。"好了，布里克曼，"他催促自己，"走！上路吧！"他钻出门帘，转身去捡放在帐篷外的格斗杖，眼角余光一扫，忽然发现左手边的头柱旁靠着什么东西。他定睛一看，小心翼翼地伸出手碰了碰，生怕它是幻觉，会突然消失。哦，这是他的三管气步枪！就是佳得利从天鹰上扯下来的那支！布里克曼一把抓过来，兴奋地抚摸着枪身，享受着枪管坚硬冰

---

① 原文为意大利语。

冷的触感,又用袖子擦了擦上面薄薄的一层水雾,然后利索地检查了一下弹夹,只够三次三发齐射。该死……但总比没有强。他看了一眼气压计,足够了。哦,母神保佑!他很想向清水道谢,但又觉得多余。如果她想听这些,肯定会把枪拿进帐篷。布里克曼站起身,突然想到什么,又蹲下来,拉过一张草席,用它裹住步枪。卷好之后,他满意地站起来,把席子夹在胳膊下面,木棒甩过肩头,大步流星地走向断崖,一路都没回头。

帐篷里,只剩下清水一个人了,她跪坐在地上,咬着嘴唇,强忍住苦涩的泪水,视线模糊不堪。她用手指抚摸着识别牌,回想着在云武士怀中度过的短暂而温馨的时光。她不禁幽幽叹了口气,拉过自己的毛皮,走出帐篷。只见东方的天门刚刚透出暗淡的微光,她心里松了口气,云武士很快就会插上翅膀,朝黎明的方向飞去。

清水走过沉睡的营地,来到雪先生的帐篷里,把随身带来的座席放在地上,用睡觉用的毛皮将自己暖暖和和地裹起来,坐等两位字匠的归来。她努力用思维去想念佳得利,但召唤师本能的力量让她的心眼飞向断崖,像只拥有巨羽的死亡之鸟一般,在悬崖上空盘旋。她可以看到箭头就停在下方的支架上,更远处,她心爱的云武士正朝这边跑来。

等等! 那是什么?

清水闭着眼睛,仰起头,身体一抖,身上的毛皮落了下来。她的鼻孔不断翕张,犹如嗅到危险的快步。

来到营地上方的坡顶之后,布里克曼看到蓝鸟还停在距离断崖五十英尺左右的地方,绑在支撑索架上,心里不觉松了口气。这里没人看守。布里克曼始终没搞明白这是为什么,变种人从来不在夜里袭击别人的营地,或是出去找麻烦,太阳一落,他们就会放下屠刀,回归营地。部落领地周围,会有一些哨兵留在岗位上。其他人通常都会一觉睡到天明,只留下少数的守卫,来防御狼、狮子之类的野兽。雪先生的队伍出发后,部落安排了两名变种人武士守卫蓝鸟,但也只是在白天站岗。显然,他们都没想到过,布里克曼可能会在半夜溜走。

布里克曼走近滑翔机,发现有人给他留下了一件礼物——黄白相间的飞行员头盔。它正吊在一条索带上,轻轻摇摆。"奇怪。"布里克曼暗想。他借着黎明暗弱的光线环视四周,但什么也没看到。可能是悬崖下面吹来的一股阵风。他看了看头盔上的名字,法兹蒂,那是他在苍鹰中队的同学。

运气不好啊,卢,真可惜,你没挺过来,我借来用用了……

布里克曼把木棍和裹着步枪的草席卷放到一边,戴上头盔,拉起面罩,绑好颈带,把它牢牢套在头上。然后,他解开索架上绑住后掠翼的绳子,索架有一人高,刚好够得着。他移走后置引擎下的支撑物,再抽出战术刀,把一根绳子割成两段,扔在草席卷上。他准备用绳子捆住草席两头,然后系在三角形控制杆底部。但他又想像刚才一样,再用草席藏住步枪,所以,他决定把这个工作留到最后。最好把枪放在手可以轻易够到的地方,万一有人发现他要逃跑……当然,希望不要。

现在,他最需要做的就是,检查一遍机翼薄膜,确保没有裂口和开线的地方,再看看电缆的张力和结合点,还有供身体水平悬挂的网带设备是否牢固,以及将电流从机翼传向引擎的导线情况。飞前检查结束后,他只要用索具把身体扣好,向前冲刺,小心别让螺旋桨碰到地面,然后跃出悬崖,就能腾空飞翔了。是的,就这么简单。

布里克曼看看天,他明白,现在一秒钟都不能浪费,但他却觉得自己陷入了一种尴尬的两难境地。在此之前,他的飞行任务都是在白天执行的。虽然当时接近年尾,但天气仍旧暖和,阳光也很充足,太阳能电池可以提供足够的能源,从机翼传入引擎。尽管太阳能输出不太稳定,但却提供了源源不断的后备能源。可是今天天还没全亮,周围的空气寒冷潮湿,就算他能搞到一套充电设备,也会因为过于沉重而无法装载。但没有阳光就意味着没有能源, 也就意味着四到六小时内,这引擎只是一堆毫无用处的过载废铁。要是天气不好怎么办? 他应该冒险带着引擎出发? 还是把它从机身上拆下来? 他是有工具的,只需要处理十几个螺丝、螺母和导线。但这岂不是让他费了很长时间辛苦完成电路修复测试成了白干一场……管它呢……

布里克曼绕着蓝鸟走了几圈,权衡着利弊,他静下心来,向上天祈求指引,最终决定拆下引擎。打定主意后,他迅速断开导线,拧下螺丝。一……二……三……四……还差两个,引擎两侧,一边一个。这真是讽刺,卸下引擎,却提高了滑翔机的负荷能力,要是他早想到这个方法,用不了几分钟就可以调整好索具,还能把清水一起带上,如果她愿意的话。

布里克曼把后支架推过来,方便自己拆掉最后两枚螺丝时,能支撑引擎的重量。他拿着粗制扳手,正要去拧螺母,突觉后脖颈一阵发凉。他回过头去,惊得心脏差点跳出来。摩托头就站在他身后,随随便便地靠在格斗杖上。

"啊！吓我一跳！"布里克曼喊道，"你这么个大块头，脚底下还真轻，一点儿声音都没有。"

摩托头咧开大嘴，冷冷一笑。

布里克曼觉得自己有麻烦了，轻声问："雪先生和佳得利呢，在营地里？"

"不，他们还没到，"摩托头说，"我们提前回来了。"

"哦……"布里克曼向周围瞥了一眼，看到两个黑影悄然出现在蓝鸟和悬崖之间。他心中一惊："情况不妙，冷静点，布里克曼。"

摩托头看了看蓝鸟，问："怎么着？要出去？"

"哦，不，我只是……只是……修理点东西。我睡不着，所以……呃，起来弄一下引擎。"

"黑灯瞎火，就这么弄？"

布里克曼耸耸肩："我刚到，再说马上天就亮了。"

"对哟……那么，干吗要戴头盔？"

"有点冷，焐焐耳朵。"布里克曼说。

"明白了，"摩托头指了指布里克曼肩后，"那东西就是你说的'引擎'？"

布里克曼支支吾吾："对……也叫摩托……"

摩托头把木棒的绳套背在肩头，伸手推开布里克曼，叉开双腿，站在手制螺旋桨对面，将手指放在中心桨柄上，摸了摸刃片，问道："为何它有我的名字？①"

---

① 英文中，引擎和摩托是同一个单词。

"这个蠢货！"布里克曼想。但最好还是哄他开心，"啊，那是因为它和你一样，也强大有力，"布里克曼说，"它可以让箭头像苍鹰一样在天空翱翔。"

摩托头若有所思地点点头，说道："啊……有意思……"

变种人的大手捏着螺旋桨的尖端，突然一使劲，把桨片全都掰了下来，他看了一眼断了的桨页，随手把它们扔在布里克曼脚下。

"现在，它能飞得像坨乌鸦屎。"

布里克曼看着折断的木片，知道自己避无可避，冲突在所难免。他有个不错的机会，如果摩托头不知道草席里卷着什么，他就可以抄起步枪，"嗖嗖嗖"三枪，将这三个人撂倒。于是，他慢慢抬起头，面对变种人武士挑衅的目光，冷冷说道："对，这种事你肯定清楚，你肚子里不都是这玩意儿吗？"

摩托头冷笑着，露出尖利的犬齿。他答应过佳得利，不会把这只乌鸦开膛破肚，现在真是后悔死了！他一口唾沫吐在地上。"你有根木棒，用它把屎从我身上捅出来啊！"

"这主意不错。"布里克曼想道。"我正要这么做。"他泰然自若地说。他慢慢后退两步，在机翼底下侧身朝木棒移动，那草席卷就放在棒子旁边。

摩托头把自己的格斗杖从背带上抽出，飞快地挥舞几圈，耍了个漂亮的棍花。

这就对了。很好！来吧，白痴！

布里克曼又朝步枪走了两步。他向悬崖看去，认出了那两个人影，是黑顶和钢眼，黑顶手里拿着一张上了箭的弩弓。

布里克曼的心沉了下去,他揣摩着,在黑顶用箭钉死他之前,抄起步枪撂倒三个人的机会还有多大?哎呀!不妙,实在不妙啊!

事情居然越来越糟糕了。摩托头似乎读出了他的念头,冲布里克曼说道:"用我的,你的小胳膊需要根大棒子。"摩托头说着,将格斗杖往他头上一抛。

布里克曼接过木棒,当胸一横,他意识到自己的活着机会正一分一秒地减少。摩托头用黑眼珠死盯着他,然后弯腰抄起布里克曼的格斗杖。

一切都不对劲!这是为什么?布里克曼心惊胆战,担心摩托头要打开草席卷,但这个大个子变种人却没碰它。

布里克曼知道,只要搏斗限制在棍术班所学的范围之内,他就有赢的希望。他已经连续七次击败摩托头,绑着缎带的七根辫子可以证明这一点。摩托头要是用刀,可以轻易对付自己,但他的武士声望也会因此受损。他必须用布里克曼选择的武器,重新获得首席武士的地位。

布里克曼意识到,对摩托头来说,交换木棒象征着把他的部分"力量"据为己有。如果他能长时间抵挡住摩托头的攻势,变种人对胜利的渴求就会让他怒火中烧,失去理智。布里克曼过去一直都在采用这个战术,对,激怒他!

摩托头一旦失去控制,就注定难逃败局。问题是,现在,布里克曼没时间在这里耗,他必须在十五分钟内把这个大笨瓜撂倒。

一劳永逸的快速解决方案就躺在不远处,一想到这,布里克曼便觉得心烦意乱。他和步枪之间只有六英尺的距离,可却像六英里一样遥远。"忘了它吧，"布里克曼在心中对自己说，"你必须实打实地解决掉这个家伙。克里斯托夫啊，真是烦死人！"

布里克曼双手紧握木棒，从蓝鸟旁退开，给自己留出格斗空间。他心中慢慢浮现出一个模糊的战术计划，这次必须要赢，绝对不能倒下，要保证身体状况良好，以便飞行，还不能离步枪太远。也许他可以把大个子骗到悬崖边，再想办法一推……

摩托头把布里克曼那根格斗杖上的背带解下，扔到一边，挥了两下，试试手感，然后再次做好战斗准备，他双脚分立，棍尖前指。

布里克曼面对着摩托头，棍尖朝前，指向对手。

黑顶和钢眼各自退后几码，面对面地蹲在蓝鸟翼尖和悬崖边缘之间。

六英尺长的格斗杖，有时也被称作剑杖，其历史要追溯到联邦历三世纪：一位叫作小龙·李·杰弗逊的第一家族成员，将它作为训练时使用的武器引入联邦。它的格斗技法源自两处：一是用竹剑作为武器的剑道——日本武术，二是像罗宾汉这种中世纪绿林好汉们惯用的六到九英尺长的橡木铁头棒。在东方，年轻的武士们以此学习剑术；在西方，骑士们以此练习双手剑。

在联邦，进行格斗之前，练习者会穿戴剑道式样的头盔和护手，将被攻击的身体目标区域都会覆盖厚垫，以保护肩、跨、背和大腿。格斗杖的两头均可使用。这项武艺要求练习者拥有稳若磐石的精神、快如闪电的反应和乌龟般的耐力，以及对木棒的灵活操控。以格挡作为跳板进攻得分，这种战术运用是否得当，足以区分真正的行家和有天赋的新手。

根据正式比赛规则，只有击打脑袋顶部及两侧、肋侧、左右前臂和刺中咽喉才算得分。但现在不是正规比赛，也不存在任何规则。

两人相对而立，布里克曼觉得这会削弱他的优势。大块头动作敏捷，但仍不如他灵活。他必须再站矮一点儿，迅速移动，这样做不仅为了节省时间，也因为除了头盔和飞行制服，他没有任何防护装备，而摩托头却穿着平时那套用骨头和石子装饰的皮质盔甲。战斗之中，布里克曼的头部还能挨几下子，但身体的其他部分，比如手腕、肋骨和锁骨，要是挨上摩托头的全力一击，多半要落个骨断筋折。就算他侥幸获胜，再设法除掉黑顶和钢眼，但如此严重的伤势，将会使驾驶蓝鸟变得非常困难，极度痛苦。所以，他必须挡住摩托头的每次攻击，或者至少在木棒击中身体前卸掉大部分力道，绝对不能受伤。他用杖尖指着摩托头，慢慢向左绕去。摩托头则叉开双腿，以相同的步伐绕向右方。

清水在下方的营地中，看到了这一幕情形。

此时，她正坐在雪先生帐篷外的座席上，以意念远视山崖，她看到云武士陷入危机，同时，只觉一股强大的力量正从大地深处涌进她的身体。它流过清水的血脉，像千百根红热细针穿透肌肉，将能量送入骨髓。她周身上下的每根肌肉都紧绷起来，开始一阵阵抽搐。她双眼紧闭，向后一仰，身体弯成反弓形，双腿挺直。能量以惊人的强度迅速聚集，在她体内形成爆炸性的压力，犹如火山爆发前翻滚的岩浆。她的意识正快速消退，但还没有完全丧失。她已意识到，自己将要为三位部族兄弟带来死亡，这个念头令她不寒而栗，但她知道，为了实现自己的意志,辟邪主什么事都可以做。此时,能量强度以倍数增长,然后聚到清水手中。她试图抗拒,试图抑制住拯救云武士的渴望。她一手掐着脖子,一手捂住嘴巴,手指紧紧抠进皮肤,拼命压抑着喉咙里将要爆发的死亡号叫。

悬崖之上,布里克曼和摩托头凝定半天,突然出手了。

格斗杖疾挥劲舞,碰撞作响。

戳、挡、挥、挡、戳、挡、挥、挡,击头,击肋,击臂,击腿。

继续绕,布里克曼!这个白痴看来确实练过,真的很快!只有一个方法能行……让他打你一下,希望这能够延缓他的速度……

机会来了!摩托头大喝一声,抬起木棒,劈头盖脸地朝布里克曼的右肩砸来,要是换成刀,这一下足以将他从脖子劈到肚脐。布里克曼向前踏一步,用自己的木棒挡了一下,让它砸向头盔。若是这一下无阻滞,结结实实打中的话,肯定要压扁他的脊骨,没准还会打折脖子。布里克曼准备让它从头盔左侧滑过,然后扭动肩膀,躲开木棒下击的路线,但这个小花招只成功了一半。布里克曼挨了这一下之后,身子一晃,膝盖也是一弯,差点就支持不住了。

也就在这刹那间,摩托头略微放松了杀手的本能,脸上掠过一丝胜利的微笑,手底下也稍稍放缓。这正是布里克曼需要的、稍纵即逝的空隙。他将身子一矮,避开摩托头的守势,在其膝盖和脚踝上连击两下,只听得骨头噼啪作响,随即又用杖头戳在他的骨盆上。

摩托头被打得弯下了腰,他踉跄几步,试图压下腰间、膝头和脚踝的剧痛。布里克曼知道机不可失,时不再来,他抢起棒子,砸在摩托头宽阔的后背上,一下,两下,第三下则砸向他的后颈。这几棍又重又狠,打得摩托头跪倒在地,但他的皮甲和宽边面具挡住了大部分攻击,也避免了更多的伤害。

布里克曼用余光看到黑顶和钢眼从侧斜的方向蹿来。他必须加快速度,又高举长棍,在摩托头的脑袋上来了一下,必须在他们赶过来之前,让这个大块头完全丧失战斗能力。若是换作旁人,这一棍足以砸开脑壳,但棍子敲到摩托头的脑袋上,只是弹了一下。大个武士跪在地上,伸直胳膊,支撑身体,格斗杖仍握在手中。他还没有倒下,猛地摇了摇头,甩掉疼痛,就像一条老狗,自水中钻出,晃干耳朵里的水珠,随即抬起左膝,脚掌踩在地上。

克里斯托夫!布里克曼一惊,这家伙要站起来了!原以为胜利就在眼前,但此时,喜悦瞬间消退,几乎变成恐慌。而且,黑顶和钢眼只有几步远了。布里克曼横着抡起木棍,戳向摩托头皮肩胛下的右臂。棍子敲在摩托头铁一般的二头肌上,发出"啪"的一声钝响。"给我躺下,你这个臭狗屎!"他心中疯狂地叫道,"趴下!"他反手握棒,以相同的动作砸向摩托头的左臂,全身力道凝聚在双手上,都贯入这一击之中。想不到的是,摩托头抬起左臂,向外一探,手掌竟握住木棍,随后六指一捏,攥紧棍杆。布里克曼惊声咒骂,试图抽出棍端,却发现被牢牢钳在摩托头的大手中。

"抓到你了!"摩托头因痛苦而扭曲的脸庞露出一丝恶毒的冷笑,"别过来,兄弟们。这小子是我的……"

摩托头说着,抬起右臂,朝黑顶和钢眼挥了挥,让他们别来帮忙。那两位变种人武士只好退向悬崖边缘,黑顶怀里抱着那张上了箭的弩弓,钢眼的手扶在刀柄上,以防摩托头有何不测,如果有,就立即动手。

布里克曼使出狠劲,拉扯着木棒,但摩托头就是不放手。他起身时觉得疼痛至极,但还是拖着身子站了起来,右手攥紧了布里克曼的棍子,强忍着痛楚:摩城! 真疼啊!

布里克曼又惊又怕,他知道自己必须行动,却不知该怎么办。他原本用的是摩托头的格斗杖,但现在,那家伙把两根棍子都攥在手里。布里克曼知道,要想夺回木杖,必须用上双手之劲,前去争抢,这就意味着,他会进入自己那根棍子的攻击范围内,摩托头可正做好准备,蓄势欲打呢! 当然,布里克曼也可以像摩托头那样,伸手去接棍头,但即使能刚好握着,凭他的力道,也无法和变种人的力量匹敌,摩托头三两下就能把两根木棒都抢过去。

摩托头动了动攥住布里克曼木棍的右手,以便握得更舒服些,他嘲弄似的戳了一下布里克曼的肋骨,接着猛地抢起棍子,砸向他的脑袋。布里克曼急忙一手放开摩托头的棍子,试图格挡这一击。电光火石之间,变种人左手沿着棍杆,向前一探,接着右手往后一拉,把布里克曼又揪近了一英尺。布里克曼暗叫不好,试图用双手握棍,但为时已晚。摩托头粗声大笑起来,一棍猛砸在他的大腿外侧。如果是双手挥棒,这下骨头绝对要碎,即便是单手,布里克曼也觉得大腿疼得麻木了,挨了这么一下,后半辈子恐怕都走不动路了。

"他妈的!"他心中暗想,"这力道,我可挨不了几下!"不过,他知道摩托头只是在耍他,现在必须想办法干掉变种人。这时,他被摩托头拉得更近了,几乎不可能躲开对方右手挥来的木棒。快想办法,布里克曼！如果能逃过这一劫,什么都挡不住你!

摩托头又用左手随意扯了一下。就是这个时候,好啊,有主意了!机不可失,时不再来。对,就这样,布里克曼!上吧!

摩托头戏耍似的一棒挥来,布里克曼突然探出左手,趁棍子落下的那一刻,准确地抓住了棒头。强大的冲击波震荡开来,一路传到他的左脚,他只觉手掌要裂开了似的,疼得直咬牙。他使劲往下猛拉两根棍子,摩托头见状,也将棍子往自己怀里拽。顷刻之间,两根格斗杖好似成了平行的双杠,横在空中。两人像是在拔河,棍子一点点向摩托头那边挪去,就在他要赢得这场拔河比赛的冠军时,布里克曼猛地一跃而起,就像体操运动员似的,双臂伸直,撑起身体,两只战斗靴的后跟使劲踢击,踹在变种人脸上。

"嘿呀!"

摩托头登时被踢翻在地,就像一棵折断的大树。布里克曼探身一跃,落到愣住的黑顶面前。两个武士还没来得及反应,布里克曼已把弩弓从其手里揪了过来,用弓柄敲在他的头侧。黑顶倒下时,钢眼终于反应过来,攥着尖铁,快步疾冲过来。布里克曼一旋身,想用弩箭射他,却一时间找不到扳机在哪,便抡起半激发状态的弓弩,砸在钢眼持刀的手臂上,随即向后一跃,以左脚为轴,转动身体,右腿伸直抬到半人高,一记旋踢,踹在钢眼的太阳穴上。钢眼应声倒下,犹如一根断裂的水管。

一时间, 布里克曼着了魔似的愣在原地, 像片冷风中的树叶那样, 轻轻打着哆嗦。刚才摩托头敲在他脑袋上的那一棍现在依然很疼,而且,他突然觉得浑身上下都刺痛得厉害。对了!步枪!趁这几个家伙还没站起来,赶快拿步枪干掉他们。他立即转身,朝蓝鸟跑去,却绊在摩托头的胳膊上,笨拙地摔倒在地,弩弓也掉了出来。布里克曼猛觉一只大手攥在自己的脚踝上,他忙奋力踢脱,随即扑向弩弓,将它拽到跟前,挣扎着跪起身子。他扣住扳机,一转身,却发现三个倒下的变种人都站了起来,心中顿时一凉。

三个变种人目前是这种状况:黑顶的脸肿得老高;钢眼半弯着腰,面色扭曲,几乎喘不过气;摩托头受伤的鼻子和嘴巴正汩汩冒血,他空着手;黑顶和钢眼拿着变种人的弯头长刃匕首。

三人都向他迈了一步。

布里克曼赶快站起,退向草席卷旁。他举起弩弓,瞄准摩托头的胸膛,喝道:"别动!"

摩托头站定不动,歪着满是血污的脸,露出狰狞的微笑。"你掉了点东西。"他说着,举起一支弩箭。

布里克曼惊得目瞪口呆,一瞥弩弓:钢弦确实还拉在击发位,但弹槽上已经没有箭了!克里斯托夫!肯定是用它去砸黑顶和钢眼时弄掉了!该死!

黑顶和钢眼分立两旁,摩托头双手依次握住两根木棒,在两条大腿上一掰,两根木棒都折断了,他轻轻松松地将它们随手扔到一边。

"游戏结束了,吃腐肉的乌鸦!"摩托头又朝布里克曼走了一步,抬起那双有六个手指的巨掌,"好好看看这双手!现在,它们要抠出你的眼睛,把你那爱撒谎的小舌头从嘴里揪下来,然后压扁你这张小尖脸,就像捏碎一颗腐烂的黄拳!"

布里克曼倒退着一步步蹭向草席卷。"没戏了,"他疲倦地想道,

"费了这么大的劲……我最终还是做不到！哦，克里斯托夫啊！"

摩托头走向布里克曼。与此同时，清水的双手仿佛有了自己的意志，它们从她的脖子和嘴上挣开了，支撑着她的胳膊立在地上。清水猛地睁开眼，令人胆寒的召唤师的啸音从喉间涌出，大地做出了回响，奉献出它的隐秘之力。第三环级伟力的强大能量流入清水体内，供她任意使用……

悬崖之下，在离营地东部一英里左右的地方，雪先生和佳得利正在连绵起伏的平原上往家这边奔跑。雪先生没听见清水的吼叫，但他能感应自然的感官听到了大地的应答。雪先生示意武士们停下，熊群蹲下身子，小心地搜寻着代表危机的声音。是的，他们终于听到了，那是一阵低沉遥远的雷鸣，但它并非来自天空，而是来自大地！无形之力从营地方向传来，犹如闪电曲行，在他们脚下穿插。熊群们纷纷被击中，呻吟着扑倒在地，再难以动弹，所有变种人心底最初的恐惧再次浮现：这种遥远的种族记忆可以追溯到远古的千阳之战，那时大地崩塌，天空爆发出灼人眼目的炫白火雨，足以将人体销肌腐骨，将青草从大地上抹除，令世界化作一片尘土。

但身为字匠，应当拥有更为坚定的身心。佳得利跪在地上，口中胡乱念叨，向摩城祷告，祈求她庇护众人，不再为五角大佬的怒火所伤。雪先生一把将他拉了起来。"不需要这么做！快来，让那些腿跑起来！我们得赶快回去。"雪先生说着，向前疾奔，把佳得利推在身前，叫道："快走！跑！跑！"

在他们上方的营地中,几乎是同一时刻,地底的雷鸣一声比一声响了。清水脚下的大地开始剧烈晃动,突然之间,地面升起一块丘陵。雪先生的帐篷随之坍倒,扁了下来,随着震耳欲聋的咆哮声,帐篷四分五裂,支离破碎。整个高地上,被地底雷鸣吓坏了的穆卡尔人慌忙爬出各自的帐篷,跌跌撞撞,扑倒在地。男女老少挤在一块儿,抱着大地,祈求摩城拯救他们。

此时,清水伏卧的身躯下,一条巨大的裂缝以惊人的速度扩张,呈之字形伸向营地中心的帐篷群。这灾难的威力还没来得及显现,裂缝就猛地向左转,蹿上悬崖。

也是同一时刻,布里克曼决定孤注一掷,奋力一击。他扣动扳机,弹出弓弦,然后把弩弓掷向摩托头的胸膛,借此机会,他想拿起步枪。弩弓还在空中飞舞,布里克曼正转过身跑向蓝鸟,大地的雷鸣就扑了上来。它摇撼山脊,轰天响地,三个变种人吓得定在原地。布里克曼的手刚碰到草席卷、摸到枪托,只听得一阵干涩的"噼啪"声,真是令人心悸;只见裂缝已经延伸到山坡上,地面仿佛被一把无形巨斧砍成了两半。还没等他喘口气的工夫,一条细长的锯齿裂缝突然出现在高地上,把他和三个吓傻了的变种人分作了两半。又是一阵震耳欲聋的爆炸雷响,大地剧烈摇动,布里克曼也仰面摔倒。他一翻身,趴在地上,正好看见前面的崖脊从高地上断裂。摩托头和钢眼、黑顶所站的那一大片地面,就这么滑落下去,砸在陡峭的山坡上,一股沙石泥土形成的洪流,将他们三个冲了下去。

布里克曼不住地颤抖,小心翼翼地抓住步枪,缓缓站起。太悬了!要是地震再往前延伸几码,他和蓝鸟也要跟变种人一道上路了。快走！他扬起戴着头盔面罩的脸，迅速检查了一遍滑翔机，机翼下的支架和毫无用处的引擎已经倒了，但机体本身没有受损。布里克曼把三个支架放回原位，迅速拧下仍旧固定着引擎的两颗螺丝。不知怎么搞的，他发现双手抖得很厉害，不得不停下来，放松崩溃的神经，这才能解开索具绳。现在，他欣慰地发现，自己终于可以上路了。天空亮了许多，东方的地平线上，浮起大片大片紫、红、橙、黄的光带，耳中，听到营地方向飘来阵阵微弱嘈杂的呼号。

雪先生和佳得利刚到营地，一众恐慌不安的穆卡尔人就围了上来，希望能从他们这里得到心灵上的慰藉，解释刚才发生的怪事。雪先生喘了几口气后，立即解答众人的疑问，告诉他们，这并非世界末日——许多人显然是这么认为的——不然他会提前做出预言。如果他们愿意相信他，就别再没头没脑地四处瞎跑，赶快恢复正常生活，该干什么干什么去。说完这话，雪先生没再理会其他纷至沓来的诸般问题，分开人群，挤了出去，又将那些紧跟在他屁股后面的人轰走。

他来到自己的帐篷前，只见清水直挺挺地坐在席子上，黑褐的条纹掩不住她面若死灰的神情。她双眼睁得老大，牙齿紧咬唇上，以防它们抖个不停。

雪先生看了看遭难的帐篷，东西撒得一片狼藉，那条又深又细的裂缝直通悬崖，他皱眉问道："这是你干的？"

清水默然点头，深深吸气，聚起一丝说话之力。"我不想这么做，但却无法违背辟邪主的意志。"她向佳得利张开双手，佳得利用一条胳膊环抱过去，将她扶了起来。清水稍微晃了两下，重新定住双腿，靠自己的力量站直身体。

雪先生的表情开始温和、慈爱起来。他伸出双手,扶在清水的肩头。"你有伟大的力量,将会成为沙穴人的大敌。"他搀住清水的胳膊肘,指着悬崖说,"来……跟我们一起去吧。"

布里克曼拿着步枪,走到悬崖前,他要确定一下摩托头的死活,待会儿驾着蓝鸟,飞向自由时,可别冒出个什么最后的惊喜。他感受到一阵稳定的小风正从平原刮来,不觉松了口气。他啐了两口,吐出嘴里的泥灰,正好看见山坡下二三十码的地方躺着两个人,还有一个呢?他四处搜索第三具躯体,但怎么也找不到。他明知这么做不是个好主意,但还是忍不住一点点往斜坡下蹭去,心中希望那两具躯体中,有一具是摩托头的。

布里克曼用靴子拨开碎石浮土,一看那两人的躯体打扮,便知是黑顶和钢眼。他上下打量一番,不知道他们是死是活。没关系,无论死没死,他们俩都不能再打扰自己了。他爬到一堆岩石上,搜索下方的山坡。当然,现在还无法排除余震的危险,他这么做简直是发疯。其实在这多留一秒钟都是发疯,但他心中有一股气,一定要知道自己是不是赢了。如果他还想回来把清水接走,那最好现在就把摩托头解决掉,一劳永逸。

布里克曼什么也没找到,他无暇多看,转身爬上山坡,刚走了没几步,第六感就拉响了警报。他扣住扳机,回头一看,只见一个变种人正从坡底的一大堆泥土中探出身来,两人之间的距离大约有一百五十码,他看不清那人的脸,但可以肯定,一定是摩托头。那人仰头看见布里克曼,随即向他冲来。

布里克曼抄起步枪,顶在肩头,却发现身体簌簌颤抖。他深吸一口气,瞄准了变种人宽阔的胸膛正中,连续三下,扣动扳机,三发齐射。

"咔!嗖!咔!嗖!咔!嗖!"

摩托头不管不顾,仍往前走。

"克里斯托夫!"布里克曼暗自惊呼。陡坡上覆盖着一层滑动的碎石,布里克曼生怕滑跌,忙稳住身体,再次瞄准,朝摩托头的肚子打出第二次齐射。

摩托头终于停下,摔倒在地,但不到一秒钟的时间,他又爬起来,开始跌跌撞撞地奔跑,强健的大腿带着庞大的身躯,一步步冲上岩石密布的陡坡。

"狗娘养的白痴!"布里克曼在心中暗骂道。这家伙太可怕了,根本挡不住!他手忙脚乱地爬上崖顶,接着转过身,单膝跪倒,以更加稳定的射击姿势瞄准了摩托头的咽喉要害。步枪在颤抖的双手里来回摇晃,他使劲抓住枪身,稳定枪口,扣动扳机,射出最后三发子弹。

子弹的冲击力将摩托头冲到了一边,但并未阻断他的步伐,他继续冲过来,像一辆高速跑车似的冲上了斜坡。

"你有麻烦了,布里克曼……快走!快走!快走!"布里克曼扔下打光子弹的步枪,跑到蓝鸟跟前,踢掉后支架,将自己绑在索具里,"要是这个大块头速度不减……哦,布里克曼,你这个笨蛋!你麻烦大了!"他一边笨手笨脚地系着皮带,一边暗骂自己真是蠢到家。现在,他只有几秒钟的时间,必须趁摩托头还没冲上来前,就让蓝鸟飞到空中。

布里克曼抓着三角形控制架的两根侧杆,从支架上举起蓝鸟,向前急速狂奔。冷风溢过崖顶,拍打着机翼,把薄膜层吹成绷紧的弧线。来到距离悬崖还有五步远的地方,布里克曼站定脚步,俯身迎向吹来的小风,准备向前几步,就能跃入天空。他已经在断壁上进行过数十次成功起飞,一定不会有什么事的,但起飞终归需要点运气。这一回,必须成功……

"检查皮带……深呼吸……好了,布里克曼,上路!"布里克曼攥紧支撑机翼的控制架侧杆,大步冲向悬崖。就在他刚一跃出断壁时,突然看到摩托头从前面跳了出来,这场面实在太过恐怖了,就像杀人鲸从海底蹿出水面一样。摩托头一把拽住控制杆,跟着布里克曼一起飞到空中。

布里克曼试图控制住滑翔机,但摩托头挂在他双手紧握的控制杆中间,这几乎是个不可能完成的任务。两个人实在太重了,蓝鸟猛烈摇动,接着向右俯冲,紧贴崖面惊险地飞掠下去,幸好一股强风吹来,蓝鸟才得以上升。虽说他们正在爬升,但布里克曼知道,坠机只是个时间问题。他朝双臂之间望去,正好看见摩托头那伤痕累累、血迹斑斑的脸上露出疯狂而恶毒的笑意。他的四肢在岩石斜坡上有多处擦伤和割伤,身上的几处枪眼也是流血不止。布里克曼射中了他,但他没有倒下,强大的意志力和无与伦比的生命力让他继续前进,临死之前做出最后一搏,阻止仇敌。摩托头就要死了,但他要带着布里克曼一起坠入地狱。

布里克曼试图用一只手掰开摩托头的手指,但是没有用,他的指头箍死了,根本掰不动。蓝鸟开始向左滑翔,布里克曼把它拉正,但它很快又失去控制。滑翔机以大角度俯冲下去，他现在已经飞到平原上，高度大约为八百英尺，在蓝鸟越飞越低前，必须把这家伙踢下去。布里克曼心念一动，准备用刀把他的手指切掉……他用右手向后探去，试图把战术刀从裤腿上的刀鞘里抽出，但现在这种姿势下，他很难握正刀柄。

这可怎么办？

想不到，事情自然而然地解决了。

摩托头自己快要支撑不住了。他正发疯似的挣扎，好继续挂在杆上。

他突然意识到自己的力气已经不足以吊在蓝鸟上了，不禁惊讶地睁大眼睛。为了杀掉云武士，他临死前爆发出的最后一丝回光之力正在消退，这就是他经常梦到的那个恐怖时刻，说不出的恐惧曾让他彻夜难眠，他在月黑之夜突然惊醒，汗流浃背，颤抖不已。

是的，坠落，从尖翼大鸟爪子里坠落。鸟身上骑着一个金发武士，面庞光滑如卵石。

摩托头的手指慢慢从控制杆上滑落，他做出了最后一次努力：他用单手吊在蓝鸟上，另一只手扼向布里克曼的咽喉，但是，还是差了一点点，他失败了。大块头的穆卡尔人发出绝望的惨叫，双臂无奈而柔软地张开，自天空坠落下去。

摩城！母神……

布里克曼像一只出笼的飞鸟，向上徐徐攀升。

佳得利、清水和雪先生来到崖边，正好看到一个人影从箭头上掉落。他摔到地面时，三个人只听到一声短促的惨叫，一闪即没。

佳得利也凄然地高声呼叫。

"摩城,原谅我!我杀了自己的兄弟!"

"这不怪你,"雪先生平静地回答,"云武士曾问你,为什么摩托头叫他死亡使者,你不记得自己是怎么回答的了?"

"记得。我说,也许让他感到恐惧的是自己的死亡。"

"是呀,那你现在还不明白吗?你把他派过去阻止布里克曼,却什么事也没改变。你原本试图扭转自己的命运,但所做的一切只是让摩托头的命运预言得到了印证。"

"我会为他难过的,长者。"佳得利说。

"当然,我们都会,"雪先生说道,"他的名字将与最伟大的穆卡尔人相提并论。"老字匠走到悬崖边缘,站在两个年轻人中间。他叉开双脚,稳稳站定,手臂交叉,环抱胸前,身子挺得像杆标枪。

远方的地平线上,太阳正挤开东方的天门,空中泛起一条条黄色和玫瑰粉色的纹光,云武士乘着晨风翱翔离去。谁也没有说话,他们默默注视着布里克曼越飞越高,最终向南部旱土水平飞去。

佳得利看了清水一眼,他心里虽然难过,但是不会说出来,他已从石头里看到了她对沙穴人的渴望。是的,没必要责备,也没必要埋怨,事情已经这样了,光明大道已经铸就,宇宙之轮运转如常。真正的武士会勇敢地面对自己的命运,佳得利不允许自己因为这些不必要的情感而背离大道。初升的太阳把他们的影子拉成了斜斜的巨人,三颗黑色的脑袋消失在身后的山峦中。

直等到箭头变成天空中的一个小点,清水这才打破沉默。

"他会回来吗?"清水问。但她也不知道自己是否真的想知道这个问题的答案。

"是的,在新土季,"佳得利回答,"他会回来,我从石头里看到了,那个时候,他身披朋友的伪装,影子中暗藏死亡。他将会带着你,从一条红河上离开。"

清水望着悬崖下面如海洋般绵延起伏的平原,一直看过去,极目所在,是环绕在南方地平线丘陵山地上的滚滚流云。头顶逐渐泛黄的天空中,早已空无一物,箭头消失了,布里克曼消失了。"我是否将死在他们那个世界的黑暗中? 我还能再见到太阳吗?"

"你会活下去的。"雪先生平静地说。他伸出双手,扶在两个年轻人的肩膀上,把他们轻轻拢近身边,"你们都会活下去的。因为,你们将是辟邪主的剑与盾。"